GUIDO EEKHAUT

WOLVEN
Douglas

Manteau

THRILLER

© 2010 Uitgeverij Manteau/Standaard Uitgeverij nv en Eén en
Guido Eekhaut
Standaard Uitgeverij nv, Mechelsesteenweg 203, 2018 Antwerpen
www.standaarduitgeverij.be
info@standaarduitgeverij.be

www.eekhaut.com

Omslagontwerp: Johny Van de Vyver
Omslagfoto: Phile Deprez
Auteursfoto: Filip Naudts

Eerste druk – augustus 2010
Tweede druk – oktober 2010

Dit verhaal is verzonnen. Alle namen, personen, plaatsen en
gebeurtenissen zijn producten van de verbeelding van de schrijver.
Personages geven niet noodzakelijk de mening van de auteur
weer.

ISBN 978 90 223 2478 3
NUR 330
D 2010/0034/576

Proloog

Niemand kon zich precies herinneren waarom de villa de naam van de Monegaskische prinselijke familie droeg, maar daar hing het: een ietwat verweerd houten bord met de woorden *Villa Grimaldi* in sierlijk donkerblauw cursief op een voormalig witte achtergrond. Misschien had een vorige bezoeker zich met de beruchte heersers van Monaco willen identificeren, of had hij te weinig inspiratie om een gepaste naam te vinden voor zijn uit de kluiten gewassen stulp. Die stulp lag op het grondgebied van de gemeente Boka Sint-Michiel, aan de westkust van Curaçao, net ver genoeg verwijderd van het toeristische gedrang zodat het er, ook in het hoogseizoen, altijd rustig was.

De huidige en tijdelijke bewoners ervan interesseerden zich echter niet voor dat soort geschiedenissen. Ze keken niet verwonderd naar de palmbomen en zochten op het verre water niet naar zeilboten. Zeker niet de onverstoorbare lijfwachten die met de handen over elkaar gevouwen oplettend op het terras stonden, en evenmin de kirrende in minimalistische bikini's uitgedoste meisjes in het zwembad. Het kon hen niks schelen hoe de villa heette en wiens naam daarmee misbruikt werd.

Wie zich ook niets aantrok van dergelijke details, was een man die alleen maar onder de naam Douglas bekendstond, een keurig geklede dertiger die onder andere omstandigheden kon doorgaan voor een betrekkelijk succesvol zakenman of voor een verkoper van nieuwe luxeauto's. Hij was echter geen van beide. Ook in deze omgeving droeg hij een grijs pak en een netjes gesteven overhemd, maar geen das. Hij was groot en slank, en zijn haar was perfect natuurlijk zwart. Zijn ogen zaten verborgen achter een overmaatse zonnebril. In zijn rechterhand hield hij een komboloi, waarvan hij de kralen een voor een door zijn vingers liet glijden. Hij wist dat mensen de komboloi vaak zagen als een hulp bij het bidden, zoals een rozenkrans, maar dat was het niet. Sommigen gebruikten hem om stress te verlichten, anderen om de tijd te verdrijven. Het hielp, zo werd zelfs gezegd, rokers van hun verslaving af. Niemand zou aan Douglas vragen waarom hij de komboloi gebruikte. Hij was niet het soort man aan wie je dergelijke oppervlakkige vragen stelde.

Naast het zwembad zaten vier mannen aan een tafel. Ze droegen allemaal een zomers pak en een wit hemd, eveneens zonder das. Voor hen stonden halfvolle ijsgekoelde glazen. Ze waren dronken en op weg om nog méér dronken te worden, maar voorlopig hadden ze zichzelf onder controle. Ze bekeken de twee meisjes in het zwembad en wierpen even geile blikken op drie andere meisjes die aan een tafeltje verderop zaten, geconcentreerd coke snuivend. Een van de zakenmannen hield zijn glas omhoog en riep, in de richting van de cokemeisjes: '*Yes! We are going to rule the world!*' Geen van de meisjes keek op, de twee in het water wentelden zich bedaard om en lieten het door de ondergaande zon rossig gekleurde vocht over hun diepbruine lichamen glijden.

Douglas observeerde. Dat was zijn taak. Méér dan dat: het was zijn passie. Het was zijn passie om de vertegenwoordigers van de menselijke soort te observeren en uit die observatie zijn conclusies te trekken. Hij hield voornamelijk de zakenmannen in de gaten. Vooral die ene luidruchtige was het onderwerp van zijn afkeurende blik.

Een van de meisjes, een donkere schoonheid van Caraïbische afkomst, kwam naderbij. Ze boog zich voorover en hield haar hoofd naast het zijne. Ze fluisterde wat in zijn oor. Hij schudde gedecideerd het hoofd.

'U weet niet wat u mist', glimlachte ze, in zangerig maar afkeurend Engels.

Hij keek haar een ogenblik lang in de ogen. 'Seks', zei hij, in dezelfde taal, 'is voor de dieren.'

Haar glimlach verdween. Ze richtte zich weer op, haalde demonstratief haar schouders op en wandelde weg. Haar heupen dansten een vergeefse verleiding, die niet meer voor hem bestemd was.

Een andere man, Robert Luyten, kwam de villa uit. Hij paste helemaal niet in deze omgeving: saai en burgerlijk, een boekhouder, met een bleke huid. Een wat ondermaatse man, met een keurig maar iets te kunstmatig kapsel. Hij knipperde tegen de ondergaande zon, liet zijn blik op een van de meisjes rusten die net uit het zwembad kwam en zich afdroogde met een overmaatse handdoek. Hij wist dat ze Joyce heette, en dat zij, net als de anderen, hier niet was voor een cursus sterrenkunde of boekhouden. Maar zij was niet van het eiland afkomstig. Ze was een Vlaamse, maar ergens in haar verleden waren verscheidene rassen samengekomen, met een zeer prettig resultaat overigens. Haar haren waren donkerbruin, haar ogen aarzelden tussen geel en grijs, haar handen en voeten slank en haar benen bevallig lang. Hij greep haar hand vast en trok haar, nog vochtig, naar zich toe. Ze glimlachte gemaakt, maar dat kon Luyten niets schelen. Ze kronkelde tegen hem aan. De lijfwachten stonden erbij als stenen beelden. De enige die reageerde was Douglas. Hij maakte zich los van zijn schaduw en klapte in zijn handen, gevolgd door een kort teken in de richting van Luyten. Die keek plots sip en liet zijn prooi los.

Douglas stapte naar de deur van de villa. De meisjes verdwenen meteen alsof ze een onzichtbaar bevel gekregen hadden. De zakenmannen met de glazen gingen de villa binnen, maar toen degene die zonet Engels sprak hen wilde volgen, hielden de lijfwachten hem tegen. Hij keek verbaasd, maar wachtte af. Hij fronste toen Douglas zich naar hem keerde. De zakenman zag onraad in de ogen van de sombere dertiger, die niet aan de vreugde en het feest wilde deelnemen. Maar Douglas was de man die hier de lakens uitdeelde, zoveel was duidelijk, en dus wachtte de zakenman af.

De eerste klap vloerde hem meteen. De vuist van Douglas had hem net tussen zijn onderste ribben geraakt. De man tuimelde tegen de grond zonder geluid te maken. De rest van het gezelschap, die al binnen was, had niks gemerkt. Douglas maakte een gebaar naar de lijfwachten. Die raapten hun slachtoffer op en sleepten hem aan de armen naar het zwembad. Daar lieten ze hem achteloos vallen. Douglas hurkte neer bij de man, pakte hem vast bij zijn haar en tilde zijn hoofd op.

'*Don't think this is personal,*' zei hij zacht, bijna eerbiedig, '*but you simply talk too much.*'

Dan kwam Douglas weer overeind. Hij knikte naar de lijfwachten. Die pakten de man vast en duwden zijn hoofd onder water.

☙❧

In het ruime en luxueus ingerichte salon van de villa voegde Douglas zich bij de andere gasten. Hij liet snel zijn blik glijden over de kitscherige kunst tegen de muren, bewijs van wat in zijn ogen een verregaande decadentie was. Met één gemakkelijk oordeel verwierp hij de hele kunstgeschiedenis van de twintigste eeuw. Met het verdwijnen van de prerafaëlieten, vond hij, was de laatste werkelijk religieuze inspiratie van de moderne kunstenaar verloren gegaan. Maar hij was hier niet om zich over kunst en interieur te ergeren. De temperatuur in de villa was aangenaam, hoewel de airco niet werkte. Dat hoefde ook niet. De ramen en deuren stonden al een tijdje open en lieten vochtige maar koele oceaanlucht binnen. Maar nu was alles weer afgesloten, kwestie van privacy.

Aan het ene eind van het salon zat een man die niet had deelgenomen aan de festiviteiten buiten. Hij zat in een ruime fauteuil, grotendeels in de schaduwen. Alleen zijn handen waren zichtbaar. Zijn zijden pak was van een uitstekende kwaliteit en de schaduwen tussen de plooien leken te leven. Het was voor alle aanwezigen duidelijk dat hij de man was die de bevelen gaf, deze zaak georganiseerd had en naar wie geluisterd zou worden.

Toen de lijfwachten weer binnen waren, maakte de man in

de schaduw een teken in de richting van Luyten. Die pakte een zwart koffertje op, legde het op een tafeltje en klikte het open. Voorzichtig haalde hij er een klein, subtiel zwart voorwerp uit, dat de vorm had van een piramide. In het binnenste van de piramide zat een holografisch plaatje, een wonder van techniek, dat Luyten als een hostie behandelde, niet omdat hij technologie verafgoodde maar omdat hij de waarde van het kleinood kende.

Hij wierp een blik op een van de lijfwachten. Die zette twee schakelaars om van een apparaat dat aan de andere kant van het salon stond. Luyten schoof de piramide in een iPodachtig gadget dat op de salontafel lag en meteen verscheen, als een geest opgeroepen bij een seance, de virtuele maquette van een gebouw boven de tafel, perfect driedimensionaal.

Maar de vorm van de projectie was een illusie. Dit gebouw stelde geen materiële constructie voor, maar een constructie in financiële zin.

De deur aan de andere kant van het salon ging plots open en Joyce, een koelemmer met een fles champagne torsend, verscheen in de deuropening. Vanwaar ze stond kon ze de man in de fauteuil niet zien, maar ze zag Luyten wel, en die beantwoordde haar blik: begerig, hongerig. 'O', zei ze. 'Sorry hoor. Ik ben zo meteen weer weg.'

'Ga je gang', zei Douglas tegen zijn zin.

Joyce vulde de glazen van de aanwezigen bij. Toen ze zich tot Luyten wendde, boog ze zich wat meer voorover. Ze wist wat voor gunstig effect de zwaartekracht op haar anatomie had, vooral omdat ze nog steeds haar bikini droeg. Hij zag het ook meteen. Van haar kant kon er een kort, plagend glimlachje af.

'Dank u', zei Douglas, met een zweem van ongeduld in zijn stem. 'Dat volstaat.' Hij hield de deur voor haar open, een gebaar dat ze niet mis kon verstaan.

Toen Joyce het salon verliet wierp ze nog een laatste blik op Luyten, die zich geen houding wist te geven. Hij verloor er zijn concentratie bij. En dat kon hij zich onder de gegeven omstandigheden niet veroorloven.

'Meneer Luyten', zei Douglas gebiedend.

'Eh, ja', zei Luyten. 'Goed. Dit hier is een overzicht van alle beleggingsfondsen waarin we participeren.' Hij manipuleerde een afstandsbediening, en het holografische beeld vervormde, wentelde en vertoonde kolommen met cijfers. 'Als gevolg van de... van de actie die wij plannen, zullen we ons in de toekomst vooral concentreren op funding en refunding.'

Een van de zakenmannen, die het ontbreken van zijn partner niet leek te willen registreren, vroeg kalm: 'En hoeveel zal dat kosten?'

'Ongeveer tien miljoen dollar', zei Luyten. 'Het merendeel daarvan gaat uiteraard naar het aantrekken van nieuwe investeerders en van mensen die voor ons de beleggingen plaatsen.' Maar niet legaal, dacht hij erbij. Niets hiervan kan zelfs maar in de verte legaal worden genoemd. Dat zei hij er echter niet bij. Wie hier, op Curaçao, in een villa zaken kwam doen, verwachtte niet dat die zaken bonafide zouden zijn.

'Oh', zei de zakenman. 'En hoeveel brengt het op? Na die actie?'

Robert manipuleerde opnieuw de afstandsbediening. Een nieuw en onwaarschijnlijk groot getal verscheen, met een pervers aantal nullen. 'Het duizendvoudige, zo ongeveer.'

Er viel een diepe stilte in het salon. De zakenman ging achteroverzitten. *'We're gonna make history'*, zei hij.

❧

Joyce lag op het bed naar de zoldering te kijken, waar wuivende patronen van licht en duister hun verontrustende verhalen vertelden. Dat herinnerde haar aan haar jeugd, toen ze als meisje op vakantie ging bij haar grootmoeder aan zee. Daar, in haar kleine slaapkamer onder de zolder van de oude villa, speelde de weerkaatsing van lichten van voertuigen over de zoldering.

En dan fantaseerde ze dat die weerkaatsingen geesten en elfen en andere wezens waren die haar meenamen naar een fantastische wereld zonder volwassenen. Later, toen ze opgroeide, moest ze daarom lachen, maar ze dacht niettemin met enige nostalgie terug aan die kamer en die geesten.

Nadat haar grootmoeder was overleden, was de villa echter in vreemde handen overgegaan, en nergens maakte Joyce dat fenomeen nog mee – tot hier. Vreemd, dacht ze, dat ik naar het andere eind van de wereld moet reizen om aan mijn jeugd herinnerd te worden.

Naast haar, onder het laken, lag Robert Luyten luid te snurken. Ze keek op het klokje naast het bed. Het was halfdrie in de ochtend. Uitstekend, dacht ze. Het diepste punt van de nacht. Niemand was nog wakker, ook diegenen niet die, zoals Luyten, aan de verleiding hadden toegegeven. Hij had aan *haar* verleiding toegegeven. Het was niet moeilijk geweest om hem zover te krijgen.

Ze kwam voorzichtig overeind. Luyten bewoog niet. Na de hoeveelheden alcohol die de man naar binnen had gegoten, en de drie beurten die ze hem had gegund – de laatste was maar halfslachtig geweest – was hij uitgeteld. Hij zou uitgeteld blijven tot de ochtend, daar was ze van overtuigd. Ze kende dat soort mannen: zelfingenomen idioten die meenden Gods eigen schepping te zijn, en voor vrouwen onweerstaanbaar.

Het was haar job dat bijzondere geloof in stand te houden, tenminste zolang de man in kwestie daarvoor betaalde, wat Luyten deed. En hij zou nog betalen, ook al besefte hij dat nu nog niet.

Ze trok haar blouse en haar rok aan en bleef even naar hem kijken. Sukkel, dacht ze. Ze opende zijn aktetas en haalde er de kleine, zwarte piramide uit. Die verdween meteen in haar handtas. Ze stapte naar buiten en sloot stil de deur van de kamer achter zich.

❧

Een uurtje later zat Joyce in de bar van de luchthaven. Die bar was zo goed als verlaten, maar het voordeel was dat hij de hele nacht openbleef. Er passeerde altijd wel een toerist op zoek naar avontuur. 'Doe niet zo dwaas, Glenn', zei ze gedempt in haar gsm. 'Dit is een kans die je maar één keer in je leven krijgt.' Ze had de man aan de andere kant van de lijn net verteld dat ze in het bezit was gekomen van een voorwerp dat voor sommige mensen veel waard was. Mensen die Glenn goed kende, omdat hij voor hen werkte. 'Maar niet over de telefoon.' Glenn had haar, zoals ze gevraagd had, meteen teruggebeld vanuit een publieke telefooncel, een van de laatste die hij waarschijnlijk nog in Antwerpen kon vinden.

'Maar hoeveel is het waard?' vroeg hij.

Ze glimlachte. Dat was Glenn ten voeten uit: meteen nadat het gevaar geweken was ging hij voor de financiële kant van de zaak. 'Ik hoorde dat er astronomische bedragen mee gemoeid zijn, vanwege de informatie die erop staat. Dus een miljoentje of zo moet je er wel voor kunnen krijgen, denk ik. Luyten zei dat er maar één exemplaar van bestaat.'

Ze hoorde hem nadenken. Een miljoen euro. Daar konden ze al heel wat mee doen. Ze, inderdaad. Hij zou haar niet belazeren, daar zorgde ze wel voor.

'En wie moet ik bellen?' vroeg hij.

Ze gaf hem een nummer. 'Dat zijn de mensen die mij hebben ingehuurd voor dit klusje. Ik neem aan dat de persoon aan de andere kant van de lijn wel bereid zal zijn het spulletje terug te kopen.' Ze keek opnieuw op haar horloge. Haar vliegtuig vertrok over veertig minuten. Ze moest op tijd aan de gate zijn.

'Ik ga meteen aan het werk', zei Glenn. 'En jij neemt het eerste vliegtuig terug? Goed, beter dat je daar weg bent. Ik vertrouw dat volkje daar op Curaçao niet.'

Enkele uren later. In de villa met die voorname familienaam zat Robert Luyten, vooral bekend vanwege zijn boekhoudkundige kwaliteiten die hij duur verkocht aan mensen wiens naam hij niet wilde kennen, de ene sigaret na de andere te roken. Hij had het ontbijt overgeslagen. Hoewel buiten een vijftal jonge vrouwen in en rond het zwembad stoeiden, was hij hier niet met vakantie, en was hij al evenmin in de stemming om aan vakantie te denken. Nu niet meer, in ieder geval. Hij zag onnatuurlijk bleek, alsof hij nooit in de zon kwam, en de asbak voor hem op het bureaumeubel lag vol met peuken. In de kamer hing de stank van sigaretten en oude rook, en van ongewassen kleren. Hij wist dat hij zichzelf in de vernieling aan het rijden was, maar er waren enorme problemen waar hij geen oplossing voor had.

Toen de telefoon rinkelde keek hij met weerzin naar het apparaat. Hij verwachtte dit gesprek, maar liever stelde hij het nog een paar dagen uit. Hij was echter niet aan zet. De man aan de andere kant van de lijn hield de touwtjes stevig in handen. Luyten kon alleen maar doen wat hem opgedragen werd.

Hij pakte de telefoon op. 'Met Luyten', zei hij. Dat was overbodig, want de man aan de andere kant wist dat alleen hij zou antwoorden. De stoeiende donkere schoonheden in en rond het zwembad hadden geen behoefte aan een telefoongesprek. Nog niet, in ieder geval.

'Ja', zei hij, als antwoord op een vraag. 'Ik besef dat ik... Nee, ik weet dat ik een serieuze fout heb gemaakt. Maar die hoer had mij verdoofd. Anders had ze nooit de kans gekregen het hologram te stelen... En ze hebben al contact opgenomen met u?' Hij luisterde aandachtig. De man aan de andere kant was dezelfde die een dag eerder nog in de villa was geweest. Schaduwman. Waar was hij nu? In New York, in Parijs? Luyten hoefde het niet te weten. Hij wilde alleen maar weten hoe hij zijn eigen huid kon redden. 'Nee, ik weet niet waar ze is. Waarschijnlijk zit ze al op een vliegtuig.' Hij luisterde. 'Ik smeek u om mij nog een kans te geven', zei hij snel. Hij luisterde opnieuw. Plots ontspande zijn gezicht. 'Dank u. Het zal niet meer – Hallo?' De verbinding was verbroken.

Hij legde de hoorn weer neer. Het gesprek was niet zo vlot verlopen. Hij had zijn zaak niet goed verdedigd. Maar al bij al had hij toch een nieuwe kans gekregen. En dat was het belangrijkste. Een nieuwe kans. Hij zou beter opletten, beloofde hij zichzelf.

Hoofdstuk 1

Commissaris Thomas Verhaege, zijn haar vochtig van de ochtenddauw, stond op de daketage van de Stynenbuilding aan de Van Ryswijcklaan, tussen de stalen gebinten die het hele gebouw overeind hielden. Hij had geen oog voor al dat architectonische vernuft. Als hij hier kwam was het om na te denken over een zaak, over de werking van het Ecofinteam en over zichzelf. Vandaag deed hij de drie onderwerpen eer aan.

Hij keek omlaag. In het parkje, waar vele decennia geleden de paviljoenen van de Wereldtentoonstelling gestaan hadden en waar nu nog alleen twee bruggen aan dat evenement herinnerden, liep een eenzame gestalte. Thomas kende haar. Het was zijn collega, inspecteur Lena Beckers, die al joggend de spinnenwebben uit haar hoofd verdreef. Hij wilde niet weten waar zij aan dacht. Ze maakte een rechtse bocht naar het gebouw toe, liep het parkeerterrein over en verdween ergens om de hoek, waar hij haar niet meer kon zien.

Hij bleef een tijdje op het dak wachten. Van daaruit bekeken lag Antwerpen aan zijn voeten. Letterlijk. Het uitzicht was overweldigend. Vanwege de heldere lucht kon hij de hele stad zien, en verderop de haven. Onder hem probeerde de ochtendfile zich over de Ring een weg te banen naar het werk, naar de school, naar de crèche. Binnen anderhalf uur zou het ergste daarvan voorbij zijn. In dit kleine en dichtbevolkte land waren files onoverkomelijk. Ze werden ook steeds meer een probleem. Thomas slaagde er doorgaans in de file voor te zijn. Hij had ook onregelmatige uren, zodat hij zich vaak niks van die files hoefde aan te trekken.

Lena stapte achter hem het dak op. Tegen de achtergrond van de betonnen constructie leek ze met haar één meter zestig nog kleiner, temeer omdat ze de fysiek had van een marathonloopster. Ze had snel een douche genomen en andere kleren aangetrokken. Lena leefde min of meer op kantoor. In diverse laden en kasten lagen zoveel van haar persoonlijke eigendommen dat Thomas zich afvroeg waarom ze nog een flat huurde. Hoewel, alles welbeschouwd, Lena het leven doorkwam met erg weinig spullen. Wat kleren, enkele verzorgingsproducten, een pistool. Dat was Lena. Vrijgevochten en vrij, in vele opzichten. Maar zelden bevrijd van zichzelf. Heel eventjes, enkele jaren geleden toen hij haar voor het eerst leerde kennen, vermoedde Thomas dat Lena een lichte vorm van autisme had. Asperger, misschien. Maar hij had al snel ingezien dat het plakken van een etiket op Lena – en dan nog een dergelijk etiket – onzin was. En oneerlijk. Hij had haar achtergrond leren kennen. Opgegroeid in pleeggezinnen waar ze niet kon aarden, en altijd in conflict met elke vorm van gevestigde orde. Ironisch dat zij precies nu bij de gerechtelijke politie was terechtgekomen. Maar nee, misschien was dat niet zo vreemd.

'Thomas?' zei ze. Ze keek naar de stad en draaide haar hoofd naar hem.

Hij was nog steeds afgeleid door zijn gedachten over haar. 'Mmm?'

Haar vingers friemelden aan de rits van haar jekker. 'Het is tijd om Tarik af te lossen. Hij zal die observatie nu wel beu zijn. Tot nog toe heeft hij niks speciaals te melden.'

Hij richtte zijn blik weer op de stad, maar zijn woorden waren voor haar bestemd. 'Geduld, Lena. Onze vriend Depretere moet zich veilig voelen. Pas dan maakt hij fouten.' Hij duwde zich weg van de balustrade. 'Kom, we gaan ervandoor. Volg je?'

Ze sjokte achter hem aan.

৵৽৶

Niet zoveel later zaten ze samen in een anonieme wagen, tegenover de zaak van een kleermaker in de Aalmoezenierstraat. Thomas had zonet twee bekers koffie gehaald in een broodjeszaak even verderop en de hete drank verjoeg gaandeweg het maandaggevoel dat ze beiden hadden. Op de schoot van Lena lag een fototoestel, een solide reflexcamera met een compacte zoomlens. Thomas had een kleine verrekijker in de hand. Ze hadden ervaring met dit soort van observaties, die geestdodend vervelend waren.

Allebei hielden ze Glenn Depretere in de gaten, een man van midden dertig die bij de kleermaker in de winkel stond en een pak paste. In het milieu was hij bekend om zijn fantastische beleggersverhalen en zijn activiteiten in vastgoed, wat ook zijn officiële dekmantel was. Maar in werkelijkheid verdiende hij alleen maar geld met kleine financiële criminaliteit.

Dankzij het grote, open raam van de winkel konden de rechercheurs makkelijk naar binnen kijken. De kleermaker duidde met een vetkrijt nog enkele te maken retouches aan. Depretere zag er kunstmatig gezond uit. Zijn bruine huid kwam van onder de zonnebank en zijn donkere haar werd stijf in de plooi gehouden met gel. Hij keek vaak in de spiegel, wat zijn ijdelheid verraadde. Misschien dacht hij ook na over de kostprijs van dit pak.

'Onze meneer Depretere heeft verdomd smaak', zei Lena. 'Niet de goedkoopste kleermaker van de stad. Het is alleen spijtig dat hij een kop van een oplichter heeft, anders zou het *kostuumke* hem goed staan.'

Thomas keek door de kijker. 'Hij verwacht een flink pak geld van de deal die hij aan het afsluiten is. Jammer toch dat hij teleurgesteld gaat worden, de brave jongen. Als we het goed aanpakken draagt hij binnenkort zo'n oranje overall, in de gevangenis. Dat pak zal hij dan niet nodig hebben.'

Lena snoof verontwaardigd. Ze dronk het restant van haar koffie op. 'Ja, en dat is dan ook alles? Of mogen we méér verwachten?'

Thomas antwoordde niet. Hij wist wat Lena bedoelde. Tengere en gedreven Lena, die haar klauwen in het grote onrecht wilde slaan – zo kende hij haar. Depretere was een kleine jongen die zich in een grote wereld gedroeg alsof hij de beste kaarten had. Maar dat was niet zo.

'Hij is een kleine garnaal, Thomas', zei Lena ongeduldig. 'Een *prutserke*. We verliezen hier onze tijd. We moeten de mensen hebben met wie hij zaken doet.' Ecofin hield al een tijdje het telefoonverkeer van de gsm van Depretere in de gaten. Gisteren was Depretere duidelijk opgewonden geraakt over een zeer lucratieve transactie. Hij had iets in zijn bezit dat een andere partij erg graag wilde hebben. Wat dat was, bleek niet duidelijk. Maar Depretere had blijkbaar groot geld in het vooruitzicht. En daarom was hij meteen naar deze kleermaker gestapt. Geld uitgeven nog voor hij het had, dat was zijn stijl.

'Mmm', zei Thomas. 'Hij heeft in het verleden bewezen dat hij geld kan vermenigvuldigen. Vijfentwintig procent winstprognose na twee weken, dat betekent toch al iets? Hij kan toch wat, onze vriend, niet? Ook al is hij een oplichter.' Hij liet de verrekijker zakken. 'Al is hij onlangs minder succesvol geworden, met de crisis.'

'We moeten de grote klootzakken pakken, die het drugsgeld witwassen en een btw-carrousel in elkaar steken', zei Lena. 'Dan houdt dit allemaal op.'

Zo kende hij haar. Ongeduldig, en altijd de juiste prioriteiten stellend. De grote garnalen eerst, dat was haar motto. Maar ze wist zelf goed hoe dat in de praktijk ging. Grote garnalen kwamen er vaak van af met één of twee jaar in de bak, en daarna konden ze makkelijk terugvallen op het geld dat ze al die tijd geparkeerd hadden. Het waren de kleine garnaaltjes die de grootste klappen opvingen.

'Te veel sportdrank zo vroeg op de ochtend is niet goed, Beckers', zei hij. Want terwijl ze uit het parkje was komen lopen had hij het flesje gezien. Hij vermoedde dat die sportdrank haar enige ontbijt was. En nu nog die koffie. Hij was niet jaloers op haar levensstijl. 'Maar', vervolgde hij, 'weet je waaraan ik het meeste plezier zou beleven? Als we hun jachten en hun dure sportauto's en hun villa's kunnen afpakken. Daar doen we hen echt pijn mee.' Hij volgde even met zijn blik een slanke, deinende jongedame die door de straat flaneerde, om daarna zijn aandacht weer op Depretere te richten.

'Oh, zoals dat kantoorgebouw in Gent dat we ooit *geplukt* hebben', zei Lena. Ze merkte dat Thomas niet meer naar haar luisterde. Zijn aandacht was ergens anders. Ze volgde zijn blik. Ze zag een man door de straat wandelen. Een vijftiger, gedrongen, krachtig, kaal. Je zag dat soort mannen wel vaker in Antwerpen. Lijfwachten voor zogenaamde zakenmensen. Soldaten voor de een of andere slechte zaak. Deze was speciaal. Deze was gevaarlijk en slim. Deze kende ze maar al te goed.

'Godverdomme!' zei Thomas. 'De klootzak.'

Vadim Arveladze stapte tot bij de kleermaker. Lena begreep waarom Thomas zo reageerde. Toen ze Arveladze oppakten, bij een vorige zaak, had die gedreigd Thomas en zijn familie te komen opzoeken wanneer hij weer vrij was. Dankzij de *medewerking* van zijn advocaat, Weckx, was Arveladze in het bezit gekomen van het privéadres van Thomas. Arveladze was nu al enkele weken vrij, na een veel te kort bezoek aan de Begijnenstraat. En Thomas had reden te over om zich zorgen te maken, want de gewelddadigheid van de Rus was alom bekend.

'Een jaar', zei Thomas. 'Zijn advocaat heeft gelijk gekregen. Hij heeft een jaar gezeten. Ik snap het niet meer. Wij pakken ze op en even later lopen ze weer rond.'

Lena, al te goed bekend met het cliché, zei: 'Je weet al een tijd dat hij op vrije voeten is, Thomas. Hij heeft alweer een aantal schaduwrijke zaakjes opgezet. Waarom maak je je nu druk?'

'Omdat hij hier zo ostentatief voor onze voeten komt lopen, Lena. Daarom. Omdat hij eruitziet alsof hem niks kan overkomen. God weet wat voor vuile zaakjes hij in die weken al heeft opgezet. Hij heeft niet stilgezeten, wees daar maar zeker van. En nu daagt hij hier op. Geen toeval, als je het mij vraagt. Hij is de tegenpartij van Depretere. Je zult het wel zien!'

Lena vond het niet nodig daarop commentaar te geven.

❧⁊

Arveladze was de kleermakerszaak binnengestapt en liep met-een naar Depretere toe, die uit het pashokje kwam en net zijn broek dichtritste. De Rus greep Depretere meteen bij zijn ballen en kneep. Depretere kreunde diep, zich ervan bewust dat hij in deze zaak geen kabaal kon maken, toch niet met goed fatsoen. En dat kabaal hoe dan ook zijn situatie niet zou verbeteren, want de Rus was niet van plan zijn prooi los te laten.

'Dag jongeman', zei Arveladze grijnzend. 'Ben je een pak aan het kopen met mijn geld?'

Depretere probeerde, tegen beter weten in, uit de greep van de Rus los te komen, waardoor de pijn alleen nog maar erger werd. De man ging zijn ballen er gewoon *afknijpen*.

Arveladze hield zijn gezicht dicht tegen dat van zijn slachtoffer. 'Wat dacht je? Dat ik je zou laten begaan? Ik wil mijn geld terug. Plus de beloofde vijfentwintig procent winst.'

'Volgende week', sputterde Depretere. 'Echt waar, ik zorg ervoor...'

'Gisteren', zei Arveladze rustig. 'Ik had begrepen dat dit onze afspraak was. Dat de fondsen gisteren vrijkwamen.'

'De financiële markten', zei Depretere, naar adem snakkend, 'reageren wat trager dan ik verwachtte, maar je kunt er zeker van zijn... Aauwmmm...'

'Leeft je mama nog, Glenn?'

Depretere keek in de ogen van de Rus. Hij knikte. Ontkennen was zinloos, de man wist dat zijn moeder nog leefde.

'Er is niets zo erg voor een moeder', vervolgde Arveladze, 'dan haar eigen kind te moeten begraven. Als je dat wilt voorkomen, Glenn, dan ga je me morgen blij maken, begrepen? En je weet hoe je me blij moet maken, niet?'

Depretere knikte. Arveladze liet zijn ballen los. 'Mooi pak dat mijn vriend daar heeft', zei hij tot de kleermaker. 'Ik wil er ook zo eentje. Je hebt mijn maten.'

'Ja, meneer Arveladze', zei de kleermaker, in de war, maar altijd bereid een goede klant verder te helpen.

In het pashokje stond Depretere met zijn familiejuwelen in zijn handen, voorovergebogen, de pijn te verbijten. De kleermaker keek bezorgd, maar dacht er niet aan dichterbij te komen. Depretere haalde zijn gsm boven en toetste een nummer in.

࿔

Thomas, Lena en hun collega, commissaris Iris De Witte, stonden samen rond het bureau van Iris en haar computer. Dat bureau vormde een nauwelijks afgescheiden deel van de grote open ruimte waar de leden van Ecofin werkten. Iris zat wat apart, omdat zij verantwoordelijk was voor de informatie die ze in haar databanken verzamelde, die ze vervolgens analyseerde en aanschouwelijk tevoorschijn toverde op het smartboard dat aan de andere muur hing.

Ze luisterden naar de opname van een telefoongesprek. Ze hoorden de opgewonden maar fluisterende stem van Depretere, die klonk alsof Arveladze nog steeds zijn ballen vastkneep. 'Vanavond', zei hij. 'We doen de deal aan het Museum voor Schone Kunsten. Dan ben ik ook van die Arveladze af. Zorg dat je er bent met het spul.'

Iris stopte de opname. 'Dat was vlak na zijn onderonsje met Arveladze', zei ze. 'Ze hebben het over *het spul* en over geld. Hij gaat dus een flinke slag slaan.'

'En met wie belde hij?' vroeg Thomas. 'Weten we dat? Was dat de man met wie hij eerder belde over zijn grote deal?'

'Nee, het was een vrouw. Oorsprong niet na te gaan, ze gebruikte een betaalkaart.'

'Zijn vriendin?' Thomas keek op naar het smartboard. Op het scherm was een tiental foto's geprojecteerd, onder andere die van Depretere en Arveladze. En ook die van een knappe, jonge vrouw met lachende, donkere ogen en een kroontje op het hoofd.

'Joyce? Ex-Miss Diamant?' vroeg Iris. 'Zou zij het kunnen zijn?'

Lena richtte zich weer op. 'Over welke deal hebben ze het? Vrouwen? Of diamanten? Daar lijkt het niet op. Ze moet *het spul* meebrengen. Diamanten, waarschijnlijk.'

'Depretere', zei Thomas nuchter, 'is alleen maar met geld bezig. Liefst cash, als het even kan. En de man met wie hij eerder sprak leek niet erg blij.'

'Er is iets aan de gang', zei Iris. 'En onze jonge vriend is zenuwachtig.'

'Is er voldoende reden om aan te nemen dat Arveladze in dit complot zit?'

'Misschien wel', zei Thomas. 'Wat zagen we anders vandaag gebeuren? De Rus wordt ongeduldig, dat was duidelijk.'

'Misschien moeten we hem ook wat onder druk zetten', suggereerde Lena. Ze keek op. 'Heeft Arveladze nog altijd die wasserette waar hij zoveel jaar geleden mee is gestart?'

'Ja,' zei Iris, 'die heeft hij nog altijd.' Ze had meteen opgezocht waar de Rus uithing, nu hij zo opvallend weer in het straatbeeld was verschenen. De man had verschillende commerciële belangen in de stad, die hij allemaal jaren eerder had opgezet en die door vrienden werden gerund, ook terwijl de Rus zelf in het buitenland of in de gevangenis zat.

'Ik bel de onderzoeksrechter voor een paar huiszoekingsbevelen', zei Thomas. 'Misschien valt er hier en daar wat geld te plukken.'

Lena zette haar handen op haar heupen. 'Wat weten we nu? Museum voor Schone Kunsten, vanavond. Dat is ter gelegenheid van de verkiezing van de manager van het jaar.'

Thomas was met zijn gedachten elders. 'Is je vader genomineerd?' vroeg hij aan Lena, die haar hoofd schudde. De man waarnaar Thomas verwees was eigenlijk haar adoptiefvader, Guy Merckx. Lena was na lange omzwervingen in instellingen en pleeggezinnen uiteindelijk terechtgekomen bij Guy en zijn vrouw Marisse. Zij waren de enige mensen bij wie ze als tiener had kunnen aarden, en ze beschouwde Guy dus als haar echte vader. Hij was enkele jaren geleden weduwnaar geworden, en Lena was nu zo'n beetje zijn toeverlaat.

Ze keken op toen inspecteur Tarik Idbalkassm binnenwandelde, gevolgd door hoofdcommissaris Steven Perseyn, hun chef. Tarik had zijn smartphone in zijn hand en glimlachte terwijl hij een berichtje las. 'Blond of zwart?' vroeg Lena hem.

Hij grijnsde. Het was een grijns, vond Lena, zoals er in de wereld geen grijnzen gemaakt zouden mogen worden. 'Van boven blond.'

'O,' zei Iris, 'ik dacht dat ze een brunette was.'

'Tarik houdt ervan op tijd zijn veroveringen om te ruilen', zei Lena.

Perseyn, met een kartonnen folder in de hand, negeerde deze uitwisseling. 'Ik hoef het jullie niet te vertellen, maar onze ouwe vriend Vadim Arveladze is weer op het oorlogspad. Zijn dossier is nog altijd even dik: drugs, kinderprostitutie, mensenhandel, fraude, geweld. Maar wij hebben hem al eerder opgepakt en we gaan dat opnieuw doen.'

'Er is niks wat we hem ten laste kunnen leggen, chef', zei Thomas. 'Hij heeft gewoon zijn straf uitgezeten. En dankzij zijn pientere advocaat niet lang genoeg.'

'Een reden temeer om hem goed in de gaten te houden en geen fouten te maken', zei Perseyn streng. 'Wat hebben we vandaag geleerd?'

'Hij had zijn geld waarschijnlijk bij Glenn Depretere belegd', zei Thomas. 'Met het oog op snelle winst. Maar dat is niet goed verlopen, lijkt het. En nu hebben die twee de een of andere deal.'

'Dus zo goed is hij niet, die Depretere', zei Lena. 'De beurzen zijn hem niet meer gunstig gezind.'

'Nee', zei Thomas. 'En het wordt alleen maar erger voor hem. Want vanavond gaan we ook nog zijn geld plukken.'

☙❧

Douglas hield de gsm in zijn linkerhand en de komboloi in zijn rechterhand. Hij zat op een terrasje in de binnenstad en keek uit op een weinig aantrekkelijk plein. Alleen het uitzicht op enkele historische gebouwen bood hem het esthetische genot dat hij zocht. De elegantie van eeuwenoude architectuur was zijn troost, was dat altijd al geweest, terwijl hij uit noodzaak moest praten met een onderkruiper, een verrader en een leugenaar – een in zijn ogen stuk menselijk afval dat zonet van onder een steen was komen kruipen en nu zijn aandacht op-eiste. Zo meteen zou hij de gsm in een vuilbak gooien, alsof die besmet was.

'Hebben we een overeenkomst?' zei de stem van Depretere aan de andere kant van de lijn.

'We hebben, jammer genoeg, een overeenkomst', zei Douglas. Het kostte hem moeite om zijn afkeer voor de man uit zijn stem te houden. Depretere was een kleine garnaal in de hele opera-tie en betekende dus eigenlijk niets. 'Dat is niet mijn verdienste, maar die van mijn opdrachtgevers. Als het aan mij lag...' Hij zou Depretere niet vertellen dat zijn uitspraak niet klopte, en dat hij niet in de echte zin van de betekenis een opdrachtgever had. Als deze kleine crimineel in handen viel van de politie, dan kon die alleen verkeerde informatie rondstrooien.

En natuurlijk zou hij, vroeg of laat, in de handen van de politie vallen.

'Het ligt niet aan jou', zei Depretere, en het leek Douglas als-of de man hem uitlachte. Alsof die rottige smeerlap hem in zijn gezicht uitlachte. 'Het ligt niet aan jou. Jij doet gewoon wat je broodheren je vertellen. Zorg voor het geld en dan krijg je het spul terug.'

Douglas vroeg zich af of de lijn afgetapt werd. Dat was on-waarschijnlijk. Hij had pas een week geleden dit toestel en een nieuwe chip gekocht, en Depretere belde vanuit een telefoon-cel. Gelukkig dat er nog telefooncellen waren.

'Zorg jij ervoor dat het spul intact bij mij terechtkomt', zei Douglas. 'Anders spreken we elkaar *face to face*. En dat zal een onaangename ervaring zijn. Voor mij, en dus wil ik het vermij-den, maar zeker ook voor jou.'

'Ik ben niet bang van jou, ziekelijke macho', zei Depretere. 'Jij doet me niks. Ik weet te veel.'

Douglas bedacht dat Depretere precies daarom voor zijn le-ven moest vrezen, maar hij zei dat niet hardop. Ik moet hem niet opvoeden, dacht hij. Ik moet alleen maar zorgen dat het hologram weer terechtkomt. En daarna zal ik nadenken over wat ik met meneer Glenn Depretere ga doen.

Hij had een paar goede ideeën. Geen ervan zou Depretere leuk vinden.

Hoofdstuk 2

In de tochtige en weinig propere wasserette in de Kloosterstraat zat Irina Sherbadze te wachten op een van de wrakke stalen stoeltjes. Ze zag er ouder uit dan haar vijfentwintig jaar en ze droeg kleren die ze ergens snel bijeengescharreld leek te hebben. De stinkende industriestad waar ze was opgegroeid had ze drie maanden eerder achter zich gelaten, omdat ze er haar kinderen niet langer meer wilde overgeleverd zien aan ziekte en aan de dreiging van misbruik en prostitutie. Dus had ze geld gestolen en had ze een man betaald.

Haar kinderen, respectievelijk drie en vijf, waren bij haar, twee stille en sombere peuters die uit pure noodzaak hadden geleerd onopvallend te blijven. Ze zouden stil en somber blijven, vreesde Irina, maar hier, in het Westen, zouden ze hopelijk veilig zijn.

In haar hand hield Irina een beduimeld vodje papier, waarop ze een naam en een adres had geschreven. En een reeks cijfers. Dat vodje was haar kostbaarste bezit.

Toen Arveladze binnenkwam bekeek hij fronsend de jonge vrouw. Zij kwam snel overeind en deed haar best om haar glimlach niet geforceerd te laten lijken. Ze kende dit soort mannen. Voor hen was zij handelswaar. Ze won er niets bij als ze hem onbeschoft behandelde, of uit de hoogte. Tijdens de voorbije drie maanden had ze onderdanigheid geleerd. In haar vorig leven had ze geleerd dat mannen zelden dachten met hun hart. Ook vaders niet. Niet waar zij vandaan kwam.

'Ik ben Irina Sherbadze', zei ze in het Russisch, en ze probeerde netjes te praten, zodat deze man haar niet voor een domme boerin hield. Ze was per slot van rekening naar school geweest, zelfs naar de hogeschool. Maar dat zou haar hier waarschijnlijk niet helpen, die opleiding. 'Dit zijn mijn kinderen, Julia en Sasja.'

De kinderen bleken bereid de vreemde meneer een hand te geven, zoals hun geleerd was, maar Arveladze negeerde hen. 'Uw naam', zei hij somber, 'komt mij helemaal niet bekend voor.'

Daar schrok Irina van. Ze had een hele weg afgelegd om tot hier te komen, waar ze hoopte op een leefbare toekomst en op veiligheid. Wat bedoelde deze man? Waarom kende hij haar naam niet? Had iemand een vergissing begaan, of had iemand haar bedrogen?

'Ik heb geld gegeven aan Dimitri,' zei ze, 'samen met de pasfoto's. Er ging voor documenten gezorgd worden. Hij zou ervoor zorgen dat wij...'

Arveladze liet zijn blik over haar glijden. Hij kneep zijn lippen samen. 'Ik zal het nakijken. Volg mij maar, Irina Sherbadze. De kinderen kunnen hier blijven spelen.'

Irina volgde hem naar een achterkamertje. 'Mijn kinderen zijn moe', zei ze terwijl ze daar naar binnen stapte. 'Net zoals ik. De reis was erg lang.' Het kamertje was rommelig, maar niet rommeliger dan de wasserette. Ze had erger gezien, in haar eigen land.

Arveladze volgde haar naar binnen en draaide de deur op slot. Irina wilde wat zeggen, en zag dan een camera op een statief. Arveladze zette de camera aan. 'Kleren uit', zei hij. Het klonk terloops, alsof het niets meer was dan een detail in een lopende transactie, iets op hetzelfde niveau als de pasfoto's en het geld van Dimitri.

'Ik heb al geld gegeven', zei Irina aarzelend. 'U bent een goed mens, en Russisch, net als ik. U doet mij geen kwaad.' De camera, de dreigende man, haar kinderen achter de deur. Ze wist wat er ging gebeuren. Ze wilde het niet, al was het maar door een beroep te doen op het fatsoen van de man. Maar in zijn ogen zag zij dat hij geen fatsoen kende.

Hij stapte vooruit en sloeg haar met de rug van zijn hand in haar gezicht. Ze schokte en even verloor ze haar evenwicht.

'Ik bepaal hier de regels', zei hij. Hij klonk niet boos, maar ze wist dat ze hem niet meer zou tegenspreken.

‷ঌ

Lena toonde de andere rechercheurs de foto's die ze bij de kleermakerszaak genomen had. Op het smartboard verschenen Depretere en Arveladze, en een leeg profiel van de man met wie Depretere eerder had gebeld. 'De kleermaker vertelde ons achteraf dat Arveladze, die hij al langer kent als klant, de jonge meneer bedreigde, maar waarover dat ging wist hij niet. Of hij houdt zijn mond omdat hij zoals iedereen bang is voor de Rus, wat waarschijnlijker is.'

Iris zei: 'Arveladze heeft in elk geval begrepen dat Depretere niet te vertrouwen is.'

'Och, ze zijn aan elkaar gewaagd. Als we de wasserette van onze Russische vriend binnenvallen, dan vinden we waarschijnlijk meer dan alleen maar waspoeder.'

Tarik bracht zijn wijsvinger en zijn duim naar zijn neus en snoof, de wenkbrauwen opgetrokken.

'Ja,' zei Thomas, 'dat ook.'

'Jongelui', zei Perseyn. 'Laten we even bij de les blijven. Jullie leggen Depretere op de rooster en pluizen de boekhouding van Arveladze uit. Ik wil alles van die mannen weten, ja?'

'Vooruit, team', zei Thomas. 'Jullie hebben de baas gehoord.' De leden van de ploeg verspreidden zich, ieder naar zijn eigen werkplek om de details te regelen. Aan de andere kant van de open kantoorruimte ging de liftdeur open en Eva, de vrouw van Thomas, kwam naar binnen gestapt, voorafgegaan door de tienjarige Ruben, die meteen zijn vader spotte en zich op hem stortte. 'Hey, tijger', zei die en tilde zijn zoon op.

Tarik passeerde en gaf Eva een kus op de wang. 'Ciao, bella!' zei hij. Zij glimlachte. 'Hoi', begroette Thomas zijn vrouw, terwijl hij zich tot Tarik wendde: 'Casanova! Ze is al van de straat.'

'Hij zorgt toch wel goed voor je?' vroeg Tarik plagend aan Eva. 'Anders moet ik hem een beetje opleiding geven.'

'Wanneer kom je nog een keertje eten, Tarik? Dan kun je met je eigen ogen zien hoe goed hij voor mij zorgt.'

'Niet doen, Eva', zei Thomas, zijn zoon weer neerzettend. 'Hij valt na twee glazen wijn al in slaap, en dan zitten wij er de hele nacht mee opgescheept. En als moslim mag hij niet drinken.' Tarik grijnsde en liep door. Van Eva kreeg Thomas een opvallende roze das met witte stippen aangereikt.

'Is deze goed?' vroeg ze.

'Perfect', zei hij. Hij keek Ruben na, die door het kantooreiland liep.

Eva volgde zijn blik. 'Binnenkort houdt hij een spreekbeurt over het beroep van zijn papa', zei ze. 'Wat is er, Thomas? Zo somber? Komen we op het verkeerde moment?'

'Nee, nee, dat is het niet. Arveladze is weer opgedoken.'

Eva keek haar man aan. Ze wist wat dat voor hem betekende. Hij had gehoopt hem voor jaren achter de tralies te zien. Ze wist ook wat dat voor haar en Ruben inhield. Zij zou zich heel wat minder veilig voelen, zeker wanneer Thomas niet thuis was.

'Vanavond pakken we Arveladze opnieuw op', zei Thomas. Het moest geruststellend klinken, maar zelfs dat lukte hem niet. Ruben had ondertussen een stel handboeien gevonden en wilde weten hoe die opengingen, en Eva was blij met de afleiding. Ze wilde niet aan Arveladze denken. Terwijl Thomas zich om Ruben bekommerde, kwam Iris bij haar staan. 'En?' fluisterde ze. 'Heb jij geen belangrijk nieuws te vertellen?'

Eva keek haar fronsend aan.

Iris glimlachte. 'Toen ik zwanger was, was ik ook drie maanden na elkaar ziek.'

Onwillekeurig tastte Eva naar haar buik.

'Ik zie het in je ogen', zei Iris geheimzinnig.

'Thomas weet het nog niet', zei Eva. 'Ik wil eerst nog bij de dokter langs om zeker te zijn.'

'Mmm', zei Iris. 'Maar van mij krijg je alvast de beste wensen mee.'

Thomas had Ruben bij de arm gepakt en bracht hem terug naar zijn moeder. 'Verder alles in orde?' vroeg hij.

Eva knikte. 'Ik ga er maar weer vandoor, Thomas. Kom, Ruben. Zeg dag tegen iedereen. En een dikke zoen voor je vader.'

De jongen deed wat hem was opgedragen. Terwijl de deur van de lift achter Eva en Ruben dichtschoof, kwam Perseyn zijn kantoor uit. 'We hebben het akkoord van de onderzoeksrechter, mensen.'

Iris keek op van achter haar computer. 'De assistentieteams zijn stand-by.'

'Tarik en Iris gaan naar de wasserette', zei Thomas. 'Met twee teams als back-up. Neem je tijd en doe het grondig.'

'Zoals altijd', zei Tarik.

'En zorg ervoor dat niemand de kans krijgt om documenten of andere bewijsstukken te vernietigen. Alles wat jullie daar vinden kan mogelijk tegen Arveladze gebruikt worden.'

❧

In het achterkamertje van de wasserette kwam Arveladze overeind en ritste zijn gulp dicht. Hij zette meteen ook de camera af. Gedaan met de show, dacht hij. Hij klikte de zijkant van het toestel open en haalde de tape eruit. Hij negeerde Irina, negeerde de uitdrukking van walging op haar gezicht terwijl ze zichzelf snel aankleedde. Pas toen ze volledig gekleed was, keek hij haar aan. 'Wat is je naam?' vroeg hij.

'Irina Sherbadze', zei ze, bijna uitdagend. Er was niets wat de man haar nog kon aandoen dat erger was dan wat ze de voorbije minuten had meegemaakt. Maar haar kinderen. Hij kon dingen doen met haar kinderen waaraan ze liever niet dacht. Al wat ze de voorbije weken had doorstaan, had ze gedaan voor haar kinderen. Die mochten niet meemaken wat haar was overkomen – dat hoopte ze.

Hij schreef haar naam op het doosje van de tape. Dan opende hij een lade in een klein bureaumeubel dat in de hoek van het kamertje stond en haalde er drie Belgische identiteitskaarten uit. 'Deze heb je wel verdiend', zei hij ruw.

Irina vermeed naar zijn gezicht te kijken terwijl ze de kaarten aannam.

'En heb je al werk gevonden?'

Ze schudde het hoofd.

'Misschien', zei Arveladze, 'heb ik wel iets voor jou.'

❧

In het kantoor van het Ecofinteam was iedereen zo goed als klaar. De wapens waren nagekeken, de oortjes ingestoken, de zenders getest en de afspraken gemaakt met de externe teams van het lokale korps. Thomas gaf zijn team de laatste instructies. Hoewel ze geen groentjes meer waren, keken ze allemaal telkens weer uit naar de actie, als schoolkinderen die deze ene keer per jaar een uitstapje mochten maken. Ze beseften echter ook dat het moment waarop de wapens werden bovengehaald het gevaarlijkste van hun carrière was. Dan moesten ze absoluut zeker zijn van elkaar. Dan werd niet alleen hun individuele kracht maar ook die van het team als geheel getest.

Perseyn tikte Thomas even op de arm. 'Heb je een momentje, voor we vertrekken?'

Thomas volgde Perseyn tot in zijn kantoor. De hoofdcommissaris schoof de deur dicht, zodat ze privacy hadden. 'Het is belangrijk dat noch Depretere noch Arveladze in de gaten hebben dat we dit aan het voorbereiden zijn. Anders zijn we hen kwijt.'

'Maak je geen zorgen, baas, we zijn er klaar voor.'

'Liesbeth en ik zullen er vanavond ook zijn, als gasten.' Liesbeth, de vrouw van Perseyn, vergezelde haar man alleen op officiële aangelegenheden. Wat opoffering betrof was dat al genoeg voor haar. Thomas wist hoe het zat tussen Perseyn en zijn vrouw. Hij wist ook waarom Perseyn vanavond niet met het team meekwam, al had hij dat liever gedaan. 'En je weet dat je je baas niet mag lastigvallen na de werkuren', vervolgde Perseyn. Maar Thomas wist dat hij dat niet meende. 'We steken nadien de koppen wel weer bij elkaar', besloot Perseyn.

Thomas knikte en schoof de deur weer open. Hij voegde zich bij de anderen in de kantoorruimte. 'Klaar?' vroeg hij aan het team. Het was een overbodige vraag.

Hoofdstuk 3

Alles liet vermoeden dat het Museum voor Schone Kunsten die avond afgehuurd was voor een belangrijk evenement. Er waren vuurbakens voor de ingang opgesteld, er lag een brede rode loper over de trappen en er was zelfs private bewaking. In ware Hollywoodstijl kwamen limousines en luxueuze auto's aanrijden, mannen in smoking en vrouwen in avondjurken stapten uit en werden onder de blikken van een paar honderd toeschouwers naar binnen geleid, terwijl fotografen en minstens drie filmploegen opnames maakten.

Wie ook opnames maakten, en met minstens zoveel aandacht, waren de politiemensen die in een bestelwagen even verderop zaten. Ze hadden bijzonder veel aandacht voor een Maserati Quattroporte die voor het gebouw halt hield. Glenn Depretere stapte uit, in het gezelschap van Joyce, allebei in galakledij. Hij nam haar bij de hand en leidde haar de trappen op, zonder ook maar even links of rechts te kijken. Hij merkte dan ook niet dat meteen erna een andere auto halt hield, een veel bescheidener BMW, waaruit de welgevormde benen van Lena verschenen. Thomas, die aan de bestuurderskant uitstapte, gooide zijn sleutels naar een van de valetboys en begeleidde Lena, in een donkergroene avondjurk met spectaculaire split die veel dij liet zien, de trap op. Hij kruiste de blik van Perseyn die net met zijn vrouw Liesbeth de hal passeerde en naar binnen ging.

Het evenement was protserig – vond Perseyn – maar noodzakelijk. Wie er naartoe kwam, kwam niet om de laureaat gelauwerd te zien, maar om zichzelf te bevestigen als lid van een exclusieve club die alleen evenwaardige leden accepteerde. Er waren natuurlijk altijd toevallige aanwezigen die uit de pas liepen, zoals Lena en Thomas, maar die deden niets ter zake, en vormden een soort van decor waartegen de ware goden zich manifesteerden.

Het officiële gedeelte van het evenement, waarbij de meest verdienstelijke manager van het jaar gelauwerd werd, duurde een uurtje, met speeches van enkele politieke zwaarwichtige opportunisten op zoek naar een electoraat. Het geheel werd gepresenteerd door schnabbelende Bekende Vlamingen. Daarna was er het ware evenement, de receptie, waar kliekjes gevormd werden en de bezoekers elkaar aftastend bekeken. Perseyn drukte de handen van leden van verschillende kliekjes, van de burgemeester, van industriëlen en bankiers, van mensen die hij zelfs niet eens kende. Ook directeur Laplace, zijn directe chef, kon hij niet ontlopen. Hij verbaasde zich niet over de aanwezigheid van baron Van De Coeberghe, de eeuwige intrigant. Hij zag officieren van het plaatselijke korps, en magistraten met wie hij figuurlijk de degens gekruist had. Hij wist wat mensen van hem dachten, wat ze over hem roddelden en wat ze hem toewensten.

Hij was hier officieel, maar hij was hier ook om eventuele acties van zijn mensen te coördineren, al wist hij dat hij dat probleemloos aan Thomas kon overlaten.

Na een uurtje zonderde een aantal mensen zich af om buiten een sigaretje of sigaar te roken, wat niet in het gebouw mocht. Thomas knikte in de richting van Perseyn en nam Lena bij de arm toen hij merkte dat Depretere met enkele potentiële kankerpatiënten richting uitgang dwaalde. 'Kom, meid', zei hij. 'Ons doel verplaatst zich significant en wij kunnen niet achterblijven.'

'Ik begon dit circus net interessant te vinden', zei Lena, maar ze volgde hem naar buiten. Daar bleven ze staan, zo onopvallend mogelijk. Depretere hield zich apart van de andere rokers, met Joyce naast hem.

'Glennetje is zenuwachtig', zei ze. 'De ene sigaret na de andere. En zijn verovering lijkt ook al niet blij. Ze is pas terug uit het buitenland, vandaar haar kleur. Maar dat is het enige leuke aan hen.' Ze keek op naar Thomas, die niet reageerde. 'Gek koppel eigenlijk, vind je niet? Passen toch helemaal niet bij elkaar. Had ze niet verder kunnen springen dan zo'n derderangsoplichter? Bij de televisie gaan, bijvoorbeeld?'

'Hopelijk kunnen we hem oppakken voor hij aan longkanker sterft.' Thomas wierp een blik in de richting van de bestelwagen, waar het observatieteam nog steeds wachtte op actie. Dan hield hij Glenn Depretere weer in de gaten. Achter hem zei een man plots: 'De hapjes op de tafel links laat je beter liggen, die zijn veel te gezond.'

Lena draaide zich om en grijnsde. 'Papa', zei ze, en gaf de man die plots achter hen was opgedoken een flinke zoen op zijn wang. De man, Guy Merckx, wendde zich tot Thomas. 'Dag, Thomas. Leuk je weer te zien. Ik ga je niet vragen of je hier in functie bent.'

'Een andere uitleg zou mij alleen maar in verlegenheid brengen', zei Thomas. Lena's vader – adoptiefvader, eigenlijk, maar voor haar maakte dat geen verschil – zag er nog altijd goed uit: gezonde vijftiger, grijs haar, vlot en tegelijk een beetje onbenaderbaar. Behalve voor Lena dan.

'Ach ja, natuurlijk', zei Merckx. 'Daar heb ik alle begrip voor.' En hij wendde zich tot Lena. 'Je ziet er verrukkelijk uit. Die jurk past je uitstekend. Heb je die te danken aan de genereuze onkostenrekening van Ecofin?'

'Mmm,' zei Lena plagerig, 'misschien. Jij bent hier om te weten wie de beste manager van het jaar is?'

'Nee,' zei Merckx somber, 'daarvoor kom ik niet naar hier. Ik ken dit soort mensen en hun verhalen al veel te lang. En ik weet wie er hier zijn geld eerlijk verdiend heeft. Die lijst is kort.' Hij maakte een gebaar van laat maar zitten. Hij draaide zich gedeeltelijk om en een lange, donkerharige vrouw die zich tot dan toe discreet had opgesteld, stapte dichterbij. 'Ik wil van de gelegenheid ook gebruikmaken', zei hij, 'om Catherine voor te stellen. Catherine, dit is mijn dochter Lena, en haar collega Thomas Verhaege.'

De vrouw, die een ovalen gezicht had met elegante beender-structuur, drukte Lena de hand, en dan Thomas.

'Papa?' zei Lena.

'Later, schat', zei Merckx, die duidelijk wat moeite had met zijn houding. 'Kunnen we na afloop niet iets gaan eten? Ergens waar we ons geen zorgen hoeven te maken over ons prestige?'

'Hij is aan de telefoon', zei Thomas, die opnieuw naar Depretere keek.

'O,' zei Merckx, 'ik laat jullie beiden dan maar.'

Lena gaf hem nog snel een zoen en volgde dan de blik van Thomas in de richting van Depretere. Die praatte intensief in zijn mobieltje. Toen het gesprek afgelopen was fluisterde hij iets in het oor van Joyce. Die deed haar handtas open en stop-te hem een klein voorwerp toe.

'Ik wil geld geven als ik nu mag weten wat dat is', zei Thomas.

Depretere gaf Joyce een zoen op de wang, en terwijl zij de auto ging halen liep hij een andere richting in. Thomas fluis-terde in zijn microfoontje: 'Teams, hou jullie klaar.' Met Lena achter zich aan volgde hij Depretere. Die wandelde een paar honderd meter door tot hij aan een parkje met een stand-beeld kwam, waar hij bleef staan wachten. Thomas en Lena stelden zich verdekt op. Ze merkten hoe Joyce een eindje ver-derop de Maserati parkeerde maar de motor liet draaien.

Lena keek naar Thomas, maar die hield zijn aandacht bij Depretere. Er was nauwelijks een minuut voorbij toen een nor-se en onverzorgde dertiger in de richting van het standbeeld en van Depretere stapte, een sporttas in de hand.

'Ken je hem?' fluisterde Lena.

'Ik heb hem al eerder gezien. Ik denk dat hij Harry heet, en hij doet soms het vuile werk voor onderwereldfiguren. Wel-wel. Het wordt nog een leuke avond.' Thomas keek achter zich, waar drie andere inspecteurs zich eveneens verdekt hadden opgesteld en de ontmoeting filmden.

Harry sprak Depretere kortweg aan. Die haalde een zakje te-voorschijn en toonde de inhoud ervan aan Harry. Harry wilde het zakje van hem aannemen, maar Depretere trok het snel terug. Harry opende de sporttas en toonde hem de inhoud. Depretere leek nu tevreden, maar plots liep het verkeerd. Harry trok een pistool uit de jas van zijn jekker en richtte het wapen op Depretere. Die stak zijn hand met het zakje uit, en Harry graaide het weg.

'Shit,' zei Thomas, 'dit gaat niet zoals gepland.' Hij trok zijn eigen wapen en Lena deed hetzelfde. 'Nog niet', zei ze. 'Wacht nog even.'

Toen Harry zijn wapen ophief in de richting van het hoofd van Depretere, riep Thomas: 'Halt! Politie! Gooi dat wapen neer en ga op de grond liggen!'

De beide mannen keken verbaasd in zijn richting. Thomas stapte vooruit, zijn eigen wapen gericht op Harry. 'Nu meteen!' riep hij. Maar plots liep een nietsvermoedend en waarschijnlijk dronken koppeltje op een drafje in zijn vuurlijn. Harry maakte van de gelegenheid gebruik om zich om te draaien en weg te lopen. Thomas merkte dat hij de sporttas had laten liggen. Hij liep achter Harry aan. Maar die draaide zich al lopend om en schoot. Zijn wapen maakte nauwelijks geluid. Een geluiddemper, besefte Thomas. De kogel ging nergens naartoe, maar hij zocht toch dekking. Hij kon het niet hebben wanneer een verdachte zomaar ging schieten. Niet in het centrum van Antwerpen. Hij vermoedde dat Lena hem was gevolgd, maar had geen tijd om dat bevestigd te zien.

Maar Lena was hem niet gevolgd. Ze liep achter Depretere aan, die in de richting van de Maserati holde. Joyce, die merkte dat de zaken een verkeerde draai hadden genomen, gaf gas en de zware auto schokte vooruit. Depretere, die zich verraden wist, aarzelde geen moment en liep de andere richting uit. Achter hem riep Lena: 'Blijven staan of ik schiet.' Ze loste een schot in de lucht en Depretere, die geen uitweg meer zag, bleef staan, buiten adem. 'Op uw knieën, armen wijd!' beval Lena hem. Een van de andere inspecteurs was nu ook bij haar. Ze haalde haar handboeien tevoorschijn en sloeg die om de polsen van Depretere. In haar microfoontje zei ze: 'Ik heb Depretere.'

Thomas knikte. Hij was Harry kwijtgeraakt. 'Ik stuur een auto', zei hij. Maar blij was hij niet. Ze hadden weliswaar een deel van de handelswaar te pakken, maar twee van de drie verdachten waren er vandoor. Hij zou meteen de Maserati seinen, dat wel, en zo'n auto viel altijd op, maar dat garandeerde niet dat Joyce en Harry gepakt zouden worden.

❧

Douglas, die naast een donkere Mercedes Vito bestelwagen stond, droeg vanavond zijn zonnebril niet, maar hij zag er verder nog helemaal uit zoals op Curaçao. Hij leunde tegen de bestelwagen, de armen over elkaar gevouwen, afwachtend. In zijn linkerhand gleden de kralen van de komboloi tussen zijn vingers door. Tegelijk hield hij zijn omgeving nauwlettend in de gaten.

Toen hij Harry dichterbij zag komen, stak hij de komboloi in zijn jaszak, schoof zijn rechterhand onder zijn jasje en haalde een pistool tevoorschijn. Hij klikte de veiligheid om en pakte het wapen in zijn linkerhand, die hij achter zijn rug liet verdwijnen.

Harry hield voor hem halt, buiten adem. De man kon maar beter wat aan sport doen, dacht Douglas, als hij nog dit soort opdrachten wilde binnenhalen. Misschien niet meer na vanavond. Dat zou zo meteen blijken.

'Nou, Harry?' vroeg hij.

Harry haalde het voorwerp uit het zakje tevoorschijn en overhandigde het aan Douglas. 'Hier is-ie', zei hij. Douglas bekeek het kubusje en draaide het om. Hij keek Harry even aan. De man had er geen idee van wat de kubus betekende. Hij voerde een opdracht uit, meer niet. Iemand had hem gevraagd geld te ruilen voor een klein voorwerp dat Depretere bij het standbeeld aan hem zou geven. Moeilijk was het niet geweest.

Maar dat was een vergissing. En Douglas besefte dat hij degene was die een vergissing had begaan. Namelijk door Harry te sturen. De man had iets in de handen geduwd gekregen en was bereid daarvoor het geld te overhandigen, zonder te weten waarover het ging. Maar dit was niet het échte voorwerp. Dit was niet het holografische plaatje dat uit de villa in Curaçao was gestolen. Dit was een prul, een stukje halfdoorschijnend plastic dat zelfs in de verste verte niet kon doorgaan voor een holografische drager.

Maar dat onderscheid kon een man als Harry natuurlijk niet maken. En daarmee had hij, voor Douglas, zijn nutteloosheid bewezen.

'Heeft de politie iets gemerkt?' vroeg hij aan Harry. Harry wierp een snelle blik op Douglas en keek dan weer weg. 'Nou?' drong Douglas aan.

'De politie stond op de uitkijk. Ik wilde net de sporttas overhandigen, toen ze opdoken. Ik kon ontkomen met dat ding daar, voor die vent ervandoor ging. Maar de politie heeft het geld', zei Harry snel. 'Het spijt me. Ik kon er niks aan doen.'

'Werkelijk?' zei Douglas. 'Meestal komen spijt en berouw als een slecht gesmaakt dessert. In jouw geval, Harry, weet jij waarschijnlijk niet eens waarom je bang bent.' Het pistool dat hij in zijn linkerhand hield maakte een hoestend geluid. Een deel van het hoofd van Harry verdween in een spettering van bloed en botfragmenten.

Douglas stapte achteruit en toetste een snelnummer op zijn gsm in. Meteen hoorde hij de stem van de man die in Curaçao was geweest aan de andere kant. 'We hebben een probleem', zei hij.

Hoofdstuk 4

In de Kloosterstraat ondertussen zaten Iris en Tarik samen met hun team in de auto's in de buurt van de wasserette van Arveladze. Tarik keek op zijn horloge. Het was net tien uur. 'Het is tijd', zei hij. Iris knikte en sprak enkele woorden in haar radio. De leden van het team stapten uit de auto's en holden verdekt in de richting van de wasserette. Twee of drie passanten hadden meteen in de gaten dat ze beter uit de buurt bleven.

Op een teken van Tarik forceerde een van de inspecteurs deskundig de voordeur van de zaak, terwijl een andere een kleine digitale camera in de aanslag hield. Meteen stond de hele ploeg binnen, wapens getrokken. In de ruimte met de wasautomaten krijste Irina toen ze de agenten zag binnenvallen. Ze was net aan het schoonmaken en liet haar borstel vallen. Iris toonde haar het huiszoekingsbevel, maar de vrouw begreep duidelijk niet waar het om ging. Al snel hadden de leden van het team het hele pand onderzocht, maar buiten de vrouw was er niemand aanwezig.

'Hoe heet je?' vroeg Iris aan de vrouw. Die schudde haar hoofd. 'Do you speak English?' vroeg Iris.

'A little', zei Irina.

'Do you have a passport or identity card?'

Irina plukte een versleten leren portefeuille uit de achterzak van haar jeans en haalde daar een nieuwe identiteitskaart uit. 'Please', zei ze en overhandigde de kaart. Iris bekeek de kaart zorgvuldig.

'When did you get this?'

'Some weeks ago', zei Irina aarzelend. Ze had er geen idee van of er een datum op de kaart stond die haar zou verraden.

'*And when did you arrive in Belgium?*'

Irina trok een gezicht en maakte een vaag gebaar, even vaag als de datum van haar aankomst in België geworden was. Iris gaf haar de kaart terug, stapte weg van de vrouw en sprak in haar microfoontje: 'Omega Team aan Thomas?'

In haar oortje kwam de stem van Thomas duidelijk over. 'Ja?'

'Er is alleen een poetsvrouw in de wasserette. Ze spreekt geen Nederlands en heeft een identiteitskaart die er echt uitziet, maar waarover ik mijn twijfels heb. We nemen de boekhouding mee en we brengen die vrouw ook maar mee. Over en uit.'

Tarik kwam uit een achterkamertje kijken. 'Iris. Dat moet je zien.'

Ze volgde hem het kamertje in. Een inspecteur stond naast een kast waarvan de beide deuren openhingen. De hele kast was gevuld met cassettes met namen erop, als een bibliotheek gerangschikt op planken.

'Waarschijnlijk allemaal beeldopnames, en allemaal namen van vrouwen', zei Tarik. 'Je kunt je wel voorstellen wat daarop te zien zal zijn.'

'Neem de hele boel mee', zei Iris krampachtig. Ze keek om. Achter haar klonken harde stemmen, die van twee inspecteurs van het team, en die van een andere man. 'Arveladze himself', zei Tarik. 'Dat hij het durft om hier op te dagen...'

Iris stapte weer de wasserette in. Vadim Arveladze, in zwarte jeans en een korte zwarte leren jas, stond bij de inspecteurs aan de voordeur. Hij zei iets in het Russisch. Irina was niet meer te zien, maar Iris was ervan overtuigd dat ze nog altijd in de wasserette was. 'Meneer Arveladze', zei ze. 'Dit is uw zaak, neem ik aan.'

'U weet verdomd goed dat dit mijn zaak is, en die van een zakenpartner, commissaris. Ik ben al jarenlang eigenaar. Wie geeft u het recht om hier binnen te dringen?'

Ze nam de moeite niet de papieren te laten zien. 'We hebben een huiszoekingsbevel.'

Arveladze stapte naar haar toe en keek snel in het kamertje. Hij gromde nog iets in het Russisch. 'Is commissaris Verhaege er niet bij? Vertelt u me niet dat dit zijn idee niet is.'

'Hij komt zo meteen hier naartoe, meneer Arveladze. Ik ben er zeker van dat het weerzien ook hem zal verheugen. Ondertussen blijft u hier.'

Arveladze keek haar hooghartig aan, maar zei niks meer. Hij pakte een stoel en ging zitten.

Lang hoefden ze niet te wachten. Een auto stopte voor de deur en Thomas stapte uit. Hij kwam de wasserette binnen en wierp een blik op de Rus. 'We hebben Depretere', zei hij tot de Rus. 'En we hebben ook uw geld. Dat was toch voor u bedoeld, of niet?'

'Ik weet niet waarover u het hebt', zei Arveladze.

'Wat wilde hij u verkopen? Diamanten? Toch geen drugs, neem ik aan?'

'Commissaris', zei Arveladze met een grijns. 'Nu doet u mij onrecht aan. U weet dat ik geen zaken doe met kakkerlakken. Met Depretere? Toe maar!'

'Met zijn bekentenis en met de details van uw boekhouding en die cassettes in de kast hebben we waarschijnlijk een paar goeie argumenten om u opnieuw een tijdje achter de tralies te krijgen.'

'Commissaris, zeg tegen uw vrouw dat ze de ramen 's nachts niet mag laten openstaan. Zeker niet die van de kinderkamer...'

Iris stapte vooruit en ging tussen Thomas en de Rus staan. Ze kende Thomas. Dat soort uitspraken kon hem razend maken. Ze wilde niet dat de advocaat van Arveladze een aanleiding kreeg om over mishandeling van zijn cliënt te beginnen.

∂✦ട

'Zijn we tevreden, Thomas?' vroeg hoofdcommissaris Perseyn van achter zijn kale bureau. Ze waren na het afhandelen van de formaliteiten teruggekomen naar het kantoor, ook al was het diep nacht geworden. Perseyn had een glaasje cognac voor zich staan, Thomas had een aangeboden glas geweigerd. 'Arveladze en Depretere, dat is al iets, maar we hebben niet alle spelers kunnen arresteren.'

'Depretere was het ideale lokaas, chef', zei Thomas. 'We hebben de handlanger van Arveladze geïdentificeerd, de man die het geld kwam ruilen. En Joyce Vanseveren staat geseind, met of zonder de Maserati. En we hebben het geld van Arveladze in handen, dat zal hem pijn doen.'

'Al bij al een uitstekende vangst. Vooral omdat we Arveladze opnieuw achter de tralies hebben. Maar er is niet veel wat we hem ten laste kunnen leggen, Thomas', zei Perseyn.

'Wel als Depretere bereid is te praten.'

'Mmm. Die weet beter. Hij weet dat hij de naam van Arveladze beter niet noemt.'

'Ik krijg het er wel uit', zei Thomas, die eigenlijk liever naar huis ging, maar wist dat daar nog niet meteen sprake van zou zijn.

Perseyn nam een slok cognac. Zijn boord zat los en hij had zijn jasje uitgetrokken en over een van de andere stoelen gedrapeerd. 'Heb je een huiszoeking bij Depretere aangevraagd?'

'Ja, dat is gebeurd.'

Perseyn zei een moment lang niets. Hij kende Thomas al lang genoeg om te weten dat hij zat te broeden op deze zaak. Broeden deed hij wel vaker, maar dit was anders. Dit ging om Arveladze. 'Ik wil je waarschuwen', zei hij ten slotte.

'Ja?'

'Ja', zei Perseyn. 'Maak er geen persoonlijke zaak van. Dat is Arveladze niet waard. En als je je emoties de bovenhand laat krijgen, dan loop je risico's, dat weet je.'

Thomas keek zijn baas fronsend aan, maar hij wist dat Perseyn gelijk had.

Ș—ʘ

Tien minuten later. Glenn Depretere zat op het randje van zijn stoel in de verhoorkamer, in de kelderetage van hetzelfde gebouw. Arrestanten van Ecofin werden hier ondergebracht, in de cellen, en hier meteen ook ondervraagd. Daarom beschikte het team over de nodige faciliteiten en over een groep van cipiers die in shift werkten.

Tegenover Glenn zat Tarik aan een tafeltje, met een geopende laptop voor zich en een paar donkerblauwe kartonnen dossiermappen ernaast. Toen Thomas binnenkwam had hij de sporttas bij zich, die hij op de tafel gooide. Hij ging naast Tarik zitten en keek naar Depretere. Hij wist wat hem te doen stond: deze man aan het praten krijgen. Over Arveladze in de eerste plaats.

Tarik reikte naar de tas en haalde er enkele liassen bankbiljetten uit. Hij begon ermee te spelen terwijl hij naar Depretere keek. 'En waarvoor mag al dat geld wel niet dienen?' vroeg hij. 'Moet die Maserati nog betaald worden? En dat *kostuumke* van bij de kleermaker?'

'Dat geld is niet allemaal voor mij', zei Depretere, met een trilling in zijn stem.

Goed, dacht Thomas. Hij voelt zich niet lekker. Dat gaat de goede richting uit. 'Voor wie is het dan wel? Voor uw schuldeisers?'

'Wie zegt dat ik schulden heb?' vroeg Depretere, opeens weer een beetje die oude uitdagende opschepper.

Tarik opende de bovenste van de mappen en legde een lijst voor Depretere. 'Kijk eens aan wat wij gevonden hebben. De zwarte lijst van de Nationale Bank, en uw naam staat daarop. En de lijst met mensen die een klacht tegen u ingediend hebben. Toch leuk, niet, dat u zoveel tevreden klanten hebt?'

'We volgen je al een hele tijd, Depretere', zei Thomas. 'We weten alles.'

'Frauduleuze beleggingen in naam van jouw klanten', zei Tarik. 'Oplichting, valsheid in geschrifte. Moet ik doorgaan?'

'Met wie had je afgesproken?' vroeg Thomas.

Depretere keek vastberaden en zei niets.

Tarik stak een memostick in zijn laptop en toonde Depretere de foto van de man met wie hij een afspraak had. 'Kunnen we daar een naam op plakken?' vroeg hij.

'Ik weet niet wie dat is', zei Depretere. 'Ik heb hem nooit eerder gezien.'

Tarik drukte op een toets. Op het scherm overhandigde Depretere een klein voorwerp aan de andere man. Op dat moment werd er geklopt. Iris kwam naar binnen. Ze had een vel papier bij zich dat ze aan Thomas liet zien. 'Joyce is niet op haar appartement', zei ze. 'We gaan de passagierslijsten van de luchthavens na en als we wat geluk hebben...'

'Is haar telefoontap al klaar?' vroeg Thomas.

'Nog niet. We wachten op de toestemming van de onderzoeksrechter.'

'Als ze op een vlucht wil stappen, moet ze meteen opgepakt worden. Ik ben benieuwd wat zij ons te vertellen heeft.'

Iris knikte en verliet de verhoorkamer. Thomas keek Depretere weer aan. Het gesprekje van zonet was opgezet spel. Hij wilde dat Depretere hoorde dat Joyce niet weg kon. Hij zag dat de jongeman weerom wat van zijn zelfverzekerdheid kwijt was geraakt. Tarik toonde hem een ander document. Dan richtte Thomas zich weer tot Depretere. 'Met zo'n hoop geld kun je een hele tijd op vakantie gaan. Wie zorgde er voor de tickets naar Thailand?'

Depretere boog het hoofd. 'Joyce', zei hij onderdrukt, maar duidelijk genoeg.

'O', zei Thomas. 'Jammer dan. Ze heeft maar voor één persoon gereserveerd.' Hij toonde Depretere een passagierslijst. 'Zie je? Joyce Vanseveren. Géén Glenn Depretere.'

'Vrouwen', zei Tarik meevoelend, 'zijn zo voorspelbaar.'

'En wat willen jullie nu van mij?' vroeg Depretere, die een goed deel van zijn arrogantie kwijt was. Tarik draaide opnieuw de laptop naar hem toe. Daarop was Depretere te zien, die de kubus aan Harry overhandigde. 'Ik wil weten', zei Thomas, 'wat dit ding te betekenen heeft. Is dat de prijs om bij Arveladze uw schulden kwijtgescholden te krijgen? En nog wat extra cash erbovenop?'

'Arveladze? Ik ken niemand die zo heet', zei Depretere mokkend.

'In je dromen', zei Tarik. Op het scherm van de laptop verscheen een foto van Arveladze met Depretere bij de kleermaker, genomen door het winkelraam. 'En toen we de kleermaker ondervroegen, vertelde die ons dat jij en Arveladze behoorlijk ruzie hadden. Je kent hem dus niet?'

Thomas boog voorover. 'Geef ons Arveladze, en dan doen wij een goed woordje bij de onderzoeksrechter.'

'Misschien', zei Tarik, 'kom je terecht in een gevangenis waar je levend uitkomt.'

Depretere trok een vies gezicht, alsof alleen al de gedachte aan een gevangenis hem ziek maakte. 'Het is een holografische drager waar belangrijke informatie op staat.'

'Zozo', zei Thomas. 'Nu komen we ergens. Wat voor informatie?'

'Geen idee', zei Depretere. 'Ik weet alleen dat dat ding voor sommige mensen veel geld waard is.'

'En hoe kom je daaraan? Wat heeft je vriendin daarmee te maken?'

Depretere zei niets.

'Denk eraan, Depretere, dat die holografische drager voor jou niks meer waard is. Je bent hem kwijtgeraakt, en wij hebben het geld. Je staat nergens.'

'O', zei Depretere. 'Toch wel. Ik heb een vals ding afgegeven. Een prulletje. Of dacht je dat ik die gasten vertrouwde en het echte spul zou meebrengen? Zo gek is Depretere niet, meneer de politieman. De echte drager zit in mijn kluis. En weten jullie wat? Ik wil hem ruilen met jullie, voor mijn vrijheid.'

☙❧

Joyce opende met haar sleutel de achterdeur van de villa van Depretere. Ze had niet verwacht dat ze hier nog zou komen, niet na wat er vandaag gebeurd was. Een vlucht rechtstreeks naar Thailand, dat was haar vooruitzicht geweest. Met het geld en met het echte hologram. Dat was het plannetje van Glenn geweest. En van daaruit opnieuw een zaakje opzetten met die man aan de telefoon. Die man, die samen met Douglas ook op Curaçao was geweest. Die griezel. Om hem nog meer geld af te persen. Glenn verzekerde haar dat ze veilig zouden zijn, in Thailand.

Maar nu liep dat even anders. Glenn was opgepakt. Er was geen geld, dat had de politie waarschijnlijk ook te pakken gekregen. Ze was niet van plan de details te vernemen uit de ochtendkrant. Tegen die tijd wilde ze allang ergens anders zijn. Zo ver mogelijk. Thailand behoorde niet meer tot de mogelijkheden, maar ze kon zo in het zuiden van Spanje zitten als ze dat wilde. Daar kon ze ook aan de kost komen. Maar dan wel mét het hologram. Dat liet ze niet schieten.

Ze stapte naar binnen. Ze klikte het licht niet aan, er was licht genoeg om te zien waar ze liep, en ze kende de villa als de palm van haar hand. Achter een schilderij, dat opzij scharnierde, zat er een kluis. Ze kende de cijfercombinatie, want zelfs dat hield Glenn niet geheim voor haar. Dat soort van relatie hadden ze. Voltooid verleden tijd, na vanavond, dat wel.

Uit de kluis pakte ze een doosje.

❧❧

'Nu herinner ik me waarom ik flik geworden ben,' zei Tarik, 'om dit soort smeerlappen te pakken en levenslang in de cel te laten verdwijnen.' Hij stond voorovergeleund bij het bureau van Iris in de plottingroom. Buiten heerste de nacht over Antwerpen. Iris zat neer en haar handen lagen aan weerszijden van de laptop, alsof ze vreesde dat een aanraking van de machine haar zou besmetten met de een of andere vreselijke ziekte. Op het scherm werd een jonge vrouw misbruikt door Arveladze, en haar kreten klonken gedempt uit de kleine luidsprekers van de computer.

'Het is walgelijk', zei ze. Ze bewoog haar rechterhand snel en het beeld verdween. Op het bureau lagen nog ruim twintig andere cassettes, maar ze hoefde die niet allemaal te bekijken om te weten wat erop te zien zou zijn. De meeste beelden dateerden van maanden of zelfs jaren geleden. Dat was grotendeels vóór Arveladze was gearresteerd in de vorige zaak. Maar in de weken na zijn vrijlating had hij blijkbaar ruim zijn achterstand ingehaald.

Tarik pakte een van de andere cassettes op. 'Het zijn allemaal

Slavische namen', zei hij. 'Als die vrouwen hier illegaal zijn, dan zal wel niemand een klacht hebben ingediend.'

Thomas kwam de plottingroom binnenwandelen. 'Tarik. We vertrekken.'

Tarik ging rechtop staan. 'Niks te vroeg. Ik kan frisse lucht gebruiken.'

Iris zette de laptop uit. 'Voor mij is het ook genoeg. Ik neem contact op met immigratie en met de cel verdwenen personen. Misschien levert dat wat op.'

Thomas legde even zijn hand op haar schouder en zij keek hem aan. Ze wist dat hij haar onder andere omstandigheden zou vertellen dat ze afstand moest nemen van de dingen die ze zonet gezien had. Ze werkten al lang genoeg samen om die communicatie woordloos te kunnen voeren. 'We gaan Depretere wat pesten', zei hij.

Even later stopte de auto met Thomas, Tarik en Depretere voor de duidelijk dure villa van die laatste. Thomas keek op zijn horloge. Het was kwart voor twee in de ochtend. In geen enkel van de aanpalende huizen was er nog licht.

'Goed geboerd, jochie', zei Thomas terwijl hij Depretere, die geboeid op de achterbank had gezeten, hielp uitstappen. Hij vond het een aangenaam idee, dat hij een omhooggevallen parvenu als Depretere met handboeien om in zijn eigen straat uit een auto kon halen, ook al was het diep in de nacht. Als het aan hem lag, dan reden ze ook nog in een officiële politiewagen met zwaailichten en al, maar dat wilde Perseyn niet.

Tarik opende de voordeur van de villa en ze stapten naar binnen. Thomas vond de lichtschakelaar.

'Kunnen die handboeien nu niet af?' vroeg Depretere.

'Ze blijven aan', zei Thomas. 'Ik vertrouw jou voor geen haar. Waar is je bureau?'

Depretere knikte nors naar de andere kant van de hal. Ze stapten zijn ruime bureau in, waar ook al niet gekeken was op een paar tienduizend euro wat de inrichting betrof. 'Mooi optrekje', zei Tarik. 'Waar ligt het spul?'

Depretere maakte opnieuw een hoofdbeweging. 'Achter het

schilderij zit een kluis in de muur ingebouwd. Kunnen die handboeien nu eindelijk af?'

Thomas haalde zijn sleutel tevoorschijn en verloste Depretere van de boeien. Die wilde meteen naar het schilderij. 'Oh maar', zei Tarik. 'Dat doen wij wel even.' Hij duwde het schilderij opzij. 'Wat is de combinatie?'

'Jullie kunnen mij vertrouwen', zei Depretere. 'Ik hoop dat ik van jullie hetzelfde kan zeggen.'

'Misschien heb je je nieuwe rol nog niet goed begrepen, Glenn', zei Thomas. 'Jij bent gearresteerd en je verschijnt voor de onderzoeksrechter. Wat dat vertrouwen betreft: niet verder dan ik je kan zien. Draai jij nu maar aan het wieltje, dan kunnen we zien wat je verstopt houdt.'

Depretere keek de politieman vuil aan, maar deed wat hem gevraagd werd. Hij wilde de kluis openen, maar Tarik hield hem tegen. 'Stapje achteruit', zei die. 'Je zou niet de eerste zijn die een wapen in zijn kluis verstopt.' Hij opende zelf de kluis en keek erin. 'Tja,' zei hij, 'dat valt een beetje tegen.'

'Wat?' zei Depretere.

'Leeg', zei Tarik. 'Pech gehad, vrees ik.'

Depretere verloor zijn laatste greintje zelfverzekerdheid en wilde zelf in de kluis kijken. 'Dat kan niet. Het moet er liggen...'

Tarik trok hem bruut achteruit. 'Jammer genoeg niet. En ik kan niet zo goed tegen mijn verlies.'

'Waar is dat hologram?' vroeg Thomas, die de rol van redelijke politieman speelde.

Depretere schudde het hoofd alsof de waarheid nu pas tot hem doordrong. 'Joyce...' zei hij.

'Het ziet ernaar uit', zei Thomas, 'dat zij een snelle leerling is. Ze heeft je flink gepakt, Glenn. Precies wat jij wilde doen met die partner van je. Waarom eigenlijk, Glenn?'

Depretere haalde zijn schouders op.

'Ik zal het zeggen, Glenn. Je wilde een tweede keer langs de kassa passeren. Nietwaar? Een tweede keer hetzelfde spul verkopen. Wel, dat lukt niet bij dat soort mensen. Neem het van mij aan. Nu zijn ze erg boos...'

Hoofdstuk 5

De volgende ochtend zat Iris aan haar computer in de plotting-room, net alsof ze de hele nacht daar had doorgebracht. Dat zou ze wel willen, maar ze had een dochter waar ze zich om moest bekommeren, en ze stond niet toe dat die relatie zou lijden onder de eisen van haar beroep. Het was al erg genoeg dat Frede-rik, haar diplomatiek ingestelde echtgenoot, zo vaak afwezig was, met al die missies in het buitenland en zo. Ze had huwe-lijken genoeg zien stuklopen op dat soort problemen. Wat voor huwelijk ze nu hadden was haar niet duidelijk, maar in ieder geval bleven ze bij elkaar, zonder wrijvingen.

Het was hoe dan ook de avond ervoor laat geworden, en veel was het onderzoek nog niet opgeschoten. Vanochtend kweet ze zich van een onaangename maar noodzakelijke taak: ze maak-te foto's van alle slachtoffers van Arveladze uit de opnames die hij had achtergelaten. Het werd een treurige verzameling jon-ge vrouwen, allemaal vol hoop over de toekomst maar bang voor de mensen die deze toekomst moesten garanderen. Hier aan-gekomen, na een lange en waarschijnlijk gevaarlijke reis, werd hun zelfs die laatste vernedering niet onthouden. Daarom haat-te ze Arveladze. Omdat hij machteloze jonge vrouwen uitbuit-te. Maar vooral omdat hij hun hoop verraadde.

Links van haar, in de open kantoorruimte, zaten Lena en Tarik op de grasgroene hoge stoeltjes aan een werktafel. Ze bekeken een lijst van alle identiteitskaarten en paspoorten uitgereikt aan nieuwe Belgen gedurende de voorbije twee jaar. 'Meer dan duizend', zuchtte Lena. 'Hoe vinden we daar iemand in terug?'

Tarik vergeleek de pasfoto's met de foto's die Iris tot nog toe gemaakt had. 'We kunnen ons beperken tot vrouwen van Oost-Europese afkomst', zei hij. 'Misschien kunnen we hen er zo uitpikken. Voor zover je gelijkenissen kunt zien op die foto's.'

'We zitten hier nog wel eventjes', zei Lena. 'Maar als we daarmee die vetzak veroordeeld kunnen krijgen, wil ik elk uur van mijn vrije tijd opofferen.'

Tarik wist hoe dat zat met haar vrije tijd. Ze had zelfs voor hem geen tijd. 'Veroordeeld', zei hij. 'Mmm, ja, net als vorige keer. Een jaar cel. En dan was hij weer vrij. Er is behoorlijk wat verkeerd met ons rechtssysteem. Zag je eergisteren die reportage op tv van die cafébaas die zes maanden kreeg omdat hij na een ruzie vier keer op zijn slachtoffer schoot? Zijn wapen was per ongeluk afgegaan, zei zijn advocaat. En de jury volgde die redenering. Ongelooflijk toch.'

Op dat moment kwam Thomas binnen. 'Depretere wil niks lossen en we hebben al even weinig in zijn villa gevonden.'

'Weten we al wie de handlanger van Arveladze was?' vroeg Iris.

Thomas schudde zijn hoofd. 'Hij heet Harry en veel meer weet ik niet van hem. Van Joyce ook al geen spoor. Die vlucht naar Thailand waarvoor ze gereserveerd had is zonder haar vertrokken. Zolang we haar niet vinden met het hologram staan we nergens.'

'Kunnen we dan nu overgaan tot plan B?' vroeg Tarik. Hij keek Thomas aan, omdat hij wist dat de vrouwen waarschijnlijk niet zouden instemmen met de premissen van plan B. Thomas wel.

❧❦

Depretere zat in de verhoorkamer geprangd op het nauwe stoeltje met armleuningen, zijn handen voor zich op de tafel. De temperatuur werd er kunstmatig hoog gehouden. Aan de andere kant van de kamer zaten Tarik en Thomas, beiden in hemdsmouwen en slechtgehumeurd omdat ze nauwelijks geslapen hadden. Sinds ze waren binnengekomen hadden ze geen woord gewisseld, niet met Depretere en niet met elkaar.

Depretere was duidelijk van plan dat spelletje ook mee te spelen. Hij zei niets. Als zij het konden, dan hij ook.

Ten slotte zei Thomas: 'Glenn, je kunt gaan, je bent buiten vervolging gesteld...'

Als er iets was wat Depretere niet verwacht had, was het dat wel. Ze hadden bewijzen tegen hem. Ze kenden zijn financiële zaken. Maar dat was niet wat ze van hem wilden. Ze wilden Arveladze, vermoedde hij. En dat hij bewijzen tegen Arveladze zou leveren, vrijwillig of niet. Maar dat was het laatste wat hij zou doen. Tenminste als hij in leven wilde blijven, want hij wist dat er met de Rus en met zijn vriendjes niet gespot werd. Je sprak hun naam niet uit tegen de politie.

'We willen je niet langer vasthouden', hernam Thomas.

Tarik zei: 'Maar let goed op. Je staat vijf tegen één bij de gokkers. En dat zijn verdomd slechte cijfers, voor jou toch.' Hij bleef Depretere rustig aankijken. 'Alleen de manier waarop, dat weten we nog niet.'

Depretere slikte en kreeg het plots koud. Daarnet was het in de verhoorkamer heet geweest, maar nu niet meer.

Tarik draaide zijn hoofd terloops naar Thomas om. 'Hoe ging dat die laatste keer, met die...?'

'Columbiaans *plastronneke*', zei Thomas op dezelfde toon. 'Ze snijden je keel open en halen je tong langs daar naar buiten. Maar dat doet Arveladze alleen als hij in een goeie bui is. Hij houdt er niet van om gechanteerd te worden. Het kan dus echt bloederig worden.' Hij draaide zijn hoofd om in de richting van de deur. 'Hoi, cipier', riep hij. Een van de cipiers, een potige jongeman in uniform, opende de deur en stak zijn hoofd naar binnen. 'Commissaris?'

'Meneer Depretere is klaar, en wij ook met hem. Geef hem een lift naar het centrum.'

'Nee', zei Depretere onvast. 'Dat kun je niet doen. Ik zal jullie Arveladze geven...'

Thomas boog voorover en zei zachtjes: 'Voor ons hoef je het niet te doen, Glenn. Echt niet. We pakken hem ook zo wel.'

'Ik zal jullie', zei Depretere, en hij slikte heftig, 'Arveladze geven.'

Glenn Depretere zat opnieuw in de verhoorkamer, maar deze keer was hij niet meer geboeid. Dat hoefde ook niet. Hij had begrepen dat hij niet veel opties had in de wereld, en dat ontsnappen daar hoe dan ook niet bij hoorde. Zijn enige leefbare opties zaten tegenover hem.

'Er werd verteld', zei hij, 'dat Arveladze die vrouwen nog eens extra in natura liet betalen, ook al hadden ze geld neergelegd voor hun identiteitspapieren. Je weet wel wat ik bedoel.'

'Ja', zei Thomas. 'In natura. Dat hadden we al begrepen. We hebben zijn collectie video's gezien. Maar er wordt nog meer verteld, Glenn.'

Depretere keek op. 'Wat dan?'

'Dat elke keer dezelfde ambtenaren en leden van de parlementaire commissie die de regularisaties bekrachtigden, betrokken zouden zijn bij deze historie.'

'Betrokken? Hoezo?'

'Hou je niet van de domme, Glenn. Jij hebt overal een vinger in de pap, en je kent Arveladze al langer dan gisteren. Honderden mensen kregen een verblijfsvergunning en zelfs de Belgische identiteit, omdat ambtenaren en mensen die de procedures moesten bewaken hun handje ophielden. Het kan niet dat jij daar niks van af weet. En dat is al jaren bezig. Voor een aantal mensen een aardige bijverdienste. Nu we de link met Arveladze kunnen leggen, kunnen er misschien arrestaties volgen.'

Depretere schudde zijn hoofd. 'Ik weet alleen dat Arveladze vaak uitpakte met de connecties die hij had bij de Dienst Vreemdelingenzaken en bij bepaalde leden van het federale parlement.'

'En was dat ook zo? Was het meer dan een gerucht?'

Depretere trok een gezicht. 'Ik stond er niet bij toen hij zijn zaakjes regelde, commissaris. Of wat dacht je?'

'Je bent een idioot, Depretere', zei Thomas. 'Weet je dat?'

Depretere keek hem kwaad aan. 'En wie zijn jullie dan, dat

een man als Arveladze jullie al die jaren keer op keer belazert, en elke keer na enkele maanden of een jaar weer vrijkomt? Godverdomme, commissaris, denken jullie dat ik die man op handen draag?'

'Voor de dag ermee, Depretere', zei Thomas. 'Voor de dag ermee. Gooi het in de groep.'

'Smeerlap', zei Depretere. 'Die Arveladze heeft genoeg vrienden hier in het Antwerpse milieu om jarenlang bezig te blijven. Hij betaalt ambtenaren en weet ik veel wie nog, om valse documenten af te leveren. Of échte documenten – want alles wat door de overheid wordt gemaakt is niet vals.'

'Dienst Immigratie?'

'Ja. Vreemdelingenpolitie ook. Helemaal tot in Brussel.'

'Maar jij kent waarschijnlijk geen namen?' vroeg Tarik.

'Namen!' schaterde Depretere. 'Iedereen heeft namen gehoord. Moeten jullie namen hebben?'

Tarik schoof hem een vel papier en een potlood toe. 'Begin maar je roman te schrijven', zei hij.

☙❧

'Ambtenaren arresteren? En zelfs parlementsleden? Die roepen meteen hun onschendbaarheid in. Als we iets willen doen hebben we de bekentenis van Arveladze zelf nodig', zei Perseyn. Hij stond met zijn handen op zijn rug voor het raam dat uitkeek over het omringende landschap, waar een matig ondergaand zonnetje net door de wolken was komen kijken. 'Dus dat gaan we niet meteen doen, die arrestaties. Met overhaaste conclusies komen we nergens. Je wilt toch niet naar het parlement gaan en daar een paar leden van die commissie ter plekke in de boeien slaan?'

Hij en Thomas hadden beiden al lang thuis moeten zijn, net zoals de andere teamleden, maar ze zaten op een zaak die geen uitstel verdroeg. Het motto van Perseyn was: misdaad kent geen kantooruren. Dat motto had hij meegebracht uit de tijd toen hij bij de Rijkswacht werkte. Hij had het dan wel meegebracht, maar hij hanteerde het zelden. Hij wist dat hij op zijn team kon rekenen. Inspanningen werden niet geteld, resultaten wel. Maar mensen moesten ook kunnen rusten en zich ontspannen.

Thomas schudde zijn hoofd. 'We hebben de getuigenis van Depretere dat Arveladze ambtenaren en commissieleden omkocht om Oost-Europese vrouwen aan geldige papieren te helpen. Dat vermoeden bestaat overigens al een tijdje. Vervolgens dwong hij die vrouwen tot seks en filmde dat. Deden ze niet mee, dan gingen ze cito presto terug naar het vaderland.'

'Maar we hebben geen concrete bewijzen', zei Perseyn. 'Toch niet voor de corruptie.'

Iris leunde naar binnen. 'We hebben die zogenaamde poetsvrouw zonet binnengekregen', zei ze. 'Ze zit te wachten in de andere verhoorkamer.' Er trok een schaduw over haar gezicht. 'Ik hoop dat ze... dat haar zaak geregeld kan worden, chef. Ik heb echt met haar te doen. Shit, ze heeft zelfs twee kleine kinderen!'

Perseyn knikte kort. 'Jij ondervraagt haar, Iris. Je doet dat alléén. Ik wil niet dat ze met een mannelijke rechercheur geconfronteerd wordt.'

'Bedankt, chef', zei Iris.

'Ik besef dat het geen cadeau voor je is...'

'Geen probleem, chef', zei Iris. 'Maar wat betreft die...'

'Daar kunnen wij niks aan doen', zei Perseyn. 'Dienst Vreemdelingenzaken zal haar waarschijnlijk geen geldige verblijfsvergunning geven. Ik zal een goed woordje voor haar doen, ik ken daar een paar mensen, maar ik verwacht er niet veel van.'

Iris knikte en verdween. Even later zat ze, in de kelderverdieping van hetzelfde gebouw, tegenover Irina. De vrouw keek haar niet aan. Ze zat ineengedoken, alsof ze verwachtte geslagen te worden. Iris herkende die typische houding van slachtoffers van verkrachting of geweld. 'Irina', zei ze in het Engels. Ze wist dat Irina die taal voldoende kende om een gesprek mogelijk te maken. Dat had Iris ook liever zo. Ze wilde er geen tolk bij. Dat zou het gesprek zo goed als onmogelijk maken. 'Wij weten dat Arveladze...'

Irina keek plots op, bang, met vochtige ogen. 'Meneer Arveladze is mijn vriend. Ik hou van hem. Hij heeft niks gedaan. Niks.' Haar stem trilde.

Iris weerstond de aandrang om de handen van de vrouw vast te nemen. Of om haar een mep te geven. 'Irina, wij zijn hier om jou te helpen. Maar ik kan jou alleen maar helpen als je mij de waarheid vertelt.' Ze wilde de vrouw vastgrijpen en troosten, maar dat deed ze niet omdat het dan allemaal op de beeldopname zou staan. En die opname kwam niet alleen bij de onderzoeksrechter terecht.

'Ik heb niets te zeggen', zei Irina.

Iris pakte een bruine kartonnen doos van de vloer en zette die tussen haar en Irina in. Ze opende de doos en haalde er een voor een een aantal cassettes uit. Ze was ervan overtuigd dat Irina wist wat die cassettes waren en wat er op de beeldopnames te zien zou zijn. Iris keek de vrouw aan. Het gezicht van Irina was strak en hard. Ze wist inderdaad wat die cassettes te betekenen hadden.

'Al deze vrouwen hebben doorgemaakt wat jij hebt doorgemaakt, Irina. Dezelfde gruwel...'

Irina bewoog onrustig op haar stoel. 'Ik... heb niets te zeggen.'

'Jij kunt een eind maken aan die nachtmerries, Irina. Hij moet in de gevangenis. Sta niet toe dat hij nog meer levens verwoest.'

Iris merkte dat de vrouw tegenover haar haar weerstand opgaf, langzaamaan. Het was een moeilijke beslissing. Iris kon zich inbeelden hoe moeilijk dat was.

'Als ik getuig,' zei Irina, 'dan moet ik teruggaan. En mijn kinderen ook.'

Ik ga haar geen leugens vertellen, dacht Iris. Ze verdient het om de waarheid te kennen. Ze verdient het niet dat ik haar iets voorlieg. 'Je moet hoe dan ook terug, Irina', zei ze. 'Dat is onvermijdelijk. Je bent hier illegaal, en dan kun je niet blijven.'

Een uurtje later zaten de leden van het team in de kantoorruimte. Tien minuten eerder waren twee rechercheurs van het lokale korps Irina komen halen. Haar lot bleef onzeker. Perseyn had een paar mensen gebeld, maar niemand kon hem garanderen dat de vrouw met haar kinderen in België kon blijven.

'Maar wij hebben tenminste wat we wilden', zei Iris. Ze klonk moe en ze klonk cynisch, precies zoals ze zich voelde. Moe, uitgeperst. En niet alleen omdat het een lange dag was geweest. Ze had niet gelogen tegen Irina. De vrouw had ingezien dat haar situatie hopeloos was, en toch was ze uiteindelijk bereid geweest een verklaring tegen Arveladze af te leggen.

'We pakken hem op voor mensenhandel', zei Thomas. 'Hij zal niet veel genot gehad hebben van zijn enkele maanden vrijheid. Hopelijk steken ze hem nu voor verschillende jaren achter de tralies.'

'En daarna?' vroeg Lena.

Perseyn kwam in beweging en stapte in de richting van zijn kantoor. 'Wanneer we bewijzen hebben tegen ambtenaren die zich hebben laten omkopen, dan laten we die ook oppakken. Ik vraag machtigingen om hun bankrekeningen na te kijken. Maar leden van het parlement? Dat zie ik niet zitten.'

'En die zaak met het hologram?' vroeg Thomas.

'Er zijn vierentwintig uren in een dag', zei Perseyn met een glimlach. 'En nu aan het werk, iedereen. Ik wil vandaag nog resultaten.'

Thomas kwam overeind. 'Ik bel Eva wel dat het weer nachtwerk wordt', zei hij.

❧

Arveladze zat tegenover Thomas in de verhoorkamer. Naast de deur stonden twee cipiers met hun armen voor hun borst gevouwen, afwachtend. Ze kenden de reputatie van de Rus en waren dus waakzaam. Toen Thomas een dossiermap tussen hen beiden op tafel gooide, zei Arveladze in het Russisch: 'Ik begrijp geen Nederlands.'

'Dat is geen probleem', zei Thomas, die giste naar de inhoud van wat de Rus had gezegd. 'We vinden wel een tolk. Ondertussen, vriendje, zijn vanmiddag vier ambtenaren van de Dienst Vreemdelingenzaken opgepakt. Ze wilden niet begrijpen waar wij het over hadden. Stom, of hooghartig. Hadden het over hun beroepsgeheim, begrijp je dat nog?' Dat van die ambtenaren was bluf, maar Arveladze kon dat niet weten. Het was een voorspelling van wat te gebeuren stond.

'Ik begrijp u niet', zei Arveladze, opnieuw in het Russisch. Hij grijnsde.

'We kunnen zo nog uren doorgaan', zei Thomas. 'Ik heb tijd. Ik word betaald voor mijn overuren. Jij wordt nergens meer voor betaald, want je bronnen zijn drooggelegd. Met al die vrouwen die tegen jou gaan getuigen...'

Arveladze zei niets meer. Zijn toekomst had plots een onaangename wending genomen. 'Vrouwen', zei hij in het Nederlands. 'Vrouwen zijn onbetrouwbaar.'

'Dat zullen we nog wel zien', zei Thomas, 'wanneer ze je foto uit een reeks pikken, en je daarna in levenden lijve kunnen komen bekijken. We zullen dan wel zien of ze zich jou en je achterkamertje herinneren.'

Hoofdstuk 6

Een donkere bestelwagen stond al enkele uren over het huis van de familie Verhaege. Douglas, de chauffeur, zat de hele tijd in het duister. Dat vond hij niet erg. Het duister was de vriend van al wie zich onttrok aan de regels van mensen, dat had zijn vroegere mentor, majoor McKee, hem geleerd. McKee, die hem daarna verraden had, maar die voor dat verraad zou betalen. Majoor McKee, die altijd in de gedachten van Douglas aanwezig was, meestal op de achtergrond, als een kwade geest waarmee hij heel binnenkort definitief zou afrekenen.

Hij balde zijn vuisten terwijl hij aan de majoor dacht, en ontdekte dan dat zijn lichaam onnatuurlijk gespannen was. Hij haalde diep adem en liet zijn spieren verslappen. Nu moest hij zich concentreren op het huis van de familie Verhaege.

Het gezicht van Douglas ging verborgen in de schaduw. Hij hield zijn handen op het stuur. Zijn geest was nu opnieuw rustig, want hij was getraind voor dit soort van omstandigheden. Zijn geest en zijn lichaam konden urenlange verveling aan. Dan kwam hij in een soort van trance. Zijn waarneming werkte nog wel, maar zijn denkproces was grotendeels uitgeschakeld. Verveling kende hij dus niet, evenmin als frustratie.

Uiteindelijk, na verscheidene uren wachten, nam hij een beslissing, trok de sleutel uit het contact en stapte uit. Het daklichtje in de cabine van de bestelwagen ging niet aan, daar had hij wel voor gezorgd. Hij sloot voorzichtig het portier, omdat hij geen lawaai wilde maken. Vervolgens bleef hij een ogenblik lang staan naast het voertuig. Hij keek naar de huizen. Het was twaalf uur voorbij. Er was niemand meer in de straat en slechts in twee huizen brandde nog licht. Uitstekend, dacht hij. Dit is het juiste moment.

Dan kwam hij in beweging. De politieman was niet thuisgekomen en werkte waarschijnlijk over. Of hij was bij een andere vrouw. Douglas grijnsde. Stel dat Verhaege bij een andere vrouw was terwijl er bij hem werd ingebroken. Dan moest hij nadien gaan liegen. Dat zou mooi zijn. Een soort van poëtische rechtvaardigheid, in de ogen van Douglas tenminste. Maar daar ging het nu niet om. Hij was hier niet vanwege de poëzie. Hij was hier omdat hij het leven van een vrouw wilde bezitten. En omdat hij dat wilde ruilen met wat een ander van hem gestolen had.

Hij stapte de straat over en wandelde om het huis van de familie Verhaege heen. Eerder die dag had hij op Google Earth gezocht waar het huis stond en hoe de omgeving eruitzag. Een losstaand huis met een tuin erachter. Dat kon geen probleem zijn. Hij passeerde snel langs de zijgevel en keek door een raam naar binnen. Die moderne huizen en hun bewoners hadden geen rolluiken meer nodig. Ze waanden zich zonder meer veilig. Hij zou nu bewijzen dat die veronderstelling verkeerd was.

Achter het huis waren er genoeg heesters en bomen om hem zo goed als onzichtbaar te maken voor de buren. Hij hield halt bij een dubbele deur, die naar de keuken leidde.

Toen Eva wakker werd, besefte ze niet meteen wat haar gewekt had. Ze hief haar hoofd op, op zoek naar een vreemd of een herkenbaar geluid. Was Thomas thuisgekomen? Hij lag in ieder geval niet naast haar, maar hij had haar verwittigd dat het laat kon worden. Ze ging rechtop zitten.

Dan stapte ze het bed uit. Ze deed de deur van de slaapkamer open en luisterde opnieuw. Ze ging kijken op de overloop. Beneden zag ze een schaduw bewegen, iemand die vanuit de keuken de gang in kwam. Dat was Thomas niet. Ze kende zijn geluiden. En ze wist nu wat haar wakker gemaakt had: het gerinkel van brekend glas. Iemand was het huis binnengedrongen.

Snel schuifelde ze terug de slaapkamer in, maar ze sloot de

deur niet omdat ze de gang in de gaten wilde houden. Ze pakte haar gsm van het nachtkastje en toetste het nummer van Thomas in. Zijn voicemail sprong meteen aan. Hij had zijn toestel uitgezet! Waarom deed hij dat? Voor zijn stem aankondigde dat ze een boodschap kon achterlaten, werd ze van achter vastgegrepen. Ze liet de gsm vallen en gaf een gil.

❧

Arveladze had zijn kennis van het Nederlands nu helemaal teruggevonden. Hij zat met zijn armen over elkaar achterover op zijn stoel. 'Jullie hebben niks tegen mij', kondigde hij aan. Hij knipte met zijn vingers. 'Helemaal niks.' Maar echt zeker van zijn zaak leek hij niet.

Thomas speelde met zijn pen. Hij maakte een aantekening op het document voor hem, alsof hij de opmerking van de Rus van punten voorzag. 'Blijkbaar', zei hij bedachtzaam, 'kan een bepaalde ambtenaar van de Dienst Vreemdelingenzaken zich een fonkelnieuwe Porsche Cayenne veroorloven, en meteen daarna een vakantie van drie weken op een van die verre en erg dure eilanden, samen met het vrouwtje.' Hij keek op. 'Leuk voor het vrouwtje, natuurlijk. We hebben zijn loonfiche bekeken, Vadim. En zijn bankrekeningen nageplozen. Interessante lectuur. De man is zo zelfverzekerd dat hij niet eens de moeite nam om voor de hand liggende sporen toe te dekken. Arrogant, noem ik dat. En dan hebben we nog wat verder rondgekeken op dat departement. Verbazingwekkend eigenlijk hoe enkele van zijn collega's zich een gelijkaardige levensstijl kunnen veroorloven. Maar geen ervan moet het hebben van een abnormaal hoog loon.'

Arveladze haalde zijn schouders op.

'Misschien', vervolgde Thomas, 'herinneren ze zich jouw naam wel, Vadim. Het zijn allemaal fans van jou en je werk, vooral omdat ze regelmatig hun handje mochten ophouden. Allemaal mensen met wie wij een indringend gesprek zullen hebben.' Hij leunde achterover. 'Verdomme, weer zoveel overuren. Af en toe moet ik ook thuis opdagen.'

'Niks', herhaalde Arveladze. 'Jullie hebben niks. Allemaal gebakken lucht, commissaris.'

'Jouw versie van gebakken lucht is anders niet mis, Vadim', zei Thomas. 'Verkrachting, omkoping, valsheid in geschrifte, mensenhandel. Vorige keer was het al prijs, met die drugs en die afpersing. Toen kwam je er makkelijk van af. Je advocaat zal je deze keer niet zo snel uit de gevangenis krijgen.'

'Ach, een paar jaartjes, hooguit. Meer krijg ik toch niet. Ik ken het systeem. Nog altijd naïef, commissaris? Met betrekking tot de dingen des levens?'

'En als we dat hologram terugvinden, Arveladze,' zei Tarik aan de andere kant van de verhoorkamer, 'zul je dan nog altijd zo zelfverzekerd zijn?'

Arveladze draaide zijn hoofd om naar de rechercheur. Hij hield zijn gezicht in de juiste plooi. Alsof hij hen nog steeds uitdaagde, die politiemensen. 'Wat zou daarop te zien zijn, denken jullie? Op dat hologram?'

'Meer bewijzen die we tegen jou kunnen gebruiken, Vadim', zei Thomas. 'En hopelijk informatie over een nog groter netwerk.'

'Maar dan moeten jullie eerst dat zogenaamde hologram vinden', zei de Rus. 'En misschien bestaat dat ding helemaal niet. Ik hou hoe dan ook mijn adem niet in.'

'Nee,' zei Tarik, 'dat kun je maar beter niet doen. Je had toch een stapel geld over voor dat hologram? Het bestaat dus wel degelijk, en het is belangrijk. Als het voor jou belangrijk is, is het dat voor ons ook.'

Arveladze trok zijn mondhoeken naar beneden, maar reageerde niet.

'Breng hem terug naar zijn cel', zei Thomas tot de cipiers. 'Dan kan hij uitslapen. En nadenken. Liefst in omgekeerde volgorde.'

Tarik keek op zijn horloge. 'Overuren, inderdaad', zei hij. 'Kom, we gaan terug naar boven. En dan misschien naar huis. We kunnen hier niks meer doen.'

Thomas haalde zijn mobieltje uit zijn broekzak, merkte dat

die niet aanstond en schakelde hem in. Hij zag meteen dat Eva hem een bericht had gestuurd.

❧❧

Vanuit zijn eigen slaapkamer stond Ruben te kijken naar zijn moeder en naar de man die haar vastgreep. Hij begreep dat er iets ernstigs aan de hand was, maar wist niet wat te doen. Het was donker in het huis, en hij durfde het licht niet aan te steken, omdat de man hem dan kon zien. En dat wilde hij niet. Maar hij begreep dat hij zijn moeder moest helpen.

Dan draaide de man zich om, met Eva stevig in zijn greep. Hij keek recht naar Ruben. De jongen zag de blik van man, zag de woede erin en gooide snel zijn eigen deur dicht. Hij wilde zijn moeder helpen, maar hij was te bang om iets te doen. Hij was ook bang dat de man hem zou komen pakken. Er was maar één ding dat hij kon doen.

Douglas gaf Eva een klap in haar gezicht. Ze keilde tegen de vloer van de slaapkamer en bleef liggen, nog bij bewustzijn maar krimpend van de pijn. Dan gooide Douglas de deur van de andere kamer open. Die kamer, waar zonet de jongen nog stond, was echter leeg. Het raam stond open. Snel bewoog Douglas zich daar naartoe. Het raam gaf uit op een plat dak. De jongen was nergens te bekennen. Waarschijnlijk was hij via het dak tot in de tuin geraakt.

Flink van hem, dacht Douglas. Nu moest hij zijn plan aanpassen.

Ruben, die via het rasterwerk van de klimop naar beneden klauterde – een oefening die hij stiekem al eerder volbracht had maar waarover hij niets aan zijn ouders verteld had – holde op een drafje door de tuin. Bij een boom hurkte hij neer, in de schaduwen. Als hij ademhaalde deed het pijn in zijn borst, maar daar dacht hij nu niet aan. Hij begreep alleen dat zijn moeder in gevaar was, en dat hij niet wist wat daaraan te doen. Weglopen, dat leek hem de beste oplossing. Iemand verwittigen. Maar wie?

In het huis ging de achterdeur open. De man stond daar en keek de tuin in. Ruben bewoog niet meer. Hij durfde nauwelijks nog adem te halen. Alles was beter dan gevonden te worden door de man. De man stapte de tuin in. In zijn rechterhand had hij een pistool.

❧

Thomas reed met onverantwoorde snelheid naar huis. Op zijn voicemail had hij Eva horen gillen en vervolgens was er het geluid van een worsteling geweest. Dat was nog maar enkele minuten eerder gebeurd. Als hij zijn gsm had laten aanstaan, dan had Eva hem meteen om hulp kunnen roepen, maar daar was nu niets meer aan te doen. Hij wilde haar opnieuw bellen, maar hij moest zijn aandacht bij de auto en het verkeer houden. Met een ongeluk was niemand gebaat. Niemand kon sneller Eva helpen dan hij. Hij had naar Tarik geroepen. Die had begrepen dat er iets aan de hand was en had zijn eigen gsm gebruikt om een interventie te vragen. Maar daar had Thomas niet op gewacht.

❧

Douglas stapte in de richting van de bomenrij. Als de jongen nog ergens in de tuin was, dan kon hij alleen maar daar zijn. Douglas hield het pistool met de geluiddemper in de aanslag. Er was geen sprake van dat hij een getuige in leven liet, welke leeftijd die getuige ook had. Hij was geen wreed man. Hij doodde geen mensen omdat hij daarvan genoot. Maar als het noodzakelijk was maakte hij geen onderscheid naar geslacht of leeftijd. Hij erkende de onoverkomelijkheid van het noodlot dat mensen over zichzelf uitriepen. Als de dood de logische consequentie was van daden – de zijne of die van zijn slachtoffers – dan vond hij daarin een ethische en zelfs een esthetische rechtvaardiging.

Het maakte hem dus niet uit dat hij een kleine, bange jongen in een tuin achtervolgde.

63

Plots sprong een halogeenlamp aan. Waarschijnlijk een sensor die zijn bewegingen had opgepikt. Meteen begon een hond te blaffen. Dichtbij, ergens bij de buren. Verdomde paranoïde mensen en hun elektronica! Honden, verlichting – alsof ze hun buren niet meer konden vertrouwen. In wat voor wereld leefden zij? De hond deed hem echter niks. Die kon niet van de ene tuin in de andere, zeker niet als er kinderen woonden. Maar hij kon het risico niet lopen dat iemand hem zag en de politie belde.

Hij stapte weer achteruit en verborg zich in de schaduw van het huis. Niets aan te doen. De jongen moest hij laten lopen. Die kon hem waarschijnlijk toch niet identificeren. Dat jochie had hem maar even gezien. Hij nam dus een berekend risico.

Hij liep snel terug het huis in, trok de halfbewusteloze Eva overeind, bond haar handen vast achter haar rug, draaide een eind tape over haar mond, en sleurde haar vervolgens door de voordeur de straat op. 'Kom, mevrouw,' fluisterde hij, 'we gaan een ritje maken.'

Hij opende het achterportier van de bestelwagen en duwde haar ruw naar binnen, omdat het allemaal snel moest gaan. Dan sprong hij achter het stuur en reed weg.

⁂

Thomas passeerde onwetend de bestelwagen met Douglas erin en kwam tot stilstand voor zijn huis. Hij sprong uit zijn auto, liep naar de voordeur en opende die. Binnen was het stil. Veel te stil. Zelfs van buiten klonk er geen geluid door.

Hij trok zijn wapen, laadde een kogel in de kamer en stapte de gang door. De deur naar de keuken stond open. Hij zag de glasscherven van de achterdeur op de vloer liggen.

'Eva!' riep hij. 'Ruben!' Hij schrok van het kabaal van zijn eigen stem in het stille huis.

Hij stormde de trap op. Op de overloop zag hij de ravage van een gevecht. Dit was helemaal niet goed. Maar er was geen bloed te zien. Hij keek de slaapkamer in, en dan de kamer van Ruben.

Allebei leeg. Het raam van Ruben stond open. Een immense kilte joeg door zijn beenderen. Niemand had geantwoord. Dat kon maar één ding betekenen!

Van beneden kwam het geluid van een gsm. Thomas holde de trap af en vond het toestel in de hal, op de vloer. Het was het toestel van Eva. Hij opende de verbinding.

Op het scherm verscheen een beeld. Het beeld trilde, was onduidelijk, maar hij kon zich niet vergissen. Eva, liggend op de grond, vastgebonden. Ze bewoog. Ze probeerde haar hoofd op te heffen.

Dan hoorde hij een stem. 'Ik wil het hologram, commissaris Verhaege', zei de stem. 'Anders gaat uw vrouw eraan.'

Vervolgens werd de verbinding verbroken.

Dan hoorde Thomas een geluid bij het schuifraam dat naar de tuin leidde. Hij richtte zijn pistool. Nee, de indringer kon niet hier meer zijn.

Bij het raam stond een kleine gestalte. Een zielige, kleine, verkilde gestalte, op blote voeten en in pyjama.

Hoofdstuk 7

'Waar is mama?'

Het stemmetje van Ruben klonk hol door de koude, zo goed als donkere woonkamer van het gezin Verhaege. Het jongetje zat in de sofa, met zijn favoriete knuffel tegen zich aangeklemd en een dekentje over hem. Het raam was dicht, de verwarming stond aan, maar de kamer moest nog opwarmen.

Tegenover hem zat Thomas, nog altijd met de gsm van Eva in de hand.

'Hij deed mama pijn', zei Ruben op een toon die aarzelde tussen angst en woede. 'Ik heb het gezien. Die meneer. Die meneer met de ogen. Waar is mama nu?'

'Was het een meneer?' vroeg Thomas, vooroverbuigend. Hij wist dat hij nu sterk moest zijn. Hij mocht niet laten blijken dat hij vreesde voor het leven van Eva. Dat zou Ruben meteen merken. En dan zou hij niets meer zeggen.

Ruben knikte. 'Ja. Zulke ogen!' En hij hield zijn handen ver voor zich uit, alsof zulke grote ogen konden bestaan. De knuffel bleef trouw tegen hem aanliggen, half onder het dekentje. Thomas pakte Ruben vast en de armen van het jongetje klemden hem tegen zich aan.

Toen zijn zoontje hem weer losliet, wist Thomas precies wat hij moest doen. Hij legde de gsm zorgvuldig weg op het salontafeltje, pakte zijn eigen toestel en drukte een nummer in. Tegelijk hoorde hij een sirene naderen.

❧◦❦

Nauwelijks een kwartier later zat hij met Ruben op kantoor, waar in allerijl de rest van de teamleden was opgedaagd. Sommigen waren nog niet naar huis gegaan. Iris had zich over Ruben ontfermd, die nu netjes gekleed in jeans en trui en stevige schoenen op een bankje zat met een blik cola in de ene hand en een zakje chips in de andere. Thomas liet begaan, er waren dringender dingen dan het dieet van zijn zoontje.

Iris ging meteen aan het werk en probeerde na te gaan vanwaar het telefoontje op de gsm van Eva kwam. Tarik gaf aan het nationale politienet een zorgvuldige beschrijving van Eva door. Er was iets veranderd aan hun houding als team, maar ook individueel. Hier ging het niet over buitenstaanders, over slachtoffers die alleen een naam in een dossier waren. Het ging niet meer over anonieme daders en slachtoffers. Een van hen werd rechtstreeks bedreigd, en dat maakte deze zaak persoonlijk.

Perseyn besefte dat. Hij wist dat zijn team desnoods nachten na elkaar in de weer zou blijven om Eva terug te vinden. Maar hij wist ook dat zijn team die druk niet aankon, en dat mensen moesten kunnen slapen. Wat er ook gebeurde, hij moest ervoor zorgen dat iedereen besefte dat dit een zaak van verscheidene dagen kon worden. Al hoopte hij van niet. Met ontvoeringen hoopte je dat het nooit een zaak van dagen werd.

'Op basis van de beschrijving van Ruben kunnen we al een gedeeltelijke robotfoto van de ontvoerder maken, Thomas', zei hij. 'De ogen, dat zegt toch al iets. Het is niet veel, maar het is het beste wat we kunnen doen.'

Thomas keek hem aan. De dingen die ze deden waren deel van een routine, ook al ging het om Eva. Ook al ging het om Eva, hij mocht niet toegeven aan paniek en plotse opwellingen. Maar zijn hart vertelde hem dat hij meteen de straat op moest en haar moest vinden. Zijn verstand zei hem dat dit nutteloos was.

'Hij wil het hologram', zei hij. 'En dat hebben we niet.' Hij keek om zich heen. 'Ik mis Lena. Waar is ze?'

'Die kampeert voor de flat van Joyce. In de hoop dat die opdaagt. Met het hologram.'

'Ze staat nationaal geseind?' vroeg Perseyn.

'Dat is gebeurd', zei Iris.

Uit de lift kwam een van de cipiers, samen met een jonge vrouw die eruitzag alsof ze plots uit haar bed was gehaald. Ze had opvallend hoge jukbeenderen. 'Deze dame diende zich beneden bij de receptie aan en wil u spreken, hoofdcommissaris', zei de cipier.

'Ah,' zei Perseyn, 'mevrouw Andrea Gorski? U bent de tolk.' Hij keek reikhalzend de kantoorruimte in. 'Iris, de tolk is hier.'

Iris verscheen uit de plottingroom en kwam naar hen toe. Ze gaf de tolk een hand. 'Mevrouw Gorski? Hebben wij elkaar al niet eerder ontmoet? U komt me bekend voor.'

'Toch niet', zei de Russische dame. 'Niet voor zover ik weet. Wat moet ik doen?'

'Wij hebben een verdachte, Vadim Arveladze, en u moet voor ons vertalen. Maakt u geen zorgen, hij zal u niet kunnen zien.'

Op dat moment ging de liftdeur weer open, en advocaat Weckx stapte eruit. Hij had zijn ietwat omvangrijke figuur in een degelijk maatpak gestoken en droeg een opvallende blauwe das op een wit overhemd. Hij bleef meteen staan, tegenover de twee rechercheurs en de tolk. Dat ook hij midden in de nacht moest opdraven voor een van zijn klanten was hem niet aan te zien, maar Thomas wist dat het zijn prijs danig omhoogdreef. Niet dat Arveladze dat niet kon betalen.

De blik van Weckx ging van Perseyn over Iris naar Andrea. Die laatste ontweek zijn blik.

'Meneer Weckx', zei Perseyn op een kunstmatig opgewekte toon, alsof hij méér een gids dan een teamleider was, en de advocaat een welkome bezoeker, klaar voor een rondleiding. 'Zelfs midden in de nacht verdedigt u de belangen en rechten van uw klanten. Dat is erg voorbeeldig van u.' De uitspraak was niet als een compliment bedoeld. Weckx was een misdadiger – voor zover het Perseyn en de andere leden van het team aanging – maar dan het soort van misdadiger dat zich in een net pak hijst en tot de elite van de samenleving behoort. En nog nooit gepakt werd vanwege zijn illegale activiteiten.

Maar, dacht Perseyn, zijn moment van neergang komt ooit wel.

'Hoofdcommissaris', groette Weckx hem onderdrukt, en zijn blik liet Andrea los. 'We hebben een en ander te bespreken. Zoals steeds treedt u de fundamentele rechten van een onschuldige burger met de voeten. Wanneer gaan u en het hele korps die les leren?'

'Natuurlijk', zei Perseyn. 'Al uw klanten zijn per definitie onschuldig. Komt u maar in mijn kantoor. Brengt u ook echt nieuws?'

'Toch wel, en dit zal u verbazen. Mijn cliënt is klaar om mee te werken.'

❧

Douglas had de bestelwagen achter een rij bomen geparkeerd, uit het zicht van ieder die langs de weg passeerde. Het laatste stukje had hij bijna op de tast gereden, de lichten uit, om niemand te alarmeren. Niet dat hij iemand in deze buurt verwachtte, maar er waren altijd gekke snuiters die bij nacht en zelfs bij ontij gingen wandelen. Slapeloos, of de hond uitlaten of wat dan ook. De menselijke geest had zo zijn kronkels.

Hij keek achterom. Eva lag nog steeds op de deken. Ze was bij bewustzijn. Hij had haar vakkundig vastgebonden, maar wel zo dat ze niet oncomfortabel lag.

Hij haalde zijn mobieltje uit de zak van zijn jekker en toetste een nummer in. Het signaal ging vier keer over en dan klonk een aangename maar enigszins slaperige stem aan de andere kant. 'Sofia', zei die stem.

Douglas wist dat Sofia op zijn telefoontje wachtte. Hij betaalde haar genoeg om meteen haar aandacht te krijgen. Sofia had dezelfde militaire achtergrond als hij. Ze wist wat het betekende om stand-by te zijn.

'Het is tijd', zei hij. Dat volstond. Ze kende zijn stem, en ze wist wat hij van haar verlangde.

Hij verbrak de verbinding en kroop tussen de stoelen door

naar achteren. Hij knielde bij Eva neer en haalde een knipmes boven. Eva keek hem angstig aan en probeerde weg te kruipen, maar hij negeerde haar nutteloze pogingen en sneed de plastic banden door die haar polsen samenhielden. Dan sneed hij ook de tape voor haar mond los. Hij legde meteen een vinger op haar lippen. Maar ze bleef hem doodsbang aankijken.

Natuurlijk is ze doodsbang, dacht hij. Uit je huis gesleurd worden in het midden van de nacht, ontvoerd en vastgebonden – wie zou niet doodsbang zijn? Hij genoot daar niet van, van een bange vrouw die aan hem was overgeleverd. Hij deed dat uit noodzaak. Hij deed dat omdat hij een doel wilde bereiken. Zolang de andere partij deed wat van haar verwacht werd, zou hij ervoor zorgen dat mevrouw Verhaege levend en ongeschonden terug thuiskwam.

Zolang de andere partij deed wat van haar verlangd werd.

∞∞

Thomas zat opnieuw met Arveladze in de verhoorkamer. Het liefst zou hij de man bij zijn strot grijpen en tegen de muur plakken, maar dan kreeg hij gegarandeerd de advocaat van de Rus, Weckx, over hem heen met een klacht wegens geweldpleging. En zijn ervaringen met Weckx waren al niet van de beste. Daarenboven was Thomas er niet zeker van dat hij Arveladze fysiek wel de baas kon. Waarschijnlijk niet. Dus hield hij zich gedeisd, al kookte hij inwendig. Wat hij voornamelijk voelde was angst om het lot van Eva, en woede omdat misdadigers haar bij deze zaak betrokken hadden. Maar wat hij in de eerste plaats voelde was onmacht. Hij had in deze situatie het initiatief niet in handen.

'Ik heb jouw hologram niet', zei hij. 'Het heeft dus geen zin om Eva gevangen te houden.'

Arveladze wist dat die stomme flikken de hele situatie niet meer onder controle hadden. Hij begreep dat ze uitgingen van verkeerde conclusies en dat ze verbanden zagen die er niet waren. De commissaris veronderstelde blijkbaar dat hij, Arveladze, zijn vrouw had laten ontvoeren, door een handlanger of wat dan ook, om het een of andere hologram in handen te krijgen, wat dat ook mocht zijn. Voorlopig kwam die waanidee Arveladze goed uit. Dat maakte de flik tegenover hem kwetsbaar. Zijn vrouw. Ja, voor haar zou Verhaege alles doen. Dat moest hij uitbuiten.

'Laat Eva gaan', zei Thomas opnieuw. Hij klonk ingehouden woedend, en tegelijk was hij bijzonder kwetsbaar. Wat Arveladze ook zei, het zou altijd in zijn eigen voordeel zijn.

'Je bent niet in de juiste positie om voorwaarden te stellen, commissaris', zei hij netjes.

'Als ik dat verdomde hologram had, Arveladze,' zei Thomas, 'dan ruilde ik het meteen voor mijn vrouw. Ook al zou mijn baas me dat verbieden.'

'Je hebt het hologram dus niet? Werkelijk niet?'

Thomas zei niets meer.

'Oké', zei de Rus, de blik opslaand naar de zoldering van de kamer. 'Dan veranderen de regels. Ik doe je een ander voorstel. Je vrouw in ruil voor mijn vrijheid. Maar ik moet eerst bellen.'

'Nee', zei Thomas.

'Nee op het eerste of op...'

'Geen telefoontje. Er wordt niet gebeld.' Hij kon dat risico niet lopen.

'Ik moet mijn handlanger toch zeggen dat hij haar niks mag doen?' zei Arveladze fijntjes. 'Je weet niet waartoe hij in staat is, die handlanger. Zo'n brute, barbaarse Rus met een fijn Vlaams vrouwtje. Dat zou ongelukken kunnen geven.'

Er stonden nog steeds twee cipiers bij de deur. Waren die er niet geweest, dan had Thomas de Rus ongetwijfeld toch nog bij de keel gegrepen en hard geknepen. Hij zou het later wel uitleggen als een ongeluk. Maar nu kon dat niet. 'Bel hem meteen', zei hij, gesmoord. 'Nu meteen.'

Arveladze legde demonstratief zijn beide handen, die geboeid waren, op de tafel met de palmen omhoog. 'Telefoon', zei hij.

Thomas gaf hem zijn eigen gsm.

Arveladze toetste een nummer in. 'Eva, Eva, Eva', zei hij mijmerend. Aan de andere kant werd opgenomen. 'Tovaritsj', zei Arveladze. Hij sprak in het Russisch: 'Een onverwachte wending, kameraad, maar eerst een woord tegenover mijn onzichtbare vertaler.' Hij grijnsde. In het voorbijgaan had hij een glimp opgevangen van het meisje dat de flikken er als vertaler hadden bij gehaald. Zij had hem ook gezien, een seconde lang, en ze wist wat haar te doen stond. 'Jij, juffrouw, gaat die flikken vertellen hoe slim ze zijn. Ze hebben ons plannetje doorzien, en dat hebben wij in de gaten. Je zegt hun ook dat we bereid zijn Eva vrij te laten. Dat ga jij zo meteen zeggen. En nu, kameraad Prodoekin, tussen ons. Ik zit hier vast, maar ik denk dat ik weet hoe ik kan vrijkomen. Die flikken zijn nog stommer dan ik dacht.'

'Nederlands', zei Thomas.

Arveladze legde de hand op de telefoon. 'Sorry, commissaris, maar kameraad Prodoekin begrijpt geen Nederlands. Nog zo'n stomme, barbaarse Rus die in het buitenland geld denkt te kunnen verdienen. Je vindt het toch niet erg, neem ik aan?'

Thomas reageerde niet. Arveladze praatte rustig verder in zijn eigen taal. 'Ze denken dat ik de vrouw van een van hen ontvoerd heb, de idioten. Nu willen ze haar ruilen voor een of ander hologram. Let op: straks kom ik naar huis. Er zullen een paar flikken bij zijn. Zorg jij voor de ontvangst?' Arveladze liet zijn blik omhoog glijden, naar de grote spiegelruit in de muur achter Thomas. 'En zo meteen, jongedame,' zei hij nadrukkelijk maar nog steeds in het Russisch, 'ga jij vertalen dat ik opdracht heb gegeven om Eva in leven te laten. Je gaat dat doen als je weet wat goed voor je is.' Vervolgens keek hij Thomas aan. In het Nederlands zei hij: 'Mogen we op jou rekenen?'

'Zeg hem dat hij Eva met rust laat.'

Arveladze knikte innemend. 'Jij zorgt voor de ontvangst?' vroeg hij opnieuw in het Russisch. 'Uitstekend.' Dan verbrak hij de verbinding. 'Nu is het jouw beurt', zei hij tot Thomas.

Thomas ging rechtop zitten. 'Het zal niet makkelijk zijn. Ik moet bewijslast wegwerken, anders laat de onderzoeksrechter je niet gaan. Eerder kunnen we je niet vrijlaten.'

'Regel die papieren maar later. Ik wil nu naar buiten.'

Thomas kwam overeind. 'Hoe en wanneer, dat bepaal ik, Vadim.'

Arveladze leunde ontspannen achterover. 'Ik heb tijd. Het vrouwtje niet. Die is bang en ze wordt met de minuut banger.'

Hoofdstuk 8

Thomas liet Arveladze onder toezicht van de cipiers achter, stapte de verhoorkamer uit en via een klein sas het aanpalende kamertje in. Daar was het donker. Tegen de ene muur was er een halfdoorzichtig raam dat uitkeek op de verhoorkamer waar hij zonet zat. 'Wat zei hij?' vroeg hij.

Andrea, de Russische tolk, en Perseyn keken hem aan. 'Het is een vreemde dialoog...' begon Perseyn.

'Vertel me nu maar gewoon wat hij vertelde', zei Thomas.

Andrea Gorski keek snel naar de Rus, die nog steeds ontspannen op zijn stoel zat. Ze sloot even haar ogen. Ze wist wat ze moest zeggen, en wat niet. Maar ze hoopte dat geen van de aanwezige politiemensen ook maar een beetje Russisch begreep. Waarschijnlijk niet. Want dan hadden ze er haar niet bij gehaald. 'Hij zei tegen de man aan de telefoon dat jullie hun plan doorhebben. Dat jullie van de ontvoering afweten, en dat ze erbij zijn. Hij vertelde de man aan de andere kant van de lijn dat hij Eva moest laten leven.'

Thomas knikte. 'Hij heeft geluk dat we hem niet meteen diep in de gevangenis steken, met zijn complot. Wat nog meer?'

'Dat was alles, meneer', zei Andrea. Ze keek nog even naar Arveladze. Thomas merkte de blik niet, en Perseyn al evenmin.

'Goed', zei Perseyn. 'Ik dank u voor uw hulp. En nogmaals mijn excuses omdat we u op zo'n onchristelijk uur uit uw bed haalden.'

'Geen probleem, meneer', zei Andrea.

Nadat ze vertrokken was, schudde Perseyn het hoofd. 'We hebben tijd gewonnen, maar we moeten Eva vinden voor Arveladze begrepen heeft dat we hem niet zullen laten gaan.' Hij liep met Thomas naar de lift en even later stapten ze de kantoorruimte in, waar Ruben op een bankje sliep, in de buurt van Iris. Buiten was het al dag geworden. In het oosten kleurde de hemel helder. Het zoekwerk en de ondervragingen hadden de hele nacht in beslag genomen. Iemand had koffiekoeken bezorgd en er was verse koffie gezet. Tarik, die net een kop had ingeschonken, keek op. 'Lena probeert Joyce te vinden. Als we haar hebben, en het hologram, staan we sterk.'

Iris zat ook aan de geïmproviseerde ontbijttafel. 'Ik ben er zeker van dat ik die Andrea al eerder ergens gezien heb', zei ze. 'Ik heb een mail gestuurd naar de rechtbank, waar ze gewoonlijk werkt.'

'Waarom?' vroeg Perseyn.

Iris trok een gezicht. 'Ik wil haar profiel lezen. Ik heb een gek gevoel, en dan moet ik zekerheid hebben. Je kent mij.'

Perseyn zat neer en schonk zich ook een kop koffie in. Hij keek op zijn horloge. Buiten kwam het vroege verkeer op gang en waren de mensen die op tijd op kantoor wilden zijn al onderweg. Hij wilde graag met hen ruilen voor een meer geordend leven, maar hij wist waarom hij deze job deed. Hun geordende leven was hem te saai. Dat was een van de redenen.

❧

Een uurtje later kwam Lena binnenwaaien. Ze zag eruit alsof ze evenmin geslapen had, of toch niet in een bed. Op dit uur liep ze normaal gezien een paar kilometer door het park, maar daar had ze nu geen tijd voor. 'Ik heb wat rondgevraagd', zei ze. 'Joyce, de innemende vriendin van Depretere, is een dame uit het betere milieu. Hij weet ze uit te kiezen, zijn vriendinnen. Bij de *Fleur d'Anvers* staat ze bekend als *Honey Dew*. Dat komt ervan als je ooit Miss Diamant was. Daarna ga je ofwel tv-shows presenteren, ofwel kom je in de escortservice terecht. Voor haar is het duidelijk misgelopen.'

'O,' zei Tarik, 'Honey Dew? Leuke naam. Dat zal wel niet zijn omdat ze een brunette is.'

Lena keek in de richting van Thomas, die bij het raam zat en naar buiten keek. Hij wilde op zoek naar Eva, maar zonder aanwijsbare sporen was dat zinloos. Lena wilde meteen met hem mee. Maar ook zij wist dat je niet zomaar ging rondrijden op zoek naar iemand die ontvoerd was. Dan keek ze naar Iris, die voor zich uit zat te staren. Ze dachten allemaal hetzelfde, maar geen van hen durfde wat te zeggen. Ze wisten allemaal dat familieleden van flikken geen prooi van misdadigers hoorden te zijn. Maar de voorbije jaren was de moraliteit van de onderwereld danig veranderd. Er waren geen onuitgesproken regels en geen fatsoensnormen meer.

Perseyn kwam overeind en veegde zijn handen af aan een papieren servet. Hij liep naar de toiletten. Iris aarzelde. Ze wist dat Thomas het recht had te weten dat zijn vrouw zwanger was. Maar onder de gegeven omstandigheden zou dat zijn lot alleen nog maar zwaarder maken. Maar Iris kon dit geheim niet alleen dragen. Ze volgde Perseyn. In het gangetje bij de toiletten hadden ze enige privacy, zolang niemand anders van het team opdook.

Hij keek haar verbaasd aan. 'Iris, niet hier', zei hij.

Ze schudde het hoofd. 'Het gaat over Eva', zei ze.

'O', zei hij. 'Eva.'

'Ze is zwanger, Steven.'

Hij keek haar verbaasd aan.

Iris zei: 'Thomas moet het weten.'

Snel schudde Perseyn het hoofd. 'Geen sprake van. Dat zou het voor hem alleen nog maar erger maken.'

'Hij moet...'

'Nee, Iris', fluisterde Perseyn dringend. 'Je kent hem toch. Hij gaat helemaal door het lint als hij dat weet. De hele operatie komt in het gedrang.'

Ze keek hem woedend aan.

'Het is een bevel, Iris', zei hij op diezelfde dringende fluistertoon.

'Dat is onmenselijk!'

'Ja', zei hij. 'Dat is onmenselijk. Maar het is de keuze die we moeten maken omdat er te veel op het spel staat. Als hij hier naar buiten stormt, dan raakt hij helemaal het noorden kwijt. Het is mijn oordeel en mijn verantwoordelijkheid, Iris. Als je het hem vertelt, breng je de anderen in gevaar, en Eva nog méér.'

Iris greep zijn kraag vast, woedend, maar ze wist dat ze geen argumenten had. 'Steven.'

'Ik weet het', zei hij, plots zachter. 'We hebben het niet in de hand. Laten we ervoor zorgen dat we Eva vrij krijgen. Concentreer je daarop.'

☙❧

Douglas zat in de bestelwagen en sneed een appel doormidden. 'Heb je je maandstonden?' vroeg hij.

Eva keek hem fronsend aan. Ze was niet van plan met hem te praten. Ze was niet van plan zijn vragen te beantwoorden. Zeker niet dat soort vragen.

'Als je maandverband nodig hebt, ga ik het halen. Hygiëne boven alles', zei hij. Hij keek naar zijn appel, die hij zorgvuldig schilde, in een lange reep. 'Ik schil een appel voor jou. In appels zit veel kalium. Weet je wat er gebeurt als je te weinig kalium hebt? Slapeloosheid. En te weinig slaap maakt je prikkelbaar en agressief. Dat kunnen we beter vermijden, niet?'

Hij stak een stuk appel in zijn mond. 'Jullie wonen in een veilige buurt. Met je zoontje en zo. Je wilt toch dat hij veilig opgroeit?' Hij keek haar aan. 'Al dat nodeloos geweld van de jeugd, dat maakt me ziek.' Hij bood haar een stuk appel aan, maar ze schudde haar hoofd. 'De jeugd is rusteloos. Misschien eten ze te weinig appels. Ze hebben te weinig kalium in hun lichaam. Daar zal het aan liggen.'

Hij bood haar opnieuw een stuk appel aan, en dat wilde ze nu wel. Hij glimlachte naar haar, en dan keek hij op zijn horloge. 'De plicht roept', zei hij. Hij kwam overeind, bond haar handen weer vast en kleefde haar mond weer dicht met tape. 'Jammer', zei hij. Er werd op de achterdeur van de bestelwagen geklopt. Hij gooide de deur open.

Buiten stond Sofia, in strakke zwarte militaire kledij. 'Onderbreek ik iets?' vroeg Sofia.

'Nee', zei Douglas. 'Helemaal niet.'

'Wat wil je?'

Hij maakte een korte beweging met zijn hoofd. 'Eerst die koffer.' Hij schopte tegen de koffer die achter in de bestelwagen stond. 'Mijn andere passagier', glimlachte hij. Sofia keek hem fronsend aan en hielp hem de koffer uit de bestelwagen te zeulen en in de achterbak te zetten van een Berlingo waarmee zij reed.

'Een Berlingo?' spotte hij.

Ze keek hem fel aan. 'Heb jij mogen kiezen?' vroeg ze.

❧

Joyce besefte dat ze niet meteen in Spanje zou raken, en dat onderduiken veeleer een kwestie was van geld dan van wilskracht. Ze had twee bankkaarten van Depretere, en ze had haar eigen geld, maar de rekeningen van Depretere durfde ze niet te gebruiken en haar eigen fondsen waren niet groot genoeg voor een leven in het zuiden. Ze vermoedde dat de politie nu alle transacties op haar rekeningen en op die van Glenn in de gaten hield.

Zelfs in haar eigen flatje durfde ze niet meer te komen. Je zag hoe dat gebeurde op televisie: de politie stond op de uitkijk, ze gebruikten camera's en microfoons, en als het slachtoffer opdook werd die meteen ingerekend. In haar handtas had ze hooguit tweehonderd euro, en het hologram. Dat was een fraaie en interessante combinatie. Maar van het hologram kon ze niet eten.

Er waren een paar mensen bij wie ze kon intrekken. Vrienden genoeg. Voor een paar dagen. Een paar dagen respijt. En niet alleen de politie zou achter haar aan zitten. Die lui van wie ze het hologram gestolen had, zouden haar ook graag vinden. Ze herinnerde zich vooral die ene man, Douglas, die er tegelijk zo waanzinnig sexy en gevaarlijk uitzag. Dat trok een meid aan, maar in haar geval moest ze daar goed over nadenken.

Het hologram teruggeven en dan maar hopen op het beste? Daar kon geen sprake van zijn. Niet met deze mensen. Ze wist te veel. Ze zou niet lang leven.

Was Glenn er maar, die zou wel weten wat te doen. Die hield altijd wel wat achter de hand. Geld, vrienden, relaties. Ergens een plek om te overnachten, ergens een auto. Maar zij was altijd van hem afhankelijk geweest, en zij had niks. Verdomme, Glenn, dacht ze. Ik ben hier niet op voorbereid.

Hoofdstuk 9

'Met die video-opname kunnen we niet veel beginnen', zei Iris. Ze had de opname van de telefoon van Eva door de computer gehaald en geprobeerd er identificeerbare achtergronden uit te halen. 'Gewoon slechte kwaliteit, gemaakt met een gewone mobiele telefoon. Opgenomen in een kleine ruimte, echo van metaal lijkt het. Oproep kwam van Linkeroever. We hebben er patrouilles naartoe gestuurd, maar die weten nauwelijks waar ze naar zoeken.'

'Precies', zei Perseyn. 'En de bandensporen aan het huis van Thomas? Hadden die buren geen bestelwagen gezien?'

'Ja, maar meer wisten ze niet te vertellen.'

'De sporen die we hebben gevonden zijn van een erg courante band', zei Tarik vanaf zijn eigen plaats in de kantoorruimte. 'Ik probeer na te gaan welke soort van bestelwagens die allemaal gebruiken.'

'We moeten naar Linkeroever', zei Thomas, die achter hen stond. 'Dat hele gebied afzoeken. We hebben een helikopter nodig.'

Perseyn schudde zijn hoofd. 'Dat lijkt me niet erg zinnig, Thomas. We hebben niet eens een goede robotfoto van de ontvoerder. Misschien als Ruben wat over zijn emoties heen is en we hem wat vragen kunnen stellen...'

'Laat mijn zoon met rust', zei Thomas gesmoord. 'Hij heeft genoeg doorstaan.'

'Tuurlijk, Thomas', zei Perseyn, die de blikken van Iris ontweek.

'We kunnen Depretere nog eens uitpersen', stelde Thomas voor. 'Of misschien kunnen we Arveladze echt vrijlaten?'

'Het spijt me, Thomas', zei Perseyn. 'Maar we volgen ook in deze zaak de gebruikelijke procedures. En jij kent de regels. Arveladze komt niet vrij. En jij weet net zo goed als ik waarom niet.'

Tarik doorliep lijsten met types van bestelwagens en technische specificaties van banden. 'Profiel 195/65 R16. Laat dat nou net een van de meest voorkomende types zijn. Staat op tientallen soorten auto's.' Hij keek op. 'Ik heb een lijst van alle donkere bestelwagens die de voorbije week zijn gestolen in de provincie. We vinden hem wel, alleen een kwestie van tijd.' Maar hij wist net zoals de anderen dat ze geen tijd op overschot hadden.

Iris legde haar telefoon neer. 'Het laboratorium bevestigt dat er vreemd DNA gevonden is bij jou thuis, Thomas. Maar geen vingerafdrukken. We halen dat DNA nu door de computer om te zien of er een oude bekende opduikt.'

Iris keek reikhalzend naar de kantoorruimte, waar Ruben vol overgave zat te tekenen en te schrijven. 'Waarom breng je hem niet naar huis, Thomas?' voeg ze zachtjes.

Thomas keek naar zijn zoon. 'Ik ben hier nodig', zei hij. 'Voor het geval er nieuws over Eva binnenkomt. Mijn schoonmoeder komt hem zo meteen halen. Ze is onderweg.'

Iris keek nog even naar Ruben. Lena kwam de plottingroom binnen met een doos waarin spullen lagen die bij Thomas waren opgehaald voor onderzoek. 'Die dingen mag je weer meenemen, Thomas', zei ze. Ze zette de doos voor Thomas neer. Hij keek ernaar en rommelde tussen de enveloppen en documenten die bovenop lagen. Eén enveloppe trok zijn aandacht. Iris zag het briefhoofd van een gynaecoloog. 'Thomas', zei ze dringend, en ze had al haar hand uitgestrekt om hem tegen te houden met die enveloppe, maar ze besefte dat het te laat was. 'Je kunt nu helemaal niks voor Eva doen...'

Thomas trok de enveloppe open. Hij las de brief. 'Ze is zwanger', zei hij gesmoord. 'Lieve God... Iris, Eva is zwanger.'

'Thomas', zei ze. 'Er is niets...' En ze besefte dat haar reactie haar verraadde. Maar ze kon er niets aan doen. Ze kon niet veinzen niets af te weten van de zwangerschap van Eva.

Hij keek Iris aan. 'Wist jij dat? God, jij wist dat, en je zei me niks. Waarom wist jij dat?'

'Eva wilde eerst zeker zijn, Thomas. Daarom liet ze een echografie maken. Ze wilde je...' Ze slikte. 'Ze wilde je verrassen.'

Thomas haalde diep adem en sloot zijn ogen.

'Thomas', zei Iris ferm. 'Ga zitten. We vinden Eva, wat het ook kost. Tientallen mensen zijn hiermee bezig. Allemaal goede, ervaren politiemensen. Niemand gaat iets ondoordachts doen. Eva loopt geen risico. Oké, Thomas?'

Hij keek haar aan en knikte. 'Ja', zei hij. Maar zo bedoelde hij het niet. Hij was niet gerustgesteld door haar woorden.

'En het spijt me', zei ze. 'Ik had het je eerder moeten zeggen. Ik wist niet dat dit zo ging uitdraaien. Anders was er niets aan de hand geweest.'

Thomas ging aan de andere kant van haar werktafel zitten en schoof een paar potloden en een notitieboekje opzij. Hij leek plots veel ouder, alsof hij vergeten was hoe hij zich rechtop moest houden. Zijn blik leek niets van zijn omgeving te zien.

Toen het geluid van de lift weerklonk, keek hij op. Hij kwam overeind. Perseyn stond bij de deur van zijn kantoor en hield de rechterhand van de schoonmoeder van Thomas vast. 'Wij zijn blij dat je gekomen bent, Magda', zei hij. Allebei keken ze in de richting van Thomas. Magda was duidelijk niet op haar gemak met de situatie.

'Ik kom helemaal van de kust, Thomas', zei ze. 'Waarom moest ik komen? Wat is er aan de hand met Eva?' Dan zag ze Ruben, die naar haar toe holde en haar vastgreep. 'Wat is er aan de hand?'

❧

Thomas voelde zich hulpeloos. Zo had hij zich nog nooit eerder gevoeld. Hij had ellende genoeg gezien, door misdaad en domheid verwoeste levens, slachtoffers van psychopaten en van berekenende bedriegers. Maar dit trof hem persoonlijk: zijn Eva, zijn Ruben, zijn schoonmoeder. Hij had lang geleden geleerd welke woorden hij moest gebruiken om slachtoffers te troosten, in de wetenschap dat zijn troost die van een vreemde was. Nu was hij geen vreemde, hij was direct betrokken. Hij was woedend, hij was radeloos, hij had geen antwoorden op de vragen die Magda hem stelde.

Het was uiteindelijk de aanwezigheid van Ruben die hem redde. Die hem deed inzien dat zijn eerste verantwoordelijkheid bij de jongen lag, en dat de verantwoordelijkheid over het leven van Eva hem uit handen was genomen. Niet alleen door haar ontvoerder, maar ook door zijn collega's, die nu al het mogelijke deden om de ontvoerder – en Eva – terug te vinden.

Plots hield iedereen de adem in. De gsm van Eva, die midden op het bureau van Iris lag, zoemde. Iris aarzelde niet en drukte op de ontvangstknop. Thomas en de andere leden van het team stonden meteen bij haar. Op het kleine schermpje lag Eva geboeid op een deken, met een stuk tape over haar mond. De stem van de ontvoerder zei, duidelijk hoorbaar over het gesteun van Eva heen: 'Tik tak, commissaris. Tik tak.'

Magda besefte nu pas wat er met haar dochter gebeurde en barstte in tranen uit. Thomas graaide de gsm vast, sprong overeind en liep naar de lift. Perseyn stapte hem gehaast achterna. Ze stonden samen in de lift, zonder iets te zeggen. In de kelderverdieping maakte Thomas een gebaar naar een van de cipiers: hij wilde de cel van Arveladze in. Voor Perseyn tussenbeide kon komen had Thomas zijn pistool getrokken en hield dat onder de kin van de Rus. 'We hadden een deal', zei hij.

'O ho,' zei de Rus, gehinderd door het vuurwapen. 'Ik ben nog steeds niet vrij, kameraad. Uw baas moet leren zijn schoothondje aan de leiband te houden. Er gebeuren nog ongelukken. En zonder mij, geen Eva.'

'Het is welletjes geweest', schreeuwde Thomas.

'Uw deadline is ook bijna voorbij', zei Arveladze rustig.

Perseyn legde een kalme hand op de pols van Thomas. Hij sprak de naam van de jonge commissaris uit. 'Thomas. Ze is nog steeds in leven', zei hij.

Thomas liet zijn pistool zakken en duwde het terug in de holster. Thomas hield de gsm aan zijn oor. 'Eva?' zei hij, terwijl hij Arveladze van dichtbij bleef aankijken.

'Nee, commissaris, toch niet', zei de stem aan de andere kant.
'We hadden een deal', zei Thomas.

Het was Arveladze die tussenbeide kwam. 'Laat haar vrij', riep hij naar de telefoon.

Aan de andere kant van de lijn was het een moment lang stil. Dan zei de stem van de ontvoerder: 'Wie is dat? Bent u dat, commissaris?'

'Laat Eva meteen gaan', zei Arveladze in de telefoon.

De stem van de ontvoerder klonk nijdig, alsof hij ervan overtuigd was dat er een spelletje met hem werd gespeeld. 'Wie is die idioot? Geef me Verhaege terug!'

Perseyn keek verbaasd naar Thomas, maar kwam niet tussenbeide.

'Jij werkt niet voor Arveladze?' vroeg Thomas in de telefoon. 'Je weet niet eens wie dat is?'

De lijn was dood. De ontvoerder had de verbinding verbroken. 'Klootzak!' riep Thomas naar Arveladze. 'Jij hebt Eva helemaal niet ontvoerd. Je hebt de hele tijd staan liegen.'

'En wat zou jij in mijn plaats gedaan hebben, commissaris?' vroeg de Rus. 'Mmm? Maar ik heb aanwijzingen over de mensen die achter de ontvoering zitten. En in ruil daarvoor wil ik mijn vrijheid.'

'Wie gelooft jou nog?' zei Perseyn.

'Maar commissaris', zei Arveladze. 'U hebt niet heel veel mogelijkheden meer om die lieve Eva levend terug te zien, niet? Die ontvoerder wil het hologram. Ik kan ervoor zorgen dat jullie de ontvoerder vinden. Ik heb documenten in mijn safe. Wel? Wat zullen we doen?'

Perseyn trok Thomas de cel uit en maakte een gebaar naar de cipier, die de deur sloot. 'Thomas', zei Perseyn. 'Naar boven. Dit loopt verkeerd.' Ze stapten samen de lift in.

'Wie is die vent dan?' vroeg Thomas.

Perseyn schudde zijn hoofd. Hij sprak pas toen ze weer bij de rest van het team waren. 'We zitten op het verkeerde spoor', zei hij. 'Arveladze heeft niks met de ontvoering van Eva te maken, en de man die het geld naar Depretere kwam brengen was zijn helper niet. Het draait allemaal om de ontvoerder, een man van wie wij niet eens de naam kennen.'

'Maar Arveladze beweert iets te weten over de ontvoerder.'

Perseyn keek somber. 'Ik vertrouw hem niet, zoals gewoonlijk, en nu nog minder dan anders.'

Hoofdstuk 10

Terwijl Thomas Magda en Ruben naar buiten begeleidde, waar een politiewagen hen wegbracht, zaten en stonden de andere vier leden van het team in de plottingroom, waar de foto's van verdachten, schuldigen, ontvoerden en mogelijke ontvoerders het smartboard sierden. Veelkleurige lijnen verbonden hun namen en foto's met elkaar. Rechts onderaan was er een kaart van Antwerpen te zien. Een deel van de haven lichtte rood op.

'Hij is van Linkeroever naar de haven gereden', zei Lena. 'Dan moet hij ongeveer tussen twee en drie uur door een van de tunnels zijn gepasseerd.'

'Dat maakt onze zoektocht iets makkelijker', zei Iris. 'Hoewel er zoveel donkere bestelwagens zijn.'

'Ik verwittig de collega's van de haven', zei Lena en ze nam haar gsm. Ondertussen opende Iris een mail die ze net gekregen had van de rechtbank. Aangehecht vond ze de gegevens van Andrea Gorski en een foto van de vrouw. Uit de gegevens bleek dat ze in België een identiteitskaart gekregen had in 2004 en dat ze in dienst was als beëdigd tolk sinds 2007. Maar de belangstelling van Iris ging uit naar de foto. Nu was ze er echt van overtuigd dat ze de vrouw eerder al gezien had. Ze kwam overeind en begon te zoeken in de cassettes uit de wasserette.

Perseyn legde een vel papier op de werktafel van Lena. 'Ik kreeg zojuist het resultaat van het DNA-onderzoek uit het huis van Thomas. Er is geen overeenkomst met onze databanken. Als het materiaal afkomstig is van de ontvoerder, dan kennen wij hem niet. Weten we al iets over die handlanger bij het museum? Zijn er reacties op het opsporingsbericht?'

Lena snoof. 'O, reacties genoeg, en voornamelijk van het soort dat we uit ervaring kennen. Twee waarzeggers willen ons helpen hem te vinden. En een huwelijksaanzoek. En een man die beweert zeven moorden gepleegd te hebben, vannacht alleen al. De wereld is helemaal gek. Maar dat wisten we al.'

Perseyn onthield zich van commentaar. Ook hij wist dat je met publieke oproepen heel wat krankzinnige ballast binnenhaalde. Vanuit de plottingroom wenkte Iris hem. 'Iets belangrijks?' vroeg hij.

'Iets verontrustends', zei ze. Ze toetste op de laptop. Op het smartboard werden de foto's en de kaart van Antwerpen vervangen door de foto van Andrea Gorski en door een beeldopname van matige kwaliteit, waarop een man te zien was die een vrouw verkrachtte in een klein kamertje. 'Arveladze in zijn optrekje in de wasserette, uit zijn collectie', zei Iris met een vies gezicht. 'Ik wist dat ik haar eerder al gezien had. Je kunt haar gezicht hier duidelijk genoeg zien. En hier ook. Ze is door Arveladze naar België gehaald en net zoals die andere vrouwen verkracht. Ze werkt waarschijnlijk nog steeds voor hem.'

'Shit', zei Perseyn. 'Godverdomme.'

Het gebeurde niet vaak dat Iris haar baas kwaad zag.

'Je weet wat dat betekent', zei Perseyn.

'Ja', zei Iris. 'Dat we haar vertaling niet kunnen vertrouwen.'

Perseyn dacht een ogenblik lang na. 'Er is geen manier om na te gaan waarover dat telefoongesprek met die andere Rus écht ging. Daar is dus niks aan te doen.' Hij schudde zijn hoofd. 'Luister: stuur Tarik en Thomas met Arveladze naar zijn huis. Ze moeten daar alles ophalen wat van waarde is. En dan gaan wij het volgende doen...'

∂∾✶

De anonieme politieauto stopte tien meter voor het door Arveladze gehuurde huis. Een ogenblik lang bewoog niemand in het voertuig. Dan stapte Tarik uit. Thomas volgde hem, opende het achterportier en hielp Arveladze, geboeid, uit te stappen. Bepaald voorzichtig was hij daarbij niet, maar de Rus liet het gebeuren. 'Opschieten, kereltje. Die ontvoerder van Eva zal waarschijnlijk niet urenlang willen wachten. En veeg die grijns van je smoel. Als er iets met mijn vrouw gebeurt ga jij eraan.'

Tarik keek Thomas aan, maar die negeerde hem. Tarik schudde zijn hoofd en opende de voordeur van het huis. Ze stapten naar binnen. 'Wel?' vroeg Thomas.

'Wat zoeken jullie?' vroeg Arveladze. 'Jouw vrouw is hier niet, als je dat denkt. En je weet nu dat ik niks met die ontvoering te maken heb.'

'We halen je hele huis overhoop, Vadim. Maar jij gaat ons netjes tonen waar je je belangrijkste spullen verborgen houdt. Dat gaat makkelijker.'

'Loop naar de hel, rechercheurtje', zei Arveladze. 'Je zoekt het zelf maar uit.'

'Dat doen we, maar jouw vriendje Depretere zal heel gauw gaan praten over de zaakjes die jullie samen hebben opgezet. Ik had begrepen...'

'Ik ken die Depretere niet', zei Arveladze.

'Je kent hem wel', zei Thomas 'We hebben jullie samen gezien. Ik had begrepen dat jullie geen vrienden zijn. Hij heeft je belazerd, Vadim. En dus neem je graag wraak op hem, ik ken je toch. Vooruit. Je hebt een zwart boekje of zo met cijfers over hem. Of een harde schijf of iets dergelijks. Ik wil Depretere een hele tijd achter de tralies krijgen. Ik ben ervan overtuigd dat jij een bijdrage kunt leveren.'

Arveladze keek hem vuil aan. 'En word ik daar beter van?'

'Je weet hoe dat gaat. Ik heb een gesprek met de onderzoeksrechter en vertel hem hoe goed wij beiden met elkaar opschieten. Nu, wat wordt het? Waar vind ik de informatie over de ontvoerder?'

'Achterin, mijn bureau', zei Arveladze.

'Vooruit dan', zei Tarik. Ze liepen de gang door en kwamen eerst in de woonkamer met anonieme meubels terecht en vervolgens in een kleiner bureau. Arveladze knikte in de richting van een grote ets aan de muur. 'Daarachter zit een kluis.'

'Zo weinig verbeelding', zei Tarik, en hij duwde het schilderij weg. Arveladze stak zijn handen vooruit. 'Maak me los, dan kan ik...'

'Nummer van de combinatie?' zei Thomas.

Arveladze zuchtte. 'Je hebt nog altijd geen vertrouwen in mij', zei hij. '9-5-2-0-0-3.'

Tarik draaide de combinatie. De kluis klikte open. Tarik haalt er een dik rood schrift uit, een bundel documenten en een pistool. 'Tsk', zei hij. 'Zo weinig verbeelding.'

'Volstaat voor een Rus', zei Arveladze. 'Russen hebben andere capaciteiten dan verbeelding.' Hij maakte een hoofdbeweging. 'En het beste bewijs van die stelling staat achter jullie.'

Thomas draaide zijn hoofd om naar de deur en bleef dan onbeweeglijk staan. In de deuropening stond een grote man in een lange zwarte jas, en Thomas had een kwalijke déjà vu, iets wat hij ongetwijfeld in een film gezien had, terwijl zijn aandacht meteen ging naar de twee pistolen in de handen van de man. Twee pistolen, dacht hij.

'Mag ik jullie voorstellen,' zei Arveladze, 'mijn goede vriend Prodoekin.'

Tarik legde het pistool dat hij uit de kluis had gehaald voorzichtig neer op het bureau naast hem en stak zijn handen omhoog. Thomas deed hetzelfde. Arveladze stak opnieuw zijn geboeide handen vooruit. Tarik bevrijdde hem van de boeien. De Rus haalde de wapens van Tarik en Thomas uit hun holsters en hield hen onder schot.

'Zo, einde van de reis voor de beide heren', zei hij. Hij stak het schrift in de zak van zijn jasje en griste de documenten mee. 'Of dachten jullie dat ik mijn pensioen zomaar ging weggeven?'

'Maak ze aan elkaar vast', zei de andere man. Hij sprak met een vreselijk accent. Maar zijn houding alleen al was voldoende om indruk te maken op de twee politiemensen.

Arveladze sloot de boeien om de polsen van Tarik en Thomas, met een omwegje langs een buis van de verwarming. 'Zo, netjes verbonden met elkaar, en geen vieze gedachten.'

Op dat moment zoemde de gsm van Eva, die Thomas nog steeds op zak had. Arveladze fronste, greep in de jaszak van Thomas en haalde de gsm tevoorschijn. Hij keek naar het schermpje, zonder de verbinding te openen. Dan keek hij Thomas weer aan. 'Wat jammer voor Eva', zei hij.

Thomas wilde de gsm grijpen, maar Arveladze hield hem buiten zijn bereik. De beide Russen stapten weer de gang in, op weg naar de voordeur. Maar zover raakten ze niet. Vanuit de woonkamer stapte Perseyn tevoorschijn, die zijn pistool op het hoofd van Prodoekin richtte. 'Laat dat wapen meteen vallen', zei hij. Achter Arveladze dook Iris op, eveneens met haar pistool getrokken. 'Hetzelfde hier, vriend Arveladze.' De beide Russen lieten zich tegen hun zin ontwapenen en moesten op hun knieën zitten. 'Ik heb ze onder controle, chef', zei Iris. 'Ga jij de anderen maar losmaken.'

Perseyn verloste Tarik en Thomas van hun boeien. Die laatste holde de gang in en greep de gsm van Eva uit de zak van Arveladze. Maar het toestel zoemde niet meer. Hij probeerde terug te bellen, maar dat lukte niet. Dan haalde hij uit naar Arveladze en trapte hem tussen zijn benen. 'Smerige klootzak!'

Perseyn stond in de deuropening, met Tarik achter hem. 'Thomas!' waarschuwde hij, maar hij kwam niet tussenbeide.

❧

Lena had een telefoontje gekregen van de lokale politie en was meteen naar de haven gereden. Ze had precieze instructies gekregen over de plek waar de bestelwagen was teruggevonden. Ze wist niet wat ze moest verwachten, maar de politieman aan de telefoon had alleen over de bestelwagen gesproken, niet over slachtoffers. Echt geruststellend was dat niet. De ontvoerder had waarschijnlijk allang een ander voertuig gevonden. Maar de bestelwagen zou misschien aanwijzingen bevatten.

Ze parkeerde naast twee politiecombi's. Even verderop stonden enkele in oranje hesjes gehulde inspecteurs van het lokale korps bij een donkere Mercedes Vito. Ze stapte uit en toonde hun haar kaart. 'Geen beweging te zien', zei de ene politieman. 'Hij staat hier misschien al een tijdje.'

Lena nam haar zaklantaarn en keek rond in de stuurcabine. Die was leeg, zelfs het handschoenenkastje. Achter in de bestelwagen was het brandblusapparaat leeggespoten, om zo veel mogelijk sporen te wissen. 'Ze hadden hem evengoed in brand kunnen steken,' zei de ene politieman, 'maar dat zou te veel aandacht trekken.'

'Ik laat hem meenemen door de technische recherche', zei Lena. 'Je weet nooit wat die vinden.'

Hoofdstuk 11

Er zaten nu twee Russen in de cellen van Ecofin, wat het humeur van de cipiers er niet beter op maakte. Ook Perseyn keek verre van tevreden terwijl hij zijn kantoor uitstapte nadat hij met de directeur gesproken had. Hij legde zijn hand op de schouder van Thomas, die de hele tijd tevergeefs bij de gsm van Eva zat en wachtte op een teken van leven van de ontvoerder. 'Lena heeft de bestelwagen gevonden', zei hij. 'Hij was leeg. En de documenten die we bij Arveladze vonden hebben niks te maken met de ontvoerders. De man blufte de hele tijd.'

'Ik was te laat om de telefoon te beantwoorden', zei Thomas. 'Als er iets met Eva gebeurt, is het mijn schuld.'

'Geen sprake van', zei Perseyn streng. 'Het is jouw schuld niet. En die man wil absoluut het hologram in handen krijgen. Hij zal Eva niks doen. Waar is Ruben?'

Thomas keek op. 'Met zijn grootmoeder bij ons thuis.' Hij haalde zijn handen door zijn haar. 'Dat joch zit zich waarschijnlijk vol te proppen met pannenkoeken. Beter dan zich zorgen te maken over zijn moeder.'

'Ja, inderdaad', zei Perseyn. 'En jij zou ook beter naar huis gaan.'

'Je weet dat ik dat nu niet kan, Steven', zei Thomas, zich er waarschijnlijk niet van bewust dat hij Perseyn met zijn voornaam aansprak, wat bijna niemand in de groep deed.

Perseyn keek op toen zijn telefoon zoemde.

De dame van de receptie vertelde hem dat de persoon aan de lijn haar naam niet wilde geven. 'Maar ze wil de chef van Ecofin dringend spreken', zei ze. 'En dat bent u, hoofdcommissaris. Ze zegt dat het geen grapje is en dat het over een lopend onderzoek gaat. Over een zekere Glenn Depretere.'

'Vooruit dan maar', zei Perseyn. 'Verbind me door.'

'Spreek ik met het hoofd van Ecofin?' vroeg ze. Haar stem trilde hoorbaar.

'Hoofdcommissaris Perseyn. Ik ben inderdaad het hoofd van Ecofin. Met wie spreek ik?'

'Ik ben Joyce Vanseveren. Ik ben de vriendin van Glenn Depretere.'

Perseyn stapte achteruit en schoof de deur van zijn kantoor dicht. 'Wij zijn op zoek naar u', zei hij.

'Dat weet ik', zei Joyce. 'Ik wil u ontmoeten.'

'Dat verlangen is wederzijds.'

'Maar ik wil u alléén spreken. Geen andere politie in de buurt. Dat is erg belangrijk.'

'U kunt nergens naartoe, juffrouw Vanseveren. Dat weet u net zo goed als ik. Het lijkt me dus niet dat u veel voorwaarden kunt stellen wanneer het om een gesprek gaat.'

'Godverdomme, meneer Perseyn,' zei ze overstuur, 'ik loop een risico door u te bellen. Misschien wordt uw telefoon afgetapt. Ik kan echt wel verdwijnen als ik dat wil, en dan vindt u me niet meer terug...'

'Oké', zei Perseyn sussend. 'Laten we elkaar ontmoeten. Alléén, zoals u dat stelt. Waar en wanneer?'

'Over een uur. Aan het Kempisch Dok. De hoek met de Indiëstraat. Zorgt u ervoor dat u niet gevolgd wordt.'

'Dat zal ik doen. Maar er is wat anders...'

'Ja?'

'Er is iets', zei Perseyn voorzichtig, 'wat u in uw bezit hebt. Het is voor een aantal mensen bijzonder waardevol. Het lijkt me best dat u het meebrengt...'

'Zorg dat u er bent', zei Joyce en ze verbrak de verbinding.

Perseyn keek op zijn horloge. Hij had ruim de tijd. Hij wist dat hij alleen zou gaan, maar niet zonder back-up. Een beperkte back-up. Hij opende zijn deur weer en zocht Iris. 'Ik heb je nodig', zei hij. 'Jou en Tarik.'

❧

Aan het Kempisch Dok was het kil en er hing een geur van meststoffen en van nat hout. Verderop lagen de motorboten en zeiljachten van de rijke Antwerpenaren. Aan de bushalte vooraan in de Indiëstraat stonden enkele mensen te wachten. Perseyn stond tegen de anonieme dienstwagen geleund en rookte een sigaartje. Hij droeg een regenjas over zijn pak.

De buurt was verder zo goed als verlaten. Joyce had een goede keuze gemaakt, vond hij. Op dit uur van de dag kwam hier geen kat. Een hinderlaag kon niet lukken, er waren te veel open ruimten en te weinig plaats om een overvalteam te verbergen. Dat betekende dat ze deze plek van tevoren was komen verkennen, vermoedde Perseyn. Pientere meid, meende hij. Ze zou wel overleven. En ze had waarschijnlijk gelijk: ze kon verdwijnen en dan zou de politie haar niet meer terugvinden.

Hij keek op zijn horloge. Iris en Tarik hadden zich verdekt opgesteld in een geparkeerde auto, vierhonderd meter verderop aan de Binnenvaartstraat. Het was onwaarschijnlijk dat Joyce hen had opgemerkt, maar je wist natuurlijk nooit.

Van de ene kant kwam plots een kleine witte auto aanrijden, een Peugeot. Hij had de Maserati verwacht, maar die was natuurlijk te opzichtig. Joyce had die waarschijnlijk teruggebracht, want zelfs Depretere had niet zo'n auto.

De Peugeot stopte tien meter van hem vandaan. Joyce zat achter het stuur, met een zonnebril op. Ze zette de motor af en stapte uit. 'Meneer Perseyn?' vroeg ze.

'Dat ben ik.'

Ze keek om zich heen, ook in de richting van de auto met Iris en Tarik. Perseyn wist dat de back-up nutteloos zou zijn wanneer ze hier naartoe was gekomen om hem te vermoorden. Maar dat zou niet het geval zijn. Daar won ze niets bij.

Ze sloot het portier van de auto. In haar rode windjekker en jeans zag ze er weinig glamoureus uit. 'Ik wil bescherming', zei ze.

'Ja', zei hij. 'Bescherming.'

'In ruil geef ik u het hologram.'

'Dat is leuk', zei hij. 'Wie garandeert me dat het het echte hologram is?'

Ze stond nu drie meter van hem vandaan. 'Ik ga met u mee. U zorgt ervoor dat ik kan onderduiken, met een nieuwe identiteit en alles wat daarbij hoort. U hebt de tijd om na te gaan of het het echte hologram is. Doen we het zo?'

'Je zult ons ook een en ander moeten vertellen over Glenn', zei Perseyn. Hij bleef tegen de auto geleund staan, en mikte zijn sigaartje in de goot. Hij hoopte dat de recorder die hij droeg haar stem opving, maar hij was niet van plan dichterbij te komen. 'Ons gaat het ook om Glenn, dat weet je. We hebben je getuigenis nodig. Wat deed Glenn, en voor wie werkte hij, en waarom werd Eva ontvoerd – dat soort vragen.'

'Ik kan u een heleboel dingen vertellen over Glenn en over zijn zaken', zei ze. Ze stak haar hand in de zak van haar jekker en haalde er een piramidevormig voorwerp uit. 'Het hologram', zei ze. 'Als u de code kunt kraken die het beschermt, dan weet u al een heleboel.'

'Kan ik versterking oproepen om jou mee naar ons kantoor te brengen? Het lijkt me niet veilig dat je nog je eigen auto gebruikt.'

Ze stapte naar hem toe. 'Misschien hebt u gelijk. Maar ik wil uw woord...'

'Dat heb je, Joyce.'

Ze stonden dicht bij elkaar. Ze stak hem het hologram toe. Hij pakte het van haar aan en keek ernaar. Meteen hoorde hij een geluid. Het was een eigenaardig geluid dat hij nog maar twee keer eerder gehoord had. Een geluid dat hij hoopte nooit meer te moeten horen: dat van een stalen kogel die zich een weg boorde door het hoofd van een mens.

Hij keek op.

Joyce keek hem verbaasd aan. Er was weinig schade. Alleen een straal bloed die vanuit haar slaap op haar schouder spoot.

Dan zakte ze ineen, als een pop waarvan plots alle draden waren doorgeknipt.

∂∾⊱

Douglas had de Berlingo naast een Toyota Prius geparkeerd, op een parkeerterrein van de autostrade, zo ver mogelijk van de andere voertuigen en van het benzinestation vandaan. Vervolgens had hij de boeien van Eva losgemaakt en de tape van haar mond weggetrokken. Dan maakte hij een blik Weense worstjes open en haalde twee kartonnen borden tevoorschijn. Zij zat achterin, op de achterbank, en hij vooraan, half omgedraaid zodat hij haar in de gaten kon houden. Hij wist dat ze niet zou proberen te ontsnappen. Ze kon nergens naartoe, en hij was gewapend.

'We zijn de band met de natuur kwijt', zei hij, terwijl hij twee worstjes op een van de borden deponeerde en het bord aan haar gaf. Ze pakte het aan, want ze was ondanks de omstandigheden erg hongerig. 'De natuur is eerlijk. Daar heerst het recht van de sterkste. Geen laffe konijnen die een vos met een machinepistool in de rug schieten. Geen sprake van dat soort morele verderf. Wapens zijn de ondergang van de mens.' Hij dacht opnieuw aan zijn voormalige mentor, majoor McKee.

Eva at haar mond leeg. Ze wist dat ze kon overleven door het spel mee te spelen, door in te gaan op zijn ideeën, hoe vreemd die ook waren.

'Waarom draag jij dan een wapen?'

'Ik moet me verontschuldigen voor de worstjes en voor de kartonnen borden, maar onder de omstandigheden is dit het beste wat ik kon bedenken.'

'Geeft niet.'

'Maar we kunnen het al beter met elkaar vinden, niet?'

'Ik doe mijn best', zei Eva.

'Uw man niet. Die doet zijn best niet. Hij nam niet eens de

telefoon op. En toch is zijn tijd op. Dat getuigt van weinig respect voor u. En voor mij.'

Hij keek haar opnieuw aan. Ze wist niet wat ze van hem moest denken.

In stilte aten ze de worstjes op. Hij reikte haar een flesje water aan, dat ze helemaal leegdronk. Dan ruimde hij op en haalde zijn gsm tevoorschijn. 'Zo', zei hij. 'Laten we het nog eens een keertje proberen. Maar dan alleen omdat ik vind dat jij dat verdient, Eva.' Hij toetste een nummer in en zette de luidspreker op zodat zij het gesprek kon volgen. Het was Thomas die opnam.

'Commissaris, u hebt tien seconden om afscheid te nemen van uw vrouw', zei Douglas.

'Wacht', zei de stem van Thomas. 'Ik heb het hologram.'

Douglas bewoog de gsm in de richting van Eva. Die riep: 'Thomas! Ik zie je graag. Waar is Ruben?'

Een seconde lang leek het alsof Thomas er niet meer was. Dan zei hij: 'Thuis, bij oma.'

Douglas trok een medelijdend gezicht, dat helemaal niet gemeend was. Hij zwaaide een beetje met de gsm. 'Zeg hem dat ik hem graag zie', zei Eva.

Er kwam geen geluid meer van Thomas.

'Wel?' vroeg Douglas. 'Geen beeld en geen geluid meer?'

'Thomas', riep Eva.

'Ja?'

'Ik zie je graag. Het is jouw schuld niet dat...'

Douglas onderbrak haar. 'Daar zullen we het maar niet over hebben? En wat mij betreft zijn de onderhandelingen afgelopen.' Hij zette de gsm uit. Eva keek hem woedend aan. 'Smeerlap!' riep ze. 'Pervers varken!'

'Nou, nou', suste Douglas. 'Wat een taal voor de vrouw van een politieman.'

'Val dood!' zei Eva, ten einde raad.

Douglas opende zijn portier en stapte uit. Een kleine rode auto kwam aangereden en stopte naast de Prius. Sofia stapte uit, nog steeds in haar zwarte militaire plunje. Douglas knikte naar haar. 'Zijn we zover?'

'Ik in ieder geval wel', zei ze.

'En het eerste doelwit?'

'Die meid? Zal niks meer vertellen. Maar de politie heeft het hologram. Ze gaf het aan die opperflik.'

'Niks aan te doen', zei Douglas. 'Daarvoor dient het dametje hier. Voor de ruilhandel.'

'Is de afspraak gemaakt?' vroeg Sofia. 'Of ben ik te laat?'

'De afspraak is nog niet gemaakt,' zei hij, 'maar dat zal niet lang meer duren. Die politiemensen zijn nu wel helemaal murw.'

Sofia grijnsde. 'Goed. Ik hou ervan wanneer ze perfect murw zijn.'

'Heb je de spullen bij je?'

Ze schudde haar hoofd in de richting van haar auto. 'Achterin. Een Steyr voor jou en eentje voor mij.'

'Mmm. Het beste van het beste.'

Het duurde even voor ze hem antwoordde. In die korte pauze zat de essentie van hun verleden samen vervat. De maanden van intensieve training in Spanje en op Corsica, de operaties in Irak en Afghanistan. De doden en de verminkten. Het verraad van sommigen en de opoffering van anderen.

'Voor ons alleen maar het beste', zei ze.

க~ல

Perseyn stuurde zijn beknopte rapport over de ontmoeting met Joyce naar de onderzoeksrechter. Hoe minder hij daarover op papier zette, hoe beter. Nu Joyce dood was, was een belangrijke getuige verdwenen. Daarna bleven alleen de technische details over.

Het schot was afgevuurd vanuit een hoge positie, een van de gebouwen achter het dok. Uiteraard kon het lab niets ter plekke vinden. Perseyn had dat ook niet verwacht. Een professionele moordenaar liet geen sporen na. Eén enkel schot, dat was geen amateur. Dat was iemand die wist wat hij deed.

Toen hij terug op kantoor kwam had hij de blik vermeden

van Thomas, die ondertussen had gehoord van de uit de hand gelopen ontmoeting. Iris had zich meteen bekommerd om het hologram en het aan het lab bezorgd, nog voor Perseyn terug op kantoor was. Ze verwachtte een eerste rapport.

En nu was er het nieuwe telefoontje geweest van de ontvoerder.

Iris greep de gsm uit de handen van Thomas, die niet reageerde. Ze keek naar een kaart van de regio, op het smartboard. 'Beveren', zei ze.

Thomas keek haar aan. 'Waar precies? Kan het niet nauwkeuriger?'

Iris schudde haar hoofd. 'Niet binnen zo een kort tijdsbestek.'

Perseyn kwam tussenbeide. 'Tarik, alarmeer de lokale politie van Beveren en vraag ondersteuning. We hebben ook een helikopter nodig. Als hij opnieuw belt moeten we een betere locatie hebben. Misschien verplaatst hij zich meteen weer, maar we kunnen geen enkel spoor laten liggen.'

Perseyn ging voor Thomas staan en keek hem in de ogen. Dat was het moment waarop zijn kwaliteiten als manager getoetst werden. 'Het is voor jou een erg moeilijk moment, Thomas, maar je bent in de eerste plaats een politieman. Hoe erg het ook is: dit is een zaak en jij werkt aan die zaak op dezelfde professionele manier als aan eender welke zaak. Is dat duidelijk?'

Thomas keek zijn chef aan. 'Ja', zei hij. 'Dat is duidelijk genoeg.'

De stem van Perseyn werd plots zachter. 'En we zullen Eva vinden, al moeten we het hele land in rep en roer zetten. Ze is nog steeds in leven. Hij bluft alleen maar. Hij wil het hologram. En dat hebben wij in handen.'

Iris beantwoordde een telefoon. 'Iemand van het lab aan de receptie. Met het hologram.'

'Laat hem naar boven komen', zei Perseyn.

De stoere veertiger die uit de lift kwam zag er anders uit dan Iris verwacht had. Dit was geen slungelige nerd met een witte laboratoriumjas. De man zag er veeleer uit als een voormalige sportleraar. Iris liet hem de plottingroom in, terwijl Thomas in de kantoorruimte bleef zitten. De technicus wendde zich tot Perseyn. 'Hoofdcommissaris', zei hij. 'Is dat wonderlijke stukje techniek van u?'

'Wat staat erop?' vroeg Perseyn.

De man trok een gezicht. 'Diegenen die dit soort dingen maken, gebruiken apparatuur die ons bescheiden technische lab zich niet kan veroorloven, hoofdcommissaris.' Hij hield het hologram in de hand. De piramide zag eruit als een stuk buitenaardse technologie. 'Een serienummer, dat wel, maar geen fabrikant, en geen instructies in de software. Je hebt een op maat gemaakte lezer nodig om de inhoud hiervan te kunnen projecteren. Weet u zeker dat u niet meer informatie hebt over de eigenaar, of waar dit vandaan komt? Wij willen er graag genoeg mee experimenteren.'

'Kunt u het niet kopiëren, zoals wij vroegen?' zei Iris.

De man haalde drie andere gelijkaardige blokjes tevoorschijn. 'Uiterlijk lijken deze dingen op de echte, maar dat is ook alles. Op deze drie staan geen gegevens. Het zijn gewone blokjes lucite, die we hebben gekleurd om ze op het origineel te laten lijken. Maar iemand die er zorgvuldig naar kijkt, zal merken dat ze vals zijn.'

Iris nam het echte hologram en de valse exemplaren van hem aan. 'Dat moet dan maar dienen', zei ze. 'Bedankt voor de hulp.'

'Geen probleem', zei de technicus. 'Maar als u meer te weten komt over dat...'

'Dan laten we het u weten', zei Perseyn. De technicus vertrok weer en Perseyn en Iris voegden zich bij Thomas. 'Onbreekbare code', zei Perseyn. 'Natuurlijk hadden we dat kunnen verwachten. Zoveel geheimen, die bescherm je zo goed mogelijk.'

Thomas leek nog steeds met zijn gedachten elders. Maar toen de gsm van Eva tot leven kwam was hij de eerste om ernaar te grijpen. 'Eva!' riep hij.

'Verrassing', zei Douglas. 'Het is je vriendelijke tegenstrever. Eva is hier bij mij, maak je maar geen zorgen.'

'We willen ruilen...'

'Natuurlijk willen jullie ruilen', zei Douglas. 'Een mensenleven tegen een stukje techniek waar je niks mee kunt doen. Binnen een uur. Aan de Opera. Jij alléén, met het hologram. Geen back-up, geen andere flikken in de buurt. Is dat duidelijk?' Hij verbrak de verbinding zonder op een antwoord te wachten.

Perseyn, die naast Thomas was komen staan, knikte. 'Dat is duidelijk genoeg. Jij ruilt het hologram voor Eva.'

Thomas keek zijn baas aan, onzeker over zijn eigen emoties. 'Houdt het daarmee op?' vroeg hij.

'Ja', zei Perseyn. 'Daarmee moet het ophouden.' Hij draaide zich om en stapte terug in de richting van zijn kantoor. 'Iris, ik wil je nog wat vragen', zei hij.

Iris volgde hem naar binnen. 'Doe de deur dicht', zei Perseyn. 'We gaan hier een eind aan maken. Je geeft Thomas een van die kopieën van het hologram. Hij weet nergens van en hoeft het ook niet te weten. Wij volgen hem van dichtbij en grijpen in op het moment van de overdracht. Ik wil twee auto's die Thomas schaduwen, een zender en een tracer.'

Iris keek haar baas ongelovig aan. 'Wat bedoel je nu, Steven? Je stuurt Thomas op pad met een vals hologram? Die ontvoerder merkt dat toch meteen? Het is een enorm risico, zeker ook voor Eva...'

Perseyn keek haar strak aan. 'De ontvoerder krijgt de gelegenheid niet om het verschil te zien, Iris. We zitten Thomas zo dicht op zijn vel dat de ontvoerder niet de kans krijgt om wat dan ook te doen.'

'Je speelt met het leven van Eva, Steven.'

'Dit is de juiste procedure, Iris, een procedure waar iedereen zich aan te houden heeft. Ik wil daar geen discussie over. Bij kidnapping wordt er geen handeltje opgezet.'

'Het is waanzin!'

'We gaan niet voor elk individueel geval andere instructies bedenken', zei Perseyn kwaad. 'Thomas weet dat ook. Hij weet dat we zelfs voor Eva geen uitzondering maken.' Hij stak dreigend zijn vinger op. 'Maar ik wil niet dat hij hiervan weet, Iris. Wat hem betreft heeft hij het echte hologram bij zich. Duidelijk?'

Iris zag dat het nutteloos was om met Perseyn te redetwisten.

'En nog iets', zei Perseyn. 'Hoe wisten de samenzweerders dat ik een afspraak had met Joyce?'

'Waarschijnlijk werd haar gsm afgeluisterd.'

'Nee', zei Perseyn. 'Want dan hadden ze haar al eerder kunnen vinden. Dan hoefden ze geen risico te nemen om haar op zo'n openbare plek, en met ons in de buurt dan nog, dood te schieten. Ik wil dat je je werk doet, Iris, in plaats van met mij over procedures te redetwisten.'

'Godverdomme, Steven', zei ze. Ze draaide zich woest om en beende zijn kantoor uit.

❧

Thomas stond te wachten op de Frankrijklei, aan de ingang van het metrostation Opera. In zijn zak had hij het hologram, onwetend over de ware aard ervan. In zijn zak had hij het leven van Eva, zo dacht hij. Verderop stond een auto geparkeerd met Perseyn en Iris erin. Achter hem wist hij een tweede auto, met Lena en Tarik. Hij wandelde langzaam voor het operagebouw heen en weer en hoorde plots vaag het oproepsignaal van een walkietalkie. Hij keek om zich heen. Dat soort geluiden was niet ongewoon in de stad, waar voortdurend allerlei toestellen om aandacht vroegen. Maar er was niemand in de buurt. Dan merkte hij dat het geluid uit een vuilnisbak kwam. Hij duwde zijn arm erin en vond de zender, een gewoon commercieel toestelletje zo uit de supermarkt. Hij klikte hem aan en hield hem tegen zijn oor.

'Een uur duurt lang als je ergens op wacht', zuchtte de stem van Douglas.

'Wat verwacht je van me?' vroeg Thomas.

'Ik verwacht', zei Douglas, 'dat je je aan de afspraken houdt. Zeg aan je vrienden in de donkere BMW dat ze het moeten afbollen. Die auto vanuit je standpunt op vijf uur.'

Thomas keek om zich heen. Als de ontvoerder zich in de

buurt ophield, dan was hij onzichtbaar, maar precies dat kon Thomas verwachten. Hij zag dat Perseyn, die het gesprek kon volgen via het zendertje dat Thomas droeg, hem aankeek. Thomas wuifde. Iris zette de auto in de versnelling en reed langzaam weg, een eindje de Frankrijklei af. Ze zouden niet erg ver uit de buurt blijven, wist Thomas. In zijn oor hoorde hij de stem van Perseyn: 'Die zender van hem is niet te traceren, Thomas.' Tegelijk klonk de stem van Douglas door de walkietalkie. 'Neem je auto en rij in de richting van de Italiëlei.'

Thomas stak de straat over en stapte in zijn eigen auto. Hij reed weg. 'En die helikopter boven je hoofd?' vroeg Douglas. 'Dacht je nu echt dat ik die niet zou zien? Weg ermee.'

'Begrepen', zei Perseyn in het oor van Thomas. Die keek op en zag de helikopter een korte bocht maken en wegvliegen. 'Wat nog?' vroeg Douglas. 'Ah, je Maghrebijnse vriend en zijn scharreltje mogen ook opkrassen.'

Achter de auto van Thomas maakte een zwarte Mercedes een bocht en verdween in een zijstraat. Hij is goed, dacht Thomas. Hij is verdomd goed. Die man is een professional en heeft ervaring. Dit is niet zomaar een huurling.

'De vrienden van thuis luisteren dus mee', zei Douglas. 'Allemaal zo voorspelbaar, Thomas. Voorspelbaar. Doe die zender weg, en de opnameapparatuur ook. Als we elkaar ontmoeten ga ik je eerst fouilleren. Als je dan nog iets draagt, schiet ik die lieve Eva meteen dood.'

Thomas trok ruw zijn zendertje los en gooide het de auto uit. Een paar honderd euro aan apparatuur, maar het kon hem niks schelen.

৯৶৶

'Thomas?' riep Iris veel te luid in haar microfoontje. 'Kun je me horen?'

'Hij heeft de verbinding opzettelijk verbroken', zei Perseyn. 'Waar is hij?'

Iris keek op het scherm van haar laptop. 'Richting Beveren.'

'We blijven op twee kilometer afstand.'

'Wij rijden de Kennedytunnel in', kondigde Tarik over de radio aan.

❧

Thomas reed het parkeerterrein aan de autostrade op. De ontvoerder had hem verteld op zoek te gaan naar een rode Toyota Prius die voor hem klaar zou staan, en die had hij gauw genoeg gevonden. Hij liet zijn eigen auto achter, nam de walkietalkie mee en reed weg met de Prius. Hij wist dat Perseyn en Iris zo dadelijk zouden arriveren, geleid door de tracer in zijn auto, maar dat wist de ontvoerder schijnbaar ook. 'Neem opnieuw de snelweg', zei de stem uit het zendertje naast hem op de passagiersstoel. 'Nu zijn we eindelijk af van die belangstelling van jouw naïeve publiek, Thomas. Eindelijk zijn we onder ons, zoals het hoort. De flik en de crimineel. Toch mooi, nietwaar?'

'Ik wil alleen maar mijn vrouw terug', zei Thomas. 'Daar wil ik alles voor doen.'

'Alles? We zullen zien of dat genoeg is', zei de ontvoerder.

Het was al gaan schemeren, en Thomas vroeg zich opeens af wanneer hij nog eens geslapen of gegeten had. Niet dat het iets uitmaakte. Zijn geest was maar op één ding afgesteld, en zijn lichaam moest wel volgen.

'Volgende afrit, rechts, een kilometer volgen en dan opnieuw rechts het bos in', zei Douglas. 'Ik word echt wel ongeduldig.'

Thomas volgde de instructies. Hij ontstak de lichten van de Prius. Tien minuten later reed hij een onverharde bosweg in, langzaam. 'En nu?' vroeg hij in de walkietalkie.

'Een paar honderd meter. Een onopvallende plek. Geen wandelaars, geen flikken. Alleen wij beiden en Eva.'

Hij reed langzaam door.

'Stop nu. Stap uit, neem de walkietalkie en ga dan rechtdoor.'

Thomas remde, zette de motor af en stapte uit. Hij liet de sleutel in het slot zitten. Tussen de bomen was het al bijna helemaal nacht geworden, maar de hemel was wolkenvrij en de maan kwam op. Hij kon net genoeg zien om een pad te volgen.

'Stop', beval de stem uit de zender.

Hij hield halt. Meteen scheen een sterke lichtstraal in zijn richting, vond hem en schoof over zijn hoofd en lichaam. Hij hoorde iemand naderbij schuifelen. Dan stond Eva voor hem, ongelovig, haar handen voor haar mond. 'Thomas!'

Hij nam haar in zijn armen. Meteen wilde hij haar meesleuren, terug naar de Prius toe, maar hij wist dat dit geen goed idee zou zijn. De ontvoerder zou dat voorzien hebben. 'Het is bijna voorbij', zei hij.

'Ik moet het hologram brengen', zei ze.

Hij hield haar handen vast. Maar op haar voorhoofd was een rood puntje verschenen, van een laser. Hij wist wat dat betekende. De ontvoerder, of een handlanger, stond achter hem en hield een wapen gericht op Eva.

'Wie houdt ons onder schot?' fluisterde hij.

Ze drukte haar mond tegen zijn oor. 'Ze zijn met zijn tweeen. Een man en een vrouw. Ze hebben allebei een geweer. Ze houden ons allebei onder schot. Ik moet het hologram naar hem brengen.'

Hij haalde het hologram tevoorschijn uit de zak van zijn jekker.

'Ik word ongeduldig', riep de stem van de ontvoerder, ergens achter Eva. 'Commissaris, komt er nog wat van?'

Thomas liet Eva los en drukte het hologram in haar handen. 'Vooruit, meid. De laatste inspanning.'

Eva draaide zich om en verdween in het donker. Thomas kon absoluut niets zien, omdat de lichtstraal nog steeds in zijn richting scheen. Eva was ondertussen teruggestapt, naar Douglas toe. Ze overhandigde hem het hologram. Hij bekeek het in het licht van zijn zaklamp. En meteen wist hij dat hij was beetgenomen. Misschien had hij niets anders verwacht. Maar dat de politie zo roekeloos met het leven van deze vrouw speelde vond hij onaanvaardbaar. Alles wat haar overkwam had de hele tijd in hun handen gelegen, dat was duidelijk geweest. Duidelijk voor hem. Nu kon hij alleen maar vaststellen dat de politie, én haar echtgenoot, niet veel waarde hechtte aan haar leven. Dat stemde hem triest. Hij mocht haar. De voorbije uren was hij haar gaan waarderen als een kranige vrouw, die niet jankte en die niet om haar leven smeekte. Ze was bang geweest, dat wel. Maar dapper. En dat kon hij waarderen.

Blijkbaar deed de politie dat heel wat minder. Om maar niet over haar echtgenoot te spreken.

'Het was een eer om u te mogen ontmoeten, mevrouw Verhaege', zei hij. Hij wilde niet dat ze bang werd. Daarom stelde hij haar gerust. 'U mag trots zijn op uw dappere echtgenoot.' Zelfs die zin kon hij uitspreken zonder een spoortje ironie. 'Hij is een man van zijn woord.'

Eva draaide zich snel om en liep terug naar Thomas.

Achter Thomas hield Sofia haar geweer op de naderende Eva gericht. 'En?' vroeg ze in haar microfoontje. Meteen hoorde ze de stem van Douglas. 'Vertrek', zei die. Hij was geen man van overbodige instructies. Ze knipte de laser uit, knielde neer en ontmantelde het geweer, waarvan ze de onderdelen in de koffer aan haar voeten deponeerde. Ze deed dat in het donker, zoals ze dat al vaak gedaan had. Ze kende het geweer zoals ze haar eigen lichaam kende. Ze had geen licht nodig.

Dan kwam ze weer overeind en holde naar de Berlingo die een eindje verderop stond. Uit de koffer haalde ze een jerrycan en goot die leeg over het interieur van het voertuig. Ze stak een lap stof aan en gooide die naar binnen. Meteen grepen de vlammen om zich heen en ze moest maken dat ze snel wegkwam.

Thomas draaide zich om. Hij zag iets branden tussen de bomen. Maar Eva kwam aanlopen en gooide zich in zijn armen. Alles is nu goed, dacht hij. We hebben het overleefd.

Maar dan zag hij opnieuw, aan zijn rechterzijde, een streep rood licht van tussen de bomen opduiken en achter het hoofd van Eva verdwijnen. Hij rukte haar opzij, maar tegelijk voelde hij haar lichaam schokken, en hij wist dat het te laat was. Het was te laat voor berouw, voor goede woorden, voor intenties en zelfs voor liefde.

Met haar lichaam in zijn armen, haar lichaam dat opeens

overweldigend zwaar was geworden, zonk hij neer op zijn knieën, en zijn hulpeloze kreet vermengde zich met het geraas van de brandende auto achter de bomen.

Hoofdstuk 12

Er zijn procedures. Er zijn procedures voor alles bij de politie. Er zijn procedures voor het behandelen van de plaats delict, zoals die waar Eva doodgeschoten is, en voor het behandelen van die andere plek vlakbij, waar een uitgebrande Berlingo staat. Er zijn procedures voor de koffer die uit de uitgebrande Berlingo wordt gehaald en waarin een lijk wordt gevonden. Er zijn procedures voor de identificatie van Eva, waarbij Thomas – in het gezelschap van Perseyn en Iris – in het mortuarium alleen maar haar gezicht te zien krijgt, en hij moet bevestigen wie zij is. Er zijn procedures voor de verslagen van de wetsdokter en van de leden van het technische team die de plaatsen delict onderzoeken. Er zijn procedures voor het opsporingsbevel van mogelijke daders. Er zijn voor alles procedures.

Waar er geen procedures voor zijn is het verdriet. Er is geen procedure voor Ruben, die ontroostbaar is wanneer zijn vader hem zachtjes vertelt dat zijn moeder dood is, noch is er een procedure om de jongen uit te leggen wat dood en nooit meer betekenen. Er is geen procedure voor Magda, zijn grootmoeder, die hem wil troosten maar zelf ontroostbaar is. Er is geen procedure voor de leden van het Ecofinteam, die stil en verslagen in de kantoorruimte zitten. Er is psychische bijstand, dat wel. Er komen sociale werkers bij te pas, politiepsychologen, een dokter, verscheidene hoge officieren van de korpsleiding en zelfs de directeur. Allemaal brengen ze woorden met zich mee, woorden die zwanger zijn van betekenis, maar die geen troost bieden.

Er is geen procedure om Thomas uit te leggen waarom Eva

doodgeschoten is. Daar bestaat een verklaring voor, en Perseyn zal die op zeker moment moeten geven, en hij zal daarvoor de verantwoordelijkheid moeten opnemen, en de zware last alleen moeten dragen, maar nu nog niet. Er is geen procedure waarmee de hoofdcommissaris aan de slag kan om zijn adjunct te helpen over dit miserabel moment heen te komen, want Thomas is tegelijk een medewerker, een ondergeschikte en een vriend – een onmogelijke combinatie van afhankelijkheid en aantrekking waarvan de tegenstellingen niet met woorden kunnen worden overbrugd.

En dus zwijgt Perseyn over zijn eigen motieven, terwijl hij Thomas overlaat aan hen die onthecht professioneel met hem praten – een gesprek dat Thomas meteen weer afbreekt.

Hoofdstuk 13

'Wie is die man?' vroeg Thomas, in het raamloze maar helder verlichte mortuarium. De assistent had het doek weer over het hoofd van Eva gelegd, voorzichtig en geduldig, en stond nu stram naast de glanzende stalen tafel. Thomas knikte naar de andere tafel, waar de patholoog gebogen stond over een grotendeels verkoold lijk, een klein en samengedrongen lijk. 'Ik wil niet dat Eva hier ligt, naast die...'

De patholoog kwam overeind en zag de fout in. 'Het spijt ons, commissaris', zei hij. 'We zorgen ervoor dat ze elders ondergebracht wordt.'

'Wie is hij?'

'We hebben hem gevonden in de Berlingo. Hij zat in een kist achter in het voertuig. Hij was al dood toen het voertuig uitbrandde.'

'Maar jullie weten niet wie hij is?'

De patholoog schudde zijn hoofd. 'Nee, nog niet.' Dan zei hij: 'Ik vermoed dat jullie dat uitzoeken, commissaris.'

Perseyn legde zijn hand op de schouder van Thomas. 'De patholoog heeft gelijk. Laat dat maar aan ons over, Thomas. Ondertussen heeft Ruben zijn vader heel hard nodig. Ga naar huis. En blijf daar voorlopig.'

Thomas draaide zich om naar zijn chef. Die voegde daar rustig aan toe: 'Desnoods maak ik er een bevel van, maar ik ben ervan overtuigd dat dit niet nodig zal zijn.'

Thomas knikte langzaam. Hij wierp een laatste blik op het lichaam van Eva onder het witte doek en verliet dan de zaal.

Perseyn bleef achter, met Iris. Ze keken elkaar niet aan. Ten slotte zei Perseyn: 'Ik vraag me af wie die man is, en waarom hij dood moest.'

Iris schudde traag haar hoofd. 'Je had dat nooit mogen doen, Steven', zei ze zachtjes. 'Dat valse hologram meegeven met Thomas. Dat was een vergissing.'

Maar Perseyn antwoordde niet.

'Godverdomme, Steven', zei Iris woedend. 'Dat heeft haar het leven gekost. Het minste wat je kunt doen is erover praten. Met mij, als het moet. Maar wat ga je...'

'Iris', zei hij, op een dringende toon. 'Ik had geen keuze. Ik wil dat je dat heel goed begrijpt.'

'Maar wat ga je met Thomas doen?' ging ze verder. 'Hij moet weten wat er hier gebeurt.'

'Dat zal zijn verlies niet minder erg maken, Iris', zei Perseyn. 'Niets van wat wij nu doen of zeggen zal zijn verlies minder erg maken. Hou er dus over op.' En hij stapte weg, zonder haar de kans op een weerwoord te gunnen.

'Je kunt niet altijd tegelijk zijn vaderfiguur en zijn baas zijn', zei Iris. 'Die twee combineren is niet haalbaar, dat zie je toch. Niet in dit dossier.'

Maar Perseyn wilde niet naar haar luisteren.

❧

In de verhoorkamer van Ecofin zat Glenn Depretere rustig en beheerst te wachten, met een cipier bij de deur. Hij zat met zijn handen op zijn knieën, een beetje voorovergebogen, verveeld. Hij had zich ermee verzoend dat hij een tijdje de gast van de politie zou blijven. Dat was een onvermijdelijke situatie. Maar niet lang meer, hoopte hij. Hij had nog heel wat zaakjes te regelen.

De deur werd geopend door een andere cipier, en advocaat Weckx stapte naar binnen. De advocaat trok opzettelijk zijn neus op en keek de eerste cipier strak aan. Die verliet het lokaal. Weckx keek nog snel even in de richting van de spiegelruit, maar de politiemensen hadden hem ervan verzekerd dat het gesprek met zijn cliënt vertrouwelijk was en vertrouwelijk zou blijven. Er zou niemand in de observatieruimte achter het glas toekijken, en er werden ook geen opnames gemaakt van het gesprek.

Echt zéker was Weckx niet, maar wel wist hij dat eventuele opnames van zijn onderhoud met Depretere niet tegen zijn klant – of tegen hem – gebruikt konden worden in een rechtszaal.

Hij ging zitten op het fragiele stoeltje aan de andere kant van de tafel. Depretere had zich niet bewogen. Dat Weckx hier was, was voor hem de natuurlijkste zaak van de wereld.

'Zo, Glenn, dat heb je dan mooi verprutst', zei Weckx. Hij legde zijn koffertje op de tafel, tussen hen in. 'Dacht je nou echt dat je hiermee weg kon komen? Je opdrachtgevers bestelen en hen daarna afpersen? Je bent maar goed in een ding, Glenn, en dat is beleggen. Geld van idioten zoals Arveladze beleggen in risicovolle markten. Maar zelfs dan moet je vals spelen.'

Depretere begon gefrustreerd aan de koffer van Weckx te prutsen. Die trok het ding kwaad naar zich toe. Godverdomme, dacht de advocaat, ik wil zijn volledige aandacht. Misschien had Depretere de ernst van de situatie nog niet helemaal goed begrepen. Wel, dat zou dan meteen wel komen.

'Je bent een idioot', siste hij Depretere toe. 'Je toekomst had er rooskleurig kunnen uitzien, met al die zaakjes die je had lopen en je vrienden die voor je gingen zorgen, maar nu sta je er alleen voor. Ze kunnen niet lachen met verraders. Je weet wat voor mensen het zijn, je weet over wie ik het heb. En je weet wat ze met jouw soort doen, Glenn: Joyce is dood!'

Depretere keek op. Weckx las nu angst in zijn ogen. 'Wat?'

'Joyce is dood. Ze werd in de haven doodgeschoten toen ze met hoofdcommissaris Perseyn sprak. Dat is alles wat ik weet. Besef je nu eindelijk met wat voor gevaarlijk spelletje je bezig bent?'

'Ik moet hier weg', fluisterde Depretere. 'Shit nog aan toe. Joyce! Waarom? Luister, Weckx: ik zal zwijgen, maar jij moet ervoor zorgen dat ik hier weg kan. En zo snel mogelijk. Ik ben hier niet veilig. En in de gevangenis nog minder.'

Weckx lachte hem uit, met een brede glimlach. Nu heb ik je, kleine verrader, dacht hij. Ja, de situatie stond hem wel aan. Die opschepper en parvenu had nu eindelijk zijn bekomst. Hij was bang. En dus kon Weckx het zich veroorloven de man uit te lachen. Hij genoot daarvan, temeer omdat Glenn zelf hem daarvoor ook nog betaalde. 'Ik kan veel, jochie, maar ik ben Houdini niet.'

'Wat betekent dat?'

'Dat betekent dat je hier nog een tijdje blijft, tot wanneer je zaak voorkomt.'

Depretere sloeg met de vlakke hand op het koffertje van Weckx. De advocaat keek verbaasd en boos tegelijk. 'Onzin. Jij kunt alles regelen. Dat is toch wat je altijd zelf zegt? Zorg ervoor dat ik hier uitkom of ik doe mijn mond open en ik vertel de flikken alles wat ik weet over Grimaldi. En dan wéét je welke koppen er gaan rollen.'

Weckx schoof het koffertje van de tafel, zette het op de vloer en bracht zijn gezicht tot vlak bij dat van Depretere. Dat gezicht was niet langer vriendelijk en toegeeflijk. Het was een strak masker dat probeerde geen gevoelens weer te geven. 'Ik regel niks, snotaap', siste hij. 'Als je ook maar één woord zegt, één verkeerd woord tegen wie dan ook, dan verlaat je de gevangenis tussen vier planken. En ik zal er persoonlijk voor zorgen dat je laatste tien minuten de meest vreselijke zijn die je je kunt voorstellen.' Hij kwam overeind en klopte op de deur van de kamer. De cipier deed open. 'Ik ben klaar met hem', zei Weckx. Hij keek niet meer achterom. Hij had er geen behoefte meer aan Depretere te zien. Wat hem betrof kon dit onderhoud het laatste geweest zijn.

Maar hij moest zich ervan verzekeren dat Depretere zijn mond hield. En dat was hem waarschijnlijk niet gelukt. Hij had niet meteen weg mogen gaan. Hij had een deal moeten sluiten. Waarom had hij dat niet gedaan? Hij wist waarom: die Depretere was een giftig serpent, een nestbevuiler, een lafaard. En hij hield niet van dat soort jonge omhooggevallen parvenu's die meenden dat de mensheid voor hun genot was geschapen.

Toch moest er een oplossing komen in het geval-Depretere. Want die kon het zich wel degelijk in zijn hoofd halen te gaan praten.

Weckx nam de lift naar de benedenverdieping en liep naar de uitgang van het gebouw. In de hal passeerde hij Thomas en bleef staan. 'Ach, commissaris,' zei hij innemend, 'mijn deelneming.' En ondanks alles meende hij wat hij zei. De man was zijn vrouw kwijtgeraakt, de moeder van zijn kind. Dat wenste Weckx niemand toe.

'Dat raakt me', zei Thomas op neutrale toon. Als er iets was wat hij op dat moment kon missen, was het wel de sympathie van een figuur als Weckx, de voornaamste advocaat van de onderwereld. Hij wist wat hij graag met de man zou doen, maar de wet stond het hem niet toe.

'Werkelijk, ik wens u veel sterkte toe.'

'Die sterkte zal ik gebruiken om de dader te pakken, en iedereen die hem beschermt', zei Thomas somber. 'Wat het me ook kost.'

'Goed', zei Weckx. 'Die consequente houding bewonder ik. Zonder mensen als u zou onze rechtsstaat ten dode opgeschreven zijn.'

Thomas keek Weckx strak aan. 'Laten we de valse complimenten terzijde, meester. Wie beschermt Depretere?'

Weckx boog even het hoofd. 'Het doet mij genoegen te zien dat u ondanks de tragische gebeurtenissen niet wilt opgeven. Veel succes nog.' De advocaat draaide zich om en stapte naar buiten.

Hoofdstuk 14

Heel ver daarvandaan en enige tijd later, op het gelukkige en gunstig gelegen eiland Curaçao, lag Robert Luyten te zonnen aan het zwembad van de Villa Grimaldi. Hij wilde nu eindelijk van die bleke huid af, en misschien, als hij geluk had, kon hij iets regelen met een van die stoeipoezen, die hun geld toch al gekregen hadden. Het zag ernaar uit dat ze hier permanent woonden, en hij was nu alleen met hen. Twee lokale bedienden zorgden voor het huis, en om de andere dag kwamen twee poetsvrouwen en een man voor het zwembad, en Luyten bekommerde er zich niet om wie dat allemaal betaalde. Hij in ieder geval niet. Maar de stoeipoezen bleven uit zijn buurt, zelfs nu hij al een beetje een kleur begon te krijgen.

Hij had een paar dingen gepland voor de rest van de dag en zelfs voor de rest van de week. Gaan eten in een plaatselijk restaurant, morgen de auto nemen en het eiland verkennen – ook een van die dingen die hij nog niet eerder had gedaan. Naar een club, naar een dancing. Na het gesprek met de grote baas had hij zich opgelucht gevoeld, maar hij wist nog altijd niet of de man hem al vergeven had. Hij wist zo weinig van de man af. Wat gebeurde er nu met dat hologram? Wat gebeurde er nu met hem? Hij had geen werk meer, er waren geen mails of telefoons meer voor hem geweest. Hij verwachtte dat hij gauw weer naar België teruggeroepen zou worden.

En dus wilde hij nog gauw wat van deze prachtige, paradijselijke omgeving genieten.

Een schaduw viel over hem heen. Hij knipperde met zijn ogen. Was het een van de stoeipoezen? Had ze toch belangstelling gekregen voor zijn persoontje? Hij keek over de rand van zijn zonnebril en zag een man met de bouw van een gorilla voor hem staan, netjes en sober gekleed in een pak. Goh, die man had stijl, dacht hij. Alleen jammer dat hij verder van steen gemaakt leek.

'Goedemorgen, meneer Luyten', zei de man, en hij klonk alsof hij de zoveelste klant aan de balie van zijn hotel verwelkomde – verveeld dus. 'Ik kom in opdracht, met de vraag of u uiterst discreet wilt zijn over de dingen die u hier te weten gekomen bent. Begrijpt u mijn vraag?'

Luyten probeerde overeind te komen, maar slaagde daar niet in. De gorilla greep hem vast en sleurde hem naar de rand van het zwembad, knielde neer en hield zijn hoofd onder water, zonder er zich om te bekommeren dat zijn pak nat werd door het gespartel van zijn slachtoffer. Na een halve minuut haalde hij het hoofd van de boekhouder weer boven. Die proestte en hapte naar lucht. Hij slaagde er zelfs niet in te vragen naar het waarom van wat hem overkwam.

'Ben ik duidelijk genoeg?' vroeg de man onbewogen. 'Over de motieven van mijn opdrachtgevers?'

Luyten hoestte het water weg en knikte. Maar de potige bezoeker was er niet van overtuigd dat de boodschap helder genoeg overgekomen was en duwde hem opnieuw onder water. Nu wachtte hij veertig tellen, ondanks de heftige weerstand van de boekhouder. Dan trok hij diens hoofd weer omhoog. 'Ik zei dus...' Hij trok Luyten helemaal overeind. 'Ben ik duidelijk genoeg?'

'Ja', sputterde Luyten. 'Jajaja, absoluut.'

De man liet Luyten naast de rand van het zwembad vallen en ging op zoek naar een handdoek. Hij merkte dat er niemand meer in de buurt was, ook de nimfen niet. Dan wandelde hij weg, een verbijsterde Luyten achterlatend.

᠀᠀

Op het smartboard in de plottingroom was het aantal foto's van mensen die betrokken waren bij de lopende zaak uitgebreider geworden. Jammer genoeg ook het aantal doden. Eva en Joyce waren erop te zien, Depretere en Arveladze, maar ook twee anoniemen: de nog steeds niet ingevulde contouren van de ontvoerder, en de man die in de Berlingo was gevonden. Iris zat achter haar bureau, terwijl Lena en Tarik in de buurt rondhingen en Perseyn naar het bord stond te kijken, alsof hij de foto's en aanwijzingen wilde verplichten hun verhaal te vertellen. Het leek alsof iedereen op een van zijn ingevingen wachtte.

'Wat zegt de ballistiek?' vroeg hij. 'Zijn we daar al gevorderd?'

'De ontvoerder had genoeg aan één schot', zei Iris. 'Onderzoek van de kogel geeft aan dat het wapen waarschijnlijk een Steyr-karabijn was. En dat heeft niet iedereen in zijn wapenkast staan.'

'En de DNA-sporen?'

'Tot nog toe hebben we drie keer hetzelfde DNA gevonden: in het huis van Thomas, in de Mercedes Vito, en nu opnieuw in de buurt van de moord op Eva. Telkens dezelfde persoon, die schijnbaar bereid is een heel spoor van dood en vernieling achter zich te laten.'

'En dat allemaal voor het hologram.'

Iris schudde haar hoofd en keek Perseyn aan, die haar blik ontweek. 'Waarom kan dat zo belangrijk zijn, chef? Zo belangrijk dat er onschuldige slachtoffers moeten vallen? En nodeloze slachtoffers dan nog.'

Hij bleef naar het bord kijken alsof alleen daar het antwoord op hun vele vragen te vinden was. 'We zijn allemaal getroffen door wat er is gebeurd, Iris', zei hij. 'Maar we voeren dit onderzoek op dezelfde manier als elk ander onderzoek.' Hij wees naar het bord. 'En dan is er nog Joyce. Zij wist blijkbaar heel wat af van deze zaak en over het hologram. Dat is natuurlijk niet verwonderlijk.' Nu keek hij Iris aan. 'Iris, bekijk haar achtergronden opnieuw en ga na wat ze onlangs deed, met wie ze contact had.'

'En Depretere?' vroeg Iris.

'Tarik zal alles doen om hem aan het praten te krijgen', zei Perseyn. Hij keek Tarik aan. 'Alles!'

Tarik knikte alleen maar. Er waren heel wat dingen die hij met een verdachte kon doen, maar die waren grotendeels onwettig. Dus deed hij dat niet. Maar dreigen met bijvoorbeeld fysiek geweld, dat kon hij wel riskeren. In deze zaak toch, vond hij.

Dan wees Perseyn op de foto van de man die het hologram had geruild voor geld. 'Hij is waarschijnlijk het slachtoffer in de Berlingo. Weten we al wie dat is?'

'We hebben het opsporingsbericht verspreid', zei Lena. 'Thomas kende hem als Harry, een van die derderangsfiguren uit de lokale onderwereld. Een taxichauffeur die ons benaderd heeft was ervan overtuigd dat hij een van zijn collega's herkende. Ik heb met zijn baas gesproken en die gaf me zijn adres en gsm-nummer. De man is spoorloos. Maar het plaatje kan kloppen. We proberen nu te achterhalen of Harry, de verdwenen taxichauffeur en het lijk één en dezelfde persoon zijn, maar dat is wel zo goed als zeker.'

'Trek zijn gesprekken op zijn gsm na. Misschien betekent het niets en is hij alleen maar een kleine handlanger, maar we laten in deze zaak geen enkel spoor liggen.'

Hoofdstuk 15

Thomas besefte dat hij een douche kon gebruiken en dat hij dringend wat verse kleren moest aantrekken, en misschien had hij ook een goede warme maaltijd nodig. En slaap. Maar hij kwam niet aan slaap toe, evenmin als aan de rest. Het bevel van Perseyn negeerde hij. Hij had zich wat opgefrist in de badkamer van het kantoor, maar dat was de enige luxe geweest die hij zich had veroorloofd. Nauwelijks enkele uren later zat hij tegenover Depretere in de verhoorkamer. Naast hem zat Tarik. Depretere had misschien niet goed geslapen in zijn cel, maar de twee politiemensen al helemaal niet, en hun humeur was er des te slechter om. 'Opnieuw', zei Thomas. 'Van wie is dat hologram? Waarom heb je het door Joyce laten stelen? Wat staat erop? Waarom is het zo belangrijk?'

Depretere beoefende al de hele tijd het recht op stilte. Hij keek zelfs de twee rechercheurs niet aan. Hij had ruim de tijd gehad om na te denken over wat Weckx had gezegd, en over zijn bedreiging. Dus ging Depretere helemaal op in het beoefenen van een zenachtige stilte. Zijn blik gleed over zijn vingernagels, over het interieur, over het oppervlak van de tafel tussen hen in. Hij speelde niet eens de onschuld, hij speelde de onverschilligheid.

Thomas boog zich voorover. Perseyn had min of meer gesuggereerd dat alle middelen geoorloofd waren om Depretere te doen spreken, maar de dingen die Thomas nu in gedachten had, waren in geen enkel beschaafde omgeving aanvaardbaar. 'Hé, klootzakje, Joyce is vermoord. Ze werd doodgeschoten door een expert, waarschijnlijk een van de vriendjes van jouw voormalige vriendjes, van wie je dat hologram stal. En we hebben nog een ander lijk gevonden, helemaal verkoold. Wil jij de volgende zijn? Want er is nog plaats in het lijkenhuis.'

Depretere keek hem voor het eerst aan. Ernstig, fronsend, alsof hij meester was van de situatie. Alsof de politiemensen hem niet konden raken. Ze konden dat natuurlijk wel, maar nooit zo erg als de samenzweerders. En dus wist hij wie zijn vrienden waren. Hij boog wat voorover, vertrouwelijk. 'Hou ermee op, commissaris,' zei hij, 'hou op met dat hele onderzoek. Ik zeg het voor je eigen gezondheid en voor je toekomst. Jij bent misschien het volgende lijk op hun lijst, niet ik.'

Thomas keek de man strak aan. 'Ik heb mijn prijs al betaald, Glenn. De rest is niet van belang. Zeker niet voor jou. Wat staat er op dat hologram?'

Depretere zweeg. Thomas sprong op en greep hem bij de kraag van zijn hemd, trok hem half overeind over de tafel heen. Tarik kwam niet tussenbeide, die wist wel beter. Maar hij hield Thomas wel in het oog. Als die te ver ging zou hij hem tegenhouden. Niet omwille van Depretere, maar om Thomas uit de problemen te houden.

'Commissaris', zei Depretere gesmoord. 'Alleen als ik zwijg blijf ik in leven. Is dat niet duidelijk genoeg?'

Thomas liet Depretere weer zakken. Hij besefte dat hij op die manier nergens kwam. 'Berg hem maar weer op', zei hij tot de cipier. Samen met Tarik liep hij naar buiten. In de lift keek Tarik hem kwaad aan. 'Jij moet thuis zijn', zei hij. 'Thomas? Je bent thuis méér nodig dan hier.'

'Ik moet Depretere aan het praten krijgen', zei Thomas. 'Dat is wat ik dringend moet doen. En jij moet Weckx schaduwen, want die advocaat weet ook heel wat meer dan wij. Sinds hij bij Depretere was, doet die zijn mond niet meer open.'

'Ga naar huis. Perseyn wil je niet in de buurt zien. En ik ook niet.'

Thomas haalde nukkig zijn schouders op.

Tarik duwde op de nulknop van de lift. 'Ik heb je niet gezien, en je was hier niet. Ga nu naar huis.'

Thomas keek zijn partner boos aan, maar stapte uit op de benedenverdieping. Tarik keek hem achterna terwijl hij het gebouw verliet. Dan drukte hij opnieuw op de liftknop. In het kantooreiland zaten Lena en Iris achter een computer aan een van de tafeltjes. 'We hebben het verbrande lijk kunnen identificeren', zei Lena. 'Dankzij de informatie die de taxichauffeur gaf, vonden we hem terug. Hij heet Harry Vansavelen. We hebben zijn DNA ook teruggevonden in de Mercedes Vito.'

'Harry Vansavelen? Wel, dat is al iets', zei Tarik.

'De man heeft geen registratie voor een nummerplaat', zei Iris, 'en toch vonden we in zijn garagebox een BMW, met papieren op zijn naam. Die zijn waarschijnlijk vals.'

'Een losse medewerker', zei Tarik. 'Niet iemand die ons naar de ontvoerder gaat brengen.'

'Vergis ik mij,' zei Lena, 'of was Thomas nog altijd hier?'

'Je vergist je', zei Tarik, met een snelle blik in de richting van het kantoor van Perseyn. Alsof die zich aangesproken voelde dook hij plots op en voegde zich bij het groepje. Hij keek in de richting van Iris. 'Jij hebt waarschijnlijk een oplossing voor het hologram', zei hij. 'Want ik wil dringend weten wat voor informatie daarop staat. Die man die hier eerder was?'

'Ja?'

'Die zei dat hij het ding niet kon kraken?'

Ze glimlachte naar hem, maar niet van harte. 'Heb ik niet altijd een oplossing voor dat soort dingen? Ik vind wel een betere expert.' Ze boog voorover en pakte haar telefoon. 'Ik ken een soort van bedrijfje waar ze zulke dingen kunnen regelen.'

In een leeg kantoor van de Antwerp Tower zat Douglas op een klapstoeltje, met een laptop voor zich op een kampeertafeltje. Op de vloer stonden een stalen mok en een thermosfles. Hij kampeerde. En dan hoefde hij geen luxe of aankleding. Dat gebrek stoorde zijn esthetische ziel, maar deze onthouding was een pure noodzaak. Het kantoor huurde hij per week, anoniem en cash. Het stond al maanden leeg, vanwege de crisis, en iemand was blij met dat geld. Niet de eigenaar, die wist nergens van, maar wel een medewerker van het vastgoedkantoor die maar al te graag wat bijverdiende en de reservesleutel makkelijk een weekje of langer kon missen. Op die manier kon Douglas hier komen en gaan wanneer hij wilde, en desnoods op zeker moment wegwandelen zonder iets mee te hoeven nemen. Op die manier wist niemand dat hij hier was.

Op zijn hoofd had hij een koptelefoon. Hij luisterde aandachtig naar het gesprek dat vanuit het Ecofinkantoor over de telefoon gevoerd werd. Hij had de tap kunnen installeren dankzij de gulle medewerking van een technicus bij de telefoonmaatschappij. En in ruil voor een enveloppe met contanten. Je kreeg veel gedaan voor een stapeltje geld: kantoorruimte, telefoontaps, zoveel mooie en nuttige dingen.

'We zijn in het bezit van een hologram', zei de stem van Iris, die met iemand aan de telefoon was. 'Ik ken het type niet of waar het vandaan komt, maar we willen weten wat erop staat. Het is ook dringend, dus we zouden het appreciëren als je zo snel mogelijk tijd kon vrijmaken.'

Een man, die zich geïdentificeerd had als Erwin, antwoordde aan de andere kant van het gesprek: 'Dan zal ik het bewuste voorwerp eerst moeten zien. Wanneer kunt u het mij opsturen, commissaris? Of laat u het met een koerier bezorgen?'

'Het mag ons kantoor niet verlaten', zei Iris.

'Dan kom ik naar u toe', zei Erwin. 'Maar dat kost extra.'

'Mail mij een offerte', zei Iris. 'Kun je morgenmiddag hier zijn?'

Douglas knikte en maakte een aantekening op een stuk papier naast de laptop.

☙❧

'Harry heeft een blanco strafregister', zei Lena.

Tarik boog over haar heen om naar het scherm te kijken. 'Kan niet. Die BMW X5 die we in zijn box vonden is gestolen.'

'Daar gaat het nu niet om', zei Lena geërgerd. 'We moeten te weten komen wie Eva vermoordde. We gaan toch niet achter een autodief aan. Hij is dood en kan ons niks meer vertellen.'

'En toch', zei Tarik, 'is het een spoor dat we moeten natrekken.'

'Ken jij mensen hier in het milieu die je over die BMW kunt aanspreken?' vroeg Perseyn.

'Mmmja', zei Tarik. 'Mogelijk wel. Bij Berre in Hoboken.'

'Maar dat is een dwaalspoor, Tarik', zei Lena. 'We hebben daar nu geen tijd voor.'

'Doe toch maar', zei Perseyn 'Die Harry is de énige link die we hebben met de ontvoerder.'

Tarik ging weer rechtop staan. Hij keek naar buiten. De lucht was helder, de stad als een kunstmatig panorama rondom hun kantoor uitgespreid. 'Ik ga al', zei hij.

Twintig minuten later parkeerde hij zijn auto in Hoboken aan een hek waarachter tientallen bijna nieuwe auto's op kopers stonden te wachten, allemaal met uitnodigende slogans. Hij stapte uit en ging de parking op, maar werd bijna omvergereden door een vertrekkende Alfa 156. De auto stopte bruusk en Tarik verwachtte dat een agressieve twintiger hem de les ging spellen, maar uit de auto stapte een jonge, donkerharige vrouw die hem meteen een mep in het gezicht gaf. 'Waar', zei ze boos, 'heb jij de voorbije twee jaar uitgehangen?'

Hij realiseerde zich dat hij de vrouw goed kende, en dat ze de laatste was die hij hier en onder deze omstandigheden wilde terugzien. 'Sofia?' zei hij. Sofia Belèn behoorde tot een verleden dat Tarik weliswaar niet vergeten was, maar dat hij de voorbije jaren had proberen te ontlopen. Ze hadden beiden voor de beruchte Vermeulen gewerkt, in Brussel. Hij was daar undercover, maar dat wist zij natuurlijk niet. En toen die zaak verkeerd afliep, kon hij ervoor zorgen dat Sofia buiten schot bleef. Hij had verhinderd dat ze werd opgepakt, en daar had hij heel persoonlijke en dus heel verkeerde redenen voor, maar hij was bezeten van haar. Werkelijk bezeten. Het was wederzijds geweest, een stomende affaire, die de grenzen van wat voor een politieman gold ver overtroffen.

Nee, dacht hij, ze hebben hier nooit de regels voor uitge-schreven. Voor agenten die undercover werkten waren er geen echte regels. Je moest slagen en je moest overleven, op welke ma-nier dan ook. Dat was precies wat hij gedaan had. Maar de af-faire, dat was geen berekening geweest. Hij was fataal gevallen voor deze donkere, donkerogige, extroverte en gedreven jon-ge vrouw, van wie hij wist – dankzij de informatie van Interpol – dat ze van militaire specialiste in 'gevoelige opdrachten' was geëvolueerd tot huurlinge.

En het enige wat hij nu kon uitbrengen was: 'Sofia?'

'Ja', zei ze, woedend. 'Precies: Sofia! Na alles wat er tussen ons was, kon er niet eens een telefoontje af. Neenee, meneer moest zomaar verdwijnen. Verdween uit mijn leven, alsof ik niks be-tekende. Betekende ik niks, Tarik? Ik had je omver moeten rij-den. Je hebt niks anders verdiend. Ik dacht dat je dood was.'

Hij kon haar logica moeilijk volgen, maar deed geen moei-te. 'Ik dood? Nee. Brussel werd mij te link, nadat Vermeulen was opgepakt. En die leveranciers van hem... Ik ben er gewoon uitgestapt. Ik kon geen contact meer met je opnemen.'

Daar schrok ze van. Ze keek plots verbaasd, een beetje be-zorgd zelfs. 'Werkelijk? Had je dat dan willen doen?'

Je hoorde nauwelijks nog dat ze van Spaanse afkomst was. In haar vaderland was ze door de militairen opgeleid als scherp-schutter en ze nam alles wat het aanscherpen van haar lichaam en haar geest aanging erg serieus – al was het Tarik vooral om haar aangescherpte lichaam te doen geweest. Ze was naar Brussel gehaald voor de bescherming van Spaanse diplomaten, maar daar had ze zich ingelaten met het betere drugsmilieu en uit-eindelijk was ze door Vermeulen ingeschakeld voor gespecia-liseerd vakwerk. Waarom verwaande, cocaïne snuivende diplo-maten beschermen, als ze zelf aanzienlijk betaald kon worden telkens wanneer ze de trekker van haar geweer overhaalde?

'En wat doe jij nu?' vroeg Tarik. Hij was nog niet helemaal over zijn verrassing heen. En hij moest zich opeens terugtrek-ken in zijn oude rol, die van kleine Marokkaanse crimineel uit het Brusselse getto.

Ze schudde haar hoofd. 'Ik ben ook gestopt. Toen ze Vermeulen oppakten werd het tijd om te verdwijnen. Net als jij. Eigenlijk mag ik je dus niks verwijten. Goh, Tarik, ik heb je écht gemist!'

'Het spijt me', zei hij.

'Kunnen we niet ergens... ik weet niet, een koffie drinken of zo?'

Hij haalde diep adem. Dat kon hij niet maken, besefte hij. Hij wilde haar helemaal niet meer in de buurt hebben, omdat zijn dekmantel niet meer bestond. Maar zijn hormonen vertelden hem wat anders. Zijn hormonen vertelden hem dat hij haar zo snel mogelijk wilde terugzien. 'Een andere keer misschien. Nu niet, ik moet gaan.'

Ze haalde een balpen en een notitieboekje uit haar handtas. 'Geef me je nummer, dan bel ik.'

❧❦

Drie kwartier later, na bot gevangen te hebben bij Berre – die uiteraard niks wist van taxichauffeurs die Harry heetten – was Tarik terug op kantoor. Het spoor van Harry was een dood spoor, dat voelde hij. En dat hij Sofia tegen het lijf was gelopen stond hem niet aan. Hij wilde daar Perseyn over aanspreken. Hij hield zich meteen in toen hij zag dat ook Thomas terug was. Die stond met de andere leden van het team in het kantoor van Iris. 'Waarom vraag je geen telefoontap aan voor Weckx?' vroeg Thomas aan Perseyn. 'Hij vertegenwoordigt Depretere, en dus weet hij vast een heleboel over deze zaak.'

Perseyn schudde zijn hoofd. 'Weckx is advocaat, Thomas. We weten dat hij niet deugt, maar hij is geen crimineel, en dus krijg ik geen toestemming voor een tap. Als ik de procureur en de orde van advocaten wil alarmeren, geven we misschien te veel vrij aan de buitenwereld, dus liever niet. Ik wil met dit onderzoek morgen niet in de kranten staan. Ga naar huis. Je kunt hier niets doen. Ga naar Ruben.'

Iris wierp een waarschuwende blik op Perseyn en legde haar

hand op de arm van Thomas. 'Kom, ik wandel met je naar de auto.' Ze vertrokken. Tarik nam Perseyn apart. 'We hebben een klein probleempje', zei hij.

'We hebben heel wat problemen', zei Perseyn droog.

'Ik ben Sofia tegen het lijf gelopen.'

Perseyn trok zijn wenkbrauwen omhoog. 'Waar?'

'Bij Berre, op de parking.'

'Sofia! Dat die hier opduikt. Pech, eigenlijk. En vreemd ook. Vermoedt ze iets? Over jouw situatie, bedoel ik?'

Tarik schudde zijn hoofd. 'Nee, ik denk het niet. We hebben dierbare herinneringen opgehaald, dat is alles.'

Perseyn perste zijn lippen opeen. 'De zaak-Vermeulen, waar jij toen in Brussel bij betrokken was, moet nog voorkomen, Tarik. Je weet dat het gerecht in de hoogste echelons zoekt naar zijn opdrachtgevers. Maar dankzij jouw inspanningen loopt hij niet meer op vrije voeten rond.'

Tarik schudde zijn hoofd. 'U weet dat daar niks van komt, chef, van dat onderzoek naar zijn opdrachtgevers. Wat gaat het gerecht doen? Politici, advocaten en rechters arresteren die cocaïne van bij Vermeulen snoven? Niet in dit land.'

Perseyn glimlachte toegeeflijk. 'Ben je zeker dat je in de juiste job zit, Tarik?'

'Die vraag stel ik me niet. Ik heb andere dingen aan mijn hoofd. Wat doe ik met Sofia, bijvoorbeeld?'

'Je neemt geen contact op met haar. Ik wil niet dat ze per ongeluk iets over jou te weten komt, en we kunnen moeilijk jouw dekmantel opnieuw activeren. Ze is gevaarlijk, Tarik. Dat hoef ik je niet te vertellen. Je kent haar achtergrond net zo goed als ik.'

'Dat is allemaal lang geleden', suste Tarik.

'Haar militaire opleiding in Spanje? En het feit dat ze tot een afdeling van de Spaanse geheime dienst behoorde waar ze getraind werd als scherpschutter? Je weet toch wat er van haar gezegd werd? Dat ze nadien voor de maffia ging werken, omdat ze in het leger een officier met een mes had bedreigd?'

'Hij probeerde haar te verkrachten, chef!'

'Je probeert het allemaal te vergoelijken, maar ik wil het niet hebben. Geen contact. Absoluut niet. Duidelijk?'

Tarik knikte. 'Tuurlijk doe ik dat niet. Ik ben niet gek.' Maar hij had meteen spijt over die uitspraak. Sofia en hij: ze hadden die relatie gehad, in Brussel. Hij had in die weken niet naar een andere vrouw gekeken. Sofia was een hele handvol geweest, in alle opzichten. En dan had hij opeens moeten verdwijnen, omdat de zaak voor hem gevaarlijk werd. Omdat hij het risico liep dat zijn undercoverprofiel doorgeprikt ging worden. Dat was niet gebeurd, maar hij was uit Brussel moeten vertrekken.

Nu opeens stond Sofia weer voor hem. Was dat alleen maar toeval?

છ૰ન્ડ

Sofia tikte het nummer dat ze van Tarik gekregen had in haar gsm in. Rodrigo, die zoals steeds in zijn boxershort rondliep en al te graag zijn mannelijke torso liet zien, probeerde naar het schermpje te gluren. Ze duwde hem weg. 'Nu niet, Rodrigo. Hoepel op. Een vrouw heeft recht op wat privacy.'

Hij trok een mokkend gezicht maar meteen werd zijn aandacht afgeleid door het zoemen van zijn eigen mobieltje. 'Ja?' zei hij.

'Ik heb een opdracht voor jou', zei de stem van Douglas aan de andere kant.

'Laat maar horen', zei Rodrigo.

'En ook iets voor je vriendin. Maar haar toestel is bezet. Waar is ze?'

'Hier', zei Rodrigo. 'Naast mij. Wat heb je?'

Hoofdstuk 16

Toen Tarik de volgende ochtend de hal van het gebouw in stapte, kwam Thomas net de lift uit. Hij had een zwarte tas bij zich en hij keek op zijn heel eigen manier onbewust arrogant en schuldig tegelijk.

'Jij gaat me niet vertellen dat je hier vanmorgen al bent komen werken, nadat Perseyn je gisteren de deur wees', zei Tarik. 'Ja, natuurlijk, dat deed je wél. Ik ken je, Verhaege!'

'Ik volg de zaak even nauw als jullie', zei Thomas. 'Wat dacht je anders? Dat ik thuis ging zitten tobben? Daarom heb ik wat dossiers gekopieerd...'

Tarik zuchtte. 'Jezus, Thomas, Perseyn laat je meteen ontslaan als hij te weten komt...'

'Hij weet het niet, vriend', zei Thomas. 'En niemand gaat het hem vertellen.'

'Maak dat je wegkomt. Zo meteen is hij hier.'

'Hou mij op de hoogte', zei Thomas en stapte de deur uit.

Maar Perseyn kwam pas een uur later binnen. Meteen sprak Iris hem aan. 'Toen Depretere met Joyce belde, die eerste keer, zat zij op Curaçao.'

'Ja? Wat deed ze daar?'

'Geen idee. Waarschijnlijk was ze er niet met vakantie – waar zou ze het geld halen? Maar ik bekijk zijn dossier opnieuw, nu ik weet dat er iets met Curaçao loos is.'

'Is hij daar zelf ooit geweest, onze vriend Glenn?'

Iris schudde haar hoofd. 'Ik kijk het na.' Ze wist wat dat betekende: een stapel documenten van dertig centimeter, tientallen databases doorpluizen enzovoort – maar dat was precies het soort werk waar ze dol op was. Ook al was het vervelend.

'Want hem opnieuw ondervragen leidt nergens toe', zei Perseyn, bij wijze van afscheid.

Iris had geluk. Een halfuurtje later stuitte ze op documenten van een van de bedrijfjes van Depretere: Grimaldi Co. Gevestigd op Curaçao, met plaatselijke adressen en een lokale zaakvoerder. Het bleek ook de naam van een villa te zijn, eigendom van de firma, en ze vermoedde dat daar zwart geld in geïnvesteerd zat. Misschien was Joyce daar op bezoek geweest, toeval kon het niet zijn. Curaçao was dus om de een of andere reden belangrijk voor Depretere.

Haar telefoon ging over. 'Iemand van Fifth Dimension voor u', zei de receptioniste. Iris fronste. Welke vijfde dimensie? Dan wist ze het: het bedrijfje waarop ze een beroep had gedaan voor het ontsluieren van het hologram. Ze had ook nog ergens een offerte liggen, en Perseyn had zijn toestemming gegeven. Alsof hij werkelijk de keuze had.

'Laat maar naar boven komen', zei ze.

De man die de lift uit kwam was een Zuid-Europeaan, groot, sportief, en hij had zijn haar erg kort. Hij droeg een opvallende badge met de naam van zijn bedrijf. Hij liep in jeans en een geruit hemd en had een grote stalen koffer bij zich. Iris was meteen wég van hem, op haar afstandelijke manier. 'Commissaris De Witte?' zei hij.

'U komt voor het hologram?'

Hij knikte. 'Dat is de bedoeling.'

Ze opende haar lade en haalde de kleine piramide eruit, het buitenaardse object. 'Zal dat lukken, denkt u?'

Hij nam het hologram van haar aan en bekeek het zorgvuldig. 'Dat kan geen probleem zijn. Het duurt wel eventjes. Ik heb een kantoor nodig dat verduisterd kan worden.'

'Ja? Volgt u mij?'

De man kwam achter haar aan. Wat ze niet merkte was dat hij een onschuldig uitziende rekenmachine op een van de bureaus achterliet. Ze begeleidde hem naar de achterzijde van de etage, waar niemand van hen vaak kwam. Ooit was het de bedoeling geweest hier afsluitbare bureaus voor elk van de rechercheurs te maken, maar die hadden verkozen om in een open ruimte allemaal bij elkaar te zitten. Ze vormden een collectief – zo had iemand dat verklaard. En dus hadden ze er geen behoefte aan elk apart in een duivenhok te zitten. 'De jaloezieën kunnen dicht', toonde ze. 'Kan dat dienen?'

De man knikte. 'Uitstekend.'

Ze liet hem alleen en ging weer op zoek naar details van Grimaldi Co.

∂∾∽

De villa van Thomas was leeg. Er klonken geen blijde stemmen, niemand schuifelde er door de gang, er werd geen eten klaargemaakt in de keuken, niemand zeurde om aandacht. Het leek net alsof dit gebouw helemaal afgezonderd was van de rest van de wereld, door magie of door de inbreng van een buitenaardse macht. Dezelfde macht die ook onkreukbare piramides met holografische projecties maakte. Een kleine, helemaal geïsoleerde wereld waar alleen maar herinneringen ronddwaalden, als rusteloze geesten.

Thomas zat alleen in zijn kleine bureau aan de achterzijde van het huis. Tegen de muur hingen ordeloos foto's vastgepind: van Joyce, van Depretere, van alle mensen betrokken bij het dossier. Hij had ook zijn whiteboard schoongeveegd en daar nu op geschreven: *DNA-match: huis, bestelwagen, bos*. En hij hoorde nog steeds de stem van de ontvoerder, de man die hij in het bos had gezien, de man voor wie Ruben zo bang was geweest. De man wiens gezicht hij niet had kunnen zien.

De man die Eva vermoord had.

Dan schreef hij op het bord: *Mister DNA*. De man had geen naam en geen gezicht, maar hij was de verpersoonlijking van het ultieme kwaad.

Wie ben jij, dacht Thomas. Wie was deze man die er zijn hand niet voor omdraaide een hulpeloze vrouw te ontvoeren en vervolgens te vermoorden? Wie was deze man die achteloos met het leven omsprong? En Thomas dacht: ik weet wat je gedaan hebt, maar ik weet niet wie je bent. Als ik het tweede deel heb opgelost, zal ik wraak nemen om het eerste.

En iets vertelde Thomas dat Mister DNA een erg belangrijke speler in dit complot was. Een complot waarvan nog maar nauwelijks iets boven water was gekomen.

❦

Sofia had een geschikte plek gevonden op het dak van het Bouwcentrum. Het was er vuil en ongemakkelijk en ze had zo goed als geen dekking, maar dat maakte allemaal weinig uit. Van daaruit had ze een ongehinderd uitzicht op de ingang van de Stynenbuilding. Haar positie, de eerste zorg van een sluipschutter, was wat laag naar haar zin, en eigenlijk wat te dichtbij, maar ze had het voordeel van de verrassing. En ze had verschillende vluchtwegen tot haar beschikking, die ze allemaal in haar geheugen had geprent. Vluchtwegen waren de tweede zorg van elke sluipschutter.

Ze ritste haar tas open en haalde de onderdelen van het geweer eruit. Die monteerde ze snel, de kijker als laatste. Altijd de kijker het laatst. De kijker is het meest kwetsbare onderdeel. Ze legde het wapen voorzichtig op de dikke wollen doek die ze opgevouwen op de rand van het dak had gespreid. Perfect draagvlak voor het wapen. Ze keek door de kijker.

Aan de ingang van de Stynenbuilding stond een groen gevangenenbusje. Twee bewakers stonden ernaast, een sigaretje te roken. Ze waren ontspannen. Ze verwachtten geen risicovolle opdracht. Er was verder geen politie in de buurt, behalve natuurlijk de rechercheurs die zo meteen naar buiten zouden komen.

De twee bewakers gooiden hun sigaret weg. De ene kroop achter het stuur, de andere opende de schuifdeur van het busje. Uit het gebouw kwam Depretere tevoorschijn, geboeid, en die oudere politieman. Hoofdcommissaris Perseyn, wist Sofia, omdat ze de man op een foto gezien had. Ze hield haar adem in en nam het hoofd van Perseyn in het midden van haar vizier.

Opnieuw ging de telefoon van Iris over. Ze zuchtte en nam op. Het was nu ook weer de receptioniste. 'Een zekere meneer Erwin Vandaele', zei die.

'Die ken ik niet', zei Iris geïrriteerd. Waarom kwamen die mensen hier zomaar onaangekondigd hun opwachting maken? Dat ergerde haar. 'Wat wil hij?'

'Hij is ook van Fifth Dimension en zegt dat hij een afspraak met u heeft.'

Iris richtte haar hoofd op.

Ze liet de telefoon vallen. Die stuiterde op haar bureau en viel dan op de vloer. Tegen die tijd was ze al halverwege de kantoorruimte. Maar het verduisterde kantoor was leeg. Op de koffer van de technicus na. En zijn bezoekersbadge.

'Shit!' vloekte Iris. 'Het hologram!'

❦

Het was verlokkelijk. Sofia had een belangrijk politieman als Perseyn in haar vizier, en dat zou niet vaak gebeuren. Maar ze had geen tijd om spelletjes te spelen. Je speelde geen spelletjes wanneer je een opdracht had. En ze had geen tijd voor twee schoten. Of misschien wel? Wat won ze er overigens bij? De flikken nog kwader maken wanneer een van hen dood was. Dat kon ze missen als kiespijn.

Nee, dat zou ze niet doen. Dat was niet de opdracht. Derde regel: alleen de opdracht telt. Ze verschoof het wapen en vond haar doel. Rustig. Zenmoment. Druk op trekker vergroten. Een gedempte knal.

De achterkant van het hoofd van Depretere spatte uiteen. Zijn lichaam werd slap en viel neer. Perseyn en de ene bewaker die de achterdeur van het busje openhield doken meteen weg, ook al wisten ze niet waar het schot vandaan kwam.

Ze hoefden zich geen zorgen te maken over hun eigen veiligheid: er volgde geen tweede schot.

Sofia schoof snel overeind, stak de uitgeworpen patroon in haar zak, demonteerde het wapen – haastig, maar zonder vergissingen te begaan –, schoof de onderdelen ervan weer in de tas, ritste die dicht en holde dan voorovergebogen over het dak naar de achterzijde van het gebouw. Ze gebruikte de primaire vluchtroute die ze een uurtje eerder nog verkend had. Ze liep de brandtrap af en stond meteen bij de Alfa 156.

☙❧

Hoofdcommissaris Perseyn had zonet een gesprek gehad met directeur Laplace. Het was geen aangenaam gesprek geweest. Hij moest toegeven dat de directeur kalm was gebleven, kalmer waarschijnlijk dan hijzelf. Maar Perseyn wist dat hij het was die zich zorgen moest maken over de toekomst van zijn carrière.

Achter zijn rug werd de directeur *Richelieu* genoemd, en daar was genoeg aanleiding voor. Laplace was een carrièreman, een politiek beest dat niet in de politiek maar in de ambtenarij was terechtgekomen. Hij was een soort van staatsman zonder officiële functie, die mensen manipuleerde op een enorm en complex schaakveld. Nu, bijna aan het einde van zijn eigen carrière, was de man even actief als dertig jaar geleden. Hij was niet van plan om, wanneer hij met pensioen ging, zijn macht te laten opdrogen. Nee, hij had al lang zijn adepten en volgelingen op dat schaakbord geplaatst, en allemaal op strategische posities.

Dat wilde hij nu ook met Perseyn doen.

Die stond met zijn rug tegen het raam geleund, schijnbaar kalm, al voelde hij zich niet zo, niet na het gesprek van daarnet. Hij voelde zich helemaal niet kalm, maar zijn lange ervaring kwam hem te hulp. Wat er ook gebeurde, je mocht je nooit laten overrompelen door de tegenslagen. Je werd nooit de speelbal van je emoties. Dat liet je aan anderen over. Het betekende ook dat hij zich niet zou laten overrompelen door de woorden van de directeur.

'We zijn het hologram kwijt', zei Iris, die samen met Tarik en Lena was binnengekomen nadat Laplace was vertrokken, 'en op de meest domme manier dan nog. Ik was er gewoon niet met mijn hoofd bij...'

Perseyn knikte. 'Ja, het is een knoeiboel', zei hij. Hij gaf zijn medewerkers zelden een uitbrander. Ze wisten wanneer ze in de fout waren gegaan, en ze kenden hun verantwoordelijkheden. Hij hoefde hun dat niet telkens uit te leggen. Straffen deed je alleen met onverantwoordelijke mensen, vond Perseyn. 'We zijn allemaal moe, we hebben de voorbije dagen weinig geslapen, en we zijn het initiatief kwijtgeraakt. Vertel ons liever wat voor maatregelen je genomen hebt.'

'Ik heb het signalement van de man verspreid. Er zijn twee helikopters in de lucht en POSA is in staat van alarm. De technische recherche onderzoekt nog steeds de plek vanwaar de schutter vuurde. Voorlopig hebben ze geen aanwijzingen. Alles wijst op een professional. En zo zijn er niet veel in dit land. Ik ben nu alle mogelijke profielen aan het natrekken.'

Perseyn knikte. 'Depretere wist dus te veel.'

'Ja', zei Lena. 'Daar zag het wel naar uit. En dat zwijgen van hem heeft hem ook al geen goed gedaan. Misschien had hij gelijk...'

'Waarover?'

'Dat we niet beseffen tegen wie wij het opnemen...'

'Zijn er vorderingen in de andere aspecten van het onderzoek?' vroeg Perseyn.

'Ik heb nieuws over de zaken van Depretere', zei Iris. 'Zowel het bedrijf Grimaldi Co als de villa met diezelfde naam op Curaçao hebben met hem te maken. Hij is mede-eigenaar en voornaamste aandeelhouder.'

'Was', zei Tarik.

'Oh', zei Iris. 'Ja, was.'

'Joyce Vanseveren was daar', zei Perseyn. 'Daar twijfelen we niet aan. Vraag is: wat deed ze daar? En wie was daar nog?'

'En Grimaldi Co', zei Iris, 'is een import- en exportbedrijf. Met offshoreactiviteiten. Ik heb nog geen boekhouding gezien, maar ik zou er graag een blik op werpen.'

'Dat gaan we van dichterbij bekijken', zei Perseyn. 'Ik probeer een en ander te organiseren.'

Thomas zette voorzichtig zijn grote, leren tas op de vloer van de slaapkamer en haalde er een pistool uit. Dat had hij eerder die dag gekocht, met zijn permanente vergunning. Zijn dienstwapen was op kantoor, en dat zou daar ook blijven. Nu de zaak persoonlijk was geworden, had hij een eigen wapen nodig.

Hij keek om zich heen, haalde een lege schoenendoos uit de kleerkast, duwde het pistool erin en legde de doos op de hoogste plank van de kast, waar Ruben er niet bij kon. Dan liet hij zich achterover op het bed vallen. Hij was leeg. Zijn leven was leeg. Hij was niet van plan dat leeg te laten. Niet zo. Hij zou zijn leven stevig in handen nemen. Dat kon maar op één manier.

Plots schoof een warm, klein lichaampje tegen hem aan. Het was Ruben, die ongezien de slaapkamer binnengekomen was. Hij was ontsnapt aan Magda, die beneden in de keuken aan het eten werkte. 'Papa, je huilt', zei de jongen.

'Omdat ik mama mis', zei Thomas.

'Ik moet ook vaak huilen', zei Ruben. 'Dat vind ik niet leuk.'

Thomas veegde zijn tranen weg. 'Dat geeft niet, jongen. Je mag huilen zoveel als je wilt.'

'Mama komt niet meer terug.'

Thomas richtte zich op. Hij keek zijn zoontje aan. 'Ze is altijd bij ons', zei hij.

Hij zag een sprankeltje hoop in de ogen van de jongen. 'Echt waar?' vroeg die, onzeker.

'Ja', zei Thomas. 'Ze is in ons hart. We dragen haar altijd bij ons.'

Ruben nestelde zich in zijn armen. Samen lagen ze nog een hele tijd op het grote bed.

Hoofdstuk 17

'Hoe meer verwikkelingen, hoe aantrekkelijker maar onbekender volk', zei Lena terwijl ze ingespannen naar het scherm van de laptop op het bureau van Iris keek. Met z'n vieren stonden ze naar opnames van bewakingscamera's te kijken. Dat was niet zo bijzonder, ware het niet dat het de camera's van hun eigen kantoor waren, en de man die gewoontjes door het beeld wandelde een indringer was die schaamteloos het hologram kwam stelen.

'*Face recognition* leverde niets op', zei Iris gedempt. Ze voelde hoe Perseyn achter haar stond en over haar schouder meekeek. 'Maar hij is duidelijk niet aan zijn proefstuk toe, anders dring je niet de kantoren van de gerechtelijke politie binnen om een belangrijk bewijsstuk terug te krijgen. Dat vraagt... dat vraagt brutaliteit en koelbloedigheid.'

'Hij heeft hier hoe dan ook een bewonderaar', zei Perseyn ironisch. 'Zet hem op het smartboard. Daar staat hij op z'n plaats.'

De foto van Rodrigo vergezelde die van de andere al dan niet anonieme verdachten in de zaak. 'Veeleer dan achter die man aan te gaan moeten we het antwoord kennen op één vraag: waarom is het hologram zoveel waard voor die mensen?'

'Goeie vraag', zei Iris. 'Waardevol is het zeker. Er zijn al genoeg mensen voor gestorven.' Ze dacht in de eerste plaats aan Eva. Eigenlijk dacht ze alleen aan Eva.

'En onze enige echte bron van informatie zijn we nu ook kwijt', vervolgde Perseyn. 'Was dat hetzelfde wapen als dat waarmee Eva...'

Iris knikte. 'Waarschijnlijk wel. De jongens van ballistiek beweren in ieder geval van wel. Tenminste: hetzelfde type, maar niet hetzelfde exemplaar.' Ze liet met een klik op het toetsenbord de beelden van hun ongewenste bezoeker verdwijnen. Een lijst met namen en adressen verscheen. 'Ik heb een overzicht gemaakt van de bedrijven waar Depretere iets mee te maken had. Dat zijn er behoorlijk wat, zoals jullie kunnen zien.'

'God', zei Lena. 'Hoe houdt hij daar overzicht over?'

'Vraag dat maar aan je vader', zei Tarik met een grijns. 'Heeft die ook niet zo'n erelijst?'

'Een centrale rol in dat hele kluwen', vervolgde Iris, 'wordt gevormd door Grimaldi Co. En dan is er nog een ander bedrijf, Zavel nv, beheerd door een zekere Jamal Bouchouari. Ik ben wat gaan graven.' Ze liet op het scherm een foto zien van een dertigjarige Zuid-Amerikaan. 'Chico Kempes, zaakvoerder van Grimaldi in Curaçao. Volgens hun website voeren ze gsm's en kleine elektronica in en uit.'

'Ja?' vroeg Perseyn.

'Maar vermoedelijk handelen ze alleen maar op papier.'

'Een btw-carrousel?'

'Daar lijkt het op, ja. We kennen dat soort handeltjes. Na een kwartaal moet de btw worden betaald en als dat niet gebeurt gaan er bij de betrokken administratie belletjes rinkelen, en dan wordt er een onderzoek ingesteld, maar tegen die tijd bestaat het bedrijf niet meer.'

Perseyn schudde zijn hoofd. 'Vraag is wat callgirls, kleine fraudeurs, scherpschutters met hypermoderne geweren en andere zware criminelen daarmee te maken hebben. Dit is veel groter dan wat kleine jongens die de btw ontduiken. Veel groter.'

Iris keek op. 'Willen we antwoorden vinden, dan moeten we naar Curaçao, chef.'

'Ja', zei Perseyn. 'Dat had ik al voorzien. Ik heb de onderzoeksrechter gevraagd om toestemming voor een rogatoire commissie. We moeten alleen nog maar beslissen wie gaat. Hoe zit dat trouwens met dat softwarebedrijf dat het hologram kwam bekijken? Daar moet een verklikker zitten?'

'Ze hebben maar vier medewerkers en die zijn allemaal clean.'

'Hoe wist de indringer dan dat iemand van dat bedrijf ging langskomen?'

Iris trok een gezicht. 'Ik belde hen via onze vaste lijn. Misschien wordt die afgetapt.'

'Uitzoeken', zei Perseyn, plots streng. 'Godverdomme, Iris. Een tap op de lijn van de gerechtelijke politie...'

❧❦

Tarik trapte de deur van het kantoor open. Met zijn pistool in de aanslag schoof hij naar binnen, gevolgd door twee inspecteurs van de lokale politie, eveneens gewapend. Dan liet hij zijn wapen zakken. Er was geen dreiging.

Lena, die als laatste over de drempel kwam, trok haar wenkbrauwen op. Maar eigenlijk was ze niet verrast het kantoor hoog in de Antwerp Tower leeg te vinden. Het was de plek vanwaar de telefoontap liep. Maar het kantoor zag er niet uit alsof het ooit, of in ieder geval niet recentelijk, was gebruikt voor om het even welke activiteit. Op een campingtafel en een opvouwbaar stoeltje na was er niets te vinden.

Opnieuw loopt een spoor dood, dacht ze. Wat we ook over deze mensen te weten komen, ze zijn ons telkens een stap voor. Ze keek naar Tarik. Die haalde hulpeloos zijn schouders op. Ook hij ergerde zich aan het gebrek aan resultaat.

Lena keek naar buiten, naar het verkeer diep onder hen. Daar ergens waren mensen die een spel met hen speelden. Een spel dat al verscheidene levens had gekost.

Tarik belde Perseyn.

❧❦

In de schietclub stond Thomas in de correcte houding, met oorbeschermers en veiligheidsbril, zijn nieuwe pistool in beide handen geklemd. Hij had een maand geleden nog een dag schietoefening gehad, maar dit was een ander type wapen, en hij wilde het leren kennen. Hij wilde er zeker van zijn dat hij het zou kunnen gebruiken, onder welke omstandigheden ook.

Daar was oefening voor nodig.

Hij richtte kalm op het doel en vuurde, met korte intervallen, vijf schoten af. De inslagen zaten vlak bij elkaar, in het hoofd van de kartonnen man.

Maar Thomas zag geen kartonnen man. Hij zag een andere man, diegene die hem in het bos had bedreigd. De man die Eva had vermoord. Mister DNA, hun geheimzinnige tegenstander.

Naast hem kwam een ander lid van de schietclub staan. Een lange, slanke man met zwart haar. Thomas wierp een blik op hem en keek dan weer naar zijn eigen doel. Hij zag dat de man snel na elkaar vijf kogels in zijn doel schoot, merkwaardig dicht bij elkaar. Iemand die uitstekend met een wapen overweg kon. Daar had hij bewondering voor, voor een professionele benadering van het werken met vuurwapens.

Hij schoot zelf nog vijf keer, bekeek het resultaat, en draaide zijn hoofd dan weer opzij. De man naast hem was verdwenen. Hij pakte zijn wapen op, haalde het magazijn eruit en keek of er geen kogel meer in de kamer zat. Dan stak hij alles in zijn tas. Even later stond hij buiten bij zijn auto, toen zijn gsm overging.

'Perseyn wil een rogatoire commissie naar Curaçao sturen', zei Lena. 'En het moet nog snel gaan ook.'

'Jij en ik?' vroeg Thomas.

'Jij niet', zei Lena. 'Hij beschouwt jou als met ziekteverlof. Ik ga hoe dan ook. Curaçao in drie dagen of zoiets. Ik kijk er niet naar uit.' Ze zweeg even. Dan zei ze: 'Misschien gaat Iris mee.'

'Je weet net zo goed als ik dat ik hoor te gaan, Lena. Het is mijn zaak.'

'Perseyn is ertegen', zei ze. 'En het is jouw zaak niet.'

'Ik ben niet arbeidsongeschikt', zei hij.

De stem van Lena klonk professioneel kalm. 'Hij vindt van wel. En voor je de vraag stelt: ik ben het daar niet mee eens, Thomas. Maar niemand vraagt mij wat.'

'We zien nog wel', zei Thomas.

'Er is totaals niks te zien van onze indringer. Zelfs niet op de bewakingstapes', zei Lena. Ze had de tapes van de camera's in en rond de Antwerp Tower opgevraagd. 'Helemaal niks. Het spookt in dat gebouw.'

'Nee', zei Perseyn. 'Het spookt daar helemaal niet. We hebben te maken met mensen die goed zijn georganiseerd en heel wat afweten van elektronica. En die genoeg geld hebben om bewakingsbeelden te laten verdwijnen.'

Ze zaten opnieuw in hun kantoorruimte. Lena zei: 'Ik toonde een paar mensen aan de receptie van het gebouw de foto van onze eigen indringer, maar ze herkenden hem niet. Kan niet verbazen. Er loopt daar zoveel volk rond.'

'Spoken', zei Tarik. 'Het zijn net spoken. We vechten tegen spoken.'

'Nee', zei Perseyn somber. Hij had er een hekel aan dat hij zichzelf moest herhalen. 'Het zijn geen spoken. Het zijn mensen, zoals wij. Maar ze hebben macht.'

'Mensen die anderen omkopen...'

'...of bedreigen', zei Perseyn. 'Om zo'n tap geïnstalleerd te krijgen moet je een paar mensen kunnen overtuigen om de ogen even dicht te knijpen. Dat kun je op allerlei manieren doen.'

Lena keek over de schouder van Perseyn. Ze zaten in de plottingroom en van daar zag ze Thomas de verdieping binnen komen wandelen vanuit de lift. Hij zag hen niet. Hij liep het kantoor van Perseyn in en deponeerde een enveloppe op diens bureau. Dan boog hij zich voorover en bleef even zo staan.

'Thomas!' riep Perseyn. 'We zijn hier.'

Thomas keek op, verbaasd, ook een beetje in de war. 'Oh', zei hij. 'Ik zag jullie niet.' Hij stapte de kantoorruimte in en bleef bij de faxmachine staan. Hij verstuurde een fax en kwam dan naar hen toe. 'Mijn afwezigheidsattest', zei hij vaagjes.

'Gaat het?' vroeg Lena. Ze wist niet hoe ze de vraag moest inkleden.

Thomas keek naar buiten, naar de stad. 'Ik weet niet wat ik moet doen...' zei hij, maar het was niet duidelijk waar hij het over had.

இ∙ை

Robert Luyten trok met veel zwier zijn jeans en vervolgens zijn onderbrock uit. Dan trok hij zijn zwembroek aan en bleef een moment zo staan, op het strand, met het fijne zand tussen zijn tenen en de laaghangende zon in zijn ogen. Curaçao, dacht hij. Het goede leven, de immense verpletterende vrijheid, het tintelende paradijselijke gevoel. Misschien bleef hij wel hier. In ieder geval zolang hij kon. Er was nog zoveel dat hij hier kon doen. Hij had te veel tijd doorgebracht achter zijn computer, in dienst van mensen met wie hij eigenlijk liever geen zaken deed.

Ze betaalden hem uiteraard goed, en dankzij hen kon hij hier onderdak vinden. Anders had hij dit kleine paradijs nooit leren kennen.

Hij bukte zich en haalde een duikbril en een snorkel uit zijn tas. Het is nooit te laat om je te bekeren, dacht hij. In zijn geval was dat wat sportiever gaan leven, de openlucht, de vrije natuur. Iets anders dan de hele tijd over tabellen, cijfers en computers zitten tobben.

Hij had geld nu. Hij kon andere dingen doen dan tobben. Ze hadden hem goed betaald.

Maar alleen de natuur was Robert Luyten gunstig gezind. Die natuur zou hem al te graag ontvangen hebben, in het lauwe strandwater, tussen de duinen, waar dan ook. Met open armen zelfs.

Wie hem echter niet gunstig gezind was, was de man die een paar honderd meter verderop tussen de dichte struiken stond. Die man wist niets van de bekering van Luyten, en zou er zich niet om bekommerd hebben. Hij wist niets van de hoop en de verlangens van Luyten. Die man, die de bouw en ongetwijfeld ook de mentaliteit van een gorilla had, wist maar één ding, namelijk dat hij het geweer in zijn handen zou richten op de magere en nog steeds bleke boekhouder, en dat hij hem met één enkele kogel in het hoofd zou doodschieten.

இ∙ை

In een buitenwijk van Antwerpen was het op datzelfde moment al nacht. Guy Merckx zat in de keuken van zijn villa frieten met stoofvlees te eten samen met zijn adoptiedochter, Lena, en ze koesterden beiden dit proletarische genot – zijn woorden – alsof het een feestmaal was. Hij had er zelfs twee flesjes donkere Leffe bij geserveerd. 'Dit is erg leuk, maar ik moet zo meteen weer weg, Leentje', zei hij.

Lena liet haar bestek zakken. 'Ach, papa, wat kan er belangrijker zijn dan ik?' Wat was er belangrijker dan zij? Niets was in zijn leven nog belangrijk geweest sinds haar moeder gestorven was en haar vader alleen achterbleef. Behalve zijn werk dan. Het werk waarin hij zijn toevlucht zocht, wanneer zijn villa te benauwd en te donker werd omdat hij er alleen woonde.

'Wat is dat met die Catherine?' vroeg Lena, toen hij niet meteen antwoordde. 'Is ze jouw vriendin? Ik bedoel, in de vaste betekenis van de term?'

'Zo ongeveer', zei hij, duidelijk niet van plan meer uitleg te geven.

'Zo ongeveer? Wat voor een uitdrukking is dat? Jullie leken elkaar al flink te kennen toen ik jullie zag, bij het museum.'

'Ja, we kennen elkaar al een tijdje', gaf Merckx toe. 'Maar ik wist eigenlijk nog niet hoe ernstig het zou worden.'

'En is het dat?'

'Ernstig?' Merckx knikte. 'Ja, eigenlijk wel. Er is een wederzijdse... We hebben ook commerciële belangen. We zitten samen in zaken.'

'Aha, die papa', zei Lena plagend. 'Zal ook nooit veranderen. Zaken en plezier moeten kunnen samengaan. Och, ik wens het je toe. Je hoeft aan mij geen verantwoording af te leggen.'

Hij keek op zijn horloge. 'Ik heb nog een afspraak, en...'

Ze grijnsde tussen de frieten door.

'Och,' bedacht hij zich, 'ik heb nog wel een kwartiertje. Hoe gaat het met je collega Thomas?'

Meteen was Lena een en al ernst. 'Wat denk je zelf?'

'Vreselijk, veronderstel ik. Een wrak. Ik weet wat het is om je vrouw te verliezen. En in zijn geval is het... is het nog erger, denk ik.'

Lena zei een ogenblik lang niets. 'Ik vertrek waarschijnlijk morgen al naar Curaçao, een rogatoire commissie.'

'Ah', zei Merckx. 'Er komt dus schot in de zaak.'

'Misschien.'

'Je gaat toch niet alleen?'

❧

De volgende ochtend was Thomas bij Perseyn in zijn kantoor, nog voor de andere leden van het team aanwezig waren. Ze waren daar geen van beiden per toeval. Perseyn omdat hij altijd vroeg kwam, Thomas omdat hij door Perseyn gesommeerd was. En gesommeerd met een woede die Thomas verwacht maar niet gevreesd had.

'Daar kan geen sprake van zijn!' brieste de hoofdcommissaris. 'Jij gaat niet naar Curaçao. En ik kan al helemaal niet de achterbakse manier waarderen waarop je gisteren – terwijl wij er zo ongeveer bij stonden – je naam op de aanvraag hebt ingevuld en die meteen hebt verzonden naar de onderzoeksrechter, alsof ik die beslissing had genomen.'

'Ik ga!' zei Thomas, dreigend. 'Iris kan hier niet worden gemist. Tarik en Lena hebben te weinig ervaring met buitenlandse missies om samen te gaan.'

'Jij kunt nu niet werken, Thomas', zei Perseyn, zo kalm als hij kon, hoewel hij absoluut woedend was. 'Je bent niet in staat om rationele beslissingen te nemen. Wat ga je op Curaçao doen? De moordenaar van Eva persoonlijk lynchen?'

'Ik heb mijn emoties perfect onder controle', zei Thomas. 'Ik weet wat ik daar ga doen. Daarenboven zijn de reisdocumenten al klaar en hebben we de goedkeuring van de onderzoeksrechter.'

'Je hebt dat allemaal achter mijn rug gedaan, Thomas', waarschuwde Perseyn. Hij schudde zijn hoofd. 'Je bent altijd mijn beste rechercheur geweest...'

'Dat ben ik nog altijd.'

De telefoon van Perseyn ging over. Hij nam op, zijn blik nog steeds op Thomas gericht. 'Is hij er al?' vroeg hij in de hoorn. 'Stuur hem maar naar boven.'

'Laplace', zei hij tot Thomas. 'De Gerechtelijk Directeur.'

'Moet hij ook zijn zegje hebben...?'

'Nee, Thomas', bitste Perseyn. 'Het is zo al welletjes. Ik hou ons meningsverschil liever binnenshuis.'

De liftdeur ging open en de directeur kwam de kantoorruimte binnenwandelen, beheerst zoals steeds. 'Ah! Commissaris Verhaege', zei hij. Hij drukte eerst de hand van Perseyn en dan die van Thomas.

'Directeur', zei deze laatste.

'Thomas vertrok net', zei Perseyn droogjes.

Thomas knikte en draaide zich om.

Laplace keek hem achterna. Dan sloot hij de deur van het kantoor, met een frons. 'Een gebroken man, die Verhaege. Ik las het rapport vanmorgen opnieuw. Echt wel jammer. Veelbelovend, die jongen, en nu...'

Perseyn zei niets.

Laplace keek de hoofdcommissaris aan. 'En dat kan voor problemen zorgen, nietwaar, Steven?'

Ze gingen beiden zitten. 'Na zijn verlof plaatsen we hem over', zei Laplace.

'Hij is mijn beste medewerker', zei Perseyn, maar verbaasd was hij niet over die plotse beslissing van zijn chef. 'Hij is altijd een zeer grote meerwaarde geweest voor het team. We kunnen hem moeilijk vervangen.'

Laplace negeerde de opmerkingen. 'Hoe lang is het eigenlijk nog tot aan mijn pensioen, Steven? Mmm?'

Perseyn leunde achterover. 'Uw pensioen? Ik zou het niet zo direct weten, directeur.'

'Een jaar en twee maanden. Dat weet je heel goed. Net zoals je weet wie er dan kandidaat is om mij op te volgen, Perseyn.'

'Ja, directeur, dat weet ik ook.'

'En je weet ook waarom jij die kandidaat bent, Steven. Niet

omdat je een grote held bent, maar omdat je op het juiste moment altijd gezagsgetrouw bent geweest.'

Perseyn ontdekte dat hij daarop niets te zeggen had.

∂∾∾∾

Thomas was niet van plan veel mee te nemen naar Curaçao. Dit was geen plezierreisje, waarvoor hij overigens niet in de stemming was. Dat hij daarenboven Ruben moest achterlaten deed hem pijn, maar ter compensatie kon hij misschien sporen vinden van Eva's moordenaar. En natuurlijk had hij er zelf voor gekozen om deze trip te maken.

'Ruben,' zei Magda met een snelle blik op haar kleinzoon, 'help jij de meneer van de taxi om de valies van papa naar de auto te brengen?'

Ruben begon manhaftig te zeulen met de koffer. Magda maakte van de gelegenheid gebruik om Thomas even terzijde te nemen. 'Ik vind het onverantwoord dat je nu vertrekt', zei ze. 'Dat is wat ik ervan denk.'

Thomas schudde zijn hoofd. 'Daarover hebben we het gehad, Magda. Ik moet mijn plicht doen. Ook voor Eva. Het is in de eerste plaats voor haar dat ik dit doe. Ik moet nu gaan.'

Hij stapte naar buiten, waar de chauffeur de koffer van de taxi sloot en Ruben terug over het trottoir leidde. 'Ik wil niet dat je weggaat, papa', zei het jongetje. Hij klonk veeleer vastbesloten dan verdrietig.

'Het is maar voor een paar dagen, kerel', zei Thomas met een troostende glimlach.

Magda stond bij hen. Ze legde haar hand op het hoofd van Ruben. 'Papa kan niet zonder zijn werk, jongen', zei ze. 'Vroeger ook al niet.'

Thomas keek Magda strak aan. Hij moest haar vragen wat ze daarmee bedoelde, maar deed dat niet, met Ruben in de buurt. De jongen keek op en zei, zijn grootmoeder terechtwijzend: 'Papa moet de slechten straffen, mama zei dat altijd.'

Thomas gaf hem een zoen, keek nog even naar Magda, en stapte dan in de taxi.

Hoofdstuk 18

Thomas liet Lena de auto besturen. Niet dat hij van het landschap wilde genieten. Curaçao was een paradijs – voor sommigen toch – maar hij was met zijn gedachten elders. Ze waren net, na een veel te lange en bijzonder saaie vlucht, aangekomen op het eiland en hadden meteen hun huurwagen opgehaald. 'Mooi toch, vind je niet, dit eiland?' vroeg Lena, met een korte blik op Thomas. Toen hij niet meteen antwoordde, voegde ze eraan toe: 'We kunnen na het werk gegrilde kreeft eten.' Ze hield haar blik op de weg. 'Mmm? Gegrilde kreeft?'

'Ik ben hier niet voor gegrilde kreeft', zei Thomas somber.

Lena tuitte haar lippen en knikte even, voor zichzelf. 'Oké', zei ze na een moment. 'De rogatoire commissie dus. Wat zijn onze bevoegdheden ook alweer? We kijken de boekhouding van Grimaldi na, op zoek naar aanwijzingen van fraude. We ondervragen de zaakvoerder en het personeel, we bezoeken het bedrijf...'

'Beckers, ik weet wat onze bevoegdheden zijn.' Thomas zuchtte. 'Wie is hier onze contactpersoon bij de lokale politie?'

'Hoofdinspecteur Bradley Spencer', zei Lena.

'Bradley Spencer?'

'Ja', zei Lena. 'Zo heet hij echt. Hij zal wel niet van Nederlandse afkomst zijn.' Ze grijnsde naar Thomas, die een vies gezicht trok. Hij had geen oog voor de veelkleurige huizen, het heldere ochtendlicht en de mensen die luchtig gekleed gingen. Hij lette niet op de frisse planten en de bloemperken langs de weg, en de vreemde architectonische wonderen van een Nederlandse erfenis in een tropische context. Zij reed, maar ze probeerde haar ogen de kost te geven.

'Hier indraaien', zei Thomas, die een kaartje bij zich had. 'We mogen niet te laat zijn voor onze afspraak met de lokale super-flik.'

De man bleek midden veertig te zijn, gekleed in een net pak, en had een brede glimlach en een stevige knuist. Hij stond hen op te wachten aan hun hotel. Zijn voorouders kwamen duidelijk uit een heel verscheiden genenpoel. Zijn huid had de kleur van koffie verkeerd en zijn haar kroezelde wat. 'Welkom op Curaçao', zei hij in het Engels, met een zangerig accent. 'Jullie zien meteen hoe mooi het leven hier is...'

Lena en Thomas drukten hem de hand. 'Ja', zei Lena. 'Prachtig.'

'Voor mensen die zich aan de regels houden', voegde de politieman er meteen aan toe, zonder zijn glimlach te verliezen.

Thomas keek verbaasd.

'Precies', zei Bradley. 'Thuis zijn jullie politiemensen, hier echter zijn jullie burgers. Gewone burgers die zich als dusdanig moeten gedragen. Ik neem aan dat jullie geen van beiden gewapend zijn?'

Thomas keek even naar Lena. 'Die man jaagt mij angst aan, collega. Wat doen we daarmee?'

Bradley grijnsde opnieuw breed. 'Als jullie je aan de regels houden, dan gaat alles perfect verlopen. Mag ik jullie koffie aanbieden op het terras terwijl het personeel de bagage incheckt? Was het overigens een aangename vlucht?'

'Nee', zei Thomas, alleen maar om zich recalcitrant te kunnen gedragen. Bradley leek sympathiek genoeg, maar tegelijk niet iemand die meteen zijn beste vriend zou worden.

'Jammer', zei de man. 'Jullie moeten ook nog helemaal weer terug.'

'Ik kijk er niet naar uit', zei Thomas. 'Kunnen we meteen aan de slag, dan hebben we dat toch al achter de rug?'

☙❧

'We zijn zojuist bij het vastgoedkantoor geweest', zei Iris over de telefoon aan Perseyn. 'Dat kantoor in de Antwerp Tower staat al maanden leeg. Maar die man van het kantoor leek me niet helemaal koosjer, chef. Begon ook meteen te zweten.'

'Koosjer', zei Perseyn.

'Zenuwachtig', verduidelijkte Iris. 'Hij had het een en ander te verbergen. Mijn gok is dat hij de sleutel van dat kantoor aan iemand uitleende, voor geld. Een extraatje, waar de eigenaar niets van af weet. Maar hij ontkende in alle toonaarden, en dat waren er nogal wat.'

'Niks om hem op te pakken?'

'Ik kan hem niet arresteren omdat hij zenuwachtig is, dacht ik. En dan nog: waarschijnlijk kende hij de man die de sleutel kwam halen niet persoonlijk. Zal ook wel een tussenpersoon zijn. Iemand die hij ontmoette in een kroeg.'

'Maar in het kantoor in de Antwerp Tower was niks te vinden?' vroeg Perseyn, die wist dat Iris genoeg ervaring had om nutteloze zoektochten te vermijden.

'Ze wissen al hun sporen uit', zei Iris. 'Zelfs geen vingerafdruk te vinden. Geen amateurs, dat is zeker.'

᪥

'De Villa Grimaldi', kondigde hoofdinspecteur Bradley aan, vanaf de achterbank. Lena aarzelde niet en reed via de openstaande poort het landgoed op. De villa stond een kort stukje tegen een heuvel aan, met een aanzienlijk zwembad aan de zijkant. Ze parkeerde de auto aan de voorzijde van het huis. 'Ik deed navraag, en momenteel is hier niemand', zei Bradley, terwijl hij uitstapte. 'Het gebouw en alles eromheen wordt per dag of per week of wat dan ook verhuurd, maar u hoeft hier niet te veel op geschreven contracten te rekenen. Dus weten we nooit echt wie hier geweest is.'

De luiken voor de ramen van de villa waren allemaal gesloten. Er klonken geen kreten van stoeiende kinderen uit het zwembad. Er liepen geen honden rond. Geen dikke vrouwen van middelbare leeftijd die topless lagen te zonnen tussen de scheefgroeiende palmbomen. Voor ze hier naartoe kwam had Lena op het internet gezocht naar alles wat met Grimaldi te maken had. De naam had een onaangename connotatie: Villa Grimaldi was oorspronkelijk een verzameling gebouwen in Peñalonén, een buitenwijk van de Chileense hoofdstad Santiago, eigendom van een rijke familie. Die ruilde het complex voor een door het leger gearresteerde dochter tijdens de militaire coup in 1973. Tussen 1974 en 1978 was die andere Villa Grimaldi een gevangenis van de Chileense geheime politie DINA. In totaal passeerden vijfduizend vijanden van het regime door de zwaarbewaakte poort van het complex. Velen werden gemarteld en zeker tweehonderdveertig mensen verdwenen voorgoed.

Misschien waren de eigenaars van déze Villa Grimaldi niet op de hoogte van die feiten. Misschien hadden ze dan wel een andere naam gekozen voor hun optrekje. Of juist niet.

Lena liep tot bij de voordeur en probeerde de klink. De deur ging moeiteloos open. Een peperdure villa die niet eens afgesloten werd, niet bewaakt? De zaak werd steeds meer bizar.

'Kunnen we naar binnen?' vroeg ze aan Bradley. 'Is er een probleem als we hier binnendringen?'

Hij knikte. 'U doet maar', zei hij. 'Ik blijf hier buiten op u wachten. Ik waag me niet aan het betreden van privaat eigendom zonder machtiging. Maar u kunt doen waar u zin in hebt. U bent immers een gewone burger.'

Lena stapte over de drempel, Thomas volgde haar. Ze stapten de duistere gang door en kwamen in een grotere ruimte terecht waar een geur van ontsmettingsmiddel hing. Een beetje op de tast liepen ze naar de voorkant van het huis. Thomas trok een van de luiken voor een raam weg, zodat er licht binnenkwam.

Lena stond aan de deur. 'Hier is niets meer te vinden.'

Het interieur van de villa was helemaal leeg. Hun stemmen klonken er met een duidelijke echo.

'Ze hebben alle sporen uitgewist', zei Lena. 'Alsof ze wisten dat we zouden komen.'

'Het is allemaal één groot complot', zei Thomas duister. 'De mensen die dit bedrijfje opzetten en diegenen die de villa huurden, diegenen die het hologram stalen, allemaal één complot. Joyce die hier geweest is. En Depretere misschien ook.'

'Maar we hebben nog geen enkel tastbaar bewijs van welke activiteit dan ook', zei Lena. 'En dat is tot nog toe het hele verhaal: er gebeuren allerlei dingen en wij hebben geen aanwijzingen.'

Thomas keek haar boos aan en verliet de villa. Lena volgde hem. Ze begreep waarom hij kwaad was. Telkens wanneer het onderzoek dreigde vast te lopen kwam zijn wanhoop boven. Ze wist dat hij maar één doel had: de moordenaar van Eva en haar ongeboren kind vinden.

Over wat er daarna zou gebeuren durfde ze niet eens te speculeren.

Bradley kwam bij hen staan. Hij had net een sigaartje gerookt waarvan hij het eindje tussen de struiken keilde. 'Nou, hebt u iets gevonden?'

'Nee', zei Lena. 'We hebben alleen beneden gekeken, maar ons vermoeden is dat het hele huis zorgvuldig leeggehaald werd en alle sporen gewist. Dit zijn professionals. Kunnen wij de manager van Grimaldi Co ondervragen?'

'En dat is?'

'Een zekere Chico Kempes.'

Bradley vertrok zijn gezicht in een geamuseerde grimas. 'Kempes? U maakt een grapje, collega.'

'Kent u hem?' vroeg Thomas, gepikeerd, voorbijgaand aan het feit dat hij nu opeens weer wél een politieman was in de ogen van Bradley.

'Kennen?' Bradley fronste diep. 'Niet persoonlijk. Ik heb hem wel eens ontmoet. Hij woont aan de andere kant van het eiland. Maar iedereen kent zijn reputatie.'

'O', zei Thomas. 'En wat zegt die reputatie?'

'Gokken en hoeren, als u het samengevat wilt horen. Ze noemen hem overigens meneer Doggie. Ik laat u raden.'

'Goed, we willen die meneer Doggie graag spreken.'

Bradley knikte, alsof hij niets anders verwachtte. 'Dan rijden we naar mijn kantoor om een officieel voertuig op te halen.'

Lena keek Thomas aan maar gaf geen commentaar.

⁂

Een halfuurtje later reden ze, met Bradley aan het stuur van een donkerblauwe politiejeep, in de richting van een dorpje, dat met de rest van de omgeving wedijverde in pittoreskheid, maar dat er tegelijk op de een of andere manier kunstmatig uitzag. Alsof het gerestaureerd was met de vooroordelen van toeristen in gedachten. De hoofdstraat werd gevormd door een tiental winkeltjes waar postkaarten, aardewerk, goedkope horloges, fotoboeken, aanstekers met de afbeelding van het eiland en andere prullaria werden verkocht. Tussen de winkeltjes lagen snackbars en twee cafés met authentiek Hollands klinkende namen, waarvan één zelfs met een valse trapgevel. Verderop zag Thomas nog meer getuigen van het koloniale verleden, onder de vorm van een rij achttiende-eeuwse huisjes die waarschijnlijk evenmin authentiek waren.

Bradley draaide de jeep een straat in en hield halt voor een bar, van waaruit luide Caraïbische muziek klonk. Ze stapten uit. Bradley maakte een uitnodigend gebaar naar de bar. Thomas veegde met de rug van zijn hand over zijn voorhoofd. Het was warm, en schaduw was welkom. Een koud drankje overigens ook.

Binnen stond een gedrongen veertigjarige vrouw aan de toog waar ze twee donkerhuidige mannen bediende. Ze droeg opvallende juwelen: een halssnoer en verscheidene ringen. Toen ze het gezelschap zag binnenkomen zei ze iets tegen de mannen, die allebei glimlachten maar duidelijk niet hardop durfden te lachen, alsof ze de aanwezigheid van Bradley amusant vonden maar tegelijk ook bang waren voor hem.

'Toeristen!' zei de vrouw hardop in het Papiaments. En dan, in even kleurrijk Nederlands: 'Kom binnen, schatten! Drink iets. Het is gratis.'

Bradley schudde zijn hoofd, maar het was Thomas die haar aansprak. 'We zoeken Chico Kempes', zei hij.

'Ah, pretbedervers. Altijd die politie', zei de vrouw, plots somber. Ze wuifde met haar ene hand. 'Achterin! Vooruit, niet verlegen, achterin!'

Thomas stapte een achterkamer binnen, gevolgd door Lena en Bradley. Hij bleef meteen staan. Lena keek langs hem heen. 'Jezus!' zei ze.

In het midden van de kamer stond een tafel, die waarschijnlijk al heel lang dienstdeed want het grauwe hout hield geen verf meer. Misschien werd er aan die tafel gedronken of gegeten, maar vandaag diende ze voor wat anders. Er lag het lichaam van een man op, netjes opgebaard en in keurige kleren gestoken, klaar voor zijn laatste reis. Naast hem brandden enkele kaarsen. In zijn samengevouwen handen had hij een paternoster. Midden op zijn voorhoofd zat een keurig en bloedloos gat ter grootte van een muntje.

Ze stonden rond de tafel. De vrouw was hen gevolgd.

'Wat is je naam?' vroeg Bradley haar.

'Maria', zei ze. Ze keek de politieman aan. 'Hij was mijn man.' Thomas vroeg zich af of ze elkaar kenden, zij en Bradley.

'Onze deelneming', mompelde Lena.

Maria keek haar kwaad aan. 'Hij was een varken. Het moest gewoon gebeuren, de ene of de andere dag. Hij neukte alle vrouwen onder de zestig en hij was niet discreet. Hij jatte mijn spaarpot om blackjack te spelen. Hij sloeg me verrot, alsof ik zijn hoer was! En nu, poef, hij is dood. Iemand schoot hem dood. Zomaar.'

Het was Bradley die de onwennige stilte doorbrak. 'Zag iemand de dader?'

Maria schudde haar hoofd, haar blik op haar man. 'Nee. Er was niemand in de buurt. Er is natuurlijk nooit iemand in de buurt, meneer. Ze willen niks gezien hebben, u begrijpt.'

'Waarom heb je de moord niet aangegeven?'

Maria keek nu op, naar Bradley. 'Ik deed wat elke vrouw zou doen, in mijn geval. Ik gaf een party en hing de kogel rond mijn nek. Ja, dat deed ik. We dronken op mijn toekomst. Nu heb ik een toekomst.' Dat werd gevolgd door een grijns die gebrek aan tandhygiëne bewees.

'Die kogel, dat is een bewijsstuk', zei Bradley streng. 'Je moest aangifte doen...'

'Aiaiaiai!' jammerde de vrouw plots, luid, langgerekt. 'Mijn man is vermoord. Nu komt de politie ook nog! Heb ik niet genoeg ellende?'

Thomas negeerde Bradley en legde een kalmerende hand op de arm van de vrouw. 'Mevrouw, zei uw man ooit iets over Grimaldi?'

Maria stopte haar klagen, maar bleef met verkrampt gezicht naar het lijk kijken. 'Nee. Grimaldi? Waarom zou hij daarover iets zeggen?'

'Wij geloven dat uw man betrokken was bij illegale activiteiten', zei Thomas. 'In verband met Grimaldi.'

Maria schudde heftig haar hoofd. 'Niks illegaals. Hij was een goede man. Hij deed niks verkeerds. Geen politie!'

'Niks illegaals?' siste Thomas. Hij pakte haar arm vast. 'En die juwelen dan? Waar haalde hij die vandaan? Hoe betaalde hij die?'

'Laat me met rust! Aiaiaiai!'

Bradley hield Thomas tegen. 'U gaat te ver, commissaris. Laat de weduwe met rust.'

'Ze weet meer', zei Thomas.

'Dat denkt u. Laat haar met rust.'

'Godverdomme, kloteland!' sakkerde Thomas, terwijl hij de vrouw losliet en een stap achteruitzette.

'Ze zijn niet eens écht!' riep Maria naar hem. 'De juwelen. Zoals alles aan dat zwijn.' Ze trok het halssnoer af en wierp het naar het lijk. Thomas keek naar Lena. Die schudde haar hoofd. 'Komedie', zei ze onderdrukt.

Bradley keerde zich naar Maria. 'We laten u met uw verdriet, mevrouw', zei hij stijfjes. 'Ik kom later terug voor de nodige formaliteiten.' Hij draaide zich om en duwde Lena en Thomas naar buiten.

Hoofdstuk 19

'Opruiming', zei Lena opnieuw tegen Thomas. 'Ze hebben alle sporen en aanwijzingen netjes opgeruimd. Ze wisten dat we kwamen!'

Ze stonden in de lobby van hun hotel, waar een paar grote palmstruiken hun verwaarlozing probeerden te overleven. Bradley, die de jeep had geparkeerd, voegde zich bij hen. 'Het spijt me dat u niet hebt gevonden wat u zocht', zei hij, met het sleuteltje van het voertuig spelend. Hij gaf hun een hand. 'U weet me te vinden als u mij nog nodig hebt?'

'Bedankt voor de hulp, collega', zei Thomas. 'Dit wordt door ons zeer gewaardeerd.'

Terwijl de man naar buiten stapte pakte Thomas Lena bij haar schouder. 'Rustig aan, Beckers. Je gaat dit toch niet opgeven?'

'Wat kunnen we dan nog doen?' vroeg Lena.

'O, een heleboel. Om te beginnen vragen we de scheepsmanifesten van Grimaldi op.'

Lena fronste. 'Hoezo? Wat winnen we daarmee?'

'Wel, dat lijkt me nogal duidelijk, Beckers. Grimaldi deed aan import en export. Er moeten hier dus vervoersdocumenten bij de douane liggen. En die kunnen ons vertellen wat er vervoerd werd. Als mijn vermoeden juist is...'

'We hebben niet de bevoegdheid om die documenten op te vragen, Thomas. Als Bradley dat te weten komt...'

Thomas grijnsde. 'Zie je onze chaperon hier nog rondlopen?'

Lena keek nors. 'Nee. Maar dat wil nog niet zeggen...'

'Toch wel', zei Thomas. 'Geen chaperon, geen remmingen, geen verbodstekens op de snelweg naar de informatie die we dringend nodig hebben. Kom, Beckers, laat je even gaan. Een beetje tempo. We zijn hier niet in Antwerpen.'

❧

Perseyn wuifde in de richting van de stoel aan de andere kant van zijn bureau. Tarik zuchtte even en ging zitten. 'U wilde me zien, chef?'

'Ja', zei Perseyn. Hij streek met zijn rechterhand zijn haren plat. 'Heel eventjes maar. En met één enkele specifieke vraag: heb jij onlangs nog iets gehoord van Sofia?'

Tarik fronste. Er waren tientallen redenen waarom Perseyn die vraag kon stellen. Tarik wist wat de hoofdcommissaris hem had gezegd: geen contact met een verdachte. Maar hij had zich daar niet aan gehouden. Hij oordeelde dat hij zelf slim genoeg was om Sofia te laten geloven dat hij niets anders was dan een kleine crimineel. Ze hadden hartstochtelijk de liefde bedreven, en God, wat een lijf had die meid...

'Tarik?'

'Eh, ja, chef. Ik bedoel: nee. Ik heb...'

'Het is een officiële vraag, Tarik. Ik moet je eraan herinneren dat daarover liegen een strafbaar feit is.'

Tarik was nu bezorgd. Perseyn lachte niet. Hij maakte helemaal geen grapje. 'Komaan, chef', zei hij. 'U bent zo serieus...'

Perseyn bleef hem aankijken. Hij was de slang die zijn prooi niet losliet. En Tarik wist dat hij het juiste antwoord moest geven.

'Maar natuurlijk niet', zei Tarik. 'Ik heb uw raad opgevolgd.'

'Werkelijk?'

Tarik probeerde een meer comfortabele houding op de stoel te vinden. Het was moeilijk om te blijven liegen onder die blik. Hij werd echter gered door Iris, die het kantoor binnenkwam. 'Chef? We hebben weer een dode in de zaak-Grimaldi.'

Perseyn keek op. 'Ja? Wie?'

'De zaakvoerder, Chico Kempes, op Curaçao. Lena en Thomas hebben hem gevonden.'

In het douanekantoor leek de geschiedenis in het midden van de jaren zestig stilgestaan te hebben. Er stond een half dozijn mechanische typmachines, er lagen stapels documenten in verschoten oranje kartonnen mappen te wachten op de rest van de eeuwigheid, de stoelen en bureaus combineerden staal, multiplex en kunststof. Er waren geen computers, er was geen airco, de telefoons waren nog het meest nieuw en dateerden uit de jaren tachtig.

Een grote zwarte man zat met de hoorn van een van die telefoons tegen zijn oor gedrukt. Hij grijnsde breed en kakelde in het Papiaments. Hij negeerde de twee bezoekers. Thomas stapte naar de balie toe, maar de man bleef kakelen en lachen. Ongetwijfeld was hij met een belangrijke zaak bezig, maar Thomas had geen geduld. Hij leunde voorover tegen de balie. De douanier kreeg hem in de gaten en wuifde hem kwaad fronsend terug naar de stoeltjes aan de andere kant van de ruimte.

Thomas maakte een ongeduldig gebaar. De man richtte al zijn aandacht weer op de telefoon.

Lena pakte Thomas bij zijn arm. 'Even geduld, Thomas', zei ze. Ze kreeg een tweede douanier in de gaten die het lokaal binnenkwam. Ze stapte vooruit en deed een extra knoopje van haar blouse open. Dan leunde ze over de balie. 'Meneer', zei ze vriendelijk.

De nieuwe man keek op en liet zich meteen strikken. Even later mepte hij een dikke stapel papier neer voor de twee rechercheurs.

'O,' zei Lena, 'dat valt best mee...'

De douanier grijnsde, stapte achteruit en opende een stalen archiefkast. Die stak vol met identieke mappen waaruit duizenden formulieren puilden. 'Allemaal vrachtbrieven en douanedocumenten', zei hij. 'Daartussenin vindt u Grimaldi. We hebben nog niets gesorteerd.' Hij grijnsde vriendelijk. 'Tekort aan personeel.'

'Shit', zei Lena onderdrukt. 'Ik had beter mijn grote smoel gehouden.' Ze opende de eerste map, die voor hen op de tafel lag. Er waren kopies van documenten en kopies van kopies. 'En ik vrees dat dit onbegonnen werk is. Zonder computers...'

'Ook nog een goedemiddag', zei de stem van Bradley achter hen.

Ze keken om. De politieman stond achter hen te glunderen, maar met een kwaadaardige glinstering in zijn blik. 'Leefde ik met het vermoeden dat jullie sporen opgedroogd waren, en dat ik jullie dus rustig jullie gang kon laten gaan. Maar was er ook geen afspraak van het houden aan regels? En toch gaan jullie op eigen houtje op onderzoek, iets waarvoor jullie niet gemachtigd zijn?'

'Geef ons wat ruimte, Bradley', zei Thomas. 'We hebben echt wel een goed spoor nodig, anders is ons bezoek nutteloos geweest.'

'Opruimen', zei Bradley boos.

Thomas stapte op hem toe, maar hield zich in. Hij kneep zijn vuisten samen. 'Apenland!' zei hij, gefrustreerd. Hij ging naar buiten.

Bradley hield Lena tegen. 'Waarom is hij zo gespannen?'

'Hij is persoonlijk betrokken bij deze zaak', zei ze.

Bradley keek verbaasd.

'Zijn vrouw werd vermoord door mensen die ook met Grimaldi te maken hebben.'

Bradley keek Thomas bedachtzaam achterna.

∂∽∾

Lena wandelde de bar van het hotel binnen, waar de onbekommerde toeristische sfeer van het eiland extra in de verf gezet werd met namaakpalmen, cocktails met kleurige parapluutjes en steeldrummuziek. Het was oogverblindend authentiek, dacht ze sarcastisch. De man aan de balie had haar, op haar vraag, de bar aangewezen, met de verzekering dat meneer Verhaege daar te vinden zou zijn. In zijn jeans en streepjeshemd paste hij helemaal niet aan de bar, maar het glas rum vóór hem was halfleeg en het was een groot glas. Ze ging op een stoeltje naast hem zitten en zei tegen de barman: 'Piña Colada.'

Thomas keek haar eventjes aan, duidelijk niet van plan haar enthousiasme te delen. 'Moet je niet bij je vriendje Bradley zijn?' vroeg hij.

Lena kreeg haar drankje en negeerde zijn vraag. Thomas wilde van zijn rum drinken, maar een man botste tegen hem aan zodat hij morste. Hij stoof meteen op en kwam dreigend overeind. 'Hé, klootzak! Wat moet dat? Zit ik hier in de weg of wat?'

Lena pakte hem bij zijn arm en hield hem tegen, wat niet moeilijk was want hij stond niet stabiel. 'Rustig aan, Thomas. Het is een ongelukje.' Tot de man, een potige halfbloed, zei ze: 'Het is niets, meneer. Let er niet op.'

Ze trok Thomas weg van de bar en zette hem aan een tafeltje. De oplettende barman, die geen problemen wilde in zijn etablissement, bracht hun drankjes. Thomas keek op. 'Breng nog een rum', zei hij.

Lena schudde haar hoofd tegen de barman. 'Thomas,' zei ze, 'ik begrijp je verdriet...'

'Je begrijpt er niks van', zei Thomas met dikke tong.

'Toen mijn moeder stierf...' En voor ze het zelf in de gaten had voelde ze iets prikken, ergens achter haar ogen. Ze haalde diep adem. Dit was niet het moment om Thomas eraan te herinneren dat haar leven verre van gladjes was verlopen. Ze zou dat niet doen, in de eerste plaats al niet omdat ze daar zo goed als nooit over praatte. Niet met de leden van het team. En misschien ook niet met Thomas. Hoewel ze op zeker moment voor hem een uitzondering wilde maken. Maar niet vandaag. 'Hoe lang het ook geleden is, het blijft pijn doen. Maar je gaat leven met die pijn. Er zijn momenten waarop hij... waarop hij sterker is, maar meestal kun je ermee leven. Thomas?'

'Mmm?'

'God, Thomas, laat me die clichés niet opnieuw herhalen. Het is laat geworden. We zijn al een hele tijd aan de gang. Ik ga slapen. Jij ook?'

'Ja. Zo meteen.'

'Thomas!' zei ze, waarschuwend.

'Nee, nee, geen alcohol meer.'

Ze kwam overeind. 'Goed. Tot morgen dan maar.'

Hij keek haar achterna. Dan bleef hij naar zijn bijna lege glas staren. Een nieuw glas werd op het tafeltje gezet, en met rum gevuld. Hij wilde een afwerend gebaar maken, maar de barman zei: 'Van die meneer aan de bar.'

Thomas keek op. Aan de bar stond Bradley, de strenge politieman. Hij had zelf een glas in zijn hand en kwam naar Thomas toe.

'Ga je mij stalken?' vroeg Thomas. 'Is dat hier niet strafbaar?'

Bradley schudde zijn hoofd. 'Ik kom mij verontschuldigen', zei hij.

❧❧

De ochtend erop slaagde Thomas erin om uit bed te kruipen, onder de douche te gaan staan en het hete water tien minuten lang te verdragen, ook al schreeuwde zijn lichaam dat al deze activiteiten een aanslag waren op zijn fysieke en geestelijke gezondheid. Buiten kondigde de wereld zich schitterend en vrolijk aan, maar zijn hoofd vertelde hem dat hij uitgedroogd was vanwege de alcohol, die daarenboven een aanzienlijk deel van zijn brein weggevreten had. Toen hij de badkamer uit kwam merkte hij een velletje papier onder de voordeur. Er stonden maar enkele woorden op, en geen daarvan was troostend: *Aan het zwembad, nu.* Hij probeerde zich de inhoud van een concept als *zwembad* te herinneren.

Hij kon een jonge bediende ervan overtuigen zijn ontbijt te serveren aan een tafeltje bij het voornoemde zwembad, waar Bradley op hem zat te wachten. De man droeg een beige pak, een lichtblauw hemd en een zonnebril. Het was buiten nog aangenaam koel, wat Thomas kon appreciëren. Beetje bij beetje keerde hij terug tot het universum van de normaal functionerende mensen.

'Een glaasje rum?' vroeg de politieman.

Thomas glimlachte en schudde zijn hoofd. Ze hadden de avond ervoor nog een paar uur bij elkaar gezeten. Hij was gemakkelijkheidshalve zijn belofte aan Lena vergeten en had nog verscheidene glazen rum gedronken. Er werd een punt overschreden waarna hij niet méér dronken kon worden. De staat van zijn hoofd, tong, ogen en gewrichten vertelden hem vanmorgen een ander verhaal. Soms was te veel gewoon alleen maar te veel.

'Ik heb iets voor jou, Thomas', zei Bradley. Hij nam een enveloppe op een stoel naast hem. Het was een dikke enveloppe. 'Beschouw het als een dienst die niet om een wederdienst vraagt.'

Thomas haalde er een dik pak *shipping manifests* uit, allemaal van Grimaldi Co. Hij keek Bradley verbaasd aan.

'Ik heb wat hulp gevraagd van de lokale autoriteiten bij het verzamelen van informatie over een belangrijke zaak', zei de politieman. 'Het is verbazingwekkend wat zo'n officiële opdracht doet met de efficiëntie van bepaalde diensten. Douane, bijvoorbeeld. Ik had begrepen dat jullie daar niet zo'n succes hadden.'

'O', zei hij. 'God, precies wat we nodig hebben. Fantastisch.'

'Ik hoop', zei Bradley eenvoudig, 'dat je de klootzak vindt die je vrouw heeft vermoord.'

Hoofdstuk 20

Iris zat samen met Tarik en Perseyn in de plottingroom, waar de jaloezieën waren neergelaten zodat ze de schermen beter konden zien. Op het blad van haar bureau lagen de vier pagina's van de e-mail uit Curaçao. Thomas had zo veel mogelijk details doorgestuurd, schijnbaar opgelucht omdat het onderzoek iets opbracht.

'Volgens deze scheepsmanifesten', zei Iris, 'is Zavel nv de bestemmeling van de goederen die door Grimaldi Co werden verstuurd. Vraag is: wat hebben Grimaldi en Zavel gemeen?'

'Depretere', zei Tarik. 'Hij zit daar telkens in het bestuur.'

'Precies. En het gaat om een exclusief contract tussen beide bedrijven. Hij zorgt dus goed voor zichzelf.'

'Dat zouden we allemaal doen. En waar is Zavel nv gevestigd?'

'Gewoon hier in Antwerpen', zei Iris. 'Het bestaat nog maar vier maanden en de dagelijkse zaken worden gerund door een zekere Jamal Bouchouari.'

'Vier maanden', zei Tarik. 'Dat is opmerkelijk. De kwartaalafsluiting van de btw komt dichtbij. Zo'n jong bedrijf en toch al heel wat transacties.'

'Precies mijn idee ook', zei Iris. 'Een bijna perfect voorbeeld van een btw-carrousel. En die meneer Bouchouari, die heeft wél een strafblad.'

Perseyn las de biografie van de betrokkene. 'Mmm', zei hij. 'Winkeldiefstallen, autoradio's stelen, een inbraakje. Dat is niet bepaald een internationale crimineel. Zelfs niet van het niveau van Depretere. Hij is duidelijk een stroman.'

'Wanneer een btw-inspecteur de zaak van nabij bekijkt, is Zavel nv al lang opgedoekt.'

Perseyn leunde achterover.

'Dankzij Thomas', zei hij, 'hebben we nu wat voorsprong op die organisatie. Ga maar achter die meneer Bouchouari aan.'

'Meteen gebeurd', zei Tarik.

❦❧

Wie dat niet zo'n goed idee vond, was Rodrigo, die via een koptelefoon zat te luisteren naar het gesprek. Hij leunde achterover en dronk van het blikje cola. Dan trok hij aan zijn sigaret.

Hij vond zichzelf een hele bink. Niet alleen had hij zonder veel moeite het hologram gestolen uit het kantoor van Ecofin, hij had er ook een onschuldig ogende rekenmachine achtergelaten, met een krachtige microfoon en een zendertje. Hij was écht goed in wat hij deed. Natuurlijk werd hij niet voldoende gewaardeerd door zijn opdrachtgevers. Ze keken altijd over de kleine zelfstandigen heen. Maar hij zou zijn kans nog wel krijgen. Hij was nu in een grote zaak verwikkeld. Hij wist dat hij binnenkort veel geld kon rapen.

En nu had hij genoeg gehoord. Hij sloot de verbinding en pakte zijn gsm.

❦❧

Deze keer keek Bradley niet zo gelukkig. Hij keek alsof zijn favoriete hond dood was. Of als een politieman die opnieuw een lijk ontdekt heeft maar nog niet in het reine is met het vorige. Dat laatste was het geval. 'En wie is het?' vroeg Thomas. 'Is het iemand die wij kennen?'

Hij liep met Lena achter Bradley over het strand. Verderop waren zwarte en donkerblauwe visserssloepen aan land getrokken en hingen netten tussen palen te drogen. Achter hen, tussen de duinen, lag een villawijk. Het strand leek een niemandsland, waar geen toeristen kwamen. Ze liepen in de richting van vier voertuigen. Twee politiejeeps, een ambulance en een zwarte bestelwagen. Overal ter wereld betekende dit dat er een lijk was gevonden.

De forensische equipe bestond uit twee mannen in witte overalls die foto's maakten van het lijk. Een oudere zwarte politieman drukte Bradley de hand, keek nieuwsgierig maar zonder iets te zeggen naar de bezoekers.

'Het is Robert Luyten', zei Bradley. 'Een executie. Net zoals meneer Doggie.'

'Zelfde wapen?' vroeg Thomas.

'Weten we nog niet, maar daar kunnen we van uitgaan, vind je niet? Hoe dan ook met een geweer, van op een afstand, nemen we aan.'

Thomas trok een gezicht. Maar deze keer had hij zijn emoties onder controle. Hij keerde zich naar Lena. 'Ik stuur meteen een mail naar Perseyn. Er wordt hier hard gewerkt om de lokale sporen uit te wissen.'

'Ja', zei ze. 'Hopelijk houden ze ginder nog iemand in leven.'

Thomas wendde zich tot Bradley. 'Ik wil een huiszoeking bij Luyten. Die had hier toch wel ergens een optrekje, neem ik aan.'

Bradley knikte en haalde een rood notitieboekje tevoorschijn uit de binnenzak van zijn jasje. 'Heb je een goede reden om een huiszoeking te vragen, commissaris?' vroeg hij. 'Want net zoals in België – of in Nederland – moet een procureur daarmee instemmen.'

'De man werd vermoord, en hij is betrokken in een zaak van internationale fraude en fondsentrafiek. Is dat voldoende?'

Bradley knikte terwijl hij iets in het boekje schreef. 'Voor mij wel.' Hij pakte een gsm en verwijderde zich. Lena en Thomas bleven op twee meter afstand van het lijk, dat al in een zwarte zak zat. 'Wil je hem zien?' vroeg Thomas aan Lena.

'Nee', zei ze. 'Interesseert me niet.'

'Mij ook niet', zei Thomas.

Bradley kwam teruggewandeld. 'We krijgen een bevel', zei hij. 'We hoeven er zelfs niet op te wachten. Ik neem aan dat je snel wilt handelen?'

'Ja', zei Thomas. 'Voor zijn huis ook leeggehaald is.'

'Het is een flat', zei Bradley. 'Hij had een sleutelbos bij zich. We zijn er in tien minuutjes. Het is niet ver.' Tien minuten later stonden ze op het trottoir voor een in rode baksteen opgetrokken gebouw van drie verdiepingen, netjes onderverdeeld in zes flats. Aan de overkant van de straat was een parkje. 'Woonde best leuk', was de commentaar van Lena.

Bradley stapte op de voordeur toe en opende die, na even zoeken naar de juiste sleutel. Er was geen lift, maar Luyten woonde slechts één hoog. Voor de deur van de flat stopte Bradley. Hij maakte het veiligheidslipje van zijn holster los. 'Misschien zijn wij niet de eerste', zei hij.

Thomas en Lena, die geen van beiden gewapend waren, bleven achter hem staan. Bradley opende de deur van de flat. Hij stapte voorzichtig naar binnen. De flat bestond uit een grote woonruimte en een kleinere slaapkamer. Er was niemand. Thomas merkte meteen de goedkope meubels op, het gebrek aan huiselijkheid, net een hotelkamer.

'Hij woont hier maar enkele maanden per jaar', concludeerde Lena. Ze begon kasten open te gooien. Even later hadden ze met zijn drieën een dozijn klasseermappen verzameld en stapels documenten in laden gevonden. Er stond ook een laptop in de slaapkamer.

'Een leuke job heb je', zei Bradley. 'Wekenlang door deze stapels informatie waden, ik wens het mezelf niet toe.'

Thomas rekte zich uit. Hij was nog steeds aan slaap toe. Maar Bradley had gelijk: dit was een onverwachte vangst, maar het zoeken naar de echte schatten zou veel tijd vergen. 'We moeten dit meenemen naar België', zei hij. 'Kan dat geregeld worden?'

Bradley trok een gezicht dat noch nee noch ja betekende. 'Ik zorg voor het nodige papierwerk bij de procureur, Thomas, maar die papierrommel slepen doe je zelf.'

❧❧

'Hij komt naar buiten', zei Tarik in zijn microfoontje.

'Volgen', hoorde hij in zijn oor. Het was de stem van Perseyn, die aan de andere kant van de straat stond. Tarik kwam meteen in beweging en volgde een veertigjarige Noord-Afrikaan die zonet een gebouw uitgekomen was op De Keyserlei. Het was de slechtst mogelijke locatie voor een operatie. En met z'n drieën dan nog. De man die hij volgde was Jamal Bouchouari, zaakvoerder van Zavel nv, die hun waarschijnlijk het een en ander kon vertellen over de activiteiten van Grimaldi en van zijn eigen bedrijf.

'Hij loopt de Vrijheidsstraat in', zei Iris in zijn oor.

Tarik volgde de man, die lang genoeg was om tien centimeter boven de gemiddelde passant uit te steken. Dat was makkelijk. Het was het enige element in het voordeel van de rechercheurs. Perseyn wist dat ze met te weinig waren, maar het was allemaal te snel moeten gaan, zeker na de onheilspellende mail van Thomas over de dood van Luyten. Ze moesten Bouchouari meteen oppakken, voor ook hij van het terrein zou verdwijnen.

'Shit', zei Iris plots.

'Wat is er?' vroeg Tarik.

'Die valse technicus... Hij volgt Bouchouari ook. Aan mijn rechterzijde, op twee uur.'

Tarik rekte zich uit, maar zag niemand die hij kende. Hij richtte zijn aandacht weer op Jamal.

'Dichter aansluiten', zei Perseyn.

In de Kasteelpleinstraat liepen er minder passanten. Tarik had meteen een beter zicht op de situatie. Bouchouari liep tien meter voor hem uit. Daarachter stapte driftig een andere man, die plots zijn hand onder zijn jekker liet verdwijnen. 'Wapen!' zei Tarik meteen. Hij trok zijn eigen pistool en zette het op een lopen. Hij zag hoe Rodrigo zijn wapen op de nietsvermoedende Bouchouari richtte. 'Halt!' riep hij. 'Politie! Laat dat wapen vallen!'

Rodrigo keek om en zag Tarik. Ook Perseyn en Iris doken op. Hij draaide zich om en zette het op een lopen, de Begijnenvest in. 'Wij pakken Bouchouari', zei Perseyn. 'Tarik, achter die technicus aan!'

Tarik holde achter Rodrigo, die heen en weer zwalpte over het trottoir, om voorbijgangers te vermijden. Tarik hoorde dat Perseyn de lokale politie opriep, maar zelf rekende hij niet op een passerende patrouille. Als hij niet zelf de man te pakken kreeg, verdween die waarschijnlijk voorgoed.

Rodrigo zwenkte plots een steegje in, waar zijn schoenen over de stenen kletterden. Tarik volgde hem. In snelheid kon hij het niet halen, maar uiteindelijk zou de man ergens moeten stoppen. Liefst lang voor Tarik geen adem meer kon halen.

Plots dook de man weg achter een rij stalen vaten. Tarik drukte zich snel tegen de muur en de kogel, die voor hem bestemd was, sloeg twee meter achter hem stukken uit de muur. Waarom, vroeg hij zich af. Was de man plots radeloos geworden?

Hij richtte zijn eigen wapen maar schoot niet. Er waren geen passanten in het steegje, en ze bevonden zich tussen twee gebouwen zonder ramen, dus er konden geen onschuldige slachtoffers vallen, maar hij wist dat hij niet in het openbaar moest gaan schieten als dat niet echt nodig was. 'Nou, vriend', riep hij. 'Wat wordt het? Gaan we het hier uitvechten, of kom je gewoon mee?'

Als antwoord ketste een tweede kogel een eind verderop tegen een stalen plaat.

'Oké', riep hij opnieuw. 'Je hebt je bril vergeten. Gooi dat wapen weg. Zo meteen is de cavalerie hier. En die schiet terug.'

Opnieuw kletterden schoenen over de straatstenen. Tarik zette zich weer in beweging. De man had nu iets meer voorsprong, maar verwaarloosbaar. Hij zou niet ontkomen.

Rodrigo was aan het eind van het steegje gekomen. Tarik wist waar dat op uitkwam. Rodrigo schijnbaar niet. Hij liep zonder vaart te minderen vooruit, de Britse Lei over, en haalde nipt de eerste drie meter. Dan werd hij door een grote bestelwagen opgeschept, klapte tegen de voorruit van het voertuig aan en ging verscheidene meters de lucht in.

಄⸱ఆ

De drie technici wensten hoofdcommissaris Perseyn nog een prettige dag nadat ze hun materiaal hadden opgeborgen. Ze lieten de ontmantelde zakrekenmachine achter op zijn bureau, als een soort van ironisch aandenken. Het machientje was gedemonteerd en de microfoon die erin zat was losgekoppeld.

'Het zal verdomd de laatste keer zijn dat we ons zo laten vangen', zei Perseyn. Hij zag er vernederd uit. 'Waar staan we nu? Staan we eigenlijk ergens?'

Iris vouwde haar ene been over haar andere. 'De betrokkenen in Curaçao zijn dood. Joyce en Depretere zijn dood. De man die we kennen als Harry is dood. De anonieme inbreker – die Rodrigo Fuentes blijkt te heten – en die het zendertje plaatste en het hologram stal: dood.'

'En dat allemaal voor het hologram,' zei Perseyn, 'want die hele btw-carrousel kan niet zo belangrijk zijn dat daarvoor al die mensen moesten sterven.'

'Onze vriend Bouchouari mag blij zijn dat hij in onze cel zit.'

'Wat heeft hij te vertellen, over zijn zaak?'

Iris keek naar haar handen. 'Een man die hij identificeerde als Glenn Depretere sprak hem een half jaar geleden aan om oprichter en zaakvoerder te worden van een nieuw bedrijf. Dat werd dan Zavel nv. De rest van het verhaal kunnen jullie wel raden. Onze vriend Bouchouari, een gangstertje van klein formaat, zag zichzelf plots gekatapulteerd als een internationaal manager en tekende alles wat Depretere onder zijn neus duwde. Hij incasseerde zijn royale loon en verder weet hij van niks. Het gebruikelijke verhaal.'

'Lever hem uit aan de lokale gerechtelijke. Hebben we een adres van die Rodrigo?'

'Turnhoutsebaan 45', zei Iris.

Tarik keek op. Maar hij verraadde zich niet. Hij kende dat adres. Het was waar Sofia woonde. Rodrigo? De man die hij had achtervolgd en die op hem had geschoten? Iemand die wat had met Sofia? Was zij betrokken bij de ontvoering en de dood van Eva? Was zij betrokken bij het complot rond het hologram? Als dat het geval was, dan moest hij Perseyn daarover inlichten.

'Maar', zei Iris, 'ik ben nog niet klaar met Bouchouari. Het interessante is, dat zijn contactpersoon – buiten Depretere dan – een zekere Wally Donckers is. Die man blijkt zaakvoerder te zijn van een lokale vestiging van The Phone World, een keten van gsm-winkels. Die zit dus ook in dat complot, samen met Depretere.'

'Dat moeten we van dichtbij bekijken.'

'Het wordt nog interessanter', vervolgde Iris. 'Eigenaar van die hele Phone World is Ilona Muller. En Ilona Muller...'

'Is de echtgenote van een oude bekende, namelijk Dirk Vermeulen', zei Tarik. 'De man die, dankzij ons undercoverwerk in Brussel, wegens drugs en fraude in voorarrest zit.'

'Mmm, interessante contacten', zei Perseyn.

Iris keek voldaan. 'De boekhouding van The Phone World wordt gedaan door het kantoor van Robert Luyten.'

'Allemaal oude bekenden', zei Perseyn. 'Allemaal één grote en gelukkige familie, maar die vandaag uit elkaar aan het vallen is. Spit dat hele zaakje uit, Iris. Ik wil dit spoor deskundig en tot op het bot onderzocht hebben.'

Iris kwam overeind. 'Zal ik doen.'

Tarik nam Perseyn apart. 'Een klein detail', zei hij.

'Ik moet de hele papierwinkel over die Rodrigo nog schrijven', zei zijn chef. 'Snel dan.'

'Ik ken dat adres van die man', zei Tarik. 'Rodrigo, bedoel ik. Sofia woont daar ook, op dat adres.'

Perseyn keek Tarik aan met die blik van hem, die niet beschuldigde maar niettemin sprak van teleurstelling in het uitgeleende vertrouwen. 'Jij hebt toch geen contact meer met haar, hoop ik. Dat hadden we afgesproken...'

'Ik vrees van wel. Ik heb...'

'Dat kunnen we in deze ploeg niet hebben, Tarik. Als ze op hetzelfde adres als die Rodrigo woont, is er een band tussen hen beiden. Dus is ze betrokken bij het complot. Met haar achtergrond... Godverdomme, Tarik, je kent haar achtergrond even goed als ik. Misschien heeft zij iets te maken met de moorden op Depretere en Eva. Heb je daaraan al gedacht?'

'Ja', zei Tarik. 'Ik weet het. Daar dacht ik net ook aan. Wat moet ik...?'

Perseyn streek met zijn vingers over zijn voorhoofd. Het was een gebaar dat Tarik nog maar zelden had gezien. Zijn baas was van streek. 'Je blijft gewoon weg uit haar buurt', zei Perseyn. 'Tarik? Dat is een bevel.'

❧

Thomas zat op het terras van zijn kamer, met een kop sterke koffie naast zich. Hij hield zijn gsm tegen zijn oor. Wat hij te horen kreeg was niet bemoedigend. 'Dus die Luyten zat wel degelijk in dat hele complot?'

'Ja', zei Perseyn aan de andere kant, een continent verderop. 'En daarom moest hij dood. Het spijt me, Thomas...'

'Mij niet, chef. Van dat soort ongedierte zijn we verlost.'

'Ik bedoel: het spijt me omdat we nog steeds geen spoor hebben dat naar de moordenaar van Eva leidt. Al deze zaken, die hele zwendel met facturen en die ontdoken btw, dat is allemaal maar bijzaak gebleken. De mensen die wij oppakken zijn pionnen. Kleine bedienden in een groot bedrijf waarvan de managers onvindbaar zijn.'

'Ze zijn niet onvindbaar', zei Thomas vastbesloten. 'Wij hebben alleen nog niet hard genoeg gezocht.'

'O,' zei Persyn, 'we zijn van plan nog heel hard te zoeken, Thomas. Dat garandeer ik je. Ik heb Iris en een lokaal team van de gerechtelijke politie naar de flat van Luyten en naar zijn kantoor gestuurd om alles in beslag te nemen wat we in deze zaak kunnen gebruiken. Ze belde me net terug en ze sprak van een bestelwagen vol documentatie. Waarschijnlijk een beetje overdreven, maar niet veel.'

'Zelfde hier', zei Thomas. 'Ik zal alles laten inpakken en met een koerier naar Antwerpen sturen. Doe ik meteen.'

Het was een moment stil. Thomas wist waarom: Perseyn zat te knikken bij wijze van instemming. 'Iris weet dat we hulp nodig hebben', zei hij ten slotte. 'Ik zorg er wel voor dat ze die krijgt van ervaren rechercheurs.'

Douglas stapte de luxueuze loft in en keek om zich heen. Hij was tevreden over zijn keuze. Dit soort luxe was verslavend. Een uitzicht over de stad, alsof je er heer en meester was. Een uitzicht op de hemel boven de stad, alsof je elke wolk je eigendom kon noemen. En de ruimte die je ter beschikking had: een woonkamer en een aanpalende keuken, en vier slaapkamers, twee badkamers, een dressingroom, veel bergruimte. Ramen die de hele buitenmuur besloegen, net of je geen privacy hoefde – en zo hoog had je geen privacy nodig.

En dit allemaal als een tijdelijk onderduikadres. Een plek die hij niet zijn thuis zou noemen.

'Volstaat het?' vroeg de man die hem had binnengelaten. Hij stak Douglas de sleutel toe. 'Hier komt de volgende maanden niemand. De prijs ligt te hoog, maar de eigenaar, die in het buitenland woont, wil die niet laten zakken.'

'Ja, het kan ermee door', zei Douglas achteloos. 'Hier kijken ze niet naar binnen.' Hij haalde een enveloppe uit de zak van zijn jas. 'Dat is voor jou.'

'Uitstekend', zei de man, en stak de enveloppe weg zonder naar de inhoud ervan te kijken. Hij vertrok zonder nog een woord te zeggen. Het bordje Te huur bleef gewoon hangen, beneden in de lobby.

Douglas draaide zich om naar Sofia, die hem vanuit de hal was gevolgd en die door het raam naar het indrukwekkende panorama keek. Hij haalde een foto uit zijn zak en stak die naar haar uit. 'Kijk hier even naar, wil je?'

Sofia nam de foto aan en keek ernaar. Ze zei niets. Dan gaf ze de foto terug aan Douglas. Hij verwachtte geen reactie, hoeveel indruk de foto ook op haar maakte. 'En nu?' zei ze. Op de foto stond Tarik, met een politieband om de arm, in het gezelschap van twee politiemannen in uniform. Tarik, die haar al zo lang geleden verraden had. Een flik, die zich voordeed als een man van zijn woord, als een man van eer.

Dat moest hard aankomen, dacht hij. Te beseffen dat de man

met wie ze haar bed had gedeeld, een flik was. Iemand die haar op heel wat manieren had misbruikt, en die dat in de toekomst nog zou doen.

Douglas tuitte zijn lippen. 'Laten we hierover nadenken', zei hij. 'Per slot van rekening kan het interessant zijn om een relatie te hebben met een flik.' Hij haalde zijn gsm boven en toetste een lang nummer in. Dan hield hij het toestel aan zijn oor. Toen er opgenomen werd, zei hij: 'I arranged for a place to stay.' Hij luisterde even. Dan zei hij: 'It's fine. Preparations are going exactly as planned...'

Hij sloot het toestel en keek naar Sofia. Haar blik was op de voorbijdrijvende wolken gericht.

Hoofdstuk 21

'Herken je hem?' vroeg Bradley aan Maria, de weduwe van Chico. Hij toonde haar een foto van Robert Luyten. Ze zaten aan een tafeltje in de bar twee huizen van het politiekantoor vandaan. Bradley verhoorde bij voorkeur mensen daar, liever dan op kantoor zelf, waar de airco nooit echt goed werkte. Als hij verdachten ondervroeg, dan deed hij dat graag genoeg in het heetste lokaal dat hij kon vinden, maar de weduwe van Chico behandelde hij met respect. Dat hoorde zo, vond hij. Naast hem zaten Lena en Thomas. Voor hen sprak hij Nederlands, en niet het Papiaments dat hij anders zou gebruiken met Maria.

De man op de foto zag er niet erg gezond meer uit, maar hij had de verdienste in ieder geval nog herkenbaar te zijn.

'Hai', zei Maria heftig. 'Een smerig ventje.' Ze bewoog haar handen voor haar gezicht, als om een slechte geest af te weren.

'Ah, dus je kent hem.'

Ze maakte een gebaar dat niet bepaald getuigde van respect. 'Kennen? Hij kwam in mijn bar en strooide geld rond en maakte mijn man gek ermee. Die liet zich graag genoeg gek maken.'

'Deze man betaalde uw echtgenoot?' vroeg Lena.

Maria knikte.

'Waarom?'

'Was het om papieren te ondertekenen?' vroeg Thomas.

Opnieuw knikte Maria. Ze wist niet welke papieren haar man ondertekende, maar het bracht geld op.

'En zo', ging Thomas verder, 'werd hij zaakvoerder van Grimaldi Co, waar hij verder niks voor hoefde te doen. Wat weet u verder nog over hem?'

'Iedereen kon drinken van zijn geld. Altijd royaal', zei ze.

'Maar uw echtgenoot had niks te maken met Grimaldi.'

'Papieren tekenen', zei Maria, en ze maakte een gebaar dat dit moest illustreren. 'Alleen maar papieren tekenen.' Ze zuchtte. 'Mijn man! Niet slim. Niet slim genoeg voor dit soort mensen. Dit soort duivels.'

༺∞༻

'Er beginnen zich duidelijke lijnen af te tekenen', zei Perseyn, met zijn handen op zijn rug in de plottingroom. 'Ilona Muller is eigenaar van The Phone World, en betrokken bij een grote btw-carrousel, via de goederen die Grimaldi Co aan Zavel nv leverde. Goedkope gsm-toestellen. Ze is ook de vrouw van Dirk Vermeulen, de grootste drugsbaron van het land. Die al twee jaar en drie maanden in de gevangenis zit, door ons toedoen.'

'Het zou dus kunnen', opperde Iris, 'dat Ilona zijn zaakje overgenomen heeft. De drugs en ook de btw-fraude. En dat Depretere dat niet alleen deed.'

'Of', suggereerde Tarik, 'Vermeulen runt de hele zaak nog altijd, vanuit zijn cel.'

'Al die geldstromen leiden ons naar Curaçao en meer bepaald naar Grimaldi.' Perseyn liet twee foto's verschijnen op het smartboard. 'Deze twee heren, Depretere en Luyten, zijn onlangs oneervol ontslagen uit de Grimaldicirkel. Ze wisten te veel.'

'Natuurlijk. Ze kenden de details van de geldstromen.'

'De vraag is: wat is het verband met dat bewuste hologram?'

Iris trok een gezicht. 'Een manier om financiële informatie op te slaan misschien.'

Perseyn schudde het hoofd. 'Nee', zei hij. 'Sorry hoor, maar ik denk dat het hologram heel wat belangrijker is dan dat. Het bevat vitale informatie voor deze mensen. Dat kan natuurlijk te maken hebben met de geldstromen, maar daar heb je dergelijke technologie niet voor nodig.' Hij keek Tarik aan. 'Jouw undercover moet opnieuw geactiveerd worden, vrees ik. Sofia kende Vermeulen en vooral zijn vrouw toch goed?'

Tarik keek verbaasd. 'Opnieuw undercover in die milieus? Meent u dat werkelijk?'

'Heb je daar problemen mee?'

'Kunnen we Sofia niet gewoon verhoren? En uitzoeken wat zij weet? Breng die mevrouw Muller tegelijk ook naar hier.'

Perseyn schudde zijn hoofd. 'En het risico lopen dat opnieuw alle sporen uitgewist worden? Nee, dat kunnen we niet. We moeten uiterst voorzichtig te werk gaan. Er zijn al doden genoeg gevallen.' Hij wierp een snelle blik op Iris, die deze blik beantwoordde. 'Ik wil, Tarik, dat je via Sofia in contact komt met Ilona Muller en dat je voor haar gaat werken. Je undercover-identiteit heeft daar de geschikte achtergronden voor. En dat leidt ons waarschijnlijk naar de moordenaar van Eva. Dat zijn we aan Thomas verplicht, en ook aan onszelf.'

'Goed', zei Tarik. 'Maar voor de laatste keer dan.'

'Wees voorzichtig', zei Perseyn.

❧

Sofia's gsm ging over. Ze nam op. 'Waar ben je?' vroeg Tarik.

Onder andere omstandigheden was zijn stem welkom geweest, maar nu stond Douglas naast haar als een sinistere opzichter uit het dodenrijk. 'Ik ben thuis', zei ze zo neutraal mogelijk. Ze vermoedde dat Douglas mee kon luisteren, of althans zich een goed idee kon vormen van het gesprek. Misschien kon hij haar gedachten lezen. Ze had al vreemdere dingen over hem gehoord.

'Ik kom naar je toe', zei Tarik.

'Niet nu', zei Sofia.

'Dump je mij?' Hij klonk plagerig, niet op zijn hoede. Maar ze wist nu wie hij was, en elke verandering in het timbre van zijn stem was voor haar een bewijs van zijn verraad.

'Nee, nee,' zei ze, 'dat is het probleem niet...'

'Ik kom meteen naar je toe', zei hij, met een glimlach die ze zelfs zo kon horen. Gemeend of niet. 'Ik ben er binnen een kwartier.'

Ze kreeg de gelegenheid niet iets te zeggen want hij had de verbinding al verbroken.

Douglas naast haar grijnsde, niet in het minst om haar verwarring. 'Leuk', zei hij. 'Jullie vormen een leuk stel. Doe je rechercheur de groeten van mij.'

☜❦☞

Perseyn had zichzelf en Iris ingeschakeld om Ilona Muller, de befaamde echtgenote van drugsbaron Vermeulen, te observeren. Hij wilde het woord schaduwen niet gebruiken, omdat daar geen sprake van kon zijn. Ecofin had daar de mensen en de middelen niet voor, tenzij voor een erg korte periode, en van Ilona kon niet verwacht worden dat ze meteen zou opvallen door pertinente misdadige activiteiten.

Een observatie, had hij gezegd. Nu zat hij met Iris voor de imposante maar ietwat protserige villa van het echtpaar Vermeulen. Dat hoorde hij als hoofdcommissaris niet te doen. Hij was een manager, hij organiseerde mensen en middelen. Dat was zijn taak. Maar als hoofdcommissaris kon hij er evenmin omheen dat hij een erg kleine dienst leidde – en dan nog met twee mensen in het buitenland. Dus ging de hoofdcommissaris mee observeren. Het vele papierwerk dat hem als manager werd toevertrouwd moest maar even wachten.

'Er gebeurt niks', zei Iris, 'zolang we haar niet provoceren. Misschien heeft ze zelfs niets te maken met de ontvoerder en moordenaar van Eva en met de mensen achter het hologram. Ze werkt mee aan een btw-fraude, maar wat dan nog?'

'Sporen', zei Perseyn. 'Die hebben we in dit dossier lang niet in overvloed. Depretere wijst naar Luyten, en die wijst via een omweg naar Ilona. Ik volg die aanwijzingen.'

'Ik kan beter mijn tijd steken in het uitpluizen van de papieren van Luyten zelf', zei Iris nukkig.

Hij vermeed haar aan te kijken. Je gaat het me niet moeilijk maken, dacht hij. 'Je hebt toch een team dat dit doet? Heb je geen vertrouwen in hen?'

'Het korps stuurde me vier jonge rechercheurs. Ik gaf ze zeventien trefwoorden. Op basis daarvan hoop ik dat ze relevante informatie vinden in het doolhof dat Luyten thuis en in zijn kantoor naliet.'

'Mmm', zei Perseyn. 'Ik zie wat je bedoelt.'

Iris richtte haar verrekijker op de villa. 'Dat is Rosie', zei ze.

'En wie is Rosie?'

'Een vriendin. Voor zover ik te weten ben gekomen een ware hartsvriendin van Ilona Muller. Echt aandoenlijk hoe die twee aan elkaar klitten. Enfin, sociaal toch. Kindertjes naar school en naar huis, balletles, zwemles.'

'Twee brave huismoedertjes', zei Perseyn. Hij zei het neutraal. Het klonk niet denigrerend. Dat waagde hij niet. Niet in de buurt van Iris.

'En toch frauderen ze dat het een lieve lust is', zei Iris. 'Die Phone World, fraude met btw enzovoort. Wat ik me afvraag...'

'Ja?' zei Perseyn.

'Ze heeft natuurlijk een hoop cash geld te versassen. Er komt geld binnen van de gsm's die ze onder de toonbank verkoopt enzovoort. De drugs misschien ook nog.'

'Wat doet ze met die cash, bedoel je?' zei Perseyn.

'Ja', zei Iris. 'Wat doet ze met die cash?'

⸙

Sofia draaide zich om en keek naar de klokradio. 'O', zei ze. 'Ik moet weg.'

'Wacht nog even', zei Tarik, naast haar.

Ze trok het laken over haar borsten en keek naar hem, naar zijn lichaam, naar zijn handen en zijn schouders. 'Het spijt me', zei ze. 'Ik moet nog wat dringende dingen doen.' Ze kwam overeind, liet het laken van zich af glijden en stapte naakt naar de badkamer, zich bewust van het effect dat dit had op Tarik.

'Sofia?' zei hij.

'Ja', zei ze vanuit de badkamer.

'Ik heb gelogen tegen jou.'

'Ah?' vroeg ze. Ging hij haar nu vertellen dat hij een flik was? Ging hij haar nu uiteindelijk zijn ware persoonlijkheid tonen? Want dat betekende dat hun relatie voor hem meer waard was dan zijn job. En daarop hoopte ze. Ze wist dat ze naïef was. Hopeloos naïef zelfs. Maar als er één moment was waarop hij haar hoop kon geven op een toekomst samen, dan was het wel nu.

'Ik ben werkloos', zei hij. 'Ik bedoel: ik heb geen job.'

Ze zei niets.

'Kun jij niets voor me regelen? Je hebt toch heel wat connecties?'

Ze bleef in de spiegel kijken. Dom wicht, dacht ze. Onnozele geit. Waarom dacht je dat hij zijn ziel voor jou zou blootleggen? Hij is een flik. Hij heeft jou de hele tijd al verraden. En hij zal geen moment aarzelen om jou achter de tralies te krijgen als hij weet dat je iets verkeerds gedaan hebt.

Ze kreeg te laat in de gaten dat er een traan over haar wang liep.

Godverdomme, dacht ze.

'Dat zal niet gaan', zei ze gesmoord.

'Ik rekende echt op jou', zei hij.

Klootzak, dacht ze. Ik rekende op jou. En kijk waar ik nu sta. Ik sta hier godverdomme te huilen als een kind, en dat kan ik niet hebben.

'Ik moet werken', zei ze. Hard. Zonder compromis. 'Ga nu maar.' Ze bleef in de badkamer wachten tot hij vertrokken was. En hij vertrok zonder nog iets te zeggen, alsof hij voelde dat zijn aanwezigheid te veel geworden was.

❧

'Een Rubens?' vroeg Iris.

'Waarom niet', zei Perseyn. Hij had net al rondkuierend getelefoneerd en ging weer achter het stuur zitten. 'Onze mevrouw Ilona heeft goede smaak, dus wil ze een schets van Rubens kopen. Driehonderdduizend euro. Een koopje, neem ik aan. En de verkoper wil contanten.' Hij had een paar mensen gebeld nadat ze het onderwerp van hun gesprek bij een befaamde kunsthandelaar hadden zien binnengaan en er haar nadien met een brede glimlach weer naar buiten hadden zien komen.

'En die wil ze nu kopen? Via een officieel kanaal?'

'Een bonafide handelaar. Waarom verbaasd, Iris? Kunst kopen en verkopen is een goede manier om zwart geld wit te wassen.' Hij keek haar aan. 'Is er iets?'

'Waar is Tarik mee bezig?'

'Is er een probleem? We zijn toch een team?'

Ze keek hem niet aan. 'Zoals met het hologram. Zoals met Eva.'

Hij zei een moment lang niets.

'Thomas mocht het niet weten', zei ze. Toen hij niet antwoordde, barstte ze uit. 'Verdeel en heers, dat is wat jij doet, Steven. Je laat de leden van je team onverantwoorde risico's lopen, en daarom is Eva nu dood. En daarna hou je Thomas in het ongewisse over bepaalde details van deze zaak.'

Perseyn bleef kalm, ook al voelde hij zich niet zo. 'We konden Eva niet redden, Iris. Dat was mijn inschatting. Die ontvoerder zou haar hoe dan ook gedood hebben. Die man laat geen sporen na. En geen getuigen. En Thomas... hij moet kunnen blijven functioneren. Daarom is het beter dat hij sommige dingen niet weet.'

Iris zweeg. Ze had een heleboel dingen te zeggen, maar die kon ze niet kwijt zonder haar professionele relatie tot haar chef in gevaar te brengen. En dan zou het onderzoek daaronder lijden. Dus deed ze het niet.

Ze was nog steeds nukkig toen ze een uurtje later aan haar computer zat en de telefoongesprekken van Ilona Muller afluisterde. De banaliteit daarvan maakte haar dag niet beter. 'Het perfecte moedertje', zei ze, toen Perseyn passeerde. 'School, kunst, ballet. Geen woord over geld, over drugs, om het even wat.'

'We moeten haar uit haar tent lokken', zei Perseyn. 'Dat zaakje met die Rubens zet me aan het denken.' Hij ging zitten op de stoel aan de andere kant van het bureau. 'Als we haar rekeningen blokkeren...'

Iris keek op. Misschien werd het toch nog een interessante dag.

'Ja, wat dan?'

'Ze wil die Rubens kopen. Ze zal dat snel moeten doen, denk ik. Er zijn waarschijnlijk andere kapers op de kust. Ze is het soort vrouw dat haar prooi niet loslaat.'

'Maar als ze niet meer aan haar officiële geld kan...'

'Dan komen er zwarte fondsen boven.' Perseyn kwam overeind. 'Ik denk dat ik de onderzoeksrechter bel...'

❧

Ilona keek woedend naar advocaat Weckx. Die stond bij het grote raam van haar villa naar buiten te kijken, waar een technicus van de telefoonmaatschappij aan een kabeldoos werkte. Hij had een glas cognac in zijn hand. 'Het is een gebruikelijke procedure', zei hij rustig. Het was zijn job om radeloze klanten te kalmeren met het oog op onvermijdelijke gebeurtenissen.

'Maar mijn rekeningen blokkeren!' brieste Ilona. 'Ik sleur die man van de bank door de telefoonlijn!'

'Die man van de bank kan daar niets aan doen', zei Weckx, zich naar haar omdraaiend. 'Als de onderzoeksrechter beslist om jouw rekeningen te blokkeren, dan moet je daar even mee leren leven. Eerst moet je bewijzen op tafel leggen dat je inkomsten legaal zijn...'

'Ik betaal jou om dat soort problemen op te lossen!'

'En ze zullen worden opgelost, reken maar. Het duurt een paar dagen. Ik heb al een afspraak met die onderzoeksrechter.'

'Een paar dagen? Ik wil een Rubens kopen! En die veiling gaat vandaag door!'

Hij dronk zijn cognac op. 'Er zijn nog heel wat Rubensen in de wereld, Ilona. De flikken willen dat je met zwart geld bovenkomt. Je past dus wel op.'

'Dat soort van goede raad kan ik missen', riep Ilona. 'Zorg ervoor dat mijn geld vandaag vrijkomt...'

Weckx knikte en pakte zijn aktetas. 'Ik zal kijken wat ik in dat korte bestek kan doen. Knoop mijn goede raad in je oren.'

Hij was nog maar net de deur uit toen ze haar gsm pakte. Ze toetste woest een nummer in. Ze wist dat ze moest kalmeren, maar ze zou zich door de flikken en door een stomme onderzoeksrechter niet laten doen. Daar kon geen sprake van zijn.

'Ja?' zei Rosie aan de andere kant van de lijn.

'Ilona hier. Er is balletles vandaag.'

'O', zei Rosie, verbaasd. 'Ik dacht dat...'

'Het doet er niet toe wat jij denkt, *schattie*', snauwde Ilona. 'De leraar komt vandaag.'

Een eind daarvandaan zaten Perseyn en Iris achter de computer naar het gesprek te luisteren. 'Waar gaat dat nu weer over?' vroeg Iris.

Hoofdstuk 22

Iris keek naar het scherm van haar computer, waarop de villa van Ilona te zien was. Het beeld was van uitstekende kwaliteit, zelfs in kleur, dankzij de camera die een als technicus vermomde medewerker een uurtje eerder had geplaatst tegenover het huis. Ondertussen werkte ze aan een lijst met rekeningnummers die Thomas haar vanuit Curaçao had doorgestuurd en die hij had gevonden in een document van Luyten.

Haar aandacht werd getrokken door een beweging. Een auto reed de oprit naar de villa op. Een jonge vrouw en twee kinderen stapten uit. Iris herkende Rosie, de hartsvriendin van Ilona Muller. Een van de kinderen had een grote teddybeer vast, de andere een rugzakje. De balletles, dacht Iris. Ze verdwenen alle drie in het huis.

De resultaten van de rekeningnummers van Curaçao kwamen binnen. Alle rekeningen stonden op naam van mannen, en telkens ging het om astronomische bedragen. Ze bekeek de cijfers opnieuw en fronste diep. In totaal ging het om tientallen miljoenen dollars. Aardige spaarpotjes, en waarschijnlijk allemaal misdaadgeld. Ze mailde de resultaten door naar Thomas.

Opnieuw beweging bij het huis. Rosie die weer naar buiten kwam, met haar kinderen, de ene opnieuw met het rugzakje. Nu waren ook de kinderen van Ilona erbij. De balletles dus. Luxevrouwtjes, dacht Iris.

Thomas bekeek de gegevens die bij de acht rekeningen hoorden. Hij had namen en adressen, genoeg om het onderzoek voort te zetten. Lena legde haar bestek neer. Als ze hier nog lang bleef, kwam haar slanke gestalte in gevaar. Ze wilde weer terug naar haar ochtendlijke kilometers, haar energiedrankjes, haar oude gewoonten. Hier werd ze verwend en dat stond haar niet aan. Maar Thomas ontbeet en ze wilde hem niet alleen laten eten. En hij ontbeet uitgebreid.

'Is er wat, Beckers?' vroeg hij haar.

'Gaan we die mensen allemaal opzoeken?' vroeg ze.

'Ja', zei hij. 'Ik wil weten wie dat zijn en wat ze met hun geld doen. Als hun zaakje niet in orde is stuur ik Bradley achter hen aan. Zeker weten.'

Ze keek op naar hem. Ze wist dat hij dit nodig had, deze drang om resultaten te bereiken. Dat had voornamelijk met Eva te maken. Maar niet alleen dat. Thomas was altijd zo geweest. De misdaad was een angel die hij met alle middelen uit het vlees van de samenleving wilde rukken.

Een halfuurtje later stonden ze aan de deur van een huisje waarvan de voortuin nauwelijks onderhouden was. 'Hoeveel staat er op de rekening van die man?' vroeg Lena ongelovig.

'Raphaël Brink', zei Thomas. Hij keek voor de zekerheid nog even op zijn lijst. 'Vijf komma drie miljoen dollar. Zelfs niet eens het meest vermogende lid van deze kleine, exclusieve club.' Hij klopte luid op de voordeur, meteen zijn voortvarendheid betreurend, want die deur leek niet bestand tegen zijn geweld. Een bejaarde vrouw in een kleurrijke jurk kwam opendoen en bekeek de twee jongelui met verbazing. 'Ah!' zei ze, maar dat was alles.

'We zijn, eh, op zoek naar meneer Brink', zei Thomas.

'Huh?' zei de vrouw. Thomas had Nederlands gesproken. 'Brink?'

'Ja', zei Thomas, zorgvuldig articulerend. 'Raphaël Brink.'

'O', zei het vrouwtje. 'Maar mijn man is al drie jaar dood! Wat wilt u nog van hem? Belastingen? Te laat!'

'Neenee, mevrouw', zei Lena. 'Geen belastingen.'

'We wilden eigenlijk uw man spreken', verduidelijkte Thomas.

Het vrouwtje wees naar boven. 'Hij is daar', zei ze.

'Kom, Thomas', zei Lena, en ze pakte hem bij zijn arm.

Drie uren later stonden ze op het lokale kerkhof, bij een zerk die er niet nieuw uitzag ook al was de laatste datum erop drie maanden oud. 'En dat zijn ze dus allemaal?' vroeg ze aan Thomas.

'Ja', zei die. 'Ze zijn allemaal dood. Allemaal gestorven tijdens de voorbije drie jaar.'

'We gaan ze toch niet laten opgraven, hoop ik', zei Lena, naar de grafzerk kijkend.

Thomas keek haar even aan, maar zei niets.

'En geen van allemaal leefden ze rijkelijk, terwijl ze vele miljoenen op een rekening hadden staan.'

Thomas bekeek de lijsten die hij van Iris had gekregen. 'Zelfs na hun dood bleven ze actief bij hun bankiers, die blijkbaar niet op de hoogte waren van het overlijden van hun klanten. Iemand heeft dit erg handig gespeeld.'

✂∽◈∽✂

Tarik had Chinees gehaald en zat nu met Sofia in haar flatje te eten. Hij had ook een fles rode wijn meegebracht. 'Heb jij nog veel mannen na mij gehad?' vroeg hij, terwijl hij met de meegebrachte stokjes een stuk kip naar zijn mond bracht.

Sofia keek op. Hij heeft er geen idee van, dacht ze, hoe ver die vraag van mijn werkelijkheid af zit. Maar zelfs dit kon ze hem niet vergeven. 'Wat dacht je? Dat ik op jou zou wachten? Waar heb je eigenlijk al die tijd gezeten?'

'Vooral in het buitenland.' Hij schonk haar van de wijn in. 'Die handel van Vermeulen, heeft zijn vrouw Ilona dat allemaal overgenomen?'

Sofia, op haar hoede, knikte. Wat gaan leugens hem makkelijk af, dacht ze.

'Misschien is daar werk voor mij.'

Sofia fronste. Ze was ondertussen over haar eerste teleurstelling heen. Maar zonder dat Tarik het merkte was haar passie voor hem veranderd. Het wordt haat, dacht ze. Als ik een stap verder zet, wordt het haat. En dat verdient hij. Maar ze kon niet zomaar hun gelukkige momenten samen uitwissen. 'Kom je daarvoor naar mij? Alleen maar voor werk?'

'Nee', zei hij, zijn eten opzijschuivend. 'Ik kom je ook waarschuwen.'

Ze keek hem plots gespannen aan.

'Je moet opletten', zei hij op een zwoele toon, 'voor een vreemde man die het op jou gemunt heeft.'

Ze bleef een ogenblik zitten, met de eetstokjes in haar hand. Dan liet ze die op het bord vallen. Ze wist wat er ging gebeuren, en als ze al iets betreurde dan was het haar eigen zwakheid. Ze haatte die zwakheid, maar ze gaf eraan toe. Ze gaf toe aan Tarik, die haar overeind trok en haar naar de slaapkamer voerde, maar die halverwege zelf al grotendeels uit de kleren was. Ze haatte het dat hij zonder verder iets te zeggen haar verleidde en het meest van al haatte ze het dat ze hem niet kon weerstaan.

Het was pas later, tijdens de vroege uren van de ochtend, toen ze naast de deur van de slaapkamer stond met Tarik slapend in het omwoelde bed, dat ze haar twijfel terugvond waar ze die onder dikke, stroperige lagen van passie had verloren. En zich afvroeg: wat moet ik met hem?

Eigenlijk was de vraag: wat moet ik met mezelf?

Maar ook op die vraag had ze geen antwoord.

Even later was ze in de keuken bezig. Haar culinaire talenten waren beperkt, dat wist ze, maar ze kon voor zichzelf zorgen, wat inhield dat ze ook voor de basisbehoeften van eender welke gast kon zorgen. Niemand hoefde in haar buurt om te komen van honger. Een omelet werd het dus.

Tarik stond in de deuropening van de keuken. Hij was gekleed. 'Ik wil mijn bijdrage leveren', zei hij.

'Ik wil geen vent in mijn keuken', waarschuwde ze hem.

Hij haalde zijn schouders op. 'Dan haal ik croissants bij de bakker', zei hij.

Ze knikte. 'Goed.'

Ze hoorde hem vertrekken. Het appartement werd rustig rondom haar. Alleen de omelet, bijna klaar, maakte geluid in de pan. Ze zette het vuur af. Dan draaide ze zich om. Ze wilde de tafel dekken. Valse huiselijkheid, en waarom niet.

Douglas stond pal achter haar. Ze schrok, hapte naar adem.

Zijn handen sloten zich om haar keel. Hij kneep. Ze pakte zijn handen vast, wist plots niet meer wat te doen, hoe zich te verdedigen, vocht om adem te kunnen halen.

Hij keek haar in de ogen. Hij wist, zag ze. Hij wist alles. Daar had ze nooit aan getwijfeld. Douglas wist alles, ook de dingen die zij niet eens wist. Zoals: hoe lang wilde ze nog in leven blijven.

Dan liet hij haar los.

Ze viel op de grond, pijnlijk reutelend en naar adem happend.

'Ik heb het niet zo op je gast', zei hij.

'Je vergist je', zei ze met moeite.

'Ja', zei hij. 'Zoals altijd.' Hij trok haar aan haar elleboog overeind. Ze bleef rechtop staan. Hij duwde haar een bruine enveloppe in de handen. 'Kijken!' beval hij.

Ze opende de enveloppe en haalde er een foto uit. Ze schrok. Ze keek op naar Douglas, die geen emotie meer vertoonde. Dan schoof ze de foto weer in de enveloppe.

'Ik stop ermee', kondigde ze aan.

'Nee', zei hij. Zo eenvoudig en doeltreffend was zijn afwijzing. Hij draaide zich om en stond in de deuropening. 'Ik ben ervan overtuigd', zei hij, 'dat je me niet zult teleurstellen.'

En dan was hij verdwenen.

❧

Een bescheiden bestelwagen met de donkergroene naam van een bekend antiquariaat stopte voor het huis van Ilona. Ze kwam meteen naar buiten, glimlachend. Een jongeman haalde een rechthoekig in karton verpakt pakket uit de bestelwagen, overhandigde het haar en volgde haar naar de voordeur.

'Sinterklaas ten huize Muller', zei Iris.

Perseyn, die naast haar stond, en net zoals zij verdekt opgesteld zodat Ilona hen niet kon zien, knikte. 'Dan is het zover', zei hij. Hij sprak in een microfoontje. 'Delta Team, naar binnen.'

Uit een verderop geparkeerde bestelwagen en uit twee personenauto's stapte een tiental inspecteurs. Ze marcheerden meteen naar het huis van Ilona die, het pakket nog in de hand, verbaasd toekeek hoe Iris en Perseyn vanuit de struiken van een aanpalende tuin naar haar toe kwamen. Perseyn verloor geen tijd en hield een document voor zich. 'Bevel tot huiszoeking, mevrouw Muller.'

'Dat is...' sputterde Ilona. 'Dat kan helemaal niet...'

Iris maande de besteljongen aan te vertrekken, wat hij meteen deed. Het hele team ging het huis binnen. Perseyn verdeelde snel de rollen, terwijl de inspecteurs hun gespecialiseerde apparatuur tevoorschijn haalden.

'Wat zoekt u in godsnaam?' vroeg Ilona aan Perseyn. Ze zag bleek en ze was verontwaardigd. 'Ik wil meteen mijn advocaat bellen.'

'Doet u dat vooral', zei Perseyn. 'U zult hem nodig hebben.'

Hoofdstuk 23

Sofia was erin geslaagd zichzelf weer onder controle te krijgen voor Tarik terugkeerde. Ze zaten omelet te eten, met de croissants, een wat vreemde combinatie vond ze zelf, maar ze had andere zorgen aan haar hoofd dan voedsel te vinden dat bij elkaar paste. 'De croissants waren beter in Parijs', zei Tarik. 'En verser.'

'Dat moesten we nog eens doen. Parijs, bedoel ik.' Ze zei dat tegen beter weten in. Ze zouden nooit meer naar Parijs gaan, dat wist ze nu al. Ze zouden nooit meer terugkeren naar het verleden. Dat hoefde niet, als ze maar een toekomst hadden. Een gezamenlijke toekomst, maar dat leek er niet in te zitten. Waar was ze Tarik kwijtgeraakt? Op welk moment hadden ze opgehouden een echt stel te zijn dat samen aan dezelfde plannen werkte, of gewoon maar samen dezelfde dwaze dingen deed?

Maar ze wilde een laatste poging wagen om hen weer samen te brengen. 'Wat houdt ons tegen, Tarik? We kunnen meteen vertrekken. We rijden naar Brussel en stappen op de Thalys, vandaag nog.' God, ze wist dat ze radeloos klonk. Ze haatte er zichzelf om.

Hij schudde zijn hoofd, terloops, alsof zijn gedachten al lang elders waren.

'Je hebt hier geen verplichtingen', probeerde ze opnieuw. 'En ik betaal!'

Zijn blik en zijn handen vertelden haar het verhaal voor hij zijn woorden uitsprak. 'Omdat ik wel verplichtingen heb. We hebben allebei verplichtingen. Zo zit het leven in elkaar, Sofia. Wat moet ik in Parijs? Heb je Ilona al gevraagd of ze werk heeft voor mij?'

'Ze vinden niks', zei Iris. Ze keek over haar schouder naar de inspecteurs die op zoek waren naar valse plafonds, dubbele muren, verborgen luiken, alles waar maar geld kon liggen. 'Dit wordt een flop en dat kunnen we niet hebben.'

'Denk na', zei Perseyn. 'Dat geld moet gewoon hier ergens liggen. Ze kan niet aan haar officiële geld, ze kan niets overschrijven via haar rekeningen. Ze heeft een stapel cash hier binnen liggen, als betaling voor die Rubens.' Hij dacht: ze heeft die prent toch niet op afbetaling gekocht? Geen verkoper van dat formaat laat zich afschepen met een cheque. Niet in die business. Ze had cash moeten meegeven, toen wij tussenbeide kwamen. Waar is die cash?

'Meneer de commissaris', riep Ilona vanuit de woonkamer. 'Hoe lang gaat dit nog duren? Ik heb andere zaken te doen.'

'Net zolang wij dat nodig vinden, mevrouw', riep Perseyn terug. Hij liet het vriendelijk en ironisch klinken. Voorlopig kon hij zich dat veroorloven.

'Dat kost u een aanklacht', riep Ilona.

Perseyn negeerde haar. 'Denk, Iris.'

'Ik denk, godverdomme', siste Iris. 'Wat denk je dat ik doe? Ik ben geen huisvrouwtje dat haar kindjes naar de balletles brengt.' Ze keek Perseyn aan. 'Net zoals haar vriendin. Haar *schattie*.' Dat laatste zei ze alsof het een vraag was. Het klonk Perseyn hoe dan ook als een vraag in de oren.

'Waar denk je aan?'

'De enige persoon die hier gisteren of vanmorgen passeerde, was die Rosie', zei Iris. 'Voordien had Ilona geen geld in huis, vermoed ik.'

'Je denkt toch niet dat zij een pak bankbiljetten onder de arm had', zei Perseyn. 'Ze is gewoon maar een vriendin omdat ze allebei kinderen op dezelfde school hebben.'

'Ja?'

'Ja', zei Perseyn. 'Wat anders?'

'De kinderen hadden elk iets bij zich.' Iris liet de opname van de vorige dag voor haar geestesoog lopen. Rosie die met de auto aankwam, zij en de kinderen die uitstapten en even later met de kinderen van Ilona naar de balletles gingen.

Er ontbrak iets aan.

Nee, er was iets te veel.

Een van de kinderen had een rugzakje bij zich gehad. Ongetwijfeld met kleren en schoentjes voor de balletles.

Het andere kind niet. Geen ballet.

Maar wel een teddybeer.

Het andere kind had een grote teddybeer bij zich gehad. Maar toen Rosie weer vertrok had dat kind de beer niet meer bij zich.

Geen enkel kind laat per ongeluk zijn knuffel liggen bij een vreemde zonder dat het daarna ongelooflijk gaat zeuren om die terug te hebben.

Iris liep naar de woonkamer.

Ilona keek verschrikt op. Ze volgde de politievrouw met haar blik.

De grote beer lag op de sofa in de hoek van de kamer. Er lag daar nog meer speelgoed. Maar dat was van de kinderen van Ilona. De beer was een weeskindje.

Een groot en dik weeskindje.

Iris stevende op de beer af, gevolgd door Perseyn. Ze pakte hem vast, draaide hem om. Het was ongetwijfeld een dure beer. Hij kon de wasmachine in. Maar dan moest je er de vulling wel uithalen.

Iris trok de verborgen velcro op de rug van de beer open. Ze stak haar hand in zijn lijf. En ze haalde er een dikke rol bankbiljetten uit.

'Kijkkijk,' zei ze, 'wat ik gevonden heb.'

Ilona stond meteen bij haar. 'Daar weet ik niks van', zei ze. 'Dat is niet mijn beer. Die is van Rosie.'

'Ja', zei Iris. 'Dat weten we. We zullen uw *schattie* ernaar vragen. We zullen haar vragen waar zo'n beer, die geen duidelijke bron van inkomsten heeft, zoveel geld vandaan haalt.'

Later die voormiddag zat Iris aan haar computer en zakte haar goede humeur plots pijlsnel. Ze volgde de stand van de rekeningen die Lena en Thomas in Curaçao hadden gevonden, en merkte dat een van die rekeningen plots op nul stond.

Ze drukte een sneltoets op haar gsm in en tot haar verbazing kreeg ze meteen Thomas aan de lijn. 'Yep', zei die, alsof ze hem stoorde.

'Thomas, er is zonet iets meer dan vijf miljoen dollar verdwenen van de rekening bij de AC Bank in Curaçao, de rekening die op naam staat van Fred Van Willigenburg.'

En terwijl ze dat zei flikkerde een andere waarschuwing op haar scherm. 'Hetzelfde voor de rekening van Martin Bijl. Dik vier miljoen dollar. Ze zijn daar de rekeningen aan het leegmaken, Thomas. En dat zijn de resultaten van allerlei operaties hier in België en op Curaçao. Het is hun oorlogskas.'

'Shit', zei hij. 'Ze weten dat wij hen op de hielen zitten. Ze zijn hun fondsen aan het redden. Kunnen we iets doen?'

'Nee, ik vrees van niet', zei ze.

'De rekeningen laten blokkeren', zei hij.

'Op Curaçao? Niet waarschijnlijk. Zelfs als we het vragen aan de lokale rechtbanken, is het te laat. Het geld vloeit nu weg, Thomas. En het gaat allemaal naar offshorerekeningen op locaties zoals Libanon en Syrië. O, en Hongkong ook. Daar kunnen we er helemaal niet aan.'

'Godverdomme', zei Thomas.

En daarmee was alles gezegd.

და

'Vanavond heb ik een werkje voor jou', zei Sofia. 'Iets wat nog goed betaalt ook.'

'Ja?' zei Tarik. Zijn wandeling had hem goedgedaan. Hij had erop gelet dat hij niet gevolgd werd en had contact opgenomen met Perseyn. Er was niets te vertellen, maar ze hadden afgesproken dat hij regelmatig zou *terugkoppelen* – de term kwam van de hoofdcommissaris zelf. Perseyn had gesuggereerd de observatie – zoals hij dat noemde – voort te zetten. Dat kon Tarik niet weigeren.

'Er komt een lading coke binnen in de haven', zei Sofia.

'Waar?'

'Kaai 334.'

Het verbaasde hem dat ze die informatie zomaar gaf. Het was een bewijs van haar vertrouwen. 'Oké', zei hij.

'En de rest van de dag breng je bij mij door', zei Sofia.

'Waarom?'

'Omdat ik het zeg. Omdat je anders de job niet krijgt.'

'O', zei hij.

'En', zei ze verleidelijk, 'gewoon ook omdat het leuk is.'

Het was leuk ook. Ze gingen tussen de middag een pizza eten, dan naar de film, en dan weer naar bed in de flat. Het leek Tarik allemaal wat te veel. Hij vond de aandacht en de aanwezigheid van Sofia best leuk, maar net iets te nadrukkelijk. Hij slaagde erin even van haar weg te komen, op het toilet, vanwaar hij snel Perseyn belde. Hij fluisterde. 'Vanavond om acht uur komt er een lading coke aan op kade 334.'

'Ga er niet naartoe', zei Perseyn. 'Het is niet veilig.'

'Ik kan niet anders', zei Tarik. 'Ik moet haar vertrouwen onderhouden. Stuur een team voor back-up. Je weet nooit.'

Hij verbrak snel de verbinding, trok de wc door en kroop terug bij Sofia in bed.

Hoofdstuk 24

'Mijn beste mevrouw,' zei Iris op een meelevende toon tegen Rosie, de zogenaamde hartsvriendin van Ilona Muller, 'u moet goed begrijpen hoe uw situatie ervoor staat. Oh, voor ik het vergeet: wordt er voor uw kinderen gezorgd?' Dat laatste was vals van haar, ze wist het. Maar ze had niet echt medelijden met haar slachtoffer.

Rosie keek Iris aan en dan Perseyn. 'Waarom ben ik hier? Waarom wil niemand dat zeggen?'

'U bent hier, mevrouw,' zei Perseyn nuchter, 'omdat wij een onderzoek voeren tegen mevrouw Muller in verband met het witwassen van misdaadgeld, fraude en nog meer fraaie zaken.'

'En wat heb ik daarmee te maken?' vroeg Rosie.

'Uw kinderen?' drong Iris aan, die heel goed wist waarom ze daarnaar vroeg.

'Mijn moeder zorgt voor hen', zei Rosie. Haar stem trilde.

Uitstekend, dacht Iris. De moeder die zich verplicht zag voor de kinderen te zorgen terwijl hun mama ondervraagd werd door de politie. Dat betekende: extra druk. 'Want', zei ze, 'het kan wel eens een hele tijd duren voor u hen terugziet.'

Rosie werd bleek. Even dacht Iris dat de vrouw ging flauwvallen, maar dat gebeurde niet. 'Dat kan niet zijn...'

'Toch wel, mevrouw', zei Perseyn, uitstekend in zijn rol als oudere, vaderlijke politieman. 'We hebben het hier over ernstige misdrijven. Misdrijven die meestal bestraft worden met vele jaren gevangenis. Maar als u meewerkt aan dit onderzoek, dan doen wij een goed woordje bij de onderzoeksrechter. Komt u er met een lichtere straf van af. Voorwaardelijk, misschien zelfs. Snel weer thuis dus.'

Rosie zuchtte. 'Wat wilt u weten?'

'De teddybeer die uw dochtertje meebracht en zo vriende-lijk was achter te laten bij Ilona thuis', zei Perseyn.

'Ze noemt u schattie', zei Iris op haar beurt. 'Waarom eigen-lijk?'

Rosie keek de twee rechercheurs aan. Ze wist niet welke vraag ze het eerst moest beantwoorden.

'Doet u het maar rustig aan, mevrouw', zei Perseyn. 'Wij heb-ben de hele nacht.'

'Ik wil naar mijn kinderen', zei Rosie.

'De teddybeer', zei Iris.

'Dat was een idee van Ilona. Een jaar of twee geleden vroeg ze me...'

'Ja?'

'Ze had me nooit eerder zien staan. Ze was iemand van, ik weet niet, een andere klasse denk ik, en daarom negeerde ze me, ook al zaten de kinderen op dezelfde school. En dan, op een dag, sprak ze me plots aan. Iets in verband met de kinderen. En de school. Ditjes en datjes. We werden... vriendinnen.'

'Jullie zijn geen vriendinnen', zei Iris. 'Ze had u helemaal niet nodig als vriendin. Ze gebruikt u als koerier voor misdaadgeld. Al de rest is een leugen.'

Rosie begon te snotteren. 'Ik wilde dat echt niet. Maar ze kon zo overtuigend zijn. En ik kreeg er wat geld voor...'

'Voor wat?' vroeg Iris scherp.

'Haar geld', zei Rosie. 'Ik moest op haar geld passen. Op haar spullen. Tassen, een valies, geld. Dingen die ze niet thuis wil-de bewaren en ook banken vertrouwde ze niet...'

'Maar u vertrouwde ze wel.'

'We zijn...' zei Rosie, maar ze kwam er niet meer uit.

'Vriendinnen', vulde Perseyn aan.

'Leuke vriendinnen', zei Iris. 'Je bent nu medeplichtig aan handel in verboden substanties, in transport van misdaad-geld...'

Rosie keek wanhopig op. 'Ik wist dat allemaal niet...'

Perseyn zuchtte. 'Laten we het hebben over de details...'

Bradley snoof. De middag was voorbij en het was het heetste uur van de dag. Hij had er geen zin in. 'Oké', zei hij. 'We hebben videobeelden van de persoon die de opdrachten gaf voor de transacties. Zes van de acht banken. De andere hebben geen camerabewaking.'

'En?' vroeg Lena.

'Telkens dezelfde persoon.' Bradley klikte op het toetsenbord van een computer. Op het scherm waren mensen te zien die in een bankkantoor stonden. Bradley wees. 'Dat is hem.' De Belgische rechercheurs zagen een grote, breedgeschouderde man die de balie benaderde, een aantal documenten overhandigde en even later handtekeningen zette.

'Ken je hem?' vroeg Thomas.

Bradley trok zijn wenkbrauwen op. 'Hem kennen? Nee, hoor. Denk je dat ik elke inwoner van dit eiland ken? En misschien is hij een toerist.'

'Hebben jullie opnames van buiten de gebouwen?'

Bradley grijnsde breed. 'Ik vermoedde dat je dat zou vragen, commissaris. Ja, inderdaad, drie van deze banken hebben ook buitencamera's.' Hij koos een ander bestand uit een menu. De gevel van een bankgebouw in postkoloniale stijl. Drie voertuigen. De brede man stapte in één ervan.

Bradley stopte de opname. Het voertuig was duidelijk te zien.

'Ja', zei Thomas. 'Dat is hij opnieuw.'

Bradley wees. 'En dat, waarde collega, is een diplomatieke nummerplaat', zei hij. 'Geen vergissing mogelijk.' De nummerplaat was duidelijk genoeg te zien.

'Dus u kunt nagaan wie de eigenaar van die auto is', zei Lena.

'Natuurlijk, dat heb ik overigens al gedaan', zei Bradley.

'Shit, Bradley', zei Thomas. 'Voor de dag ermee.'

Bradley grijnsde opnieuw. 'Het is een van jouw mensen, commissaris Verhaege. Het is een auto van de Belgische ambassade.'

'Bij uw vriendin Ilona', zei Iris meedogenloos, 'vonden we geld, maar bij u vonden we ondertussen genoeg om een kleine oorlog te beginnen. En dan hebben we nog niks over de drugs gezegd. Voldoende om twee scholen een overdosis te bezorgen.'

Rosie keek op met haar bleke, betraande gezicht. 'Ik wist niet wat er in die pakken zat. Echt niet. Ik doe niet in drugs. Ze zei dat het geld in orde was, spaargeld dat ze niet vertrouwde bij de bank, en de spullen in de tassen waren kunstvoorwerpen. Ik heb niet gekeken.'

'U zegt dus dat u te goed van vertrouwen bent', zei Perseyn. 'Maar zo gaat dat niet wanneer u voor een rechter staat. Die gelooft dat soort verhaaltjes niet.'

'Een brave huismoeder met jonge kindjes die ontdekt dat ze snel veel geld voor zichzelf kan verdienen door een paar schijnbaar onschuldige dingen te doen voor een rijke vriendin', zei Iris hard. 'Bespaar me de rest van het verhaal, Rosie.'

'En die', zei Perseyn, 'altijd klaarstond om goederen en fondsen te leveren uit de veilige schuilplaats. Dat is nu afgelopen.' Hij keek op zijn horloge. 'Goed, dat volstaat voorlopig. Iris, zorg jij ervoor dat mevrouw teruggebracht wordt naar de gevangenis. Morgen kunnen we haar de bekentenis laten ondertekenen.'

De cipiers namen Rosie mee.

'En nu die lieve en liefhebbende Ilona Muller nog', zei Perseyn. 'We hebben een zaak tegen haar voor medewerking aan btw-fraude en voor drugshandel, witwaspraktijken en ik bedenk nog wel wat.'

'Maar je wilt een spoor vinden naar Eva's moordenaar', zei Iris.

Perseyn keek haar aan. Hij verwachtte opmerkingen, maar deze keer kwamen ze niet. Iris was verdiept in het dossier van Ilona.

'Breng mevrouw Muller', zei Perseyn tot een van de cipiers.

Ilona Muller had iets meer ervaring met het confronteren van de politie dan Rosie, zoveel was duidelijk. 'Hebt u wel iets om mij hier vast te houden, meneer?' zei ze uitdagend. 'Anders wandel ik meteen weer naar buiten. Waar is trouwens mijn advocaat?'

'U bent alleen maar een verdachte, en die trouwe meneer Weckx van u, die zult u nog genoeg te zien krijgen wanneer uw zaak naar de rechtbank gaat.'

'U hebt niets bij mij thuis gevonden.'

'Geld', zei Perseyn. 'We trekken de serienummers van de biljetten na. Geld, verstopt in een teddybeer. Geeft u zelf toe: dat is verdacht.'

'Rosie liet die beer bij mij liggen', zei Ilona. 'Hij is niet van mij en ik weet nergens van.'

'Altijd Rosie', zei Iris. 'Rosie heeft het gedaan, nietwaar? Je luisde haar erin, en nu betaalt zij voor haar domheid. Zo denk jij veilig te zijn.'

Ilona negeerde Iris. 'Hoofdcommissaris, wilt u zo vriendelijk zijn deze dame te zeggen dat haar mening mij niet interesseert.'

'We hebben een bekentenis', zei Perseyn. 'We hebben documenten waaruit blijkt dat u betrokken bent bij meerdere pogingen om de btw-administratie op te lichten. En we hebben uw rekeningen nagetrokken om te zien waar uw fondsen en die van uw bedrijfje naartoe gaan.' Hij boog zich vooorover. 'Mevrouw Muller, u bent een kleine speler. Uw man zit al in de gevangenis. Uw kinderen komen bij een pleeggezin terecht.' Dat laatste was gelogen, maar Perseyn vond dat hij het zich kon veroorloven te liegen. 'Zoals u er nu voor staat kijkt u aan tegen vijf à tien jaar gevangenis. Ik zorg ervoor dat er voldoende verzwarende omstandigheden zijn om u die hele tijd achter de tralies te houden...'

'Smeerlap', siste Ilona. 'Jullie allemaal!'

'Wij willen weten waar de fondsen naartoe zijn. De fondsen die Depretere en Luyten via Curaçao verzamelden, en die onder andere ook via uw bedrijf weggesluisd werden. Wie heeft dat geld? En wat wordt daarmee gedaan?'

Ilona bleef een ogenblik stilzitten, alsof ze haar opties overwoog. Dan zei ze, op een heel andere toon: 'U hebt er werkelijk geen idee van met wie u te maken hebt, hoofdcommissaris. Dat soort mensen laat achteloos lijken achter van al wie in de weg loopt.'

'Dat is ons ondertussen al duidelijk geworden', zei Iris.

Ilona wierp een snelle blik in haar richting. 'Ik lees de kranten. Ik hoor allerlei dingen. Ik weet niets en ik wil dat ook zo houden.'

'Dat geloven wij niet', zei Perseyn.

'Het voorstel', zei Ilona, 'is de eenvoud zelve. Een onbekende man belt je op en stelt je voor deel te nemen aan een operatie. Die operatie houdt weinig of geen risico's in. Je blijft gewoon je eigen winkeltje draaiend houden, maar met vers kapitaal. In ruil daarvoor laat je grote sommen geld via je rekeningen passeren. Die sommen geld reizen als het ware mee met het geld dat je zelf verdient.'

'Illegaal verdiend geld', zei Perseyn.

Ilona keek op. 'Ik negeer die opmerking', zei ze.

'Goed. Gaat u vooral verder.'

'Dat is het, hoofdcommissaris. Aan beide zijden van de operatie staan mensen van die anonieme organisatie. Ze verdienen geld en ze zorgen ervoor dat jij ook geld verdient, en iedereen is tevreden. In ruil daarvoor help je bij het oprichten van nepfirma's, bankrekeningen, transacties, documenten. Allemaal simpel. Daarna verdwijnen grote hoeveelheden van de sommen die je verzamelde en daar houdt het op.' Ze haalde diep adem. 'Behalve dan voor een paar mensen die inhalig worden of te veel weten.'

'Zoals Depretere', zei Iris.

'Ik zag zijn naam in de krant', zei Ilona. 'Ik ken de man niet. Nooit gezien, nooit gesproken.'

'En andere namen?'

'Komaan, hoofdcommissaris', zei Ilona spottend. 'Verwacht u echt dat iemand een naam gebruikt? Een echte naam, waar u wat aan hebt.'

Perseyn knikte. 'Dank u, mevrouw Muller. Hierna gaat u naar de gevangenis en ik draag uw dossier over aan de onderzoeksrechter.'

Ilona kwam overeind. Ze keek even naar Perseyn. Dan stapte ze, begeleid door de cipier, naar buiten.

Perseyn duwde de documenten die hij op de tafel had liggen in een enveloppe en stapte de gang in op weg naar de lift. Iris kwam hem achterna. 'Gehaast?' vroeg ze.

'Tarik is undercover', zei hij, haar blik ontwijkend. 'Hij is diegene van ons die nu het meeste gevaar loopt.'

'Ja, dat weet ik. Bij die felle verovering van hem. Dat is toch niet gevaarlijk?'

'Ik kan de situatie niet goed inschatten. Gezien haar achtergrond ben ik erg terughoudend. Maar ze hebben een affaire. En ze heeft hem een job bezorgd. Vanavond komen er drugs aan in de haven.' Hij keek opnieuw op zijn horloge. 'Ik ga zelf mee met de back-up.'

Iris keek hem aan. 'Ik ook', zei ze.

❧

Sofia parkeerde haar auto naast een donkere loods en zette de motor af. Het was bijzonder stil in de buurt, alsof de hele haven zijn adem inhield. 'Ben je zeker dat het hier is?' vroeg Tarik. 'Had je niet gezegd kade 334? Dit is kade 900.'

'Het plan is op het laatste moment veranderd', zei Sofia, die uitstapte.

Tarik volgde en haalde zijn gsm tevoorschijn.

'Wat ga je doen?' vroeg ze scherp.

Hij keek op naar haar. 'Alleen maar even kijken hoe laat het is', zei hij. 'Waar staat die container?'

Ze wees achter zich, zonder te kijken. 'Daar ergens.'

Tarik stapte naar de rijen van opeengestapelde containers toe. 'Hoe vinden we hem?'

'Ik heb het nummer en de locatie. Ga maar voorop. Ik zeg het wel.' Ze volgde hem. Hij verdween even tussen de schaduwen. Ze klikte een kleine zaklamp aan. Hij keek omhoog. De containers stonden drie of vier hoog. Ze stonden anderhalve meter van elkaar.

Zijn gsm zoemde. Hij keek snel naar Sofia en nam op. Hij had Perseyn aan de lijn. 'Niks zeggen, Tarik', zei die. 'Alleen ja of nee. Ben je op een andere kade?'

'Ja', zei Tarik rustig. Hij zag uit zijn ooghoek dat Sofia naar hem keek.

'Zonder back-up?'

'Ja', zei hij opnieuw.

'Maak dat je wegkomt', zei Perseyn, kalm. 'Het is een valstrik.'

Tarik draaide zich, nog steeds met de telefoon aan zijn oor, helemaal om naar Sofia.

'Dat weet ik', zei hij.

Sofia had haar pistool in haar hand.

'Het spijt me, Tarik', zei ze. 'Ik heb je de kans gegeven om weg te gaan. Om weg te gaan met mij. Naar Parijs. Maar je wilde niet.'

Hij liet zijn gsm zakken, maar liet hem aanstaan.

'We kunnen altijd nog naar Parijs. Als jij geen domme dingen doet, Sofia.'

Haar pistool was gericht op zijn hoofd. 'Ik heb een opdracht. En een opdracht voer ik altijd uit. Dat zou jij moeten weten.'

Perseyn voelde een heftige schok door zijn lichaam gaan toen een schot uit zijn telefoon klonk. 'Tarik', riep hij. Hij sprong uit zijn auto en wuifde naar de andere auto. 'Snel, vraag een trace aan van de gsm van Tarik. Ik wil meteen weten waar hij is.'

Elders in de haven boog Sofia zich over het lichaam van Tarik. Ze pakte zijn hoofd vast. Haar pistool lag een eind van haar vandaan, vergeten. Haar lichaam schokte heftig. Ze hield zijn hoofd stevig vast, maar er was niets wat hem nog kon redden.

Wat ze niet zag was de gestalte van Douglas, die even van de ene schaduw naar de andere bewoog en dan, als een geest, helemaal oploste.

∂∞

Wanneer een interventieteam het lichaam van Tarik ontdekt, kunnen de agenten alleen maar vaststellen dat de rechercheur dood is. Meteen zijn Perseyn en Iris ter plekke, maar hun aanwezigheid is nutteloos. Iris leunt tegen de patrouillewagen en laat haar tranen de vrije loop, iets waarover ze zich niet schaamt. Perseyn hurkt naast het lichaam. Hij beseft dat hij persoonlijk gefaald heeft, nu een tweede moord dit team van zo dichtbij treft.

Niemand van de aanwezigen hoort de eindeloze, bijna dierlijke kreet van Sofia die, enkele kilometers daarvandaan, haar pistool in de stroom gooit en zich ineengedoken naast haar auto laat zakken. Ziek. Niemand let op een andere auto, een snelle donkere BWM, die het havengebied verlaat. Een kwartwereld verderop zitten Lena en Thomas zonder een woord te spreken bij elkaar, na een kort telefoontje van Perseyn. Ze zitten bij het zwembad, helemaal geïsoleerd van de toeristen die in de buurt stoeien, zonnen en drinken.

De dag erop spreekt directeur Laplace de pers toe op de trappen van het stadhuis. Hij noemt de operatie een succes. Een container met drugs werd in de haven onderschept. Maar wat niemand hoeft te weten is dat het een container is die al een tijdje onder observatie stond en die niets te maken heeft met Douglas, Sofia of Tarik. Laplace roemt Steven Perseyn, hoofdcommissaris, die het onderzoek succesvol heeft afgerond, en Perseyn noteert dat zijn baas een paar keer te veel het woord succes gebruikt.

Laplace wijst erop dat bij de operatie een officier van de gerechtelijke politie het leven liet, hij noemt Tarik Idbalkassm met naam en spreekt die ook correct uit. De foto van Tarik staat bij de bewijsstukken van de vangst, met het obligate zwarte lintje eromheen. Alleen Iris, die in het publiek staat, ziet de ironie van deze vertoning in, voelt een scherpe hoofdpijn, wil weglopen, maar weet dat ze niet ongemerkt kan verdwijnen.

Na afloop drukt Laplace de hand van Perseyn, als ze even alleen zijn. 'Dat ziet er goed uit voor jouw promotie, Steven', zegt hij. 'Het is jammer dat een officier moest sterven, maar we leven nu eenmaal niet in een perfecte wereld, nietwaar?'

Perseyn, die de hele nacht zijn bed niet heeft gezien, laat begaan. Hij weet wanneer er van hem een antwoord verwacht wordt. Dat is nu niet het geval. 'Een goede raad', vervolgt Laplace. 'Smeed het ijzer terwijl het heet is. Haal Thomas en Lena terug uit Curaçao en los zo veel mogelijk lopende zaken op. Binnenkort ben je de nieuwe gerechtelijke directeur.'

Hoofdstuk 25

De man die in de schaduw stond bleef daar ook staan. Douglas hoefde zijn gezicht niet te zien om te weten wat die man dacht. Of waaraan hij dacht. Want ze kenden elkaar al een hele tijd. Die schaduwen en het melodrama waren hem eigen, ook al omdat hij zijn rol graag zag als die van de grote samenzweerder. De grote samenzweerder die in de villa op Curaçao de onderhandelingen met de zakenmannen had gevoerd. Nieuw kapitaal had aangetrokken.

Onzin, dacht Douglas, hij is geen groot samenzweerder. Hij is een onderdeel van dit complot, net zoals wij allemaal, en allemaal hebben we ons eigen doel. Er is geen centrum, er is geen zwaartepunt. Er is alleen universele zwaartekracht, waarrond dit project roteert.

'Ons drugsnetwerk is opgerold', zei Douglas. 'En op Ilona hoeven we ook al niet meer te rekenen. Financieel is dat misschien een probleem.'

De man in de schaduw haalde zijn schouders op. 'Het is maar een tijdelijk probleem, dat we gauw genoeg te boven komen. We hebben meer dan voldoende fondsen uit andere operaties, en de meeste financiers hebben ook al toegehapt. De operaties in Curaçao zijn uitstekend verlopen, alles in acht genomen.'

'Ja', zei Douglas. 'En de sporen zijn grotendeels uitgewist. Niks leidt naar ons terug.' Hij keek naar de sofa waar een vrouw met sluik lang haar zat, haar benen zorgvuldig gekruist, een sigaret tussen de vingers. Ze was pas twee weken geleden aan hem voorgesteld. Iemand die zich bij ons team komt voegen, had schaduwman gezegd. Douglas had geen commentaar geleverd.

'Goed', zei de man. 'Hoe zit dat overigens met jouw vriendin Sofia? Kunnen we ook in de toekomst nog op haar rekenen? Of moeten we haar als verloren beschouwen?'

Douglas hield zijn hoofd schuin en vertrok zijn lippen in een wrede grimas. 'Ze heeft me een berichtje gestuurd. Een kort berichtje. Niet erg vriendelijk overigens. Ze stopt ermee.'

'Mmm', zei de man nadenkend. 'Sofia stopt ermee. Zorgt dat voor problemen? Want problemen kunnen we niet hebben. Niet met mensen die veel afweten over onze operaties.'

'Geen problemen', zei Douglas. 'Ik los het wel op.'

Er viel een moment stilte. Douglas begreep waarom. De vrouw op de sofa, die Catherine heette, tipte de as van haar sigaret in een kristallen asbak en keek hem dan weer aan, maar ze was vastbesloten niet aan de conversatie deel te nemen. Dan vroeg de man: 'En wat als je je vergist?'

'Ik vergis mij nooit', zei Douglas.

Schaduwman zuchtte even, alsof zijn lot en dat van de rest van de mensheid hem zwaar viel. 'Goed. Dan maak ik mij ook geen zorgen.'

En dus wist Douglas wat hem te doen stond. Hij wierp nog een laatste blik op de vrouw en stapte naar buiten.

రావొడ్

Douglas sloop door de tuin naar het huis toe. Hij droeg een zwarte linnen tas. Het huis was donker. Hij verwachtte niet dat Sofia daar zou zijn. Niet in dit huis. Dit was haar officiële adres, voor zover zij dat had. Hier woonde ze soms werkelijk ook, meestal echter niet. Maar dat betekende vanavond niets. Vanavond betrad hij haar private terrein, en dat zou hij ongestraft doen.

Als het op straffen aankwam, was hij diegene die het initiatief in handen had. Ook toen ze in Spanje opgeleid werden door majoor McKee, zij en de andere huurlingen waarvan het bestaan officieel nooit erkend zou worden, was het uitdelen van straffen een privilege. En dat privilege had Douglas na een tijdje verdiend. Toen ze nadien in Irak, in Afghanistan en op een paar andere nooit nader genoemde locaties actief waren, wist Sofia steeds dat Douglas alleen maar leefde voor de missie en voor de opdracht. Dat was duidelijk genoeg tussen hen.

Al het andere was irrelevant, incluis het leven van burgers. De term onschuldig was voor hem tijdens dergelijke missies niet van toepassing. Dat was wat mannen als McKee – een voormalige Britse SAS-officier die nadien zijn diensten aan andere naties verkocht – hun had geleerd. Op vijandelijk terrein waren er geen neutrale partijen, en als je ver achter de linies – voor zover die er al waren – opereerde, nam je aan dat ook vrouwen en kinderen jou dood wilden.

Dat had Sofia ervaren, toen hij haar verplichtte die twee jongens door het hoofd te schieten. Hij was vergeten waar dat was gebeurd. Sofia was geworden zoals hij: geen psychopatische moordenaar maar iemand die doodde uit berekening.

Hij kwam bij de achterdeur terecht en was meteen binnen. Deuren en sloten hielden hem niet tegen, en ook hier ondervond hij nauwelijks hinder. Hij liep de trap op en vond haar werkkamer. De kamer was kaal, maar dat verbaasde hem niet. Sofia had geen thuis, en haar persoonlijke eigendommen pasten in een middelgrote reistas. Al wat hij hier zag, meubels en gebruiksvoorwerpen, was gehuurd, geleend of gekocht om nadien terug achter te laten.

Hij bewonderde die eenvoud.

Tegen de muur hingen foto's met punaises vast. Sommige van die foto's waren wat vaag en duidelijk met een telelens genomen, andere waren van een veel betere kwaliteit. Douglas herkende de personen op die foto's. Hij had Sofia zelf opdracht gegeven die mensen te doden. Het waren allemaal randfiguren in dit complot. Mensen die een doel dienden, en die vervolgens overbodig werden.

In de hoek stond, bijna uitdagend, haar geweer. Het stond daar gewoon tegen de muur, goed onderhouden, geladen en klaar voor gebruik. Het was meer dan een geweer, het was ook nog een bewijsstuk.

In dit geval was het een bewijsstuk tégen Sofia. Precies zoals Douglas het wilde.

Hij legde zijn tas op de vloer en haalde er de onderdelen van zijn eigen, identieke geweer uit. Dat schroefde hij deskundig in elkaar, klikte het magazijn erop, laadde een kogel in de kamer en zette de veiligheid op. Hij droeg handschoenen, dus hoefde hij het wapen nadien niet af te vegen. Dan plaatste hij het naast het andere geweer. Vervolgens ging hij weer rechtop staan.

Meer hoefde dat niet te zijn, meende hij. Het was simpel, zoals alle briljante plannen simpel moesten zijn.

Misschien moest hij het toeval toch een handje helpen. Hij zou het waarschijnlijke niet te evident maken. Hij pakte de foto's van de muur en stopte die in zijn tas. Dan verliet hij het huis, en niemand zou een spoor van hem vinden.

Hoofdstuk 26

Vier zwarte terreinwagens reden de straat in, twee vanuit de zuidkant, twee andere vanuit het noorden. Achter de noordelijke indringers volgde de auto met Perseyn en Iris. De beide groepen hielden halt, op tien meter van een huis dat er heel gewoon uitzag. Het was tien over negen in de ochtend en het moment was zo uitgekozen dat er geen schoolgaande jeugd meer in de buurt kon rondhangen.

De leidinggevende officier van de Posagroep stapte uit zijn terreinwagen en liep naar de auto van Perseyn toe. Hij boog zich voorover. 'Groep drie dringt nu langs achteren binnen', zei hij. 'Ze kan niet ontsnappen.'

'Geen tijd te verliezen dan', zei Perseyn.

De officier ging rechtop staan en sprak in zijn microfoontje. Meteen gingen de portieren van de terreinwagens open en in zwart geklede agenten, met helm, kogelwerend vest en complete gevechtsuitrusting holden naar het huis toe. Ze klopten niet aan, ze ondernamen geen poging tot het interpelleren van eventuele bewoners, maar beukten meteen de voordeur in. Gevolgd door Perseyn en Iris, beiden eveneens met een wapen in de aanslag, verspreidden ze zich door het huis.

Het was algauw duidelijk dat Sofia niet in de buurt was. Perseyn liet een perimeter afbakenen rond het huis, zodat nieuwsgierigen op afstand gehouden konden worden. De leden van het team onderzochten de kamers, gooiden laden open, klopten tegen de muren, zochten naar geheime vakken. Ze vonden alleen maar de twee geweren, die opvallend uitdagend naast elkaar in de kleine kamer één hoog stonden te wachten op hun eigenaar.

'Onderzoeken op DNA-sporen', zei Perseyn. 'Hoe dan ook, we hebben genoeg tégen haar.'

'Twee geweren', zei Iris. 'Dat kan alleen maar voor problemen zorgen, Steven.' Ze fluisterde. De rest van het team hoefde niet te horen wat ze zei.

'Een geweer voor elke opdracht?' vroeg hij.

'Eva, Depretere. Dat kan kloppen. Maar Tarik dan weer niet.' Ze kon het niet uitgesproken krijgen. Het onderzoek had uitgewezen dat Tarik van dichtbij was doodgeschoten. 'Het was persoonlijk', had Perseyn gezegd.

Een medewerker van het laboratorium pakte de geweren zorgvuldig in. 'Elke vingerafdruk, elke vezel en elk stukje DNA moet worden onderzocht en geïdentificeerd', zei Perseyn. De man knikte. En tot Iris zei hij: 'We zoeken uit of ze bankrekeningen had en blokkeren alles.'

'Ik denk', zei Iris, 'dat je tevergeefs moeite doet. Ze is een huurmoordenaar. We vinden niks.'

Perseyn haalde alleen maar zijn schouders op.

❧

Lena en Thomas stonden ongeduldig en niet bepaald gelukkig bij de ontvangstbalie van de Belgische ambassade op Curaçao. Die ambassade was gevestigd in een grote villa daterend uit het interbellum waar, zo veronderstelde Thomas, de ambassadeur zelf ook woonde. Hij kon zich niet voorstellen dat deze post belangrijk was voor een diplomaat, op een eiland waar het vaderland zo goed als geen economische belangen had. Maar met een status als fiscaal paradijs wist je natuurlijk nooit hoever de officiële interesse ging.

'Nee, meneer', zei de dertigjarige donkere schoonheid die post had gevat achter de balie en die haar leesbril halverwege haar neus liet balanceren. 'Ambassadeur Akkermans kan u niet ontvangen. U hebt immers géén afspraak met hem. U kunt niet zomaar...'

'Het is dringend', zei Thomas.

'...hier binnenkomen om de ambassadeur te zien zonder afspraak. Dat gaat jammer genoeg niet. Hij is niet aanwezig vandaag.'

'En waar is hij dan wel?' wilde Thomas weten.

De secretaresse stak haar neus in de lucht, waardoor de bril wat van plaats veranderde. Misschien was het een onbewust gebaar. Hoe dan ook, het humeur van Thomas werd er niet beter op. 'Dat kan ik u niet zeggen, meneer', zei de jonge vrouw.

'Godverdomme, juffrouw,' zei Thomas, 'het is de koning niet.'

'Thomas', waarschuwde Lena. Ze glimlachte naar de secretaresse alsof ze zich uitdrukkelijk wilde verontschuldigen voor het boerse gedrag van haar gezel.

'Misschien', zei de vrouw, 'kan ik u opschrijven voor morgen? Voor een afspraak?'

'Wie rijdt er met de auto van de ambassade?' vroeg Thomas. 'Een witte Mercedes?'

'O, dat zal Marco zijn. Hij is een van onze veiligheidsmensen. En hij is ook de chauffeur van de ambassadeur.'

'Marco...?' probeerde Lena met haar beste naïeve glimlach.

'Marco Ortela. Is er iets met hem aan de hand?'

'Neenee', zei Lena snel. 'Kunnen we hem misschien spreken?'

De secretaresse raadpleegde haar agenda. 'Hij is er ook niet. Misschien rijdt hij de ambassadeur vandaag rond. Dat zou verklaren...'

'Waar woont die Marco?' vroeg Thomas.

De secretaresse keek hem verstoord aan. Dan keek ze naar Lena. Die glimlachte bemoedigend.

❧

'Jij wist dat Tarik een verhouding had met Sofia?' vroeg Iris. Ze vroeg het eigenlijk niet, het was een beschuldiging. En diegene die beschuldigd werd was Perseyn, die achter zijn bureau zat. Iris bevond zich in de onaangename positie dat ze nu al twee keer na elkaar haar baas beschuldigde. 'Jij wist dat hij met haar omging, en jij wist welk gevaar hij liep!'

'Iris', zei hij. 'Iris, dit is niet zo eenvoudig...'

'Godverdomme, Steven. Eerst Eva en nu Tarik. En elke keer omdat er wat scheelt aan onze communicatie. Omdat jij...'

Perseyn bleef kalm onder de aanval, waardig zelfs. 'Ik wist dat, ja. Ik wist dat Tarik een verhouding had met Sofia, en dat hij haar tegelijk in de gaten moest houden en zijn rol spelen.'

'Jij had het kunnen voorkomen. Ik bedoel. Deze hele rotzooi... Jij had dat kunnen voorkomen. Je had hem niet mogen sturen.'

'Dat is genoeg, Iris', zei hij, nu rechtop, luid. Hij trok voor zichzelf duidelijk een lijn. Aan de ene kant van de lijn was hij een collega, iemand van de groep, zelfs een vriend. Aan de andere kant van de lijn was hij hun baas, was hij diegene die de bevelen uitdeelde maar ook de klappen kreeg wanneer het misliep. Hij wist dat het moeilijk was van de ene kant van de lijn naar de andere te migreren, maar in gevallen als deze deed hij dat. Migreren. Dan werd hij de baas van Iris. En dan had hij geen verzoeken maar bevelen. 'Ik wil dat de zaken duidelijk zijn. Ik gaf Tarik een bevel, en hij verknoeide het. Ik had een duidelijke afspraak met hem: geen gerotzooi meer met die verdachte. Dat heeft hij genegeerd.'

'Laat de zaken dan duidelijk zijn, hoofdcommissaris', zei Iris strak. 'Zodat we allemaal weten waar we in de toekomst aan toe zijn.'

'De dood van Eva was niet te vermijden. Dat zei ik je al. Ze was in handen van een gevaarlijk misdadiger, iemand die zichzelf duidelijk geen ethische vragen stelt. Dat soort mensen kijkt niet op een moord meer of minder. Ze hebben al een heel spoor van doden achtergelaten. En Eva had te veel gezien. Ze had de ontvoerder gezien. De man die, vermoedelijk, achter dit hele project staat.'

Iris zei niets meer. Ze liet Perseyn het woord voeren.

'Aan Tarik heb ik gevraagd om opnieuw zijn undercoverrol op te nemen. Ik kende de risico's. Hij kende die ook. Maar ik had moeten inzien dat hij verliefd was op zijn slachtoffer. Maar zij is de moordenaar, Iris. Ik niet. En we gaan achter haar aan.'

Iris ontweek zijn blik. Ze keek naar buiten. Naar het landschap. Naar de stad, waar er ook zoveel onrecht was. Ze was woedend. Ze was bang.

'Iris', drong Perseyn aan.

'Shit!' zei Iris onderdrukt en verliet zonder meer zijn bureau. In het stukje gang dat naar het open bureaugedeelte leidde, botste ze bijna op een slanke jongeman die bij de liftdeur stond te drentelen, alsof hij zonet op de verkeerde etage was uitgestapt. 'De receptie is beneden', zei ze nors. Ze kon het niet helpen. Vreemden hoorden hier niet rond te lopen. Daar hadden de mensen van de receptie duidelijke instructies over gekregen.

Hoe kwam die hier trouwens zomaar binnen?

'Ik ben Joris Rinckhout', zei de jongeman met een glimlach, alsof zijn naam alleen al een garantie bood op een verbetering van haar humeur. Dat was echter niet het geval. 'En?' vroeg ze.

'Ik kom, eh, helpen. Het team versterken. Inspecteur Rinckhout.'

Ze keek hem verbaasd aan. 'Waarom werden wij niet verwittigd?'

Hij trok een onschuldig gezicht. 'Ik weet het niet. Ik kom van de Computer Crime Unit en ik heb enkele maanden geleden een andere functie gevraagd, iets op het terrein, en gisteren vertelde mijn coördinator mij...'

Perseyn had het gesprek gevolgd en kwam zijn kantoor uit. 'Joris', zei hij. 'Leuk dat je er bent. Mijn excuses, ik heb de collega's nog niet kunnen briefen over jouw komst. Kom in mijn kantoor, dan geef ik je wat uitleg.'

Iris wierp een blik in de richting van Perseyn, die dat echter niet merkte en met de nieuweling zijn kantoor binnenstapte.

৵৽৽

Thomas stond aan de voorkant van een in zijn ogen bescheiden losstaande woning van hout en baksteen in Otrobanda.

Hij had aangebeld, en dan nog een keer, maar er was geen reactie gekomen. 'Hallo!' riep hij naar de voordeur. Dit soort van toestanden ergerde hem altijd verschrikkelijk. 'Is er iemand thuis?' Want hij had de bel niet horen overgaan. Misschien was ze stuk en stond hij zich hier nutteloos te ergeren. Hij klopte op de deur. Maar zelfs dan kwam er geen reactie. 'Meneer Ortela!' riep hij. 'Marco Ortela?'

Lena stond hoofdschuddend naast hem. 'Als ze niet antwoorden zijn ze niet thuis', zei ze. 'Dat is overal ter wereld zo.'

Thomas wierp een snelle blik op haar en dan op de voordeur. Goh, hij ergerde zich soms aan die magere wijsneus met wie hij zo vaak optrok. Ze had uiteraard gelijk, maar dat gaf haar niet het recht een betweter te zijn.

Hij boog zich voorover om het slot aan een nader onderzoek te onderwerpen. Gewoon maar een Yale, meer niet. Zoals overal ter wereld. 'Hier woont dus een medewerker van de Belgische ambassade. De chauffeur, dan nog', zei hij. 'In zo'n stulpje. En met een voordeur van niks. Om nog niet van het slot te spreken.'

'Denk er niet aan, Verhaege', waarschuwde Lena hem. 'Er is waarschijnlijk een half dozijn wetten die het ons verbieden...'

Thomas leunde tegen de deur en gaf een snelle, harde duw. De deur kraakte. Hij duwde opnieuw. Het slot sprong uit het hout en viel integraal naar binnen. Thomas wees op het versplinterde hout. 'Rot', zei hij. 'Termieten. Interessant land voor inbrekers. Ik klopte wat te hard aan.'

'Godverdomme, Verhaege, kun jij niet gewoon doen en aan de juiste kant van de wet blijven', zei Lena, maar ze volgde hem niettemin naar binnen. Thomas trok snel een set plastic handschoenen aan. 'Heb je die altijd bij je?' vroeg Lena.

'Blijf jij met je handen overal af, als je er zelf geen bij je hebt.' Hij trok laden en kasten open, keek onder het bed en onder de kasten, bekeek de onderkant van de laden, zocht overal, en vond ten slotte wat hij zocht achter in de kleerkast: een dikke bruine kartonnen enveloppe.

Hij opende de enveloppe en schudde er een set documenten uit, en een tiental foto's.

Lena ving de foto's op en bekeek ze. 'Shit', zei ze. Ze toonde ze aan Thomas. Robert Luyten en Chico stonden erop. De foto's waren duidelijk zonder medeweten van de betrokkenen genomen, sommige met een telelens.

Op de documenten stonden details van beide overleden heren. Adres, familiegegevens, werkplaatsen, biografie.

'Marco Ortela is een huurmoordenaar en heeft deze twee lijken op zijn geweten. Dat is duidelijk genoeg.' En er waren nog meer foto's, van mensen die ze niet kenden. Maar de namen herkenden ze wel.

Lena knikte. 'En hij zorgde ervoor dat de fondsen op de dode rekeningen naar het buitenland vertrokken. Shit, Thomas. We zitten midden in een zwaar probleem, en jij weet het ook. Die man werkt voor de ambassade. Het feit dat hij een lokale jongen is, verandert daar niks aan. Dat wordt een gigantisch probleem. We kunnen niks hiervan gebruiken. We mogen hier zelfs niet eens zijn. We krijgen het hele ministerie van Buitenlandse Zaken over ons heen – om maar niet van Perseyn en Comité P te spreken.'

Thomas dook opnieuw de kleerkast in waar hij luidruchtig begon te rommelen. 'Er is iets wat nog ontbreekt', zei hij.

'Wat?'

'De werktuigen. Of werktuig, enkelvoud. Je weet wat ik bedoel.' Hij klopte tegen de zij- en achterwanden van de kleerkast. 'Aha', zei hij. Hij begon tegen het hout te duwen, en opeens schoof een paneel opzij. Hij zette een stap achteruit zodat Lena kon kijken wat hij had ontdekt.

In een verborgen ruimte aan de achterkant van de kast stond een karabijn met een telescoopvizier.

'Wedden dat hiermee recentelijk geschoten werd?' zei Thomas.

'Maar wat doen we nu?'

Thomas pakte zijn gsm en koos een nummer. 'Niet dat we veel keuze hebben.' Aan de andere kant werd opgenomen. 'Bradley?' zei hij. 'Ik heb iets interessants voor jou...'

Hoofdstuk 27

Misschien was ambassadeur Akkermans zich niet bewust van de ironie, maar zijn kantoor leek zo weggelopen uit een film van de jaren dertig of veertig, waarvoor in een Amerikaanse studio een kantoor op een tropische locatie was nagebouwd. Palissander tegen de muren, dikke jaloezieën, schuin invallend licht getemperd door stofdeeltjes, een grote ventilator tegen de zoldering, een open bar met flessen alcohol. En tientallen verhuisdozen. Deze laatsten verstoorden de illusie. Als de verhuisdozen er niet waren geweest, was de illusie van een John Le Carré-decor perfect. Ook de nieuwe laptop verstoorde de authenticiteit.

'Met alle respect, ambassadeur,' zei Thomas, 'maar wij hadden u graag enkele vragen gesteld.'

'Ik luister', zei Akkermans, terwijl hij in de laden van zijn antieke bureau rommelde. Hij diepte enkele notitieboeken op en stak die in een al goedgevulde doos.

Lena hield een foto in zijn richting. Akkermans keek op en nam de foto aan. 'Deze man is betrokken in een internationaal fraudeschandaal', zei ze.

Akkermans trok zijn wenkbrauwen op. 'Meent u dat?'

'Ja. U herkent hem toch wel? Hij is uw chauffeur.'

'Marco? Ja, natuurlijk herken ik hem.' Akkermans bracht zijn hand naar zijn kin in een onbewust gebaar.

'Kent u hem goed?' vroeg Lena.

'Hij is een medewerker van deze ambassade. Doet een beetje van alles, maar in de eerste plaats is hij de chauffeur. Hoe goed moet ik hem kennen? Hij is hier geboren en mijn voorganger nam hem in dienst. Hij kent hier een heleboel mensen. We rekruteren altijd lokaal voor dat niveau van medewerkers. Dat is ook makkelijker en goedkoper dan Belgen en hun familie te laten overkomen.'

'Is het normaal dat hij zich met het officiële voertuig van de ambassade verplaatst ook wanneer u er niet in zit?'

Akkermans tuitte zijn lippen. 'Hij kan over het voertuig beschikken, zo lang hij maar klaarstaat om mij te vervoeren of officiële opdrachten uit te voeren. We doen daar niet moeilijk over.'

Lena keek even naar de zoldering van het kantoor voor ze de volgende vraag stelde. En de vraag was dan ook zorgvuldig geformuleerd, maar evengoed compromisloos. 'Hebt u hem opdracht gegeven om de rekeningen van een aantal mensen leeg te maken en de fondsen naar het buitenland over te brengen?'

'Rekeningen?' vroeg Akkermans. 'Wat bedoelt u?'

'Wat ik zeg, meneer de ambassadeur', zei Lena geduldig, hoewel ze liever de man bij zijn keel wilde schudden om de informatie uit hem te krijgen. 'Hij werkte met rekeningen van acht mensen en zonet transfereerde hij het geld ervan naar buitenlandse locaties.'

'Ik weet helemaal nergens van, mevrouw. Ik weet niets over die rekeningen en dit is het eerste wat ik daarover hoor. Wat insinueert u eigenlijk?'

'Wij insinueren niets', kwam Thomas tussenbeide. 'Wij zijn in het bezit van bewijzen, dus hoeven we niet te insinueren. Marco wordt gezocht in het kader van een lopend dossier, waarvoor wij hier zijn. Hij wordt nu ook officieel verdacht van misdadige activiteiten. De vraag waar we ons nu op concentreren is: handelde hij op eigen houtje?'

Akkermans keek hem koud aan, een hele kunst bij de heersende temperatuur. 'Marco doet in zijn vrije tijd waar hij zin in heeft. Daar heb ik niets mee te maken.'

'Ongetwijfeld is dat zo', zei Thomas. 'Maar misschien gebeurde dit allemaal niet in zijn vrije tijd. Ik kan me ook niet goed voorstellen dat een gewone chauffeur dergelijke operaties helemaal alleen opzet...'

Akkermans werd rood. 'U gaat echt wel te ver, commissaris. Ik ben een ambtenaar en een diplomaat. U komt hier niet ongestraft binnenwandelen met dat soort verdachtmakingen. Ik moet u nu dringend verzoeken mijn kantoor te verlaten.'

Thomas kwam overeind. 'Ik noteer dat u weigert ons bij dit onderzoek te helpen. Ik zal niet nalaten daarover verslag uit te brengen.'

'U bent hier niet bevoegd om mij te ondervragen, commissaris. Dit gesprek is ten einde!'

Thomas, gevolgd door Lena, stapte zonder verdere commentaar het kantoor uit. Dat vond hij beter zo. De ambassadeur zou toch niet geneigd zijn tot ontboezemingen. En eigenlijk hadden ze geen bewijzen van zijn eventuele betrokkenheid. Met een harde confrontatie wonnen ze niets.

Even later stonden ze buiten, in de schaduwen van een paar bomen, waar wilde vogels aan het schelden waren. Verderop verkocht een oude man sigaren in een stalletje met een dieprood luifel. 'Die verbergt iets', zei Thomas. 'Dat is toch duidelijk.'

Lena schudde haar hoofd. Ze keek naar de vogels, niet naar hem.

'Wat?' vroeg Thomas boos.

Lena draaide haar hoofd naar hem om. 'Je kunt een ambassadeur niet zomaar ondervragen én beschuldigen, Thomas. Daarin heeft hij gelijk. Trouwens, Bradley heeft gezegd...'

'Bradley. Altijd Bradley. Het is ons onderzoek, Lena.' Hij besefte plots dat hij haar afblafte. Het was niet haar schuld dat het onderzoek niet vorderde. 'Sorry, hoor', zei hij stijfjes. 'Het is allemaal zo... Verdomme. Ik wil terug naar huis, naar Ruben. Die heeft me nodig. Nu zitten we hier tijd te verliezen en we komen nergens.'

'Oh, jawel', zei Lena. 'We komen wél ergens. We hebben Marco toch nog.'

Thomas keek op zijn horloge. 'Welke dag is het vandaag? De hoeveelste?'

'De eenentwintigste.'

'Shit. Ruben heeft vandaag scholencross.'

'Thomas...'

'Ja?'

'Je kunt niet...' Lena haalde diep adem en weerstond de aandrang om zijn arm vast te pakken. Ze weerstond de aandrang om hem zelfs heel stevig vast te pakken, en niet alleen die arm. Hij was nog niet over Eva heen. Ze hoopte dat hij op een goede dag over Eva heen zou zijn.

'Bel hem', zei ze. 'En doe dat nu meteen.'

Thomas pakte zijn gsm en drukte een toets in. Er werd aan de andere kant heel snel opgenomen. 'Hallo, sterke jongen? Hoe was de cross?'

Lena verwijderde zich van Thomas. Ze liep naar de auto toe, maakte die open en ging achter het stuur zitten. Van daaruit had ze een goed uitzicht op de ambassade. Ze hoorde Thomas praten, maar volgde de conversatie niet. Hij probeerde ongetwijfeld Ruben te troosten omdat hij nog niet meteen naar huis kwam. Dan pakte ze haar eigen mobieltje en toetste het nummer van Bradley in.

☙◦❧

Van beneden klonk het onmiskenbare geluid van een kinderprogramma op televisie. In de keuken was iemand bezig met het eten, wat bevestigd werd door de geur die naar boven dreef en die Douglas vaag meende te herkennen. Hij draaide zijn hoofd om naar de foto van Eva die op het nachttafeltje stond. Hij zakte door zijn knieën en trok de lade van het nachttafeltje open. Die lade was zo goed als leeg. Hij kwam weer overeind. Dan stapte hij stil naar de kleerkast en schoof die voorzichtig open. Tegelijk luisterde hij naar de geluiden beneden. Niemand had wat in de gaten, leek het.

Hij schoof zijn handen tussen de kleren van Thomas. Hemden, truien, enkele T-shirts. Ondergoed in een lade, sokken. Hij zocht tussen en onder de hemden. Niets te vinden. Hij wist wat hij zocht. Dan rekte hij zich uit en tastte op de bovenste planken.

Zijn vingers stootten tegen iets hards. Een doos. Hij haalde die voorzichtig tevoorschijn. Het was een schoenendoos, maar zonder opschriften. Ze voelde zwaar aan. Er zat een flink gewicht in. Precies het juiste gewicht.

Hij zakte opnieuw door zijn knieën en opende de doos. In een vod gewikkeld vond hij het wapen van Thomas. Niet zijn dienstwapen, wist Douglas, want dat hield de commissaris waarschijnlijk niet in zijn slaapkamer. Een persoonlijk wapen. Het wapen dat hij Thomas had zien gebruiken in de schietclub.

Uitstekend, dacht hij. Béter zelfs dan een dienstwapen.

Hij pakte het wapen in de vod gewikkeld uit de doos, schoof het onder zijn broekriem en zette de doos weer op zijn plaats.

Tegelijk hoorde hij dat de televisie afgezet werd.

De stem van Ruben klonk van beneden. 'Ik ga wat strips halen uit de kamer van papa', zei hij.

En meteen stommelden kleine voeten op de trap.

Douglas liet zich zakken, tastte onder het bed, vond voldoende vrije ruimte en schoof over de vloer.

Ruben kwam de slaapkamer in, zag de strips liggen en nam de bovenste ervan. Hij ging languit op het bed liggen.

❧

Marco haalde niet eens de ontvangstbalie van de luchtvaartmaatschappij. Hij werd net voorbij de ingang van de luchthaven opgevangen door zes politiemensen, waarvan twee hun wapen hadden getrokken. Ze boeiden hem meteen, tot consternatie van een aantal passerende toeristen. Hij verzette zich niet tegen deze overmacht. Hij besefte dat hij nergens naartoe kon.

'Marco, Marco', zei Bradley. 'Zo gehaast om dit paradijselijke eiland de rug toe te keren, beste vriend. Is het leven hier niet lekker meer? Wat is er aan de hand? Heb je ruzie met de ambassadeur?'

'Val dood!' zei Marco rustig. Verder verspilde hij geen woorden.

'Tsk', zei Bradley, duidelijk in zijn nopjes. 'Wat een ongelukkig taalgebruik. Er zijn al acht mensen doodgevallen, Marco. Nee, tien! En wij weten dat je hun daarbij een handje hebt geholpen. Het wordt dus tijd dat je met ons een gesprek hebt, over de dingen des levens.'

'Je hebt niks tegen mij.'

'Nee?'

'Nee, niks. Ik werk voor de Belgische ambassade. De ambassadeur zal voor mij zorgen.'

'Dat geloof je zelf niet. Hij zal je laten vallen als een stuk vuil, kereltje. Je hebt duidelijk niet goed nagedacht.'

Marco zei niets.

'Je bewaart je wapen in je eigen huis, om te beginnen al. Is dat niet dom? Of uitdagend? Een wapen waarmee verschillende mensen werden doodgeschoten. En de anderen: ongelukje hier, roofmoord daar, we zoeken het allemaal wel uit. En je bezoekjes aan de banken dan nog...'

'Dat geld was niet voor mij. Ik heb daar niks mee te maken.'

'Nee', zei Bradley. 'Dat weet ik. Nu gaan we praten over de mensen voor wie dat geld werkelijk bestemd was...'

∽◦∾

Ruben sloot de strip. Hij bleef nog even op zijn rug liggen. Er gingen vele gedachten door zijn hoofd, niet altijd leuke dingen. Dan luisterde hij plots. Magda stond beneden aan de trap en riep. 'Ruben, etenstijd. Kom naar beneden om je handen te wassen!'

Ruben gooide de strip waarin hij had zitten lezen terug op de stapel. Hij kroop van het bed en holde naar beneden.

Onder het bed lag Douglas geduldig te wachten. Het pistool van Thomas duwde in zijn vlees, maar dat verdroeg hij.

Hij wachtte tot hij beneden geluiden hoorde van borden en bestek, en schoof dan onder het bed uit.

∽◦∾

Ambassadeur Akkermans keek fronsend op toen Bradley hem aansprak. De politieman hield hem zijn badge onder de neus en zei: 'Meneer Akkermans, ik moet u spreken.'

'Binnen twintig minuten vertrekt mijn vliegtuig, agent', zei Akkermans. 'Ik kan mij niet veroorloven dat te missen.'

'Ik vrees van wel, meneer Akkermans. U zult met mij moeten meekomen naar het politiebureau. U kunt nog altijd een latere vlucht nemen.'

'Geen sprake van!' zei Akkermans. 'Ik ben diplomaat. U kunt mij niet verbieden aan boord te gaan en evenmin...'

Bradley liet de man een document zien. Het was een fax, met een sierlijk en uitgebreid briefhoofd. 'Jammer genoeg wel, meneer Akkermans. Uw eigen ministerie van Buitenlandse Zaken machtigt mij om u ter beschikking te houden van mijn onderzoek.'

'En welk onderzoek mag dat dan wel zijn', zei Akkermans, nu wat minder zelfverzekerd, terwijl hij de fax bekeek.

'O,' zei Bradley, 'fraude, oplichting, valsheid in geschrifte, witwassen van misdaadgeld, aanzetten tot moord. Het wordt een hele waslijst, vrees ik.'

Akkermans zei niets meer. Hij scheen zijn opties te overwegen.

'Uw chauffeur heeft een en ander opgebiecht. Zullen we dan maar?' zei Bradley.

Akkermans keek op. Drie agenten in uniform stonden om hem heen. Waar ze zo plots vandaan kwamen begreep hij niet. Maar dat hij zich in een erg moeilijk parket bevond, dat was duidelijk genoeg.

Hoofdstuk 28

'Villa Grimaldi, meneer Akkermans', zei Thomas. Hij genoot niet van de situatie. Van de vernedering die Akkermans nu onderging. Daar had hij geen tijd voor. 'Dat zegt u toch wel iets?'

Akkermans rechtte zijn schouders. 'Ik heb u niets te vertellen, commissaris. Dat hebben we allemaal al gehad.'

'Uw hiërarchie staat ons toe u te ondervragen als burger, meneer Akkermans. Wat de lokale overheid en wat het Belgische gerecht betreft bent u nu een gewone burger. U geniet geen onschendbaarheid meer.'

Akkermans hield koppig de kiezen op elkaar.

'Ik merk op', zei Thomas, 'dat u niet eens om een advocaat vraagt.'

'Hoe luidt de beschuldiging?' zei Akkermans droog.

'Agent Bradley heeft het netjes samengevat. Wat kunt u ons vertellen over Villa Grimaldi?'

'Ik ben geen toeristische gids', zei Akkermans nijdig. 'Loop dus naar de hel.'

Thomas leunde achterover. Lena, naast hem, zei niets. Hij zei: 'Villa Grimaldi is eigendom van een paar schimmige Belgen die in de zaken zitten. En met zaken bedoel ik: fraude, witwassen, dat soort dingen. Daar komt nu ook moord bij.' Hij schoof een vel papier naar Akkermans toe. 'Bekijkt u even deze lijst.'

Akkermans wierp er een blik op, meer niet. 'En?'

'Allemaal mensen, inwoners van Curaçao, die elk een rekening hadden bij een lokale bank. Acht mensen, acht verschillende banken.'

'Ja?'

'Ja. En elk van die mensen had, vreemd genoeg, ook de Belgische nationaliteit, hoewel de meesten van hen waarschijnlijk nooit een voet op Belgische bodem gezet hebben. Dat is toch op z'n minst merkwaardig?'

Akkermans zweeg.

'Marco heeft zijn verhaal al verteld, meneer Akkermans', zei Lena. 'Uw ambassade bezorgde al deze mensen documenten, zodat ze rekeningen konden openen.'

'En dan? Ik ken ze niet. Misschien kregen ze wel terecht de Belgische nationaliteit.'

Thomas zei: 'Jammer genoeg gingen deze mensen allemaal dood. Ze stierven de voorbije jaren. En toch bleven hun rekeningen bestaan. Er kwam geld binnen, er ging weer geld weg. Is dat niet vreemd?'

'Misschien raakte hun erfenis niet geregeld', suggereerde Akkermans, op wiens voorhoofd zweet parelde. 'Dat soort dingen neemt hier vaak heel wat tijd in beslag.'

'Hun familieleden wisten helemaal niets van deze rekeningen. Noch van het geld dat erop stond. Veel geld, meneer Akkermans.'

'Miljoenen dollars', zei Lena.

Akkermans zweeg opnieuw.

'Maar wie daar wel van af wist, was Marco. Uw chauffeur', zei Thomas.

'Die gisteren begon met het leeghalen van die rekeningen', voegde Lena daaraan toe.

'Legt u mij eens uit, meneer Akkermans,' zei Thomas, 'hoe een man als Marco in staat is zijn handtekening te plaatsen onder betalingsopdrachten voor deze rekeningen? En hoe komt het dat uitgerekend deze mensen allemaal meervoudig miljonair waren?'

'Ik weet het niet', zei Akkermans.

'De politie haalt nu, terwijl wij hier in dit aangename hokje zitten, uw persoonlijke computer uit elkaar, en de computer van de ambassade. Uw kantoor en uw huis worden overhoopgehaald, en weest u er maar zeker van dat we bezwarende informatie zullen vinden. U had tot een uurtje geleden een belangrijke functie hier op Curaçao, als ambassadeur. Wanneer u aankomt in België zal daar een onderzoeksrechter op u wachten, en een afgevaardigde van uw minister, en een paar politiemensen die u meteen in de boeien zullen slaan. O, nee, die boeien krijgt u al meteen om, hier, voor u op het vliegtuig stapt. En laten we de pers niet vergeten...'

Akkermans boog het hoofd.

'Praat met ons, meneer Akkermans', zei Thomas. 'En misschien kunnen we dat leed wat verzachten.'

'Ik had alleen telefonisch contact met hen', zei Akkermans gesmoord.

'Met hen?'

'Twee mannen. Ze belden me vier jaar geleden. Toen is het begonnen.'

'Wat is dan begonnen?'

'Ik had geld nodig', zei Akkermans kalm.

'Zo begint het altijd', zei Thomas. 'U had geld nodig, en ze vertelden u dat u makkelijk een centje kon bijverdienen door wat documenten te bezorgen. Altijd snel geld beschikbaar, een makkie eigenlijk.'

'Ja,' zei Akkermans, 'zo is het gegaan. Precies zo.'

'En Marco werkte daar ook aan mee.'

'Ja. Marco was een lokale man. Hij kende de omgeving, wist waar andere mensen vandaan te halen. Hij deed het loopwerk, ik zorgde voor de documenten.'

'En de moorden?'

Akkermans keek op. Hij was bang, zag Thomas. Hij had de hele tijd al geweten van de moorden, daar was hij van overtuigd. Het was Marco die zijn handen vuilmaakte, maar Akkermans die op de juiste momenten de andere richting uit keek. 'Daar had ik niks mee te maken, commissaris. Werkelijk niet. Ik wist niet eens... Ik begon pas dingen te vermoeden toen de vierde man stierf. Zo snel na elkaar, het was niet mogelijk dat het toeval was.'

Hij liegt, dacht Thomas. Hij wist heel goed wat er aan de hand was met het project rond Villa Grimaldi en Grimaldi Co. Hij zei: 'En u verdacht Marco? U gaat mij niet vertellen dat u niets vermoedde!'

Akkermans rilde, ondanks de hitte. 'Wat kon ik doen? Ik zat er helemaal middenin. Ik had geld aangenomen, ik had documenten vervalst.'

'U hebt zich nooit afgevraagd waar dat allemaal voor diende?'

Akkermans keek Thomas aan. 'Als ze je duizenden dollars per maand in de handen stoppen, commissaris,' zei hij, 'dan weet je dat je geen vragen gaat stellen. En zij weten dat ook.'

Thomas leunde achterover.

❧

Perseyn bekeek de gedrukte mail van Thomas. 'Een ambassadeur', zei hij. 'Wat gaan we nog meemaken! Die mensen hebben overal connecties en gebruiken iedereen die een moment van zwakte heeft.'

'Hoeveel geld is er verdwenen?' vroeg Iris.

'Bijna vijftig miljoen dollar. Het netwerk in Curaçao is opgerold, tenminste voor zover wij weten, maar het geld is weg en dat kunnen wij niet meer terugkrijgen. Hoe zit het met de documenten die we bij Luyten vonden?'

Iris knikte in de richting van de vier rechercheurs die over hun tafeltjes gebogen zaten, met grote stapels dossiers rondom zich. 'Een puzzelwerk. Misschien hebben we vandaag geluk. Misschien binnen zes maanden. Ik heb meer mensen nodig.' Ze bracht haar handen meteen omhoog. 'Maar jij vertelt me dan dat ik geen extra hulp kan krijgen, en dus doe ik het met wat ik heb.'

'Jammer genoeg', zei Perseyn.

Iris manipuleerde enkele foto's op het smartboard. 'Dat zijn de wapens die we bij Sofia vonden', zei ze. 'Allebei een Steyr Elite. Het ene werd gebruikt bij de moord op Eva, het andere voor Depretere. Daar zijn we nu zeker van.'

'Voor elk doel een ander wapen', zei Perseyn. 'We hebben onze moordenaar gevonden.'

Iris schudde kort haar hoofd.

'Wat is er?' vroeg Perseyn.

'We hebben opnieuw vreemd DNA gevonden. Nog altijd van die onbekende man. Het gaat niet alleen om Sofia. Er is een andere speler, die waarschijnlijk gevaarlijker is en die we nog altijd niet kennen.'

Perseyn zuchtte. 'Stuur een bericht naar Thomas en Lena. Dat ze terugkomen met het eerste beschikbare vliegtuig. Hun opdracht daar is afgelopen. Hier is meer dan werk genoeg.'

'Zal ik doen', zei Iris. 'Maar er is iets wat ik jou moet zeggen...'

'Ja?'

'Als we Sofia gevonden hebben, ga ik hier weg.'

'Wat bedoel je?'

'Ik kan niet langer voor jou werken, Steven', zei ze, opzettelijk zijn voornaam gebruikend.

'Iris, heeft dat te maken met onze...'

Ze schudde haar hoofd. 'Je weet waarom ik dat doe.'

Hij liet zijn handen zakken. 'Kun je daar niet over nadenken? We moeten dit team intact houden. Zeker onder deze omstandigheden.'

'Nee', zei ze. 'Nee, Steven. Mijn besluit staat vast. Het spijt me. Je had dit kunnen zien aankomen. Eva, en Tarik...'

'Ik zei je al dat ik...'

Ze onderbrak hem. 'Het gaat niet meer over verantwoordelijkheden. Het is gebeurd, Steven, en het had niet mogen gebeuren. Dat is alles wat ik daarover kwijt wil.'

❧

Douglas wist dat Sofia weinig mogelijkheden tot schuilen had. De adressen die hij van haar kende, zou ze links laten liggen. Geld opnemen deed ze waarschijnlijk niet meer, omdat ze wist dat hij haar zo zou vinden. Hij kon haar gsm lokaliseren. Ze had geen vrienden in de stad. Wat zou hij in haar plaats doen?

Hij wist wat hij in haar plaats zou doen. Hij zou onderduiken, en waar beter onderduiken dan tussen mensen die haar niet zouden vragen naar haar naam en haar achtergrond?

De Bulgaren wisten hem een paar sporen te bezorgen, want iemand als Sofia liep niet ongemerkt rond. Hij vermoedde dat ook de politie naar haar op zoek was, en dat patrouilles haar beschrijving en een foto hadden.

Hij moest haar vinden voor zij haar te pakken kregen. Ze was een gevaar geworden voor de hele operatie.

In een kraakpand aan de oostzijde van de stad ramde hij een junk tegen een muur en duwde hem een foto van Sofia onder de neus. 'Wel?' zei hij.

De jongeman, die stonk naar muf verderf, snoof hooghartig. 'Val dood', zei hij.

Douglas duwde zijn duim hard in de flank van de jongeman, aan zijn rechterzijde. De jongeman werd bleek onder het vuil op zijn gezicht en kreunde diep. 'Opnieuw', zei Douglas. 'Goh, die lever, dat ziet er niet goed uit.'

De jongeman wierp een moeizame blik op de foto. 'Kan zijn', zei hij. 'Gisteren. Maar ze bleef niet. Ging naar de buurt van de Oudstrijdersstraat.'

Douglas liet hem los. 'Brave knul', zei hij. Wat hem betrof kon de jongeman ter plekke doodvallen. Uitschot van de samenleving. Profiteurs en parasieten, en zijn aandacht niet waard.

Hij pakte zijn gsm en toetste twee cijfers in.

☙❧

Thomas stapte uit de taxi en werd verwelkomd door Ruben, die zich meteen tegen zijn benen aan gooide en zich aan hem vastklemde. Magda ontfermde zich over de valies van Thomas en slaagde erin haar kleinzoon in het huis te krijgen. Thomas haalde een knuffelbeer tevoorschijn – die hij nog snel op de luchthaven had gekocht – en de jongen bekommerde zich meteen om zijn nieuwe aanwinst.

'We hebben je gemist', zei Magda, die het moeilijk had.

'Ja', zei Thomas. 'Dat begrijp ik. Maar ik moest dit gewoon doen.'

Magda knikte, maar zei niets meer. Het was een discussie waarvan ze wist dat ze die niet kon winnen. Eva had dat ook geprobeerd, en gefaald. Er waren prioriteiten in het leven van Thomas, en natuurlijk kwam zijn gezin eerst, maar niet helemaal eerst. Onder deze omstandigheden, vond Magda, had het geen zin daarover iets te zeggen.

'Ik moet zo gauw mogelijk naar het kantoor', zei hij. 'We hebben misschien een doorbraak in deze zaak.'

'Dat brengt Eva niet terug', zei Magda.

Ze stonden nu in de gang. Ruben was achter in het huis. Thomas sloot de voordeur. Hij pakte de handen van Magda vast. 'Het spijt me', zei hij. 'Er is niets wat haar terugbrengt. Maar ik kan niet toelaten dat haar dood ongestraft blijft. Er zijn mensen die dat op hun geweten hebben, en zij moeten boeten.'

'Ja', zei Magda. 'Maar dan zonder dat er andere onschuldige slachtoffers vallen.' Ze trok haar handen terug en stapte de gang door, op zoek naar Ruben.

❧

Thomas wist dat hij bepaalde beloftes niet kon waarmaken. Ook al waren dat onuitgesproken beloftes geweest. Hij keek op zijn horloge. Het was over zessen, en buiten begon het te schemeren. Hij had zonet naar Magda gebeld en haar gevraagd ervoor te zorgen dat Ruben op tijd in bed lag. Ja, hij zou nog naar huis komen om de jongen in te stoppen. Wanneer, dat wist hij niet.

'Voor ons hoef je niet te blijven', zei Iris. 'Heus, we hebben dit onder ons beiden gedaan, Perseyn en ik, en we kunnen nog wel even verder.' Ze had het niet gehad over hun nieuwe aanwinst, Joris, die geen ervaring had met het echte politiewerk. Niet de straat opsturen, had Perseyn gezegd. Voorlopig nog niet.

'Ja,' zei Thomas, 'dat weet ik. Maar ik moet dit hele dossier nog bekijken, anders kan ik morgen niet verder.'

Iris wist waarom Thomas treuzelde. Hij wachtte op een bericht van de patrouilles, in de hoop dat die Sofia gevonden hadden. 'Onze enige levende link', had Perseyn zich laten ontvallen. Er waren andere linken, zoals Akkermans, maar die wisten weinig te vertellen. Sofia zou meer te zeggen hebben over haar opdrachtgever.

Maar ze was onvindbaar.

'Ga naar huis', zei Lena, die aan haar eigen tafeltje zat, nog altijd met haar kleine valies naast zich. Ze was meteen hier naartoe gekomen, vanuit Zaventem. Dat verbaasde Thomas niet.

'Ik maak er een bevel van', zei Perseyn. 'Als dat moet.'

Thomas kwam overeind. 'Tegen deze overmacht kan ik niet op', zei hij. Hij reed terug naar huis, maar zette de auto niet in de garage. Hij groette Magda die in de keuken met de afwas bezig was, wimpelde haar aanbod van een warme maaltijd af en ging naar boven, waar Ruben in zijn bed nog een strip lag te lezen. 'Nog geen tijd om te slapen?' vroeg hij.

Hij kon er niet onderuit: hij moest een verhaaltje uit een boek vertellen. Toen hij daarna beneden kwam was het halfacht. Magda zat voor de televisie. 'Het is goed dat je naar huis kwam', zei ze.

'Ik wacht op een bericht', zei hij, 'en dan moet ik misschien weer weg. Misschien zelfs vannacht.'

Magda zei niets.

Hoofdstuk 29

De twee agenten keken in de richting van het steegje. De oudere man, die zij alleen maar kenden als Stan, wees daar naartoe. 'Als er zo iemand een plek zoekt, dan moet het daar zijn', zei hij. 'Ik zag gisteren iemand nieuw, misschien was het een vrouw, ik weet het niet.'

De ene agent, die Freddy heette, knikte. 'Een jonge vrouw. Zoals die op de foto.'

Stan nam de moeite niet om naar de foto te kijken. Hij had zonet om een sigaret gebedeld en die ook gekregen. De agenten kenden hun vaste klanten. Ze wisten wat die waard waren als bron van informatie. Als er iemand nieuw opdook tussen de daklozen en de krakers, kwamen ze het snel te weten.

En nu zocht de gerechtelijke politie naar een jonge vrouw.

'Kijk toch nog maar eens naar de foto', zei Freddy.

Stan trok een gezicht. 'Op mijn leeftijd bekijk je vrouwen niet meer', zei hij. Maar hij wierp een blik op de foto. 'Zou kunnen. Ze had veel kleren aan. Zou kunnen.'

'Oké', zei Freddy. 'We gaan een kijkje nemen.' Hij knikte naar zijn partner. 'Vraag toch maar back-up', zei hij.

Geen van beiden hadden ze aandacht voor een man die aan de andere kant van de straat liep en die meteen in een steegje verdween. Misschien had hij het gesprek tussen de agenten en Stan gevolgd, misschien ook niet. In ieder geval stapte hij in de richting waar Stan gewezen had. Hij hield zijn donkergrijze jas strak om zich heen, hoewel het nog helemaal niet koud was. En hij zorgde ervoor dat hij in de schaduwen bleef, waar hij zich thuis voelde.

Even verderop stonden een jongeman en een nog jonger meisje op een straathoek. De man wachtte een moment en stapte dan op hen toe. De jongeman keek zijn richting uit en wilde iets zeggen, maar deed het dan toch niet. Hij had beide handen in de zakken van zijn lange jas zitten.

'Ik zoek een jonge vrouw die hier pas opgedaagd is', zei Douglas.

'Rot op', zei de jongeman. 'Flik.'

Douglas keek even naar het meisje. Zonder zijn blik van haar af te wenden, zei hij: 'Flikken komen hier niet. Zeker niet alleen.'

'Rot zelfs dan op', zei de jongeman opnieuw, en in zijn stem klonk de agressiviteit van iemand die alleen maar agressiviteit kende, en geen beschaving. Douglas betreurde dat. Hij betreurde het dat hij met dit soort mensen moest omgaan, hoe kort ook. Een compensatie voor die treurnis kon erin bestaan dat hij de jongeman doodde. Maar een dergelijke straf zou te eenvoudig zijn. En daarenboven had hij daar geen tijd voor.

Hij stapte vooruit en pakte het meisje vast bij haar haren. Hij deed dat zo snel dat ze geen tijd had om te reageren. Hij trok hard. Ze krijste. De jongeman haalde zijn handen uit zijn zakken. Douglas trapte naar hem. De jongeman liet een dierlijke kreun horen en zakte neer, op zijn knieën. Douglas trok het meisje naar zich toe. Ze verweerde zich nauwelijks. Dat had hij goed ingeschat: zij was het gewend om mishandeld te worden en kende de straf van weerstand. Dat had ze ongetwijfeld aan de jongeman te danken.

Douglas voelde dan ook geen medelijden.

'Waar is ze?' vroeg hij. Met zijn ene vrije hand hield hij haar kin vast, duwde die omhoog zodat haar hals helemaal gestrekt werd. Een blote en kwetsbare hals.

'Rechts, in de oude supermarkt', zuchtte het meisje. Douglas keek naar rechts. Hij liet het meisje los. Ze viel ook op haar knieën. Haar pijn deed Douglas niets. Hij stapte naar de rottende gevel van de voormalige supermarkt toe. Het portaal was open, een zwart gat.

Hij knipte een zaklamp aan en stapte naar binnen.

Sofia lag achterin, waar het relatief proper was. Aan de zijkant lagen de stille gestalten van vier of vijf daklozen. Die vormden geen probleem voor Douglas. Sofia zelf leek te slapen, maar toen hij naderde en het lampje op haar scheen, werd ze wakker.

Ze was weerloos. Dat zag hij meteen. Hij kende het gedrag van weerloze mensen goed. Je kon dat zien aan hun blik die niet langer meer smeekte en aan de manier waarop hun handen naast hun lichaam lagen.

Maar met Sofia wist hij het niet helemaal zéker. Zelfs onder deze omstandigheden was zij een getrainde moordenaar. Zijn voordeel was, dat hij haar verrast had.

'Sofia', zei hij. 'Je moet mee naar huis komen.'

Ze wierp een snelle blik naast zich, waar een rugzak lag. Daar zat haar wapen. Ze berekende haar kansen. De rugzak zat dicht met een rits. Ze zou nooit snel genoeg kunnen zijn om haar wapen te vinden.

Zeker niet omdat hij zijn pistool al in zijn hand hield. En op haar richtte.

'Naar huis', zei hij.

En hij haalde de trekker twee keer snel na elkaar over.

De twee agenten hoorden de schoten. Ze keken elkaar aan. Freddy riep meteen om assistentie via zijn radio. Ze trokken beiden hun wapen. Maar ze kwamen te laat. De daklozen waren verdwenen. Douglas was verdwenen. Alleen Sofia was er nog, en haar leven liep ontegensprekelijk weg uit haar lichaam.

❧

Het kostte Thomas en de rest van het team net geen kwartier om ter plekke te komen. 'Leeft ze nog?' vroeg Perseyn. Er stonden twee combi's, een anonieme politieauto en een ambulance voor het pand. Twee verplegers probeerden Sofia's bloeden te stelpen, maar de ene schudde zijn hoofd. Sofia leefde nog, maar niet lang meer.

Thomas zonk naast haar neer op zijn knieën. Hij negeerde

bloed en vuil. 'Wie is hij, Sofia?' vroeg hij. 'Wie is je moordenaar?'

Sofia keek hem aan, al leek ze niet in staat hem te herkennen.

'Waarom moest mijn vrouw sterven?' drong hij aan. 'Waarom?'

Het was een vraag waarvoor Sofia de tijd niet meer had.

'Ik heb niet...' zei Sofia. Er was bloed, overal was er bloed, tot in haar stem toe. 'Ik heb jouw vrouw niet vermoord.'

'Wie dan wel?' zei Thomas. 'En waarom?'

'Ik... niet', zei Sofia. En dat waren haar laatste woorden.

Thomas kwam overeind en bleef een ogenblik lang staan. Dan liep hij het gebouw uit. Perseyn en de twee vrouwen van het team volgden hem. De lokale politie was begonnen met het afzetten van de buurt. Een bestelwagen van de technische recherche kwam aanrijden.

'We hebben nu tenminste de moordenaar van Eva', zei Perseyn. 'Dat deel van de zaak is opgelost.'

Thomas schudde zijn hoofd. 'Ze zei dat zij het niet gedaan had.'

'Geloof je haar?' vroeg Iris. Ze keek hem aan en vroeg zich af waarom hij bereid was de woorden van een stervende onbekende voor waar aan te nemen. Had hij die troost nodig? Wilde hij blijven geloven in een onzichtbare moordenaar, veeleer dan de gedachte aan een ordinaire huurling? Dit is Thomas niet, dacht ze. Dit is de schim van Thomas.

'Waarom zou ze daarover liegen? Depretere, misschien. Maar Eva? Ik weet het niet. Er is nog altijd die meneer DNA.' Hij haalde zijn vingers door zijn haar. Er zat nu overal bloed op hem. 'Godverdomme', zei hij. 'Sofia is vermoord omdat ze te veel wist.'

'Maar ze is ook de moordenaar van Tarik', zei Perseyn.

'Ik denk dat Thomas gelijk heeft', zei Lena. 'We zijn hier nog niet klaar.'

❧

'Een Château Latour van 1988', zei Guy Merckx. 'Voor mijn dochter is alleen het beste goed genoeg!' Hij glimlachte breed toen hij dat zei, en Lena wist dat hij haar daarmee plaagde, maar ze liet dat gebeuren omdat ze wist dat hij haar graag zag. Onvoorwaardelijk, zelfs. Aan de andere kant had hij er moeite mee dat hij er niet altijd voor haar was. Het werk, de reizen, het buitenland, de bedrijven.

Ze nam hem niets kwalijk, zelfs zijn overdreven gulheid niet. Die had ze als kind leren kennen, als het kleine, rebellerende en kwaadaardige meisje dat na ontelbare instellingen en pleegouders uiteindelijk bij Marisse en Guy Merckx was terechtgekomen. Een vader en een moeder zoals er al zovele in haar leven waren geweest, die echter bereid bleken al haar nukken, zonden, leugens, revoltes en slechte dagen voor lief te nemen en haar in hun hart te sluiten.

Ze had ten slotte ingezien dat ze niets anders kon dan in hen te geloven. Ze had in hen de onvoorwaardelijke liefde gevonden die alleen echte ouders voor hun kinderen kunnen voelen. Toen Marisse stierf, sloeg voor Lena met grote kracht een deur dicht. Het was een ontredderende tijd geweest. Daarna besefte ze dat ze de enige ware liefde van haar vader geworden was.

En nu plots niet meer. Er was een andere liefde in zijn leven. Ze zou hem vragen wie Catherine was, de donkere schoonheid waarmee ze hem eerder gezien had. Het was geen kwestie van rivaliteit – zo maakte ze zichzelf wijs – maar van nieuwsgierigheid.

Ze ging aan tafel zitten en dronk twee slokken van de wijn. De tweede slok liet ze even in haar mond circuleren. Het was niet helemaal zoals hij het haar geleerd had, maar ze was wat dat soort zaken betrof hardleers. 'Mmm,' zei ze, 'een uitstekend wijntje.' En ze meende het. Het kon ook niet anders dan een uitstekende wijn zijn.

'Uitstekend wijntje?' zei hij, alsof hij beledigd was. 'Een topwijn. Daar wordt in een restaurant een klein fortuin voor betaald. Ik heb hem gekocht toen hij nog jong was. Toen ik zelf ook nog jong was.'

En toen zijn vrouw nog leefde, dacht Lena. Maar dat wilde ze niet zeggen. Het was een verlies dat ze allebei al een hele tijd droegen. Elk apart. Elk op hun eigen manier.

'Je bent dus op Curaçao geweest', zei hij. 'God, mij ook niet helemaal onbekend. Prachtig eiland.'

'Op vakantie?'

'Wie, ik? Vakantie? Nee, op handelsmissie. Een paar jaar geleden. Als het ministerie daarom vroeg, dan zei je geen nee.'

'Succes gehad?'

'Och,' zei Merckx met een wuivend handgebaar, 'je kunt je voorstellen hoe dat gaat. Tien dagen weg, de beste hotels, de prins die meegaat en vergezeld wordt van zijn sycofanten, de plaatselijke ondernemers die contracten getekend willen hebben. Maar uiteindelijk was het niet zo'n succes, nee. Toerisme, visvangst, en natuurlijk ook banken. Dat was alles.'

'Mmm', zei Lena. 'Is het waar dat de prins...'

'Wat?' vroeg Merckx, de wijn in zijn glas van nabij bekijkend. Hij keek op toen de microgolfoven een olijke *ping* liet horen. 'Ah, het voorgerecht.' Hij kwam overeind.

'Dat de prins meer geïnteresseerd was in de lokale schoonheden dan in zaken doen.'

Merckx kwam terug met een schotel die hij zorgvuldig vasthield met een dikke vaatdoek. 'Heet', zei hij. 'De prins? Je weet wat ze zeggen. Die hele koninklijke familie, altijd al...' Hij deponeerde de schotel, trok de vaatdoek weg en ging zitten. 'Val aan', zei hij.

'Ja?'

'Behalve Boudewijn dan. Die was streng opgevoed. Maar de rest van de Saksen-Coburgs, die konden er wat van. Zelf nooit meegemaakt, of toch niet gezien. Maar altijd uitstekend tafelen en veel wijn en daarna nog meer drank. Op zeker moment was Zijne Hoogheid natuurlijk verdwenen, en de dag erop werd er niet meer over zijn afwezigheid gepraat.'

'Dat geeft natuurlijk aanleiding tot...'

'Ssst', zei Merckx. 'Majesteitsschennis. Is nog altijd een vergrijp in dit land. Het zijn geruchten. Misschien is er niks van aan. Er zijn geen getuigen en geen bewijzen.'

'Dat is het probleem', zei Lena. 'Er zijn nooit getuigen of bewijzen.'

'En waar ben jij mee bezig?'

'Geld', zei ze. 'Altijd maar geld.' Ze nam een hap. 'En hoe zit dat met Catherine?' vroeg ze, wat moeizaam vanwege de hitte in haar mond.

'Ja', zei hij. 'Hoe zit dat met Catherine? We hebben elkaar leren kennen...' Hij zat eventjes in de verte te staren. 'Zakelijk. Ze werkte voor een bedrijf waar ik zaken mee deed. En zo gaat dat, je weet wel.'

'Nee,' zei Lena afgemeten, 'ik weet het niet. Vertel het me.'

'Lena, Lena', zei Merckx lachend. 'Er moet dringend een man in je leven komen. Zo alleen, dat is toch niks. Het spijt me, ik hou nog altijd zielsveel van Marisse, maar ik heb zo lang alleen geleefd, en nu overkomt me dit...'

'Het is geen verwijt', zei Lena. En ze besefte dat het een veel te korte zin was, en dat het ook kortaf klonk.

'Zo zie ik het ook niet. Kijk, Catherine en ik, wij ontdekken elkaar en we vinden wederzijdse interesses. Dat is alles. We zijn graag bij elkaar, ze is een intelligente vrouw, ze gaat helemaal op in haar werk...'

'Zo ken ik er nog', zei Lena.

'Jaja, al goed. Maar net als ik beseft ze dat het werk niet alles is.'

'Ah! Eindelijk word je verstandig.'

'Dus doen we ook andere dingen dan werken. Musea, een tripje, uit eten, gewoon bij elkaar zijn...'

Lena glimlachte. 'Ik ben blij voor je, papa. Het is zwaar genoeg geweest, sinds...'

Hij hief zijn glas op. 'Laten we dan toosten', zei hij.

☙❧

Het gezicht van Perseyn stond op onweer. De dag was nog vroeg, maar nu al had hij genoeg redenen om boos te zijn, en dat lag niet aan een van de leden van zijn team. Achter hem stonden twee vijftigers, allebei netjes in een pak. Tegenover Perseyn stond Thomas. 'Thomas', zei Perseyn. 'Dit zijn...'

'We regelen dit zelf wel, hoofdcommissaris', zei de ene man. Hij richtte zich tot Thomas. 'Commissaris Verhaege, ik ben commissaris Van Drongen van Interne Zaken.' De man toonde zijn badge aan Thomas.

'Wat is het probleem?' vroeg Thomas, die niet goed geslapen had en bij wie de koffie nog niet had gewerkt.

'We hebben uw privéwapen gevonden naast het lichaam van Sofia Belèn, de vrouw die gisteren vermoord werd.'

'Mijn... ?'

'U bent de bezitter van een Beretta model 90?'

'Ik heb zo'n wapen gekocht', zei Thomas. 'Ik heb een vergunning voor het bezit en het dragen van een wapen, ook een privéwapen.'

'Dat betwisten wij niet, commissaris. Het probleem is echter dat het werd gebruikt om mevrouw Belèn te vermoorden. En uw vingerafdrukken staan erop.'

'Dat is... dat is belachelijk. Waarom zou ik...'

'Mevrouw Belèn werd verondersteld de moordenaar te zijn van uw echtgenote, commissaris. Dat geeft u een voldoende motief. Ik moet u vragen ons te willen vergezellen naar ons kantoor.'

Thomas keek naar Perseyn, ongelovig.

'Heren', zei Perseyn meteen. 'U beseft dat dit een ernstige aantijging is.'

'De procureur is op de hoogte gebracht, hoofdcommissaris', zei Van Drongen. 'Wij betreuren dit, maar het is onze taak commissaris Verhaege mee te nemen voor ondervraging.'

Perseyn keek naar Thomas. 'Thomas, jij gaat met beide heren mee. Ik zal ervoor zorgen dat deze zaak meteen uitgespit wordt. Als iemand van het korps een fout heeft gemaakt zullen er koppen rollen.'

Thomas knikte. Hij keek even achterom. Zijn blik kruiste die van Lena. Hij stapte samen met de twee politiemannen in de lift.

'Godnogaantoe', zei Iris.

'D'er is toch niemand die dat gelooft', zei Lena.

Iris stapte tot bij Perseyn en zei zachtjes: 'Ligt mijn ontslagbrief nog bij jou?'

'Ja. Op mijn bureau.'

'Ik wil hem terug.' Toen ze merkte dat hij zijn wenkbrauwen optrok, voegde ze er snel aan toe. 'Ik doe dit alleen voor Thomas. En tijdelijk.'

Hoofdstuk 30

'Het onderzoek bij ambassadeur Akkermans heeft toch een paar dingen opgeleverd', zei Perseyn. Iris, Lena en Joris zaten netjes in de plottingroom, als een klasje, te kijken naar het smartboard. 'Eén spoor leidt hier naartoe.' Eén foto verscheen op het scherm: een groep mannen en vrouwen in een woestijnlandschap, voor een tent met een banier. *Artsen voor een Betere Wereld*, stond er te lezen.

'Een hulporganisatie?' vroeg Lena. 'Wat is daar verkeerd aan?'

'Op zich niets,' zei Perseyn, 'ware het niet dat deze organisatie regelmatig containers met hulpgoederen naar haar verschillende lokale teams stuurt. Ook daar is niets mis mee, maar een van die teams zit in Libanon, en de douanediensten hebben in een van die containers wapens gevonden.'

'Wapens?'

'Ja. Automatische geweren, lichte mitrailleurs, granaten en heel wat munitie. Allemaal afkomstig van FN, maar via valse uitvoerdocumenten bestemd voor Libanon in plaats van voor Zuid-Afrika, zoals de oorspronkelijke bestemming gold.'

'En is er een band', vroeg Joris gretig, 'met de activiteiten van onze geheimzinnige organisatie?' Hij had zich in korte tijd moeten inwerken in de lopende dossiers van het team. Hij had niettemin het gevoel domme vragen te stellen.

'Hulporganisaties worden wel eens vaker misbruikt voor clandestiene wapentrafiek, omdat hun containers veel minder worden gecontroleerd dan die van bonafide vervoersmaatschappijen', zei Iris.

'Om op de vraag van Joris te antwoorden', zei Perseyn. 'Ja. We hebben goede redenen om aan te nemen dat diegenen die achter de fondsenwerving op Curaçao zaten, ook te maken hebben met deze wapens.'

'Geld voor wapens, bestemd voor Libanon. Wat is er zo speciaal aan Libanon?'

'Niets', zei Perseyn. 'Dat is het gekke. De douane vermoedt dat er tot nog toe drie dergelijke containers naar Libanon gingen. Enkele tientallen tonnen aan wapens. Daar begin je geen grote oorlog mee. Hooguit is dat voldoende voor een private militie.'

'Maar die dokters zelf...'

'Nee', zei Perseyn. 'Die weten waarschijnlijk nergens van. Enfin, dat is tot nog toe de aanname. Dergelijke organisaties worden wel vaker geïnfiltreerd door misdadigers en smokkelaars. Makkelijke prooien, omdat ze de mankracht niet hebben om hun transporten zelf te controleren. En bij de douane in de haven zijn mensen te vinden die voor een beetje geld de ogen dichtknijpen. Of er is gewoon geen tijd om elke container open te maken.'

'Maar omdat de documenten bij Akkermans te vinden waren...'

'...nemen we aan', zei Perseyn, 'dat dit spoor naar de moordenaar van Eva en naar het hologram kan leiden.'

'Wie pakken we aan?'

'We gaan het Libanese consulaat in Antwerpen in de gaten houden', zei Perseyn. Hij negeerde de vieze gezichten. Niemand deed graag dat soort observaties. Niet met een ploeg van vier mensen. 'Komaan mensen, we doen dit ook voor Thomas. Wat meer enthousiasme! Joris, jij duikt in de vrachtbrieven. Iris, jij gaat de levenswandel van iedereen op dat consulaat na. Vooruit, mensen.'

'Tsjak tsjak!' zei Lena onderdrukt.

Thomas zat tegenover twee mannen die hij onder geen enkele omstandigheid graag ontmoette. De ene was de directeur zelf, Laplace, de andere was een hoge officier van het Comité P, die geen naam opgaf. Het was de directeur die het gesprek voerde. 'Vertelt u ons, commissaris,' zei hij, 'hoe u wraak genomen hebt op de moordenaar van uw vrouw. Op Sofia Belèn.'

'De moordenaar van mijn vrouw leeft nog', zei Thomas kalmpjes. Maar zo voelde hij zich niet. Hij onderdrukte zijn emoties, omdat hij hier anders in de problemen kwam. Nog méér in de problemen kwam.

'Werkelijk?'

'Ja. Sofia heeft haar niet vermoord, en ik heb Sofia niet vermoord.'

'De feiten spreken u tegen.'

'Ik ben onschuldig.'

Laplace boog zich wat voorover. 'Op Curaçao bleek al dat u de controle over uzelf verloor. Er werd een klacht tegen u ingediend door ambassadeur Akkermans. Dat ziet er dus niet goed uit.'

'Ex-ambassadeur ondertussen, directeur. Hij werd gearresteerd om redenen die u heel goed kent.'

'Hij beschuldigt u van laster en eerroof. Uw gedrag tegenover hem, en de vragen die u hem stelde, commissaris, dat kon helemaal niet door de beugel. Dat gebeurde nog voor u wist dat hij een misdaad had begaan. Dat was pijnlijk voorbarig van u.'

'Hij is een misdadiger, hoe hij het ook uitlegt. En dan hoef ik me van zijn klacht weinig aan te trekken.'

Laplace besloot dat onderwerp te laten rusten. 'Terug in België hebt u deelgenomen aan de arrestatie van Sofia Belèn.'

'Inderdaad.'

Laplace opende een dossiermap. 'Volgens de aanwezige officieren van de lokale eenheid was u in de buurt toen mevrouw Belèn vermoord werd.'

'Dat is niet juist. Ik was thuis.'

'U was erg snel ter plaatse. En uw eigen wapen werd naast haar lijk teruggevonden. U hebt een motief, omdat u haar verdenkt van de moord op uw vrouw, en u hebt de gelegenheid gehad.'

'Denkt u echt dat ik mijn wapen als bewijsstuk zou achterlaten als ik haar werkelijk had vermoord?'

'Misschien had u de tijd niet om het te laten verdwijnen.'

'Dan nog', zei Thomas koppig, 'zou ik al het mogelijke gedaan hebben om het weg te werken.'

'Motief, gelegenheid, wapen', zei Laplace.

'Sofia Belèn heeft mijn vrouw niet vermoord. Er loopt een andere moordenaar rond, en die heeft zowel de dood van mijn vrouw als van mijn collega Tarik als van Sofia op zijn geweten. En die bij mij thuis binnendrong om mijn eigen pistool te stelen.'

'Uitstekende theorie. Ze kan kloppen, maar we hebben nog steeds die geheimzinnige moordenaar niet gevonden.'

'Het was Sofia zelf die me vertelde dat zij Eva niet had vermoord.'

'En u gelooft een huurmoordenaar?'

'Ze was stervende. Ze had geen reden om te liegen. Ze wilde dat ik het wist.'

'Pijnlijk', zei Laplace. 'U bent te goedgelovig.'

'Er zijn voldoende DNA-sporen gevonden van een man, die verantwoordelijk is voor deze moorden. Ook voor die van Sofia.'

Laplace zuchtte. 'U maakt het ons niet makkelijk. De onderzoeksrechter heeft besloten u aan te houden. Moord met voorbedachten rade, meneer Verhaege. Dat kost u waarschijnlijk levenslang.'

৵৹৽

Magda wrong haar handen in elkaar en wierp een blik op Ruben, die met zijn Playmobil zat te spelen. De jongen had niet in de gaten dat zijn grootmoeder van streek was, en zij probeerde dat ook voor hem verborgen te houden. 'Heeft hij het gedaan?' vroeg ze aan Iris, die naast haar op de sofa zat.

Iris perste haar lippen op elkaar en schudde haar hoofd. 'Volgens mij is hij erin geluisd.'

'Waarom denk je dat?'

'Ik herken Thomas daar niet in, Magda. Hij is te veel een politieman om zomaar iemand te vermoorden. En hij is veel te slim om zijn wapen achter te laten op de plek van een misdaad.'

'Maar wat bezielde hem om hier in huis een wapen te laten liggen?'

'Daar zal hij wel een goede reden voor gehad hebben', zei Iris. 'Maar ik heb er het raden naar.'

'Wat als Ruben dat wapen had gevonden? Dat doe je toch niet, niet in een huis waar een kind woont.'

Iris zei niets meer.

'Hoe lang houden ze hem vast?' vroeg Magda.

'Als de onderzoeksrechter zijn aanhouding verlengt, is dat voor vijf dagen. En daarna is het wachten op het oordeel van de raadkamer.'

Ruben keek op van zijn speelgoed. Hij zag zijn grootmoeder met de collega van zijn papa zitten, maar die situatie was voor hem niet ongewoon. 'Oma?' vroeg hij. 'Ik heb honger.'

Ondanks haar misère glimlachte Magda. 'Die jongen heeft altijd honger. Hij groeit ook zo geweldig.'

'Als er iets is wat ik kan doen?' vroeg Iris.

Magda keek haar niet meer aan. 'Nee. We redden ons wel.'

∂∼∽

'Denken ze echt dat ik het recht in eigen handen zou nemen?' vroeg Thomas. Lena zat tegenover hem, in een cel van de gerechtelijke politie, waar hij voorlopig onderdak had gevonden, maar waar hij afgescheiden werd gehouden van andere verdachten. Perseyn stond in de hoek van de cel. Hij wilde niet gaan zitten, alsof de idee in een cel tot rust te komen hem afstootte.

'Wat is er daar werkelijk gebeurd, Thomas?' vroeg Lena. 'In dat gebouw?'

'Dat weten jullie even goed als ik. We hebben er Sofia gevonden, en ze is in mijn armen gestorven. Dat pistool heeft de moordenaar daar geplant.'

'Hoe kwam hij daaraan?'

Thomas schudde zijn hoofd. 'Ik durf er niet aan te denken, Lena. Hij is bij mij thuis binnen geweest, en hij heeft dat pistool gevonden.'

'Bij jou thuis?'

'Ja. Ik had dat pistool nog maar pas. Gekocht omdat ik... God, ik durf er niet aan te denken. Die man opnieuw in mijn huis. Terwijl Ruben en Magda waarschijnlijk thuis waren.'

'Een geest, die zomaar binnen- en buitenwandelt', zei Perseyn neutraal. 'Die telkens opnieuw bij je binnenkomt. En dat moet je aan de onderzoeksrechter uitleggen.'

'Het is het enige wat ik kan bedenken', zei Thomas.

'Mmm', zei Perseyn. 'We zullen alles doen wat we kunnen om die moordenaar terug te vinden en jou vrij te pleiten, Thomas.'

'De vraag is veeleer of jullie mij geloven. Want als dat niet langer het geval is...'

Perseyn keek hem een ogenblik lang aan. 'De bewijzen zijn tégen jou, Thomas. Maar ik geloof in je onschuld. Ook al omdat deze zaak veel groter is dan Sofia of jij.'

'Sofia moest verdwijnen', zei Thomas, 'omdat ze een aantal mensen kende. Ze kende de moordenaar van Eva. Ze wist misschien iets over het hologram en over het complot dat daarmee te maken heeft.'

'We hebben nog een spoor van dezelfde organisatie gevonden', zei Lena. Ze keek even naar Perseyn, die niet reageerde. 'Er worden wapens naar Libanon gesmokkeld, waarschijnlijk bestemd voor terroristen of milities. Er is een ngo mee gemoeid, maar het is niet zeker of die van deze leveringen afweet. En er is hoe dan ook weer een geldstroom mee gemoeid.'

'Wat opnieuw bewijst', zei Perseyn, 'dat we een zeer grote criminele organisatie op het spoor zijn. Drugshandel, prostitutie, fraude, afpersing, oplichting. Alles waar zwaar geld mee te verdienen valt past in hun kraam.'

'Een organisatie die grote hoeveelheden geld nodig heeft', zei Thomas. 'Een organisatie die voor niets terugschrikt.' Hij keek op. 'Waar is Iris?' vroeg hij.

'Die wordt ondervraagd door Laplace', zei Perseyn.

'U weet dat een valse verklaring het einde kan betekenen van uw carrière bij de politie en dat u dan blootstaat aan gerechtelijke vervolging, commissaris?' zei Laplace.

'Thomas Verhaege was op geen enkel moment alleen met Sofia Belèn en hij kan haar niet vermoord hebben', zei Iris op een toon die geen tegenspraak duldde.

'Wat was de toestand van Belèn op dat moment?'

'Ze was stervende. Ze heeft nog enkele woorden met Verhaege kunnen wisselen. Dan is ze gestorven. Er was niets wat het medische team nog voor haar kon doen.'

'Wat zei ze tegen Verhaege?'

'Dat zij niet de moordenaar van zijn vrouw was.'

Laplace plukte een stofje van zijn pantalon. 'Hebt u dat zelf gehoord, commissaris?'

'Nee', zei Iris. 'Nee, dat heb ik van Verhaege.'

'Werkelijk?'

'Ja', zei ze. 'Werkelijk.'

'En u trekt dat niet in twijfel?'

'Waarom zou ik dat doen? En waarom zou Sofia liegen tegen Thomas? Ze wist dat ze doodging. Ze wist dat hij op zoek was naar de moordenaar van zijn vrouw. Ze wilde in het reine komen. Met hem.'

'Met hem?'

'Ja', zei Iris. 'Sommige misdadigers hebben een geweten.'

Hoofdstuk 31

Perseyn had de indruk dat hij nu toch iets te vaak directeur Laplace te zien kreeg. Te vaak naar zijn zin. De man was een noodzakelijk kwaad, omdat hij in de eerste plaats een politieke functie had. Hij was een manager. Hij was een manipulator. Van het soort dat Perseyn nog kende van toen hij bij de Rijkswacht was.

En aan die periode had hij pijnlijke herinneringen overgehouden.

Hij had de deur van zijn kantoor dichtgedaan. Die deur stond bijna altijd open. Ze vormde een bescheiden barrière tussen zijn kantoor en de rest van de verdieping, en als je luid praatte hoorde iedereen je toch, maar Laplace wist dat ook en praatte op een zachte en aangename toon. Perseyn had hem een whisky ingeschonken en had zelf een cognac genomen, kwestie van het onderhoud wat vlotter te laten lopen, want hij had het vermoeden dat de recente problemen binnen het team en in verband met het grote lopende onderzoek aan bod zouden komen.

Toen Laplace van wal stak, na een slok sterkedrank, betrof het een onverwacht onderwerp.

'Jij bent, zoals je weet, mijn uitgesproken opvolger wanneer ik met pensioen ga', zei Laplace. 'Het zou natuurlijk bijzonder ongelukkig zijn indien je die kans zou verpesten vanwege het een of andere schandaal waar jouw afdeling bij betrokken raakt.'

Perseyn knikte even, maar dan slechts om aan te geven dat hij een algemeen geldende waarheid erkende.

'Je had commissaris Verhaege meteen van die zaak moeten

halen toen zijn vrouw vermoord werd. Dan was het nooit zover gekomen.' Laplace keek op. 'Of geloof je in zijn onschuld?'

Perseyn keek de directeur aan. Hij was niet van plan om rond harde waarheden heen te stappen. Evenmin ging hij om zijn eigen overtuigingen heen stappen. 'Tot het tegendeel bewezen is, Karel, geloof ik in de onschuld van Verhaege. Ik dacht overigens ook dat dit principe de basis is van onze rechtsstaat, waar wij beiden onvoorwaardelijk aan vasthouden.'

Laplace was duidelijk niet gelukkig met die opmerking. 'Ik heb je team verhoord, Steven. Ze liegen, dat is duidelijk genoeg voor mij. Ze liegen om hun collega te redden.'

'Beschuldig je mijn mensen van meineed?'

'Als', zei Laplace, 'uit verder onderzoek blijkt dat ze opzettelijk valse informatie gaven, dan klaag ik hen aan. Ik zal geen moment aarzelen.'

'Waarom wordt het verhaal van Verhaege zelf niet onderzocht, Karel? Hij houdt vol dat zijn wapen bij hem thuis werd gestolen.'

Laplace kwam overeind. Hij stapte naar de deur. 'Ik doe alles wat ik nodig acht', zei hij. Hij verliet het kantoor. 'Ik hoop dat jij hetzelfde doet.'

Perseyn wachtte tot de directeur de etage had verlaten en stapte dan naar de leden van het team toe. 'Er lopen veel blaffende honden rond', zei hij, alsof hij voor zichzelf een opmerking maakte. En dan, tot de groep: 'Ik zou graag wat resultaten zien, mensen. Wat hebben we?'

'Een container', zei Iris, 'waarin waarschijnlijk wapens zitten en die in de haven van Beiroet onderschept kan worden. Dat is één spoor van de bende.'

Perseyn knikte. 'Goed. Dat is een waardevol spoor. Ik ga zelf naar het Libanese consulaat.'

☙❧

Meneer Allaj kwam overeind en drukte Perseyn de hand. Een stevige hand, merkte de hoofdcommissaris. Meneer Allaj, consul van Libanon, was niet van plan voor een doetje door te gaan. 'Wij staan volledig tot uw dienst', zei de man in het Frans. 'Volledig.'

'Dat hoor ik graag', zei Perseyn, en ging zitten in de aangeboden zachte donkerrode sofa. Allaj schonk meteen een kop thee. Een zilveren pot en de traditionele glaasjes. Het deed niettemin kunstmatig aan, vond Perseyn.

'De communicatie met de Libanese politie zal vlot verlopen. Zij zal alle mogelijke assistentie bieden voor uw onderzoek. Geen probleem.'

'Er moet in deze zaak uiterst discreet opgetreden worden', zei Perseyn.

Allaj bood hem een glaasje aan. 'Maar natuurlijk, hoofdcommissaris. Maar natuurlijk.'

'En wat gaat u concreet doen?'

Allaj hield zijn hoofd wat schuin. 'Maakt u zich geen zorgen', zei hij met een innemende glimlach. 'De Libanese politie is heel efficiënt. Ze heeft ervaring in dit soort zaken. Op haar eigen terrein verricht zij uitstekend werk, zoals u ongetwijfeld ook hier.'

'En kunnen wij ook concrete afspraken maken?' Hij dronk van de zoete thee.

'Deze organisaties... Hoe noemt u ze?'

'Ngo's. Deze heet Artsen voor een Betere Wereld...'

'Ah', zei Allaj. 'Een passende naam. Wij appreciëren de hulp en bijstand van westerse medische teams. Ze zorgen goed voor ons en voor onze kinderen.'

'Maar jammer van die wapensmokkel', zei Perseyn, om op het onderwerp terug te komen. Hij dronk opnieuw van de thee. 'Daar moeten we dringend wat aan doen.'

'Zodra ik meer weet, hoofdcommissaris', zei Allaj opgetogen. 'U zult zien: efficiënt.' Hij keek op zijn horloge.

'Misschien hou ik u te lang op', zei Perseyn.

'Ach', zei de consul. 'Altijd andere verplichtingen, hoofdcommissaris. Ik wil u ook niet langer ophouden. Ik heb uw telefoonnummer. Ik bel u zo gauw ik nieuws heb...'

Perseyn kwam overeind. Hij had het gevoel dat hij evengoed niet naar het consulaat had kunnen komen. Een mailtje was ongetwijfeld even efficiënt geweest. Ondertussen zouden Lena en Joris de achtergronden van de bijstandsorganisatie natrekken, en uitzoeken hoe die containers de haven uit raakten. Maar hij had het gevoel dat Allaj net iets te snel van hem af wilde.

❧

Onderzoeksrechter Tania De Donder had een verdiende reputatie. Ze was scherp van geest, doorzag meteen liegende misdadigers en had geen medelijden met idioten die meenden dat de wet geschreven was voor de vogels. Ze had het ondertussen lijvig geworden dossier van Thomas op haar bureau liggen en keek er fronsend naar. Toen keek ze op, nog steeds fronsend, naar directeur Laplace. 'Wat moet er in deze zaak verder nog onderzocht worden, directeur?'

'Niet heel veel meer, mevrouw', zei Laplace. 'De feiten spreken grotendeels voor zichzelf. Het moordwapen is op zijn naam geregistreerd. Hij had een motief. Hij had de gelegenheid. Hij kan omgaan met wapens.'

Ze sloeg enkele pagina's in het dossier om en vond wat ze zocht. 'Toch zijn er een paar dingen die me storen. En wanneer ik zeg: een paar dingen, dan bedoel ik werkelijk essentiële dingen, directeur.'

'Mevrouw?'

'Er konden bij Verhaege geen kruitsporen op zijn lichaam of op zijn kleren gevonden worden. Hij had dus niet recentelijk met een vuurwapen geschoten.'

'Inderdaad, maar soms zijn er...'

'En dan is er nog de getuigenis van commissaris Iris De Witte.'

'Mogelijk zijn de collega's van Verhaege bereid om in zijn voordeel te pleiten, mevrouw', zei Laplace. 'Dat mag ons niet verbazen.'

'U bedoelt, directeur, dat ze liegen om hem vrij te pleiten.

Een wonderlijk staaltje van collegialiteit. Moet misschien aangemoedigd worden, maar niet onder deze omstandigheden.'

'Nee, mevrouw.'

'Ik geloof niet in samenzweringstheorieën, directeur. Evenmin geloof ik in de schuld van die Verhaege. De zaak tegen hem is gewoon niet sterk genoeg.'

Laplace zei niets meer.

'En dus', zei de onderzoeksrechter, 'laat ik Verhaege vrij.'

'Mevrouw?' zei Laplace verbaasd.

'Ben ik niet duidelijk genoeg, directeur? Commissaris Verhaege hoeft wat mij betreft niet verder aangehouden te blijven.'

'Mevrouw, ik kan niet...'

De Donder hield haar hand omhoog, bij wijze van waarschuwing. Hier, zei die hand, ben ik baas.

'In dat geval blijft hij geschorst', zei Laplace.

'Dat is uw verantwoordelijkheid, directeur. In ieder geval tot er een uitspraak is van de rechter.'

Hoofdstuk 32

Toen de receptie Pieter Vaessen aankondigde, keek Lena verbaasd. 'Meneer vraagt een onderhoud met u', zei de juffrouw beneden. 'Komt u hem halen?'

Lena bevestigde en kwam overeind. 'Die Vaessen staat beneden', zei ze tot Iris.

'Die van de Artsen voor een...'

'Dezelfde.'

Iris maakte een ongeduldig gebaar met haar hoofd. 'Waar wacht je op?'

Lena nam de lift naar beneden. Vaessen stond de historische foto's van het gebouw te bewonderen. 'Ah, juffrouw Beckers', zei hij.

'Dit is een officieel gesprek, neem ik aan', zei Lena. 'In de zin dat het te maken heeft met ons lopende onderzoek?'

'Ja', zei Vaessen. 'Er zijn een paar dingen die duidelijk moeten zijn tussen ons.'

'We gaan naar beneden, vrees ik', zei Lena. 'We hebben alleen daar een ruimte waar we met u kunnen praten.' Even later zaten ze tegenover elkaar in de verhoorkamer. Iris kwam bij hen staan. 'Ik wilde', zei Vaessen, die niet onder de indruk leek van de faciliteiten, 'het een en ander duidelijk maken over onze organisatie.'

'We weten al heel wat over uw organisatie, meneer Vaessen.'

'U weet dan dat wij instaan voor de levering van allerlei hulpgoederen aan regio's waar noden zijn. Tenten, medicijnen, technische apparatuur. We proberen voornamelijk te helpen bij het opbouwen van ziekenhuizen.'

'Onder andere in Libanon.'

'Inderdaad.'

'We hebben aanwijzingen', zei Lena, 'dat iemand uw containers misbruikt om wapens te smokkelen.'

Vaessen keek verschrikt op. 'Dat meent u niet.'

'Jammer genoeg wel. Bent u daarover ooit benaderd geweest? Hebt u iets verdachts opgemerkt in verband met uw ladingen?'

'Nee. We huren containers, laten die volladen met het materiaal dat we aankopen of krijgen, en dan gaan ze naar hun bestemming. Het is niet ingewikkelder dan dat.'

'Hoe bent u eigenlijk bij die organisatie terechtgekomen?'

Vaessen keek wat opgeluchter. Veiliger terrein, dacht Lena onwillekeurig. 'Ik heb mij altijd al geëngageerd voor de onderdrukten', zei hij. 'In de jeugdbeweging, in mijn studententijd. U zult het verhaal wel herkennen: mijn vader wilde mij als bedrijfsjurist zien, ik kwam terecht bij een ngo.' Hij trok een gezicht. 'Het is in de familie nogal een moeilijk onderwerp. Maar ik heb er nooit spijt van gehad. We redden levens.'

'En wapens komen daar niet aan te pas', zei Iris.

Vaessen keek naar haar op. Hij knipperde met zijn ogen. 'Wapens zijn zelden de juiste oplossing, mevrouw', zei hij. 'Trouwens, als het erop aankomt, dan zal onze overheid wel voor leveringen zorgen, nietwaar? België exporteert jaarlijkse vele honderden tonnen wapens naar Libanon. Wij zorgen voor het tegenwicht.'

'En het doel van uw bezoek...?'

'U ervan te overtuigen dat wij geen terroristen zijn, en dat wij geen misdadige bedoelingen hebben.'

'U weet dat wij uw organisatie onderzoeken?'

'Ja,' zei Vaessen ironisch, 'dat was ons opgevallen. U gaat niet bepaald discreet te werk. Maar u zult niets vinden wat voor u van belang is. Ondertussen schaadt u echter onze reputatie. En voor een organisatie die afhankelijk is van giften, is dat een probleem.'

'Ziekenhuizen dus?' zei Iris.

'Voornamelijk. We helpen met de voorraden, de instrumenten, desnoods ook met de logistiek. Het is boeiend om van nul gezondheidszorg te kunnen helpen opbouwen.'

'Dat is erg mooi', zei Lena neutraal. Maar toen ze een kwartiertje later – nadat Vaessen weer vertrokken was – in het bureau van Perseyn zat, samen met Joris en Iris, dacht ze daar anders over. 'Een idealist, maar ik vertrouw hem niet.'

'Nee? Waarom niet?' vroeg Iris.

'Ik weet niet wat er scheelt', zei Lena. 'Hij is te veel... ik bedoel: hij is een beetje te fanatiek bezig, en te veel overtuigd van zijn gelijk.'

'Dat is precies wat hem siert', zei Iris. 'Er zouden er zo méér moeten zijn.'

Perseyn schraapte zijn keel. 'De man weet dat we een onderzoek tegen zijn organisatie hebben lopen. Daarom komt hij naar hier. Dat is geen bewijs van zijn onschuld, maar ook niet van zijn schuld. De onderzoeksrechter heeft ons toestemming gegeven om de man en zijn organisatie te onderzoeken...' Hij keek op. De anderen volgden zijn blik. In de deuropening stond Thomas.

'Dag, allemaal', zei die, alsof hij gewoon maar terugkwam van een weekendtripje.

'Thomas?' zei Lena, en ze kon niet verbergen hoe opgetogen ze was. Het kon haar niet schelen dat de anderen het merkten.

'De onderzoeksrechter zag niet genoeg redenen om mij nog langer in hechtenis te houden.'

'Dat is geweldig', zei Perseyn.

'Maar', zei Thomas, 'ik ben nog altijd geschorst. Officieel ben ik dus niet hier.'

'Ik heb een diepgaand onderzoek bevolen naar sporen bij jou thuis, Thomas', zei Perseyn. 'Dan kunnen we bewijzen dat daar iemand was die je wapen stal.'

'Bedankt', zei Thomas. 'Waarmee kan ik ondertussen helpen?'

Perseyn kuchte ongemakkelijk. 'Het spijt me, Thomas, maar dat werkt zo niet. Je bent nog steeds geschorst.' Hij keek Thomas aan. 'Bekijk het positief: je hebt nu meer tijd voor Ruben.'

☙❧

'O, nee', zei Iris, op een vraag van Lena. 'Ik ga je nog gelijk moeten geven met die intuïtie van jou.' Ze hadden het over Pieter Vaessen. Nadat Thomas was vertrokken, hadden ze zich weer aan het werk gezet. De middag was ongemerkt voorbijgegaan, met broodjes en veel koffie. 'Zijn verleden is een stuk minder fraai dan hij ons wil laten geloven.' Ze las van het scherm.

'Greenpeace-activist opgepakt na vastketenen aan een trein met nucleair afval. Binnendringen op de terreinen van minstens drie bedrijven verdacht van illegale afvalverwerking. Piraterij op zee! Dit is mooi: hij hielp bij het tegenhouden van de walvisvangst.'

'Avontuurlijk baasje', zei Lena. 'Maar toch o zooo romantisch!'

Iris keek haar snel even aan, zag dat ze het niet echt meende. 'En dus heeft hij een welgevuld dossier bij de staatsveiligheid. Banden met het Animal Liberation Front en met het Bevrijdingsfront voor Gaza. Hij is dus politiek actief ook nog.'

'Een extreem links en avontuurlijk baasje.'

Iris las verder. 'Geweld tegen overheidsambtenaren, verzet bij arrestatie, slagen en verwondingen. Dat was in zijn studententijd. Mmm. Je gaat er toch niet elke rumoerige student van verdenken een terrorist te zijn. We zijn hier niet in Amerika.'

'Jij bent diegene die de informatie gevonden hebt', zei Lena, die in de gaten had dat Iris haar ideaalbeeld van de baardige en avontuurlijke groene jongen in elkaar zag stuiken. Ze kon de fascinatie begrijpen.

Iris keek op. Perseyn stond naast het smartboard, waar ook de foto van Vaessen op verschenen was. 'Libanon', zei hij. 'Die consul was niet erg toeschietelijk. Hij deed gewoon uit de hoogte.'

'Omdat u een slechte moslim bent, chef', zei Lena. 'Misschien moeten we hem in de gaten houden. Als u denkt dat het nodig is en zo.'

'Ja', zei Perseyn. 'Maar ons team is niet op volle kracht nu we Thomas moeten missen.'

'We hoeven Thomas niet te missen', zei Iris.

'Hij is...'

Iris keek Perseyn aan. 'Er staat niet op elke straathoek een directeur Laplace op onze vingers te kijken, chef', zei ze.

❧

'Ik kan ook wel op Ruben passen', zei Lena. Ze zat naast Thomas in de auto – zij aan het stuur – een comfortabel eindje van het Libanese consulaat vandaan. 'En het is niet mijn schuld dat Perseyn je vroeg mee te komen.' Maar, dacht ze, ik betreur het ook niet. Welke kansen krijgen we anders nog om samen te zijn, behalve dan op Curaçao. Ach, Curaçao. Daar had hij ook geen aandacht voor mij. Het is allemaal Eva en de zaak en de moordenaar... Ze klemde – in gedachten – haar lippen op elkaar. Wees niet stom, dacht ze. Hij is hier niet voor jou, domme meid. Hij is hier alleen voor zichzelf. En zolang deze hele zaak niet is opgelost besta jij eigenlijk niet.

Thomas kauwde op een nootje. Hij had ergens een voorraad, die hij niet met Lena deelde. 'Hier zitten we, naar een stom gebouw te kijken. Waarop wachten we? Tot onderwereldfiguren opdagen? Wat is dat toch met die Vaessen en zijn wereldverbeteraars?'

'We vertrouwen die hele operatie niet. Libanon en zo, het is allemaal...'

'En de band met de rest van het onderzoek?'

Lena haalde diep adem. Misschien was het toch geen goed idee om Thomas uit inactief te halen. 'Geldstromen', zei ze. 'Dat is de sleutel tot alles. Geldstromen.'

'Er zijn geldstromen genoeg', zei Thomas. 'Er gaan miljarden de wereld om, elke dag, en allemaal zwart geld.'

Ze keek hem aan, maar zei niet wat ze wilde zeggen. Dat het hier ging om Eva, en om Tarik. Dat deze zaak voor hen allemaal persoonlijk geworden was. Dat wist hij evengoed als zij. Maar hij lag dwars. Hij lag gewoon dwars omdat Perseyn hem niet meteen had willen terugnemen. Geschorst! Een akelig woord voor een rechercheur als hij.

'Je moet bij Ruben zijn', zei ze dan maar.

'Ik heb hem naar bed gebracht. Hij slaapt. Als hij slaapt heeft hij mij niet nodig.' Thomas keek op zijn horloge. 'Tot twaalf?'

'Ja, Perseyn denkt dat er hier nadien wel niks meer zal gebeuren.'

'Onzin', zei Thomas. Maar hij dook wat dieper weg en kauwde op een nieuw nootje.

‟⁞‟

De mensen die ze hoopten te onderscheppen bevonden zich echter niet in het consulaat. Ze hadden wel gevonden kunnen worden in een salonnetje van een viersterrenhotel elders in de stad. Daar zaten twee mannen in diepe sofa's genesteld, niet omdat ze de omgeving gezellig vonden, maar omdat ze wisten dat ze daar niet afgeluisterd zouden worden.

'*Ils me traquent*', zei Allaj, de consul.

'Rustig', zei Douglas, eveneens in het Frans. 'Alles loopt vlot. Ze komen niet in uw buurt.'

'Vlot? U maakt een grapje, meneer Douglas. Er waren afspraken tussen ons, dat weet u toch nog. U zou hen op een afstand houden?'

'En wij komen deze afspraken na, meneer de consul. Dat doen we. De politie, die is altijd bezig met het zoeken naar verbanden. Ze ondervragen gewoon iedereen die ook maar ergens in de buurt van hun onderzoek komt. Maar ik verzeker u dat er geen problemen zijn.'

Allaj leek niet overtuigd.

'Ze zijn bezig met die ngo', verduidelijkte Douglas.

'Maar dat is ook ons contact', zei Allaj bitsig. 'Als ze die activiteiten onderzoeken, komen ze misschien bij mij terecht.'

'Waarom? Vaessen pakken ze op omdat hij wapens in zijn eigen zendingen verstopt, en daarmee de extremisten in uw land helpt. Die man is gek, een linkse rakker met een verleden. Hij krijgt de zwartepiet toegeschoven en daar blijft het bij.'

'Hij wil mij zien', zei Allaj.

'Wie? Vaessen?'

'Ja. Het gaat om geld. Het gaat altijd om geld, meneer Douglas.'

'Ga er niet naartoe', zei Douglas.

Allaj schudde koortsig het hoofd. 'U begrijpt mijn situatie niet. Ik moet leveren. De milities laten niet met zich spotten. Die wapens moeten aankomen. Mijn familie is nog in Libanon. Wie gaat hen beschermen? Gaat u hen beschermen, meneer Douglas?'

Nee, dat ging Douglas niet doen.

⬥

De ochtend erop legde Joris een stapeltje documenten op het bureau van Perseyn. 'Vaessen en zijn ngo', zei hij. 'Op hun rekeningen circuleren grote hoeveelheden geld, meestal onder de vorm van cash. Stortingen én afhalingen.'

'Hoe groot?'

'Vijftigduizend, honderdduizend. Meer zelfs. Naar eigen zeggen kopen ze daarmee tweedehandsziekenhuismateriaal, grote hoeveelheden medicijnen, hulpgoederen.'

'Jij gaat hem meteen schaduwen, Joris. Neem Iris mee. Desnoods lossen ik en Lena jullie af. Ik wil weten wat die man allemaal uitspookt. En ik vraag aan de onderzoeksrechter of we zijn gsm en de telefoon op zijn kantoor kunnen aftappen.'

'En de Libanese consul?'

'Daar krijg ik geen toestemming voor. Schrap die observatie maar. We concentreren ons op Vaessen.'

Hoofdstuk 33

Allaj keek om zich heen. Hij stond op de hoek van de Vleminck-straat en hij stond daar al tien minuten. Hij was te vroeg, maar dat was niet de reden waarom hij daar stond. Hij wilde nagaan of er niemand in het bijzonder op hem lette, of hij niet geschaduwd werd, of er geen politie in de buurt rondhing.

'Het *smeerlapke* denkt dat hij ons te slim af kan zijn', zei Perseyn. Hij stond met Iris achter de hoek aan de andere kant van de straat bij een etalage. Hij pakte zijn zender. 'Alfa één nog steeds in observatie', zei hij. 'Doelwit heeft nog niet bewogen.'

'Alfa twee stand-by', zei de stem van Joris.

'Alfa drie en vier stand-by', zeiden de stemmen van twee andere inspecteurs van het aan hen toegevoegde Posateam.

'Als hij hier alleen maar is om de winkels te bewonderen', zei Iris, 'dan slaan we een mooi figuur.'

Maar dat was niet het geval. Allaj had een afspraak gemaakt met Vaessen. Gewoon via zijn gsm. Alsof geen van beiden verwachtte dat de politie zou meeluisteren. Dit is het moment, had Perseyn gezegd. Als er iets te gebeuren stond, dan zou het nu wel zijn. De beide mannen hadden afgesproken op het Zuiderterras. Alsof ze met opzet opvallend wilden doen. Maar Perseyn wist dat de meest stiekeme operaties het best in het openbaar verricht konden worden.

'Doelwit in beweging', zei Joris.

Allaj was al onderweg in de richting van het Zuiderterras. Perseyn en Iris volgden hem en zagen hem de trap van het terras opklimmen en het café binnengaan. Ze volgden hem.

'Alfa twee', zei Joris. 'Vaessen is opgedoken. Komt richting Zuiderterras.'

'Alle Alfa, neem posities in', zei Perseyn met zijn gezicht naar een raam gekeerd.

❧❦

Allaj had plaatsgenomen aan een tafeltje. Vaessen kwam binnen, zag hem zitten en trok de andere stoel achteruit. 'Waarom wilde u me zien?' vroeg Allaj in het Frans. 'Dit is een erg slecht idee.'

'De politie', zei Vaessen. De ober kwam dichterbij. Beide mannen bestelden een koffie. 'De politie stelt mij lastige vragen. Er was afgesproken dat ik niet betrokken zou raken bij al de dingen die u doet.'

'Betrokken?' zei Allaj gepikeerd. Hij zweeg terwijl de ober de koffie bracht. Hij betaalde. 'U bent hoe dan ook betrokken', vervolgde hij. 'Vanaf de eerste dag. Die wapens en dat materiaal, waar dacht u dat dit voor diende.'

'Maar uw andere operaties...'

Allaj schudde zijn hoofd. Hij haalde een enveloppe uit de binnenzak van zijn jas en stak die onder het tafeltje in de richting van Vaessen. 'Voor u. Dit is de laatste. Hierna zullen we elkaar niet meer zien. Ik verbreek elk contact.'

'En hoe moet het dan verder met die noodhulp?' vroeg Vaessen.

Allaj maakte een terloops gebaar. 'Die moet ophouden.'

'Dat is niet mogelijk. Te veel mensen rekenen daarop.'

Allaj glimlachte toegeeflijk om zoveel naïviteit. 'U begrijpt het probleem duidelijk niet, meneer Vaessen...'

'Ze hebben die wapens daar nodig om te strijden tegen...'

'Tegen de Israëlische onderdrukkers? Dat is erg galant van u, meneer Vaessen.' De blik van Allaj werd harder, net als zijn stem. 'Ik zal dit duidelijk maken: als u mij opnieuw benadert, dan gaat een anoniem verslag van uw activiteiten naar de politie. Of misschien naar de Mossad. Dat laatste is misschien een beter idee. U weet hoe zij afrekenen met de vrienden van hun vijanden.'

'Dat zou u niet durven. Het zijn uw eigen landgenoten...'

'Meneer de consul', zei een stem naast hen. Ze waren zo geconcentreerd bezig geweest, dat ze de mannen niet opmerkten die naar hen toe kwamen. 'Meneer de consul', herhaalde Perseyn.

Allaj keek op. Hij zag de mannen die plots overal waren, als de geesten van zijn voorvaderen die ineens in vlees en bloed waren veranderd.

'U staat onder arrest, meneer de consul', zei Perseyn.

'Wat is hier aan de hand? U wilt mij arresteren? U hebt niets tegen mij.'

Perseyn wees naar twee van de rechercheurs van het Posateam. 'Gerichte microfoons en opnameapparatuur, en we hebben dit hele gesprek zelfs op beeldband.'

'Ik ben diplomatiek onschendbaar.'

'Niet wanneer het om samenzwering en terrorisme gaat, meneer Allaj.' Perseyn knikte naar de enveloppe. 'Mag ik raden wat daarin zit? Geld, waarschijnlijk. Als u zo vriendelijk wilt zijn, meneer Vaessen.' Perseyn hield zijn hand naar voren. Vaessen gaf hem de omslag.

'U hebt niets tegen mij', herhaalde Allaj.

'En u zult een hele goede advocaat kunnen gebruiken', zei Perseyn.

❧

Maar de zaken liepen niet helemaal zoals Perseyn had gedacht. Hij voelde meteen dat er wat mis was toen hij de auto voor het kantoorgebouw herkende. Het was de officiële auto van directeur Laplace, die hem in zijn kantoor zat op te wachten. De directeur keek niet eens op toen Perseyn binnenkwam en achter zijn bureau plaatsnam. Geen van beide mannen zei iets. Perseyn wist dat de directeur niet gekomen was om hem geluk te wensen met zijn vangst.

Uiteindelijk was het Laplace die als eerste iets zei. 'We hebben het al over je carrière gehad, Steven. Al een paar keer. Ik had steeds de indruk dat je daar een eigen idee over hebt, over die carrière...'

'U kent mijn principes, directeur. Ik ben een politieman. Ik doe niet aan politiek.'

'O,' zei Laplace, 'dat doe je wel. Dat doe je al jaren, Steven, alleen geef je dat niet toe. Je hebt voor jezelf een heel netwerk opgebouwd, bij de lokale politiek, nationaal zelfs, in het korps, bij het ministerie, in de magistratuur. Maar de voorbije maanden lijkt het alsof je afstand neemt van dat netwerk. Alsof je...' Laplace keek omhoog, op zoek naar steun. Op zoek naar inspiratie. 'Alsof je plots net iets te veel ethische bezwaren hebt tegen principes die je zelf al jarenlang hebt aangehouden.'

'We moeten allemaal oefenen wat onze ethische bezwaren betreft, directeur.'

'Wel,' zei Laplace, opeens boos, 'dan heb ik een goede oefening voor jou. En wel meteen. Consul Allaj wordt meteen weer vrijgelaten. Hij zal niet door jou en jouw mensen ondervraagd worden. Er komt geen rechtszaak tegen hem.'

Perseyn streelde zijn kin. Hij was niet kwaad. Hij was ook niet verbaasd. Hij had het geweten op het moment waarop hij de auto van Laplace beneden op de parkeerplaats had gezien, en de blik van de chauffeur in zijn richting. Hij had het meteen geweten.

'Hij is onze hoofdverdachte, directeur', zei hij. 'Dat betekent waarschijnlijk niets, na wat u me zonet vertelde, maar ik vind dat ik het u moet zeggen. For the record, als het ware.'

'Dat kan me gestolen worden, Steven', zei Laplace scherp. 'Er is altijd politiek mee gemoeid. Jij wéét dat. Je hebt dat altijd geweten. Je hebt dat zelf gecultiveerd.'

'Nee, directeur', zei Perseyn. 'En u weet dat dit niet waar is. Als er iemand een verkeerde stap zette, ging hij de gevangenis in. Ongeacht rang of stand. Dat is altijd mijn principe geweest.'

'Ja, en je had altijd geluk dat je de juiste mensen in de gevangenis kreeg, Perseyn', zei Laplace. 'Maar op zeker moment ga je te ver. En dit is het moment.' Hij kwam overeind.

'We spreken over wapenhandel, directeur.'

'Het gaat over veel meer, Perseyn. Het gaat over bedrijven die hun activiteiten naar Rotterdam overbrengen wanneer buitenlandse diplomaten in ons land lastiggevallen worden. Het gaat om Belgisch belastinggeld dat in Libanon geïnvesteerd wordt in de gezondheidsstructuur. Het gaat om miljoenen euro's aan belangen die in gevaar komen.'

'Het gaat over wapens die dienen om...'

'Die wapens onderscheppen we.'

'Het gaat om de mensen achter deze operatie. Mensen die al maandenlang bezig zijn met grote operaties waar veel geld mee gemoeid is, directeur. We hebben al tientallen, zoniet honderden miljoenen euro zien verdwijnen, en niemand weet waar naartoe. Niemand weet waar die voor dienen. Ze bereiden een grote operatie voor...'

'En een kleine speler als Allaj gaat je vertellen wat dat is?'

'Het is een spoor. We hebben niet veel sporen meer', zei Perseyn.

Laplace snoof. 'Het gaat om die Verhaege, niet? Jullie willen hem witwassen? Jullie willen een held van hem maken. Wel, dat spel speel ik niet mee. En jij ook niet, Perseyn.' Hij draaide zich om en stapte het kantoor uit.

✦

Iris stak haar hoofd naar binnen. Ze zag dat er een probleem was, maar dat had ze ook zo al gehoord. De stem van Laplace had een meer dan redelijk bereik. Deze keer was hij niet discreet geweest. 'Moeten we iets weten over dit bezoek?' vroeg ze.

'Hebben jullie Vaessen ondervraagd?' vroeg Perseyn. Nee, hij was niet van plan haar te antwoorden.

Ze knikte. 'Wapens voor de bevrijding van onderdrukte volken, liever dan alleen maar medicijnen en ziekenhuismateriaal.'

'Heeft hij dat toegegeven?'

'Hij had daar zelfs geen probleem mee. Een radicale jongen,

chef, zoals we al zeiden. Hij wist dat de containers van een ngo niet echt goed gecontroleerd werden. De Libanese milities, de Palestijnen enzovoort. Ik hoef er geen tekening bij te maken.'

'Nee', zei Perseyn. 'Geen vriend van de Israëli, neem ik aan.'

'Mmm, hij noemde hen fascistische zionisten, geloof ik. Of toch iets in die richting. Concentratiekampen, genocide, nog een paar van die dingen.'

'En het geld?'

'Daar bekommerde hij zich niet om. Alles wat hij binnenkreeg en niet nodig had om de kosten te betalen, stortte hij door. Hij gaf ons de referenties, maar die rekeningen zijn ondertussen afgesloten en niemand herinnert zich nog wie die klanten waren.'

'Zoals we hadden kunnen verwachten. Geldstromen. Altijd maar geldstromen.'

'En?' vroeg ze.

Perseyn keek op. 'Wat?'

'Laplace?'

Hij trok een gezicht, dat zij niet verkeerd kon interpreteren. 'We moeten Allaj laten gaan.'

'Shit. Toch niet waar, zeker?'

'Ja', zei Perseyn somber. 'Politiek. Diplomatie. Allemaal dingen die ik als hooggeplaatst ambtenaar zou moeten begrijpen. Waar ik voeling mee moet hebben.'

'Is er politiek mee gemoeid?'

Hij knikte. 'Bedrijven in de haven, belastinggeld dat naar Libanon gaat, ministers op handelsmissies. Dat is de hele tekening, volgens Laplace.'

'O', zei ze. 'Ja, dat soort politiek.'

Hij kwam overeind. 'Ik wil het smartboard zien. Nadat je alles gewist hebt wat we niet mogen volgen. Wat rest er dan nog?'

Ze haalde de schouders op. 'Niet zoveel meer. Vooral veel vraagtekens.' Ze zuchtte. 'Ik wil Thomas terug in het team.'

'Ik ben niet van plan je ontslag te aanvaarden', zei hij. 'En je weet waarom.'

'Interesseert me niet, Steven. Als Thomas terug is, en als dit allemaal is opgehelderd, vertrek ik. En dat méén ik.'

❧

Lena stak een stuk steak in haar mond en keek dan even rond, terwijl ze achteroverleunde en kauwde – wat nauwelijks hoefde want het vlees was zacht. Ze voelde zich niet op haar gemak in dergelijke restaurants, niet terwijl ze vlees at en wijn dronk, en nog minder met zoveel weldoorvoede en rijke mensen om zich heen. Haar vader hoorde dat te weten, en hij had zich dan ook verontschuldigd voor zijn keuze – maar hij was wat haastig geweest met het maken van een reservering en had een beroep gedaan op haar geduld. 'Voor deze ene keer, Lena?'

Merckx keek naar de wijn in het glas dat hij voor zich uit hield. 'Ik zie een bloeddorstigheid die ik van mijn dochter niet gewend ben', zei hij.

Ze keek verbaasd. Zelf had ze niets in de gaten gehad. Hoe makkelijk las hij haar ware gedachten.

'De manier', legde hij uit, 'waarop je in die steak sneed, zonet. Heeft dat beest jou iets misdaan, behalve dat het voor ons doodgegaan is?'

'Nee, nee', zei ze. 'Het is die hele politieke...' Ze had hem in het kort verteld wat er was voorgevallen met consul Allaj. Hij had aandachtig geluisterd maar geen commentaar gegeven.

'Dat is inderdaad politiek', zei hij, toegeeflijk, maar dan alleen omdat ze zijn dochter was. Hij zette het glas neer, stak een stuk steak met wat boontjes in zijn mond en kauwde.

'Nu gaat alleen die man van de ngo achter de tralies...'

'Terecht.'

'Ja, dat wel. Maar we botsen opnieuw tegen een muur. We komen niet vooruit.'

'Jullie hebben in ieder geval die wapenleveringen gestopt.'

'Het gaat niet om die wapenleveringen', zei ze. En dan keek ze snel om zich heen omdat ze te luid gesproken had. Ze moest eraan denken dat haar vader hier waarschijnlijk mensen kende.

'De rest ontsnapt jullie?'

'Ja', zei ze. Ze boog zich weer naar haar bord toe. De steak trok haar niet aan. Ze had er niet eens een derde van opgegeten en nu al had ze er genoeg van. 'De rest ontsnapt ons. We zoeken als blinden.'

'En de moordenaar van de vrouw van...?'

'Eva? Wel, daar hebben we ook nog geen doorbraak. We vinden telkens weer vreemd DNA, maar daarmee schieten we niks op. Herinner je je die vrouwelijke huurmoordenaar die doodgeschoten werd...'

'Ja?'

'Hetzelfde DNA werd in haar buurt gevonden. Dat pleit Thomas vrij. Werd ook tijd.'

'Ja', zei Merckx bedachtzaam. 'Ik neem aan dat dit goed nieuws is.'

Hoofdstuk 34

Toen een nieuwe dag aanbrak boven Antwerpen en het verkeer zich langzaam een weg baande over de snelweg, zat Iris al aan haar bureau en had ze haar computer tot leven gewekt. Ze had ook zichzelf tot leven gewekt met een kop sterke koffie, waarvan de intensiteit niet door alle andere leden van het team gewaardeerd zou worden. De voorbije dagen had ze vaak naar de foto van Tarik gekeken, en ze miste hem, zijn aanstekelijke lach en zijn soms naïeve oppervlakkigheid, maar ook zijn doorzicht. Ze toostte met haar kopje naar de foto. 'Voor jou, kameraad', zei ze. Maar daarna gedroeg ze zich meteen weer professioneel. Toen Perseyn de lift uitstapte, zijn aktetas op zijn bureau legde, naar haar toekwam en haar een hand gaf, zei ze: 'Ik heb het hele verleden van Allaj bekeken, chef, voor zover ik wat kon vinden. Maar die man bestaat alleen uit officiële gegevens. Consul geweest in Frankrijk, Duitsland, Italië en sinds 2006 hier in België.'

'En geen strafbare feiten?'

De liftdeur ging weer open en Lena kwam naar binnen, samen met Joris. Ze trokken allebei hun jas uit. Lena droeg een jeans en een truitje met een gestileerd indianenhoofd erop. Joris was meer formeel gekleed, in een pak met das. Misschien wilde hij, als nieuweling, zo veel mogelijk Perseyn imiteren. Als je onzeker was over de manier waarop je je moest gedragen, dan imiteerde je het best de oudste medewerker, en liefst diegene met de hoogste rang. Die les had hij in het korps geleerd.

'Allaj?' vroeg Lena.

Iris wees op het smartboard, waar het cv van de man breed

uitgesmeerd werd, samen met twee weinig flatterende foto's.

'Kunnen we niets méér over hem vinden dan dat?' vroeg Lena verontwaardigd. 'Zijn we daarom dagenlang met hem bezig geweest? Misschien is hij wel de moordenaar van Eva.'

Iris trok een gezicht: ze had niet meer informatie.

'Kunnen we hem schaduwen?' vroeg Joris. 'Dan ontdekken we misschien met wat voor soort mensen hij omgaat of in welke kringen hij zich beweegt.'

Perseyn keek hem aan. 'We moeten hem met rust laten, officieel dan toch.' Joris had nog niet geleerd in de pas te lopen wanneer dat officieel van hem verlangd werd, en bevelen persoonlijk te interpreteren wanneer de omstandigheden daarom vroegen. Dat was wat Thomas en Lena meestal deden, en waarvoor Perseyn hen telkens op het matje riep. Joris zou leren dat deze procedure bestond om de schijn van ordelijkheid in ere te houden, niet om individuele creativiteit te verstikken.

'Shit', zei Lena.

'Maar', vervolgde Perseyn, 'we kunnen hem wel degelijk schaduwen. Vijf dagen lang en zonder de toestemming van de onderzoeksrechter. En zonder dat de directeur het weet. Maar als we hem willen oppakken moeten we echt wel een zwaarwegend dossier tegen hem hebben.'

'Is internationale wapensmokkel voldoende?' vroeg Joris.

'Dan zou ik al heel blij zijn', zei Perseyn op afgemeten toon. 'Maar precies daarvoor kunnen we hem niet arresteren. De economische belangen...'

'Jaja', zei Lena. 'Het zijn altijd de economische belangen die spelen. Dat is altijd zo geweest.'

Perseyn vond het raadzaam daar niet op in te gaan.

❧

De ontvangstbalie had hem aangekondigd als meneer Douglas, en toen hij dat hoorde voelde Allaj hoe zijn hart een sprong maakte. Waarom, dacht hij. Waarom schrik ik elke keer? Ik weet dat hij komt. Ik weet dat deze zaak niet voorbij is. Ik weet wat de man kan doen, en waarvoor ik moet oppassen.

'Mijn vriend', zei hij, uit zijn stoel overeind komend. Hij stapte op Douglas toe en drukte hem de hand.

Douglas liet een flauwe glimlach zien en nam ongevraagd plaats op de stoel aan de andere kant van het antieke, roodgeschilderde bureau van de consul. 'Praatjes', zei hij rustig.

Allaj ging op zijn beurt neerzitten. 'Praatjes?'

'Ja, jij en Vaessen. Waarom moest je zo hoognodig nog met hem afspreken?'

'Er waren nog een paar dingen te regelen. Het moest duidelijk zijn dat onze relatie afgelopen was. En die laatste betaling...'

'Toch niet vanwege je eer, hoop ik. Want dat had je de das kunnen omdoen.'

Allaj trok een verongelijkt gezicht. 'Ze hebben me meteen moeten laten gaan, Douglas. De politie kan mij niet vasthouden. Ik ben diplomaat.'

'Ze hebben je niet laten gaan omdat je diplomaat bent, maar omdat een bepaalde minister een paar mensen gebeld heeft. En je weet wie ik bedoel. Voel je je dan niet nederig?'

'Het is allemaal...' begon Allaj.

'Voel je je dan niet nederig?' herhaalde Douglas op dezelfde toon.

Allaj keek hem strak aan. 'Ik kom mijn afspraken na, Douglas. Dat weet je. Maar de andere zijde doet dat niet.'

'Wat bedoel je?'

'Ik zou niet meer lastiggevallen worden door de politie. Dat was de overeenkomst. Op die basis hebben we afspraken gemaakt: dat er geen politie bij zou komen kijken.'

'Wij doen ons best,' zei Douglas, 'maar je had niet met Vaessen moeten afspreken. Dat was nergens meer voor nodig. Vaessen en zijn zaken zijn verleden tijd. Laat hem los.'

Allaj zweeg.

'Zijn de transacties gebeurd?' vroeg Douglas, de humeurigheid van de man negerend.

'Natuurlijk. Wij houden ons aan de overeenkomsten.' Allaj

haalde diep adem. 'Voor ons is het een kwestie van eer, meneer Douglas. Een kwestie van een gegeven woord, en van de eer van ons volk. Maar die verslaving aan geld, dat is alles waar jullie aan denken.'

'Jullie?'

'Westerlingen', zei Allaj.

'Ja', zei Douglas. 'Op die manier hebben we de rest van de wereld veroverd. Dankzij een verslaving.'

'Dat was vroeger', zei Allaj. 'In de zestiende en de zeventiende eeuw. Maar dat wereldrijk behoort al een tijdje tot het verleden. Binnenkort is de wereld helemaal islam. Binnenkort is het Westen niet langer de dominante cultuur.'

'Werkelijk? Is het daarom dat jouw land nog steeds wordt verscheurd door een burgeroorlog? Is het daarom dat de Palestijnen uitgemoord worden? Is het daarom dat de ene moslim de andere naar het leven staat? Zijn jullie dan de volgende wereldheersers?'

'Dat is maar een overgangsfase', zei Allaj. 'Wij doen dat niet voor geld.'

'Niettemin', zei Douglas, 'is het leuk om met u zaken te mogen doen, meneer de consul. Waar het geld vandaan komt is mijn probleem niet, zolang ik maar betaald word. Ik wil u overigens nog om een dienst vragen.'

Allaj keek zuur. 'Wat nog?'

'Kunt u me in contact brengen met deze dame?' Douglas toonde Allaj een foto. 'Liefst op een plaats waar ik op een aangename manier met haar kan praten. En zonder dat ze in de gaten heeft dat het om een geregisseerde afspraak gaat.'

෴

Lena en Thomas zaten bij hem thuis in het salon, nadat hij Ruben naar bed had gebracht, maar niet voor de jongen eerst nog een zoen kreeg van 'tante Lena'. 'Is je schoonmoeder er niet?' vroeg Lena.

'Die is een paar daagjes naar huis, nu ik op non-actief ben', zei

Thomas. 'Maar ze laat haar kleinkind niet los, maak je maar geen zorgen. Ze wil absoluut de rol van vervangmoeder spelen. Ik neem haar dat niet kwalijk, onder deze omstandigheden.'

'Waar zoeken wij ondertussen naar?'

Thomas had zijn eigen laptop op de salontafel gezet en zocht naar een aantal websites. Hij keek Lena aan, drukte op een toets, en een foto van een man verscheen. Het was een vage foto, maar ze wist meteen wie de man was. 'Hij heet Rodrigo', zei Thomas, 'en hij is de man die bij ons op kantoor binnendrong en het hologram meepakte.'

'De man die daarna verongelukte toen we hem achtervolgden', zei Lena.

'Ja, precies. Ik heb zijn naam op mogelijke databases gezocht en een en ander gevonden.'

'Hij was geen grote speler, Thomas', zei Lena. 'Een handige jongen, maar geen grote speler.'

'De kleintjes kunnen ons naar de groten leiden', zei Thomas. 'Allemaal kleine broodkruimels, die we niet mogen verwaarlozen. Maar omdat dit hele complot bestaat uit kleine en grotere en heel grote spelers, heb ik al zijn informatie vergeleken met wat we hebben over de andere verdachten.'

'En wat leverde dat op?'

Thomas trok een gezicht. 'De avond voor de diefstal van het hologram had Rodrigo telefonisch contact met een man die wij ondertussen hebben leren kennen.'

'Goh, Thomas, de spanning wordt me te veel', zei Lena ironisch. 'Wie?'

'Allaj.'

'Dat meen je niet.'

Thomas knikte. 'Dat opent een aantal mogelijkheden. Een van die mogelijkheden is, dat Allaj de opdrachtgever is van de diefstal. Als dat zo is, dan is hij een belangrijk schaakstuk, en niet zomaar een pion.'

'Maar we mogen hem niet aanpakken', zei Lena. 'Verboden terrein, zegt de baas.'

Thomas schudde zijn hoofd. 'Nog niet. Tenzij we nog méér

bezwarende informatie vinden. Ik denk dat hij de ontvoerder is, Lena.'

'De man die...' Ze zweeg plots.

'Ja', zei Thomas. 'De man die Eva vermoordde.' En hij zei het kalm.

'Goh!' Dat was alles wat ze kon zeggen. Maar ze geloofde er niet in. Er klopte iets niet. Een consul die zomaar op pad gaat om mensen te ontvoeren en andere mensen dood te schieten? Dat leek haar niet waarschijnlijk. Kon ze dat aan Thomas zeggen? Ontnam ze hem dan niet een mogelijk spoor?

'Als we bezwarende bewijzen tegen hem willen vinden, dan moeten we daar naartoe.' Hij wees naar het scherm. Lena herkende het gebouw. Het was het Libanese consulaat.

❧

'Dat is ze', zei Allaj. 'Veel succes ermee.' Hij knikte discreet in de richting van een vrouw die samen met twee andere jongedames bij de bar van de dancing stond. Douglas knikte. Hij zag een jonge vrouw van rond de dertig, gekleed in een zwarte jurk die net boven haar knieën kwam, haar schouders bloot liet, maar niet te diep uitgesneden was. Donkerblond kapsel, modieus zonder opvallend te zijn. Ze zag er eerbaar uit, pittig maar niet sletterig.

Allaj schudde zijn hoofd en liep weg. Douglas stapte tussen de dansers door in de richting van de bar. Hij zag dat het glas van de vrouw bijna leeg was. Een mojito, merkte hij. Hij vroeg een cola aan de barman. 'En voor deze dame hetzelfde als wat ze nu drinkt.' Hij draaide zijn hoofd naar haar om. 'Als ze tenminste een drankje van mij wil aannemen?'

Natuurlijk zou ze dat doen. Hij kende zijn eigen charmes. En hij wist precies welk timbre zijn stem moest aannemen, ook in deze luide omgeving, om die charmes optimaal te kunnen gebruiken.

Ann Geuens keek de lange, donkerharige man naast haar aan. Ze bekeek hem zorgvuldig, zonder te staren. Staren zou onbeleefd zijn. Maar hem geen aandacht gunnen ook. 'Waarom niet', zei ze. 'Een mojito, graag. Waaraan heb ik dat te danken?'

'Aan uw prachtige jukbeenderen', zei Douglas. Alsof het een gewone beschouwing was. Alsof het niet als een compliment geïnterpreteerd hoefde te worden. Dan glimlachte hij een beetje. 'Uw intelligente uitstraling ook, zeldzaam in een plaats als deze.'

Ze glimlachte. 'Ga door', zei ze. 'Vooral niet stoppen.'

'Misschien ben ik te...'

'Wat?' Een plagende glimlach die hem verplichtte zijn motieven te verduidelijken.

'Te vrijpostig.'

'Ja', zei ze. 'En dat is een goede eigenschap, voor een man.'

Hij glimlachte en boog zijn hoofd een beetje. 'Als ik me vervolgens voorstel, gaan vrouwen altijd lachen', zei hij.

'Lachen? Waarom?'

'Mijn voornaam. Ik ben Becky. Becky Verheyden. B-e-c-k-y. Ik weet echt niet waaraan mijn ouders dachten toen ze mijn naam uitkozen. Echt niet. Hippies, vermoed ik. Ze hebben het me nooit uitgelegd. Ik heb er natuurlijk ook nooit naar gevraagd.'

Ze lachte niet, maar haar mondhoeken plooiden omhoog. 'Ann Geuens. Dubbele n. Een naam zonder verbeelding. Middenklasse ouders, ook zonder verbeelding. Ik vind dat wel een leuk idee. Becky, bedoel ik. Daar valt tenminste een verhaal over te vertellen.'

'Maar het blijft me achtervolgen. En op school het onderwerp van plagerij. Word je sterk van, zeggen ze. Was nog waar ook, ik ben er sterk van geworden.'

'Ach,' zei ze, opnieuw plagerig, 'zo heb je iets voor de conversatie in de bar.'

'Zoals nu.'

'Mmm.'

'Wat doe je, Ann Geuens? Ik bedoel – met alle ingesloten risico's – professioneel?'

'Ik ben architecte. Ik werkte mee aan het ontwerp van het

Europees Parlementsgebouw hier in Brussel, en daarna ben ik ook hier blijven hangen. Ik werk nu in datzelfde gebouw als hoofd van de controledienst.'

'Controle?'

'Structurele controle: onderhoud van het gebouw, aanpassingen en herstellingen, dat soort dingen. Ervoor zorgen dat het ding niet instort. Saai. Saai!'

'Waarom zoek je geen andere job?'

'Ja, zo gauw als ik kan. Maar net zoals mijn naam ben ik conservatief. Houden wat ik heb. En jij, Becky?'

'Ik ben ingenieur en werk voor een Britse onderneming die even saaie dingen doet. Wij leveren basisstructuren voor bedrijven die bruggen bouwen.'

'Ah, een bruggenbouwer.'

'Ik ontwerp onderdelen. Een beetje zoals architectuur. Laten we het er niet over hebben. Laten we over Ann Geuens praten.'

Ze dronk van haar mojito. 'Laten we het over Becky hebben', zei ze.

Hoofdstuk 35

'Het is een gewoon consulaat', zei Thomas. 'Het is Fort Knox niet. Er is nauwelijks security, dat heb ik al nagetrokken. Overdag zal zelfs de alarminstallatie niet aanstaan.' Hij zat met Lena in haar auto, geparkeerd tegenover het bewuste gebouw.

'Je loopt daar toch niet zomaar binnen en weer buiten.'

'Het is echt makkelijk', zei Thomas opnieuw. 'Ze gaan elke middag lunchen. Dan blijven ze een uur weg.'

'Wie?'

'De twee medewerkers van zijn consulaat. Dacht je dat ik hier al niet eerder was, om te verkennen? Ze vormen een koppeltje. Waarschijnlijk zijn ze allebei getrouwd, maar niet met elkaar.'

'Leuk voor hen.'

'Ja, en ook leuk voor ons. Ze sluiten de zaak af, maar ik heb dat slot bekeken, en dat is geen probleem...'

'Shit, Thomas', zei Lena. 'Als iemand jou pakt, dan ga je voor een hele tijd de bak in.'

'Er is niks veranderd, Lena. Ik neem risico's, zoals ik dat altijd doe, maar ik bereken ze eerst.' Hij wees naar het gebouw. 'Kijk. Je kunt er je klok op gelijkzetten.' Een jongeman en een al even jonge vrouw kwamen het consulaat uit, sloten de voordeur en wandelden de straat door. Dicht tegen elkaar aan, maar zonder elkaar aan te raken. 'Die zien we een uur lang niet meer terug. Prille liefde, toch mooi.'

'En Allaj?'

'Die is vanmorgen weggegaan', zei Thomas. 'Toen ik belde naar de receptie vertelden ze me dat hij de hele dag niet bereikbaar was.'

'Dat wil niet zeggen...'

'Lena, als Iris of wie dan ook beter haar werk gedaan had, dan had ze eerder al ontdekt dat er een band was tussen die Rodrigo en Allaj. Neem me dus niet kwalijk dat ik zelf de zaak in handen neem. Ik denk dat Eva door sommige mensen al een beetje vergeten is...'

'Dat moet je niet zeggen, Thomas.'

Maar hij was de auto al uit. 'Ik reken op je', zei hij door het open raampje. Hij friemelde aan zijn oor waar zijn zendertje zat. 'En blaas alarm als iemand onverwacht weer opduikt.'

'Godverdomme, Thomas', zei Lena in machteloze eenzaamheid. Thomas haastte zich de straat over. Aan de deur van het consulaat friemelde hij een paar momenten met het slot, maar hij deed het zo vanzelfsprekend dat niemand van de passanten hem erover aansprak. Meteen was hij binnen.

ത➤Ꮆ

Waarom hij het risico nam? Omdat hij alleen nog maar aan Eva kon denken en aan de man die haar zo koelbloedig vermoord had, een man die slechts bestond uit DNA-stalen, en die geen naam, geen gezicht, geen handen, maar wel een stem had. Hij nam deze risico's omdat hij dit niet aan Lena kon toevertrouwen, en evenmin aan de andere leden van het team.

Het ging er niet om dat hij hen niet vertrouwde. Het ging erom dat zij niet zo ver zouden gaan als hij. Want zijn drijfveer was irrationeel.

In de korte gang van het gebouw was er een stuk van de muur weggenomen zodat links een ontvangstruimte was geschapen waar twee grijze bureaus stonden, van het soort dat je steeds meer in bankkantoren zag. Neutraal, onpersoonlijk en toch verwelkomend. De posters die ingelijst tegen de muur hingen zeiden alles en tegelijk niets over Libanon. Ze vertelden de bezoeker over de natuurlijke schoonheid van het land en over de historische gebouwen, maar niets over de mensen die er gewapend tegenover elkaar stonden.

Vanuit de hal liep een brede trap naar boven. Er stond een koperen standaard bij die trap met een bordje: 'privé'. Boven woonde Allaj. Zijn kantoor was rechts naast de ingang.

Thomas legde zijn oor op de deur. In het hele gebouw heerste diepe stilte. Hij wist dat de consul afwezig was, maar wilde er zich niettemin van vergewissen.

Hij opende de deur. Het kantoor van Allaj was traditioneel ingericht, zoals waarschijnlijk een consul uit Libanon zich dat voorstelde. De meubels waren van donker, roodachtig hout en er hingen alleen kalligrafieën tegen de muren. In de verste hoek stond een sofa van donkerrode stof met veel kussens. Er stond een laag tafeltje met een zilveren theeset. Traditioneler kon het niet.

Thomas gooide snel de kasten open. Dossiers, brochures, boeken. Doosjes met sigaren. Nog meer dossiers. Hij had daar geen tijd voor. Dan nam hij het bureau onder handen. Het was niet afgesloten. De consul was een man die geloofde in de veiligheid van zijn omgeving. Er was een alarminstallatie, maar die stond waarschijnlijk alleen 's nachts aan. Wat was hier te stelen?

Meteen in de bovenste lade vond hij wat hij zocht.

In zijn oren kraakte het. 'Allaj is onderweg', zei Lena. 'Hij is net de hoek omgeslagen.'

'Ik kom', fluisterde Thomas.

'Snel.'

Thomas pakte de plastic dossiermappen. Wat nog meer? Wat kon er nog meer van belang zijn?

Hij had geen tijd meer.

'Thomas!' zei Lena.

Hij sloot de lade, holde het bureau uit, opende de voordeur, gleed naar buiten, sloot de deur opnieuw.

'Naar jouw linkerkant', siste Lena.

Hij volgde haar instructie en keek niet meer achterom. Even verderop maakte hij een bocht en stak de straat over. Hij plofte neer op de stoel naast haar.

'Was het dat waard?' vroeg ze. 'Stel je voor dat hij je betrapt had...'

Thomas grijnsde, stak zijn hand in de binnenkant van zijn jas en haalde daar de mappen uit.

∽∾

Douglas stapte de inkomhal van het Europees Parlement binnen en begaf zich naar de receptioniste. De massieve gevel met het vele glas was indrukwekkend genoeg, het interieur van de inkomhal des te meer. Die hal zag er echter chaotisch uit, met verschillende balies, grote videoschermen, panelen in een tiental talen, bewaking, passerende gasten en verspreide zithoeken. Een centrale balie leek de meest aangewezen plek om te beginnen. 'Ik heb een afspraak met Ann Geuens', zei hij in het Nederlands.

De jonge vrouw, die een fris rond gezicht had en donkerblond haar, zei simpelweg en zonder spoor van accent: 'Jawel, meneer. En wie mag ik aanmelden?'

'Becky Verheyden', zei Douglas.

De receptioniste trok even haar wenkbrauwen op en toetste een naam op het scherm voor haar in. Dan sprak ze in haar microfoontje 'Meneer Becky Verheyden is hier voor mevrouw Geuens', zei ze. Ze luisterde. 'Goed, zal ik doen.' Ze richtte zich tot Douglas: 'Mevrouw Geuens komt u zo dadelijk halen, meneer Verheyden. U mag al doorgaan naar security.' Ze knikte in de richting van een batterij portalen waar geüniformeerde veiligheidsagenten stonden.

Douglas bedankte haar en stapte in de richting van de portalen, maar bleef dan wachten. Aan de andere zijde van de barrière kwam Ann aangestapt. 'Becky', zei ze. 'Je ziet dat we hier goed beschermd worden.' Ze richtte zich tot de bewaker. 'Het is in orde.'

Douglas toonde haar zijn tas met de laptop erin. 'Dit moet door de detector?'

'Nee hoor, niet voor jou.' Ze ging hem voor naar de personeelsingang waar ze haar badge door een lezer haalde. Hij volgde haar. 'Geen detector nodig voor wie hier dagelijks komt', zei ze. Ze pakte zijn arm vast. 'Leuk dat je er bent.'

'Indrukwekkend gebouw', zei hij.

'Ja. Het is natuurlijk allemaal glas, steen en metaal, maar het is een pareltje van moderne architectuur. En ik zeg dat niet omdat ik eraan meewerktc.'

Ze toetste een knop in voor de lift. Die kwam meteen. Op weg naar boven kuste hij haar op haar lippen. 'Mmm, niet hier', zei ze gedempt. De avond ervoor was ze minder terughoudend geweest. Die nacht overigens ook. Ze was helemaal niet terughoudend geweest.

'Camera's?' vroeg hij.

'Nee, niet in de liften. Nog niet. Gelukkig maar.'

'Jouw kantoor?'

'Mmm?'

De liftdeur ging open en gaf toegang tot een brede gang waar enkele mensen passeerden. Diepgrijs tapijt op de vloer, veel indirecte verlichting. Zo'n Europees Parlement mocht geld kosten. 'Ik weet wat beters', zei Douglas. Hij trok haar terug de lift in en drukte op -4. 'Misschien is dat een rustige verdieping.'

Ann keek hem met een plagerige glimlach aan. Even later ging de liftdeur opnieuw open. Het uitzicht was nu minder fraai, maar er was dan ook niemand in de buurt. 'Komt hier ooit iemand?' Er klonk een echo tegen de betonnen muren. Hier geen tapijt en alleen buislampen tegen de zoldering. Kaal, functioneel.

'Zelden. Dit is voor het onderhoud en het leidt naar de stookplaatsen en zo. Alleen de technici komen hier.'

'Deze lift is de enige toegang?'

'Je kunt hier ook komen via de garage. En er zijn de brandtrappen.'

'Spannend', zei Douglas. En hij kuste haar.

∻

Perseyn keek verbaasd naar de dossiermappen op zijn bureau. Tegenover hem stonden Lena en Iris. Dan keek hij op. 'Jullie vertellen me dus twee dingen die ik eigenlijk beter niet zou weten', zei hij. 'Ten eerste dat Thomas zich nog steeds met het onderzoek bemoeit hoewel hij geschorst is. En ten tweede dat hij onrechtmatig het Libanese consulaat binnendrong en dit daar meenam.'

'Ja', zei Lena. En zo te zien had ze daar geen spijt van.

'En jullie ontdekten dat de consul en Rodrigo contact met elkaar hadden.'

'Ik zag dat over het hoofd', zei Iris.

'Haal ik hem erbij?'

'Wie?' vroeg Perseyn.

'Thomas. Hij wacht aan de receptie. Hij wil eerst weten hoe die stunt van hem ontvangen wordt.'

Perseyn zuchtte. Ergens zat er hoofdpijn aan te komen, allicht voor de hele dag, en een gesprek met Thomas zou, onder de gegeven omstandigheden, daar geen goed aan doen. Vooruit dan maar, dacht hij. Thomas was als een natuurkracht. Je wilde er wat aan doen, maar aan het eind besefte je elke keer dat je inspanning nutteloos was. 'Ik wil hem alléén zien.'

'Komt in orde', zei Lena. Ze was al blij dat ze zelf niet de volle laag kreeg van Perseyn. Waarom zou ze Thomas afschermen? O, omdat Eva was doodgeschoten. Dat was voldoende reden. Maar zo veel krediet had Thomas uiteindelijk al verspeeld, dat zijn marge ook bij haar dunnetjes was geworden. Dus had ze liever dat Perseyn de zaakjes met hem regelde. Ze pakte haar gsm.

Even later stond Thomas alleen met Perseyn in zijn bureau. 'En doe die deur dicht', zei de hoofdcommissaris. 'Voor zover we hier enige privacy hebben.'

Thomas sloot de deur.

'Jij bent altijd mijn beste medewerker geweest, Thomas', zei Perseyn. 'Al sinds de dag nadat je was afgestudeerd.' En sinds de dag, dacht hij erbij, dat ik je uit de academie plukte en je hier in deze dienst neerplantte, in de volle overtuiging dat je veel potentieel had. Dat was ook waar gebleken. De schaduwzijde was, dat Thomas zijn sterke eigen wil altijd doordreef.

'Ik ben dankbaar voor al de kansen die je me gegeven hebt, Steven', zei Thomas.

'*Chef!* Steven is er even niet. Ik sta hier nu als jouw chef. Voor zolang dat nog duurt. Want na deze stunt sta je niet alleen op non-actief, je staat ook op het punt om in de gevangenis te-recht te komen.'

'Dat risico heb ik de voorbije dagen wel meer gelopen', zei Thomas. 'Maar ondertussen hebben we een belangrijk bewijs-stuk...'

'Een *gestolen* bewijsstuk, Thomas. En je weet wat dat betekent. Het besmet het hele onderzoek. We kunnen de informatie die we in die mappen vinden niet gebruiken. Geen enkele recht-bank laat dat toe.'

'Dat weet ik, chef. Maar dankzij die informatie zullen we mis-schien meer weten over de uiteindelijke bedoelingen van deze bende. En tot nog toe lopen we altijd achter. Het wordt tijd dat dit verandert.'

Perseyn zat neer. 'Goed. We bekijken die mappen en hun in-houd, maar laat Joris dat doen. Niet die geleende rechercheurs, want die zouden wel eens uit de biecht kunnen klappen. En wat jou betreft: we hebben DNA gevonden onder jouw bed, van de-zelfde persoon die Eva...'

'Dus ben ik onschuldig.'

'Daar heb ik nooit aan getwijfeld, Thomas.'

Er werd op de deur geklopt en meteen kwam Iris binnen. 'Sorry, chef, maar we hebben belangrijke informatie over on-ze consul.'

'Wat nu?'

'Ik heb zijn vingerafdrukken van die mappen door de com-puter gehaald.'

'Zijn vingerafdrukken? Die zitten toch al lang bij allerlei po-litieorganisaties?'

'O, ik heb ze niet alleen vergeleken met politiebestanden, chef.'

'Nee?'

'Nee. Ik heb ze vergeleken met de bestanden van een aantal internationale organisaties. Interpol, het *National Crime Archive*, het Internationaal Gerechtshof. Daar zoeken ze nog altijd naar honderden mensen, in verband met de meest uiteenlopende misdaden tegen de mensheid.'

'Ja? En?'

'De vingerafdrukken van consul Allaj komen overeen met die van een man die Fouad Gabrin heet. Die naam zegt u waarschijnlijk niets, maar hij was in de jaren negentig een vooraanstaand militieleider in Libanon. En zijn militie was verantwoordelijk voor verschillende aanslagen en moorden, en hij wordt gezocht voor genocide.'

'Diezelfde man? Werkelijk?'

'Geen vergissing mogelijk, chef.'

'En nu', zei Perseyn, 'is hij hier consul. Zomaar onder onze neus?'

'Met de hulp van politieke vrienden, vermoed ik, chef. Het is bekend dat Gabrin plastische chirurgie onderging in Parijs. Daarna verdween hij. Jaren later duikt hij dus opnieuw op, zoals nu blijkt, als diplomaat onder een andere naam. Hij wordt ongetwijfeld beschermd door vrienden bij de Libanese overheid.'

'En je bent zeker van je zaak.'

'De vingerafdrukken liegen niet', zei Iris opnieuw.

'Goed', zei Perseyn. 'Verwittig de procureur, de onderzoeksrechter en het kabinet van Buitenlandse Zaken. We arresteren die man. En deze keer hebben we een stevige zaak tégen hem.'

Hoofdstuk 36

'Zo gaat dat in het leven', zei Perseyn droogjes. Hij deed de ondervraging van consul Allaj persoonlijk. Naast hem zat Iris. De consul keek allesbehalve opgetogen. Tussen hen op de tafel lagen foto's. Van Sofia, van Depretere, van Joyce, van Eva. Al die foto's beschuldigden de consul, maar die keek er nauwelijks naar.

'We weten wie u bent en dat u die wapenhandel organiseerde. Oude vrienden worden niet in de steek gelaten, nietwaar?'

Allaj keek Perseyn aan. 'Ik beantwoord geen vragen van vrouwen', zei hij.

'Wat is het doel achter al die grote geldoperaties?' vroeg Perseyn. 'Waar moet dat geld voor dienen?' Hij had antwoorden gezien in de mappen die de overmoedige consul in zijn eigen bureaula had laten slingeren, maar die informatie kon hij niet gebruiken.

'Ik weet niets van geld. Of van geldoperaties. Ik ben consul. Daaruit vloeit voort, hoofdcommissaris, dat ik bepaalde rechten heb, en u hebt al die rechten met voeten getreden. Ik dien een klacht in tegen u, tegen uw dienst en tegen de Belgische staat.'

'Ga uw gang. Dat lijkt me leuk bij wijze van hobby, met al de vrije tijd die u in de gevangenis zult hebben. Waarom hebt u de moord op deze mensen georganiseerd?'

Allaj bleef Perseyn strak aankijken, alsof één blik op de foto's hem zou vervloeken. Daar moet ik gebruik van maken, dacht Perseyn. De invloed van dode mensen. Misschien is de man bijgelovig, misschien voelt hij zich ongemakkelijk

wanneer de namen en de gezichten van zijn slachtoffers opduiken. Maar Perseyn besefte dat hij geen vat had op een man
die ooit een militie tijdens een burgeroorlog had geleid, en
waarschijnlijk honderden mensen de dood had ingejaagd.

En misschien stelde hij de verkeerde vragen.

'Wel?' drong hij aan. 'Waarom moesten deze mensen dood?'

'Ik heb daar niets mee te maken', zei Allaj. 'Ik ken die mensen niet.'

'Depretere?'

Allaj trok een afkeurend gezicht. 'Die wel. Ooit een paar keer
ontmoet. Een zakenman, zoals er zoveel zijn. Zuigen arme landen leeg, worden dik en rijk. Is hij vermoord? Dat verbaast me
niet. Ik hoorde dat zijn levenswandel veel te wensen overliet.
Hij heeft waarschijnlijk gevaarlijke vrienden gemaakt. Maar
ik heb daar niets mee te maken, met zijn dood.'

'Je kent hun moordenaar', zei Iris. 'Dat maakt je tot mede-
plichtige. En Vaessen zal ook wel getuigen in verband met de
wapensmokkel. En nu blijkt het Europees Gerechtshof naar
jou op zoek. Het wordt moeilijk, Allaj.'

'Ik kan alleen maar getuigen', zei Allaj, 'dat de goedheid van
Allah bestaat, en ik getuig dat Mohammed Zijn boodschapper
is.'

'Dat zal goed overkomen bij een jury', zei Iris.

Perseyn kwam overeind en gaf de cipier bij de deur een teken. 'We geven meneer nog wat tijd om na te denken over de
genade van Allah. Breng hem naar zijn cel.'

Allaj kwam overeind en liet zich zonder meer wegvoeren.

'Hij beseft goed genoeg dat hij in de problemen zit', zei Perseyn. 'Alleen weet hij niet dat we zijn mappen hebben. Je moet
die dringend helemaal uitpluizen.' Hij keek op zijn gsm. 'Ik zie
dat ik nog een bezoeker heb. Dit wordt interessant.'

'Wie?'

'De directeur. Hij zal mij waarschijnlijk de huid vol schelden.
Het wordt een vast ritueel. Mijn reputatie wordt er niet beter
op.'

Ze namen de lift naar boven. Laplace wachtte in het bureau
van Perseyn, die meteen de deur achter zich sloot.

'Steven, ik moet wat te vaak hier naartoe komen om problemen op te lossen, en dat zint me niet', stak de directeur van wal.

'Dat begrijp ik, directeur. We zijn nu eenmaal niet bezig met een gewone zaak.'

'Zelfs dan. Je laat DNA-onderzoek uitvoeren binnen het kader van een onderzoek waar het Comité P en ikzelf de leiding over hebben.'

'Dat DNA wijst uit dat Verhaege onschuldig is aan de moord op Sofia Belèn, directeur. Er was inderdaad een andere man in zijn huis, en die nam Verhaeges wapen weg. Dat gebruikte hij nadien om Belèn te doden en om de schuld in de schoenen van Verhaege te schuiven.'

'Je hebt mijn gezag genegeerd, Perseyn. Daar gaat het om. Je weet hoe ik op dat gezag gesteld ben.'

'Met mijn excuses, directeur, mij gaat het er in de eerste plaats om dat de leden van mijn team niet ten onrechte beschuldigd worden. Ik neem aan dat u in mijn plaats precies hetzelfde zou doen.'

'Ik zou dat niet hoeven te doen', zei Laplace nors, 'omdat mijn team de regels en wetten zou kennen en daarnaar zou handelen. Ik zou deze... deze chaos niet toestaan.'

'Ik had gehoopt', zei Perseyn zacht, 'dat u tevreden zou zijn met het resultaat dat we uiteindelijk hebben geboekt. We hebben een belangrijke wapensmokkel opgerold en een internationaal gezocht misdadiger gearresteerd.'

'Mmm, ja, daar moet ik u mee feliciteren. Laat de details maar achterwege. Ik wil ze niet kennen. Het zal wel weer niet volgens het boekje gebeurd zijn. Is uw zaak tegen de consul waterdicht?'

'Absoluut.'

'Mmm, goed', zei Laplace. Hij kwam overeind. 'Dan zorg ik ervoor dat hij overgeleverd wordt aan Interpol.'

'Hij blijft zijn betrokkenheid bij de andere zaken ontkennen.'

'Maakt niet uit. Zijn zaak weegt op zich zwaar genoeg.' Laplace opende de deur van het kantoor. 'En wat die andere zaken betreft: succes. Maar speel niet opnieuw met je toekomst.'

'In verband met...' zei Perseyn.

'Wat?'

'Verhaege', zei Perseyn.

'Zijn schorsing is opgeheven, Steven. Tegen mijn zin en zelfs tegen mijn gezond verstand in. Maar net zoals jij wil ik hem nog een kans geven.'

Toen Laplace de hielen gelicht had, onderschepte Perseyn Joris die in de gang passeerde, op weg naar zijn tafeltje in de kantoorruimte. 'Vertel me niet dat je een dag nodig hebt om twee of drie dossiertjes te lezen', zei hij. 'Ik bedoel de dossiers van Allaj, die officieel niet bestaan.'

'O,' zei Joris, 'ik dacht: ik zeg geen woord zolang de directeur in de buurt is.'

'Ook mijn idee. En?'

'Er zit niets bezwarends in die dossiers, chef', zei Joris. 'Het ene gaat over de financiering van een ziekenhuis in Beiroet, betaald door de Belgische overheid en een aantal private ondernemers, en in ruil voor economische compensaties. Het andere dossier gaat over financiële transacties, onder andere met de groep van Vaessen – dat was waarschijnlijk wat de aandacht van Thomas trok – maar ook met private bedrijven.'

'Leren we dan niks uit die dossiers?'

'Namen van bekende financiers. De top van drie grootbanken, baron Van De Coeberghe natuurlijk, Weckx...'

Perseyn fronste. 'Van De Coeberghe? Die duikt ook overal op. Maar je vindt niks dat voor een rechtbank gebracht kan worden?'

Joris schudde zijn hoofd.

&~&

Douglas keek naar Ann, die rustig naast hem sliep, haar ene arm boven haar hoofd. Het was allemaal zo probleemloos gegaan. Allemaal zonder weerstand. Hij had opnieuw met haar afgesproken, na de geïmproviseerde vrijpartij in de kelder van het parlementsgebouw. Dat was de echte eerste stap geweest. Die eerste nacht samen, dat was alleen maar pure vleselijke passie, van het soort dat hij dieren toedichtte. Nu wist hij dat hij haar vertrouwen had gewonnen. Haar ziel bevond zich in zijn handen. Haar ziel, en natuurlijk ook haar lichaam, maar dat was wat hem betrof verwaarloosbaar. Het ging om haar ziel, om haar vertrouwen. Het was zo gemakkelijk om de ziel van dit soort vrouwen te winnen. En hun vertrouwen.

Nee, hij was niet vrouwvriendelijk. Dat hele concept vond hij belachelijk. Hij had alleen respect voor vrouwen wanneer zij soldaten waren, zoals hij.

Hij had Ann uitgenodigd voor een etentje, niet eens in een duur restaurant omdat hij haar opzettelijk niet wilde overtroeven, en zijn instinct was juist geweest. Zij had hem vervolgens opnieuw meegenomen naar haar flat, een ruim en duur optrekje in het centrum van Brussel, en daar hadden ze nog een fles champagne leeggedronken en dan waren ze naar bed geweest, om de geïmproviseerde vrijpartij over te doen, maar nu onder meer ideale omstandigheden. En met meer gevoel dan de eerste keer.

Zo kneedbaar als was in mijn handen, dacht hij.

Hij had Ann niet toevallig gevonden. Opzoekwerk, gedaan door medewerkers, had haar naam uit een computer tevoorschijn getoverd. Een architecte, die meegewerkt had aan de constructie van het gebouw en die nu instond voor de veiligheid. Hoog genoeg in de organisatie van het Europees Parlement, gedreven in haar job en single, de dertig voorbij en dus net iets meer kwetsbaar en verlangend. Ze was niets meer dan een naam geweest, van wie zijn medewerkers alleen nog maar de persoonlijke gewoonten moesten achterhalen, waar ze uitging, wie ze zag, dat soort dingen.

Hij richtte zich op. Werd ze wakker, dan zocht hij naar het toilet. Altijd een goed excuus. Maar ze werd niet wakker.

In haar bureau – de tweede en dus ongebruikte slaapkamer van de flat – stond haar laptop, een erg duur model dat ze waarschijnlijk elke twee jaar verving. Dure smaak. Geld genoeg. Hij schakelde het apparaat in. Even later bekeek hij haar bestanden. Zoals hij van haar verwacht had gebruikte ze geen passwords. Waarom zou ze dat doen? Er kwam niemand in haar flat, en ze werkte niet aan staatsgeheimen – of zo dacht ze. Maar op die laptop had ze precies dat staan wat hij zocht: de plattegronden van het parlementsgebouw.

Hij glimlachte om zoveel ijdelheid, om zoveel zelfbedrog. Hoe vaak je de medewerkers ook inprentte dat ze voorzichtig moesten zijn, dat ze informatie moesten beschermen en dat ze niet met vreemde mannen mochten meegaan, toch deden ze precies het tegengestelde.

Dat kwam hem goed uit, die ijdelheid en die achteloosheid.

Maar ook passwords zouden hem niet lang tegengehouden hebben.

৵◌৶

Enkele uren later opende Douglas een fles goede champagne en schonk drie glazen vol. 'Er is natuurlijk nog de rest van het team,' zei hij tot de andere man in de kamer, de man in de schaduw, 'maar laten we dit onder ons drieën vieren. We hebben het verdiend. Nietwaar? Wij, de breinen?' Hij droeg een donkergrijs pak dat hem bijzonder goed stond en dat uit een dure winkel kwam. Zijn lichtblauwe hemd hing open aan de hals. De champagne was van uitstekende kwaliteit. Op een euro hoefde hij echt niet te kijken, dat vond hij zelf. Niet met de eindmeet in zicht.

Schaduwman, dezelfde die Douglas eerder ontmoet had in de villa Grimaldi op Curaçao en daarna hier in Antwerpen, nam het glas aan en hield het voor zich uit. Catherine, die tegen de muur geleund stond, aanvaardde het derde glas. Schaduwman zei niets. Het was niet dat hij het optimisme van Douglas niet deelde. Hij wist echter welke prijs hij daarvoor betaalde. Douglas kende hem nu al enige tijd. Enkele jaren? Schaduwman was niet echt te doorgronden. Dat ergerde Douglas, maar hij leerde ermee te leven.

Douglas dacht aan de andere leden van het team, de *traders*, die ondertussen al enkele weken voor hen werkten. Allemaal jonge mensen, goed opgeleid en aangetrokken door het vooruitzicht om snel en in één keer rijk te worden. Ze wisten niets af van de duistere zijde van dit complot. Alleen Catherine wist daarvan. En ook Andy, de leider van de traders. Zij waren op de hoogte van de ware aard van deze operatie. Catherine was overigens diegene die aan deze kant van de oceaan heel wat fondsen had verzameld en financiers had aangetrokken. En zij had geholpen het hologram te ontwikkelen.

'Het is toch mooi dat alles min of meer volgens plan verloopt', vervolgde Douglas. 'Op een paar schoonheidsfoutjes na. Maar ach, we zijn allemaal mensen.'

'Op Allaj!' toostte schaduwman, die diep weggedoken in de sofa zat.

'Ach ja, Allaj. Tenminste iemand die in zijn zaak gelooft. Net zoals die Vaessen.'

'Spot niet met hen, Douglas', zei schaduwman scherp. 'Ze zijn betrouwbaar gebleken, elk op hun eigen manier. Je hebt niet het recht om te klagen.'

'O', zei Douglas, snel een blik op Catherine werpend. 'Hoorde je me klagen? Helemaal niet. Nee, ik ben uiterst tevreden. Ik ben vooral tevreden omdat jouw adoptiefdochter, die brave en vooral naïeve Lena Beckers, jou zo vaak in vertrouwen neemt over haar werk bij Ecofin.'

Guy Merckx, de man in de sofa, zei niets meer, maar dronk van de champagne. Hij leek er niet gelukkig mee dat Douglas zijn familie bij deze zaak betrok. Maar dat was onvermijdelijk.

Catherine kwam overeind. 'We moeten het inderdaad over je dochter hebben, Guy', zei ze. 'Wat doen we met haar?'

'Je doet niks met mijn dochter', zei Merckx scherp. 'Zij blijft buiten deze zaak. Wat wij hier doen, dat is puur zakelijk. Zij komt hier niet ter sprake en jullie komen ook niet in haar buurt. Dat hadden we afgesproken.'

'Ze werkt voor Ecofin', zei Catherine. 'Het is niet alsof ze ergens bij een bank of zo op een kantoortje zit. Ze is een van de rechercheurs die met deze zaak bezig zijn. En dus vormt ze een risico. Een ernstig risico. Dat weet jij net zo goed als wij, Guy. Douglas, jij?'

'Ik ben mij van het dilemma bewust', zei Douglas. 'De vraag is of we ons daar zorgen over moeten maken. Over de dochter van Guy en over het dilemma dat zij stelt.'

'Natuurlijk moeten we ons daar zorgen over maken', zei Catherine.

'Catherine', zei Merckx. 'Ik zei je al dat dit geen probleem is. Ze komt niks over ons te weten. Het feit dat zij mijn dochter is, speelt zelfs in ons voordeel. Ik blijf op de hoogte van wat Ecofin doet.'

Catherine snoof. 'Ik zie je graag, Guy, maar soms denk je niet helder.'

'Praat ze daar met jou over?' vroeg Douglas aan Merckx. 'Over het onderzoek naar onze activiteiten?'

'Ik vraag haar terloops hoe de zaken staan, en dan hoor ik een en ander. Verder ga ik niet, Douglas. Ik breng haar niet in gevaar. Als dit allemaal voorbij is, wil ik niet dat er een spoor naar mij leidt.'

Dat zal moeilijk worden, dacht Douglas, wanneer je plots een paar honderd miljoen rijker bent. Maar hij zei dat niet hardop. Misschien had hij een ander lot in gedachten voor Merckx.

'En wat gebeurt er dan?' vroeg Catherine. 'Als dit voorbij is?'

'Jullie verdwijnen. Jij ook, Catherine. Ik neem je mee naar Brazilië of waar je ook naartoe wilde. Dan hoeft Lena niet meer in ons leven te bestaan. Dat is mijn garantie voor haar veiligheid.'

'Goed,' zei Catherine, 'want ik ben niet van plan de stiefmoeder te spelen. Als je dat maar weet.'

Hoofdstuk 37

Het was Douglas geweest die het de *warroom* had genoemd, de oorlogskamer, naar analogie van de strategische beslissingscentra van oorlogvoerende naties. Voor een toevallige passant – niet dat die hier toevallig kon passeren – zag het hele opzet er indrukwekkend uit. De warroom was weliswaar gevestigd in een kelderverdieping, maar de ruimte was ordelijk en netjes, er hingen tientallen flatscreens tegen de muren, er stond een drietal bureaus met toetsenborden en laptops en andere apparatuur. Eerder dan een zaal van waaruit legers werden uitgestuurd, leek het op een tradingzaal van een bank.

En in feite was het precies dat.

De hypothetische toevallige passant zou, zelfs indien hij niet ter zake onderlegd was, merken dat op de flatscreens de koersen van de belangrijke beurzen over de hele wereld te zien waren, met prominent deze van Parijs, Londen, Tokio, Frankfurt, New York en Hongkong. Boven de schermen hingen digitale klokken die aangaven hoe laat het in die respectievelijke steden was.

Achter de bureaus stonden stoelen en tegen de andere muur enkele tafels. Er waren voorzieningen voor koffie en frisdranken, er was een koelkast met nog meer drank, er waren voorraden voedsel en een kleine keuken. Er waren toiletten en een compacte badkamer. Wie hier werkte kon een lange belegering doorstaan.

Aan de bureaus zat een vijftal mensen, allemaal netjes gekleed, allemaal jonger dan dertig. Ze hielden intens het spel van de verschuivende beurskoersen en die van andere commoditeiten in de gaten.

Guy Merckx kwam achter een van de jongemannen staan. 'Andy,' zei hij, 'hebben we contact met de floorbrokers?'

Andy tikte een paar instructies in en keek naar enkele van de schermen. 'Ja', zei hij. 'We hebben contact met Frankfurt en Londen. Tokio gaat zo meteen sluiten.'

'Mmm', zei Merckx. Hij keek naar de andere jongelui aan de computers. 'Het is voor iedereen duidelijk dat we voor wholesales gaan? Geen kleine transacties.'

Ze knikten en begonnen beursorders in te typen.

'En goud', zei Douglas vanuit een hoek, waar hij tegen de muur geleund stond, een plastic bekertje met dampende koffie in de ene hand. 'Denk aan het goud. Altijd een vaste waarde.'

'Ja', zei Merckx. Hij kon Douglas moeilijk negeren. Maar de man ergerde hem. Het was niet Douglas die deze strategie bedacht had, hoewel de man genoeg wist van de beurs. Merckx zelf had het scenario geschreven. 'We richten ons in de eerste plaats op goud. Op D-day zal de prijs de pan uitswingen.'

'We krijgen net de ratings van Frankfurt binnen', zei Andy. Merckx boog zich over het scherm van de laptop. 'Goed. Begin maar te kopen. Je kunt tot honderdduizend euro gaan.'

Andy's vingers vlogen over het toetsenbord.

❧

Douglas keek op zijn horloge. Natuurlijk was ook de trein te laat. Ondanks de propaganda waren de Belgische Spoorwegen steeds minder in staat hun treinen op tijd te laten rijden. Zelfs de Thalys had nu vertraging. Niet veel, maar voor een internationale trein was tien minuten een eeuwigheid.

Hij haalde de foto tevoorschijn en bekeek haar opnieuw. De drie mannen waren duidelijk herkenbaar, maar hij wist dat ze er in het echt net iets anders zouden uitzien. Toch zou hij hen meteen kunnen identificeren: drie Libanezen die samen reisden, dat moest hem lukken. Hij stond in het Zuidstation waar de Thalys uit Parijs zo meteen zou arriveren. Op die trein bevond zich een belangrijk onderdeel van het grote plan.

Een uiterst belangrijk onderdeel.

De trein werd aangekondigd en stopte enkele momenten later aan het perron. Douglas stond aan het uiteinde van dat perron, bij de trappen. Hij liet de honderden passagiers uit Parijs langs zich heen gaan. Pas aan het eind zag hij drie mannen in een pak en een regenjas, die elk een kleine tas droegen. Drie zakenmannen voor een dagje in Brussel. Niets aan de hand.

Hij stapte op hen toe.

∂∽⊰

'Ik kan het niet hebben dat je weggaat', zei Perseyn tot Iris. Hij had de deur van zijn kantoor dichtgeschoven zodat ze privacy hadden.

'We hebben deze conversatie al eerder gehad', zei Iris. 'Zelfs niet zo lang geleden. Je weet wat ik van plan ben. Dit kan dus niet als een verrassing komen.'

'Je hebt goed werk geleverd, ook al hebben we in deze zaak nog niet veel resultaten geboekt. Waarom wil je dan weg?'

Het duurde een seconde of twee voor ze antwoordde. En dat was voor Perseyn betekenisvol. Ze zocht naar de juiste woorden. Ze wilde hem niet kwetsen. Ze wilde hem niet persoonlijk verantwoordelijk maken voor haar gevoelens. 'Ik weet het allemaal niet meer, Steven', zei ze ten slotte. 'Het lijkt wel alsof ik voortdurend in de mist loop, op zoek naar complotten en misdadigers die ons voortdurend ontsnappen. En ik voel me schuldig. Dat is geen goede basis voor een samenwerking – tussen ons en tussen mij en de andere leden van het team.'

'Schuldig?' Hij zou dat deel van haar korte speech eerst aanpakken.

'Tegenover Thomas. Tegenover Tarik. Tegenover mezelf. Keuze genoeg.'

'Iris,' zei Perseyn, 'het verleden is wat het is. Het kan niet veranderd worden, al zouden we dat willen.'

'Het had nooit zover mogen komen, Steven. Alle sporen lopen tot nu toe dood. We hebben veel schade geleden, tussen ons bedoel ik. We hebben een zware prijs betaald...'

Perseyn schudde zijn hoofd. 'Wat wil je dan, Iris? We moeten verder in deze zaak, ook al zijn er nog maar weinig sporen. Het is keihard, maar we kunnen niet anders. De samenzweerders lopen nog altijd vrij rond, en God weet wat ze nog van plan zijn.'

Iris boog haar hoofd. Perseyn had haar nog nooit zo kwetsbaar gezien. Hij weerstond de aandrang om haar vast te pakken, zijn armen om haar heen te slaan. Dat kon hij niet doen, ook al zou dat onder hen blijven. 'Deze job,' zei ze, 'dat is niets meer voor mij.'

'Dat is onzin, Iris. Jij bent de beste in wat je doet. Je bent gedreven...'

'Ik moet in staat zijn de knop om te draaien. Doen alsof er geen verschrikkelijke dingen gebeurd zijn met Eva en Tarik, en elke dag opnieuw starten. Dat kan ik niet meer. Jij misschien wel, maar ik niet.'

'Ik vraag je niet om iets anders te zijn dan wat je bent, Iris. Dat was nooit de bedoeling.'

Ze glimlachte triest. 'Het is zoals onze verhouding, Steven. Kijk niet zo verbaasd. We hebben geen verhouding, alleen maar een intentie om tot een verhouding te komen – als jouw vrouw en mijn man plots in het niets oplossen. Zo is het hier ook: ik ben een voorwendsel geworden.' Ze schudde snel haar hoofd. 'Nee, Steven, maak het niet moeilijker.' Ze draaide zich om en verliet zijn kantoor.

❧

De loft die Douglas ter beschikking had voor de drie Libanezen, had hij onderhands geregeld met meubels en al, in ruil voor een stapeltje bankbiljetten. Er stonden geen namen op papier, er waren geen contracten getekend. Ook de drie Libanezen hadden voor zover Douglas wist geen namen, toch geen officiële. Ze kwamen uit Frankrijk, hoe ze daar geraakt waren was zijn probleem niet.

'*You can sleep here*', zei hij. Er was een ruime woonkamer met fauteuils en een televisie, en genoeg slaapkamers. Hoe ze het onder elkaar regelden was hun probleem.

De ene man, die schijnbaar de baas was en zichzelf Habib noemde, zei iets in het Arabisch tot de beide anderen, die hardop grinnikten.

'Wat is het probleem?' vroeg Douglas, opnieuw in het Engels. Habib zei opnieuw iets in het Arabisch.

Douglas zette een stap vooruit. 'We spreken Engels onder elkaar, is dat duidelijk?' Hij was geïrriteerd door het onbeschofte gedrag van de mannen.

De twee anderen stapten de keuken in. De ene opende de koelkast en begon daarin te rommelen. Douglas fronste: hij had voedsel voor de bezoekers voorzien, in de hoop hen zo veel mogelijk van de straat te houden. De man ontdekte de blikjes bier en trok er meteen eentje open. Hij zei iets in het Arabisch.

'We spreken Engels', zei Douglas opnieuw.

De ene man, die een donkere sik had, grijnsde en dronk van het blikje. Douglas griste het blikje weg en zette het op het aanrecht. De tweede man, wiens hoofd helemaal kaal was geschoren, greep op zijn beurt in de koelkast en opende een ander blik bier. Hij dronk en boerde luid, uitdagend. De twee anderen grijnsden.

Douglas boog zich vorover en pakte zelf een blikje. Hij draaide zich om. De Kale bracht zijn blik opnieuw aan zijn mond en dronk. Douglas ramde zijn eigen blikje tegen de onderzijde van dat van Kale. Bier vloog over het gezicht van de man heen, en bloed. De man gromde en struikelde achterover, tegen de keukenkast aan. Sikje en Habib wilden tussenbeide komen, maar Douglas trok zijn pistool en duwde het onder de kin van Habib. 'Nu is het welletjes', zei hij in het Engels. 'Gaan we brave of stoute jongens zijn?'

De twee mannen weken voorzichtig achteruit.

'Wel, wat wordt het?'

Habib knikte, tegen zijn zin. 'Brave jongens', zei hij in het Engels.

Douglas knikte bedachtzaam, alsof hij alleen maar zijn verwachtingen bevestigd zag, duwde het pistool terug in de holster en stapte de keuken uit. Hij hoorde hun onderdrukte stemmen, maar wat ze verder nog zeiden was voor hem van geen belang meer. Hij had getoond waar zijn grenzen lagen.

☙◆❧

'Dat kunnen we vandaag niet maken', zei Perseyn. 'Ik weet dat we...'

'Als we', zei Thomas, 'het DNA van Weckx hebben, kunnen we gaan vergelijken.'

'Waarmee? Je verwacht toch niet dat Weckx, een advocaat, ook nog een huurmoordenaar blijkt te zijn.'

'We hebben heel wat DNA-sporen gevonden, op de enveloppe van Allaj, op de...'

'Jaja,' zei Perseyn, 'maar ik ben de bewaker van de juiste procedures, Thomas. Jij vindt dat niet leuk en ik ook niet, maar ik heb het akkoord van een onderzoeksrechter nodig voor ik een DNA-staal laat nemen van een advocaat, ook al is hij een verdachte.'

'En vrijwillig zal hij dat niet doen.'

'Nee', zei Perseyn. 'Reken daar niet op. Je hebt hem niet tot vriend gehouden, Thomas.'

'Aha, baas.'

'En dus kun je hem niet om een gunst vragen. Geen DNA dus. De kans dat we daar wat mee aankunnen is klein.'

'Wat de samenzwering ook is, Weckx weet ervan. Hij is erbij betrokken. We kunnen alleen de waarheid uit hem persen als we druk kunnen leggen. Als we hem kunnen verbinden met de wapensmokkel van Allaj, bijvoorbeeld.'

'Bijvoorbeeld.'

'Ja, of om het even wat. Misschien kunnen we hem plaatsen in de Villa Grimaldi.'

'Ook dan praat hij zich eruit. Het is niet verboden dat een Belgische advocaat naar Curaçao op vakantie gaat.'

'In de Villa Grimaldi?'

'Waarom niet. Ik speel, uiteraard, advocaat van de duivel.'

Thomas grijnsde, ondanks alles. 'Je speelt de rol van Weckx.'

Hoofdstuk 38

Douglas liep samen met Habib de foyer van het Europees Parlement binnen en meldde zich aan. Beiden overhandigden hun identiteitspapieren. De receptioniste knikte en pakte de telefoon op. Tien minuten later kwam Ann hen tegemoet. Douglas stelde Habib aan haar voor, onder zijn valse naam. De rol die de man speelde was die van een Libanese architect, die inspiratie kwam zoeken in dit prachtige gebouw, en die misschien de diensten van Ann wilde inhuren voor de bouw van drie ziekenhuizen in Libanon.

Ze liepen samen naar een van de salons op de eerste etage. Het werd een aangenaam gesprek. Habib stelde een aantal gedetailleerde vragen. Ann beantwoordde ze graag genoeg. 'Hij is samen met enkele collega's hier voor een paar dagen', zei Douglas. 'Ze gaan naar de Cityshape Conference in Londen.'

'En hij hoorde van mijn werk?' vroeg Ann.

'Natuurlijk.'

'Ik ben niet eens de hoofdarchitect van dit gebouw, alleen maar een...'

'Hij bekijkt de details', zei Douglas. 'Hij oordeelt dat het grootste belang in de details zit, hoe groot het project ook is.'

'We hebben een aantal prestigeprojecten in ons land gepland', zei Habib in het Engels, op aangename toon. 'U bent onze inspiratiebron.'

Ze spraken af om elkaar opnieuw te zien.

∾◦∾

Iris toonde Perseyn twee vellen papier die dicht bedrukt waren met tekst. 'Eindelijk hebben we iets interessants gevonden', zei ze, 'bij de documenten van wijlen Luyten.'

'Wat dan?'

'Herinner je je de acht rekeningen die door Marco, de chauffeur van de ambassadeur op Curaçao, werden leeggemaakt?'

'Ja. Noch Marco noch de ambassadeur wisten voor wie ze werkten. En toch verdwenen aanzienlijke hoeveelheden geld naar een onbekende bestemming.'

'Wel, die bestemming is niet meer zo onbekend', zei Iris. 'Het gaat om een reeks rekeningen die gehouden wordt in Hongkong. En daar bestaat bij een aantal banken nog steeds de mogelijkheid om anoniem rekeningen aan te houden.'

Perseyn knikte. 'Juist. Voorlopig nog wel.'

'Vandaar dat we niet wisten wie dat geld in handen had. Het spoor liep dus daar dood. Maar Luyten was een erg gedreven boekhouder. Hij hield alle mogelijke documentatie bij. Misschien deed hij dat om zijn broodheren eventueel later te chanteren...'

'Een beetje voor zichzelf gaan werken, zoals Depretere.'

'Ja, zoiets. Of misschien voor zijn bescherming.'

'Dat heeft in elk geval niet gewerkt', zei Perseyn. 'Vooruit, Iris, hou de spanning erin. Wat ben je te weten gekomen?'

'We hebben de nummers van drie rekeningen teruggevonden in de documenten van Luyten en misschien vinden we er nog meer. Luyten zelf zorgde er enkele jaren geleden voor dat die rekeningen bij die banken in Hongkong werden geopend.'

'En dat gebeurde op naam van?'

'Baron Van De Coeberghe.'

'Aha', zei Perseyn. 'Die naam kent iedereen hier in Antwerpen en hij kent iedereen. Ze wilden hem niet in de raad van bestuur van een aantal banken, omdat hij niet zo nauw keek met wetten en ethiek, maar verder een genie.'

'Het genie dat een organisatie die grote sommen geld wil doen verdwijnen nodig heeft? Of het genie dat in staat is zo'n organisatie op te zetten?'

'Ja, zoiets.' Perseyn drukte zijn vingertoppen samen en bleef even zo zitten, nadenkend. 'Wat kunnen we hem ten laste leggen?'

'O, dat weet ik nog niet. Hij zal het bestaan van die rekeningen wel niet aan de fiscus aangegeven hebben, maar ze staan ook niet werkelijk op zijn persoonlijke naam. Drie bedrijven, allemaal opgericht in verschillende niet-Europese landen, waarvan hij telkens eigenaar en zaakvoerder is. Je kent dat patroon.'

'Dan nog is hij er verantwoordelijk voor. De fiscus zal er in geïnteresseerd zijn. Maar dat duurt te lang. Ik wil hem vandaag nog van dichterbij in de gaten houden. Het is een spoor, en voorlopig zowat het enige nieuwe spoor, tenzij jij nog wat anders vindt in die schatkamer van Luyten.'

'We kunnen elk moment iets nieuws ontdekken, of niet', zei Iris. 'De geleende rechercheurs waarover ik kan beschikken doen hun best.'

'Goed. Bezorg me alles wat je kunt vinden over Van De Coeberghe.'

༽◦◦৵

'Die meneer met de ogen komt niet meer', zei Thomas stellig. Hij gaf Ruben een stevige knuffel, waar de jongen meer dan behoefte aan had.

'Ik mis mama', zei de jongen.

Thomas knikte. 'Ik ook, kerel. Ik ook. Maar ze is altijd bij ons omdat we altijd aan haar denken.'

Hij haatte die clichés, maar ze waren best geschikt voor Ruben. Pas als je ouder wordt, dacht hij, ga je inzien dat die clichés nergens op slaan.

Hij keek op toen er gebeld werd. Hij opende voorzichtig de voordeur en was verbaasd Iris te zien.

'O,' zei hij, 'dag, Iris. Kom binnen.'

'Ik kwam kijken hoe het met Ruben is', zei ze.

Hij wist meteen dat dit niet de ware reden voor haar bezoek was. Maar Ruben was een afdoend alibi, ook wat hem betrof.

Hij liet haar binnen. 'Je kunt het je wel voorstellen. Hij houdt zich flink, maar hij mist zijn moeder.'

'Kan ik iets doen?'

'Je weet wat ik daarop ga zeggen', zei Thomas.

'Heb je nu het huis al laten beveiligen?'

'Tegen mijn zin, ja.'

Iris wist wat hij bedoelde. Had hij het huis eerder laten beveiligen, dan leefde Eva misschien nog. Maar ook Thomas wist dat elke beveiliging omzeild kan worden.

Ze wandelden de woonkamer in, waar Ruben nu aan het kleuren was. 'Dag, tante Iris', zei hij.

'Dag, Ruben', antwoordde ze. 'Ik praat even met je papa, oké?'

'Oké', zei Ruben en wijdde zich weer aan zijn tekening.

Thomas leidde haar de keuken in. 'Je moet af en toe ook nog even buiten komen', zei ze. 'Je zinnen verzetten.'

'Ruben heeft wat problemen op school gehad', zei Thomas.

'Problemen?'

'Gevochten. Dat heeft hij nog nooit eerder gedaan. Hij is er zelf ook van geschrokken, denk ik.'

Iris keek even in de richting van de woonkamer. 'Die reactie is niet abnormaal in deze omstandigheden, Thomas. Hij reageert op een aparte manier, omdat er in zijn leven...'

'Ik weet het', zei Thomas.

'Waarom komen jullie niet bij mij eten? Jullie beiden? Dat zal hem goeddoen. Een andere omgeving, andere gezichten. Lizzy is ook thuis, die kan goed omspringen met kinderen.'

'Ik weet niet...' zei Thomas.

Iris voelde dat zijn weerstand niet erg groot was. 'Pak jullie jassen. Nu meteen. Niet over nadenken. Als we dit uitstellen, komt er niets van.'

Ze duwde hen beiden in haar auto.

Lizzy, haar dochter, verwelkomde hen en nam Ruben, tot zijn verbazing, meteen mee naar haar drumstel in de kamer daarnaast, waar ze prompt een demonstratie gaf. Ruben, die nog nooit eerder een drumstel van dichtbij gezien had, was meteen in de ban.

'Dat komt dik in orde', zei Iris. Ze installeerde Thomas in het salon en opende een fles wijn. 'Je moet geen haute cuisine verwachten, Thomas, maar ik zorg wel voor lekker eten.' Ze schonk hem de wijn in. Hij hield Ruben in het oog, maar merkte dat die bij Lizzy in goede handen was. Ondanks het leeftijdsverschil leken ze het goed samen te kunnen vinden. Het meisje toonde hem hoe hij de drumsticks moest vasthouden.

Iris sloot de deur tussen de beide kamers op een kier.

'Is Frederik weer op missie naar het buitenland?' vroeg Thomas.

'Hij zit in Angola', zei Iris.

'Ze kunnen hem niet missen.'

'Nee. Als diplomaat word je niet verondersteld thuis te zijn en een familieleven te hebben. Maar dat geklaag hoorde je al wel eerder van mij.'

Thomas wist beter: Iris klaagde zelden over de afwezigheid van haar man, gewoon omdat ze nooit eenzaam was en haar eigen leventje leidde.

'En jij?' vroeg ze.

Hij kon daar vele dingen op antwoorden. Maar het sociale automatisme nam het over. 'Goed', zei hij neutraal.

'Daarmee neem ik geen genoegen', zei ze. 'We zijn geen... We zijn oude vrienden, geen toevallige kennissen.'

'Ja, dat weet ik. Ik kom van de ene dag in de andere terecht en ik bekijk het telkens weer opnieuw. Anders hou ik het niet vol.'

'Zo erg, eh?' Ze dronk van de wijn. Toen hij niet antwoordde, vroeg ze: 'En Ruben?'

Zijn blik verplaatste zich even naar de gedeeltelijk gesloten deur waarachter een drumstel geforceerd werd. 'Ik pak het niet zo goed aan wat hem betreft. Ik weet ook niet hoe hij... Wat ik hem moet vertellen.'

'Niemand is daarop voorbereid, Thomas. Niemand vertelt je hoe je het moet doen.'

'Zou... Zou Lizzy af en toe willen komen babysitten, bij mij thuis? Ik kan niet de hele tijd blijven rekenen op mijn schoonmoeder. Die klaagt wel niet, maar ik vermoed dat ze wel eens op zichzelf wil zijn. Ze heeft natuurlijk veel te verwerken. Tot nog toe hield ze zich kranig, voor Ruben, maar...'

'Lizzy wil dat best doen', zei Iris. 'Dat weet ik zeker.' Ze verhief haar stem. 'Lizzy? Hello, Lizzy!'

Het meisje stak haar hoofd door de deuropening. 'Ja?' Achter haar was het plots stil geworden.

'Wil jij bij Ruben babysitten?'

'Ik ben geen baby', klonk de verontwaardigde stem van Ruben.

Lizzy schoot in een lach. 'Ja hoor, best.' En ze verdween weer.

Een halfuurtje later was Iris erin geslaagd eten op tafel te krijgen. Zelfs Ruben was geïnteresseerd in wat hem voorgezet werd: een Thaise curry met rijst. 'Gewone kost', zei Iris. 'Je was gewaarschuwd. Komt zelfs uit de vriezer, eergisteren gemaakt.'

'Uitstekend', zei Thomas, die niet wist dat Iris zo goed kon koken.

'Ik heb gisteren informatie gevonden over Weckx', zei Iris plots. 'Je weet wel, de dossiers die we bij Luyten gevonden hebben.'

'Weckx', zei Thomas geërgerd.

'Er zijn dingen die hem linken aan Grimaldi Co. Het is een nieuw spoor, en daar moeten we blij om zijn. En dan duikt er plots een nieuwe naam op. Een zekere baron Van De Coeberghe.'

'Die naam zegt me iets', zei Thomas die ophield met eten.

'Waarschijnlijk wel', zei Iris.

'In een van onze oudere dossiers?'

'In de krant, denk ik. De baron is een oude haai in het bedrijfsleven, maar altijd erg discreet. Net zoals sommige van die andere industriële families...'

Thomas knikte. 'Lippens. Davignon. Dat soort mensen.'

'Ja, de discrete bourgeoisie. Van De Coeberghe heeft belangen in een paar grote bedrijven en natuurlijk is hij ook onafhankelijk bestuurder van een paar andere.'

'Jaja, iedereen kent iedereen in dat wereldje. Maar wat heeft dat met Grimaldi te maken?'

'Hij kreeg geld van die acht rekeningen op Curaçaco gestort', zei Iris. 'Wel, niet hijzelf, maar drie bedrijven waarvan hij eigenaar is, allemaal op banken in Hongkong. Er is dus nog een nieuw spoor, en ik vermoed dat Weckx en de baron elkaar kennen.'

Thomas fronste. 'Hier in Antwerpen? Uiteraard. Maar de baron zit ook als financier in Grimaldi. Wat wil zeggen dat hij geinvesteerd heeft in de onderneming die daarachter schuilgaat.'

'Net als Weckx.'

'Ja', zei Thomas. 'Weckx heeft zelf ook wat geld, maar de baron des te meer. Het bevestigt dat ze elkaar kennen. Maar wat maakt de baron zo speciaal?'

'Er is maar een zestal financiers van dat vehikel', zei Iris. 'Dat maakt het zo ongewoon. De grootte van het bedrag is ook interessant. De baron is rijk, maar hij spendeert bijna twintig miljoen euro aan Grimaldi, en dat is zelfs voor hem veel. En waar die fondsen voor dienen weten we vandaag nog steeds niet. Misschien speelde de baron de rol van postbus voor een aantal andere spelers, die anoniem blijven.'

'Ja', zei Thomas. 'En tegelijk speelt hij postbus voor fondsen van onbekende oorsprong, die we waarschijnlijk kunnen linken met de criminele activiteiten van onder andere Depretere. Al was die ook maar een kleine speler. Kunnen we die baron onderzoeken?'

Iris schudde haar hoofd. 'Ik ga niet meer bij Perseyn bedelen om een onderzoek, als ik weet dat hij het niet wil hebben. Hij is voorzichtig...'

'Hij moet wel, Iris. Dat is zijn taak. Hij staat altijd tussen twee vuren.'

'Jij verdedigt hem...'

'Natuurlijk verdedig ik hem', zei Thomas. 'Elke andere baas had mij al lang ontslagen, na wat er is gebeurd.'

'Thomas', zei Iris. Maar ze stopte meteen weer. Er waren dingen die Thomas moest weten, maar nu niet. Niet op dit moment. Iris kon het hem vertellen als de hele zaak voorbij was. Over Eva, en over Tarik, en over de risico's die Perseyn genomen

had. En over de manier waarop die risico's verkeerd waren afgelopen.

❧

'Ik weet niet echt of ik mij kan vinden in een andere...' zei Lena,
haar zin niet afmakend.

'Stiefmoeder', suggereerde Guy Merckx. Ze zaten in het centrum van de stad een koffie te drinken in een kroeg, waar achterin gerookt werd door oude mannen en over politiek werd gepraat.

'Ah, ja, *stiefmoeder*. En van de verkeerde leeftijd dan ook nog.'

'Ze is vijftien jaar jonger dan ik', zei Merckx. 'Ze is niet zoiets
als je oudere zus. Verre van.'

'*Stiefmoeder*', zei Lena. Ze probeerde het woord uit, ook al zou
ze het niet gebruiken wanneer ze Catherine ontmoette.

'Je zult haar niet vaak zien. Zelfs ik zie haar niet vaak.'

'Moet dat een geruststelling zijn? Allebei tevreden zolang
we elkaar niet onder ogen komen? Maar zolang jij gelukkig
bent, papa, ben ik het ook.'

'Het is normaal dat je je zorgen maakt, ook over...'

'Je weet dat ik instinctief reageer op mensen', zei Lena.
'Ik had een wat... een ongelukkig gevoel toen ik Catherine zag.
Het was alleen maar een eerste indruk...'

'En onder speciale omstandigheden dan nog. De prijsuit-
reiking, zoveel belangrijke mensen bij elkaar.'

Lena grijnsde. 'Vertel me niet dat ze het verlegen type is. Dat
is ze duidelijk niet.'

'Nee,' zei Merckx, 'dat is ze niet. Maar ze hoeft ook niet jouw
stiefmoeder te zijn.'

'Dat zal ik in gedachten houden', zei Lena. 'Nu een ander onderwerp graag. Zullen we het hebben over politiek?' Ze zwaaide
naar de eigenaar en bestelde nog twee koffie. 'Of over sport?'

Hoofdstuk 39

'Die baron Van De Coeberghe is geen leefbaar spoor', zei Perseyn, die zichzelf niet graag herhaalde. 'Hij is niet het soort man dat wij vandaag kunnen lastigvallen in het kader van dit onderzoek. Niet met het weinige wat we nu hebben als aanwijzingen over zijn mogelijke betrokkenheid.'

Iris trok een zuur gezicht. 'Ook niet als we hem willen vragen waar de miljoenen die hij in Grimaldi stak, naartoe zijn?'

'Heeft hij klacht neergelegd wegens fraude?'

'Niet voor zover ik weet', zei Iris.

'Kunnen we niet van de onderzoeksrechter...' begon Thomas.

Perseyn hief beide handen op. 'Ik weet niet of ik dit wil horen', zei hij, ten einde raad.

'Laten we Weckx ondervragen', suggereerde Joris. 'Over de baron.'

'Oh ja', zei Thomas. 'Laten we vooral Weckx nog eens een keertje ondervragen. Dan gaan we heel wat te weten komen.' Hij zweeg toen hij het gezicht van Joris zag. 'Sorry, Joris', zei hij, kalmer. 'Ik bedoel er niks mee. Je hebt waarschijnlijk gelijk. Als we niks vragen, komen we ook niks te weten.'

'Misschien', zei Perseyn, 'kunnen we Joris een kans geven?'

❦

'Hebben ze die gewelddadige collega van je opzijgeschoven?' vroeg Weckx, voor de zoveelste keer in de ondervragingskamer en met Lena en Joris tegenover hem. 'Commissaris Verhaege? Dat zal hem niet helpen. Ik dien een klacht in tegen hem.'

'Zodra u vrijkomt mag u naar hartenlust klachten indienen', zei Lena droogjes. 'Dat zal niet voor meteen zijn.'

'Grimaldi', zei Joris op zijn beurt, zakelijk. 'Niet de villa maar het bedrijf. Waar dient dat voor?'

'En jij', zei Weckx puntig, 'bent dus de nieuwe aanwinst? Oké, Grimaldi. Waar dient dat voor, dachten jullie. Om winst te maken, waarschijnlijk. Weet ik veel wat er met Grimaldi aan de hand is. Waar dient een bedrijf voor?'

'Hoe kun je nu winst maken met zo'n bedrijf?' vroeg Lena. 'O, nee, niet antwoorden. Ik weet het! Je hoeft geen winst te maken. Het volstaat dat je fictieve goederen over grenzen schuift en daarna de btw incasseert. Dat heeft een naam...'

Weckx keek haar vuil aan. 'Ik ben advocaat, inspecteur. Ik hou me niet met zulke dubieuze transacties bezig. Alleen die suggestie al staat gelijk aan laster, en daar weet ik raad mee.'

Lena boog zich nijdig voorover. Ze verloor haar geduld en haar goede manieren. Niet dat ze van beide veel op overschot had. Niet op dit moment. 'Je geld zit in Grimaldi, Weckx. En in een aantal andere bedrijven die daarmee te maken hebben. Hou je niet van de domme.'

Weckx bleef haar achteloos negeren. 'Ik investeer mijn spaarcenten aan de best mogelijke voorwaarden. Dat is niet verboden. Of toch?'

'Nee', zei Joris kalm. 'Toch niet zolang dat geld geïnvesteerd wordt in bonafide bedrijven die de wet niet overtreden. Anders is het verdacht. En u, meneer Weckx, u bent verdacht.'

'Baron Van De Coeberghe', zei Lena.

Weckx keek haar aan. 'Ja?'

'U kent hem?'

'Half Antwerpen kent hem.'

'Ja', zei Joris. 'Dat is natuurlijk geen referentie. Maar hij zit wel samen met u in een aantal van die bedrijven. Dus zegt u ons: de baron is ook een slimme spaarder en zorgt goed voor zijn fondsen. En dan staan we weer helemaal aan het begin van ons verhaal.'

'U doet het zogezegd zware werk voor mij', zei Weckx.

'Dus jullie beiden helpen misdaadorganisaties financieren?' stelde Lena.

'U gebruikt meteen grove woorden, inspecteur', zei Weckx. 'Echt grove woorden, en niet voor de eerste keer. En dat terwijl wij elkaar nog niet eens hebben leren kennen. Misschien laat u me eerst even al de bewijsstukken zien die uw beweringen ondersteunen?'

Lena gooide demonstratief een dikke bundel documenten op de tafel tussen hen in. 'Dit is maar het begin. Dit zijn de transacties tussen Grimaldi en een aantal andere bedrijven, die allemaal binnen een aantal maanden ophielden te bestaan. Het doorsluizen van grote sommen naar rekeningen in Hongkong. Het zit hierin en het is nog maar een begin.'

Weckx wilde iets zeggen, maar hij aarzelde net even te lang.

'Ja,' vervolgde Lena, 'we weten wat u gaat zeggen. Arme ondernemers, die in de huidige crisis het hoofd niet boven water kunnen houden, leeggezogen worden door de staat, te veel belastingen moeten betalen, de lonen zijn hier te duur, en dus moeten ze wel een paar dingetjes in het zwart doen. We kennen die argumenten. We horen niks anders.'

Joris keek even naar haar. 'Btw-carrousel', zei hij dan tot Weckx.

'Dat zult u aan de rechter moeten uitleggen', zei Weckx. 'Ik weet hoe dan ook nergens van.'

'En alles leidt naar een reeks moorden, terwijl grote sommen geld verdwijnen op rekeningen die wij niet kunnen traceren', zei Joris.

Lena ging opnieuw vooroverzitten, dichter bij haar slachtoffer. 'En dus is de vraag, meneer Weckx: waar dient al dat geld voor? Waar dient dat grote spaarpotje eigenlijk voor?'

'Ik weet daar niks van. Al sla je me dood. Ik weet van geen spaarpotjes.'

'Morgen krijgt de onderzoeksrechter dit dossier op zijn bureau. Het is voldoende gestoffeerd. Daarna komt het terecht bij de raadkamer, bij de orde van advocaten. We laten beslag leggen op uw eigendommen. Uw rekeningen worden geblokkeerd. Uw huis wordt onderzocht, net als uw kantoor. Uw hele archief wordt leeggehaald en uitgeplozen. Denkt u dat u daarna nog kunt terugkeren naar uw oude leven?'

'We ruïneren u, meneer Weckx', zei Joris kil. 'Deze keer is het echt. Het goede leven is voorbij.'

Weckx keek hen beiden aan. Er gleed een druppeltje zweet over zijn voorhoofd naar beneden.

⌘

Douglas sloot zijn gsm. De man aan de andere kant had hem op de hoogte gesteld van de gezondheidstoestand van een wederzijdse vriend, die niet met naam werd genoemd. Het ging niet goed met die vriend. Die vriend stond onder druk, veel druk. Hij had een gesprek gehad met een belanghebbende partij die hem niet gunstig gezind was, en dat was niet goed afgelopen. Daardoor was de druk nog gestegen. Er kon voorzien worden dat die vriend de druk niet zou aankunnen. Het ging slecht met hem aflopen.

Het zal verdomd slecht met hem aflopen, dacht Douglas. De naamloze vriend had genoeg problemen veroorzaakt, en zijn rol was uitgespeeld. In dit verhaal was zijn rol uitgespeeld. En weldra, als het van Douglas afhing, zou die vriend definitief tot het verleden behoren.

Douglas was niet van plan risico's te nemen. Het hele project was in een eindfase gekomen, er was geen weg terug, die was er overigens nooit geweest. Niet wat Douglas betrof. Er zou geen sprake van zijn dat de naamloze vriend nu de zaak ging verpesten. In geen geval.

Hij dacht even na. Er waren mensen die zijn probleem konden oplossen. Hij kende genoeg mensen die dat konden doen. Ook in de gevangenis. Hij haalde een grijs versleten boekje uit zijn binnenzak en bladerde erin. Even later had hij een naam gevonden. Het was geen echte naam, veeleer een pseudoniem, maar dat maakte niets uit. Hij toetste het bijbehorende nummer in.

Weckx – binnenkort voormalig advocaat Weckx maar op dit moment te gast in de gevangenis – stapte vanuit de refter door de brede gang in de richting van de binnenplaats. Hij had recht op een halfuurtje buiten voor hij weer de cel in ging, en daar hield hij zich ook aan omdat hij snel begrepen had hoe belangrijk dat halfuurtje buiten was in het leven van een gedetineerde.

Het was gek hoe snel hij wende aan zijn nieuwe leven, aan de nieuwe gewoonten en aan de nieuwe mensen in zijn omgeving. Op elk moment zou hij een deel van zijn vermogen geven voor een vrijspraak, maar nu hij hier zat slaagde hij erin zijn emoties onder controle te houden en niet te denken aan het leven dat hij was kwijtgeraakt.

Voorlopig kwijtgeraakt, dacht hij. Hij was ervan overtuigd dat hij hier binnenkort weer als een vrij man buiten zou stappen.

Maar die overtuiging had na het gesprek met de twee rechercheurs een lelijke deuk gekregen. Ze leken zo zelfverzekerd. Dat was natuurlijk hun rol. Ze zouden nooit laten blijken dat hun zaak tegen hem geen fundament had. Dat deden ze niet. Ze lieten hem geloven dat ze hem snel veroordeeld zouden zien.

Onder andere omstandigheden zou hij hen niet geloven. Hij had al eerder in de cel gezeten, maar was daar telkens snel weer uit geraakt. Geen enkele rechercheur kon Weckx lang in de cel houden.

Maar nu zou dat wel eens anders kunnen zijn. Ze wisten heel wat over zijn activiteiten. Ze hadden namen genoemd die hij liever verborgen hield. Er waren dingen boven water gekomen die verscholen hadden moeten blijven.

Verdomde Douglas en zijn intriges. En de baron dan ook nog, dat verwaande uilskuiken. Die oude parvenu's met hun rijkdom en hun adellijke titels! Ze zouden hem nog zijn vrijheid kosten. Maar in dat geval zou hij ook over hen een boekje opendoen bij het gerecht. Hij kon de rechercheurs er misschien toe overhalen hem voor te dragen voor strafvermindering in ruil voor de informatie die hij had. Dat zou wel lukken.

Aan het eind van de gang was er een passage die leidde naar de toiletten. Weckx was te veel met zijn gedachten bezig om te merken dat er wat aan de hand was. Was hij oplettend geweest, dan had hij gemerkt dat er geen andere gedetineerde in zijn buurt was. Dat de gang, of dit deel althans, verlaten was. Aan het uiteinde van die gang, op een meter of vijf, wenkte de buitenwereld. Of althans de binnenplaats van de gevangenis, maar hoe dan ook was het buiten.

Weckx zou de buitenwereld niet meer te zien krijgen.

Toen hij de doorgang passeerde, werd hij door twee paar stevige handen vastgegrepen en weg van de gang gesleurd, in de richting van de toiletten.

De eerste gedachte die door zijn hoofd ging was: ik ben te oud om verkracht te worden. Daarenboven wist iedereen in de gevangenis wie hij was. Ze zouden niet...

De twee mannen – zwaar, kalend, koppen van Oostblokbruten – sleurden hem tot in de hal van de toiletruimte waar het stonk naar urine en een scherp ontsmettingsmiddel. De ene mepte hem tegen een muur, de andere greep in zijn zak, haalde een plastic potje tevoorschijn en greep de keel van Weckx.

De andere man sloeg in zijn maag. Hard, onverbiddelijk.

Weckx boog voorover, was zijn adem kwijt, werd misselijk.

Zijn hoofd werd opnieuw krachtig achterovergetrokken. De ene man duwde het plastic potje tegen zijn mond en keerde het om. De mond van Weckx vulde zich met pillen.

'Slikken, teef!' zei de ene man.

De andere man hield zijn mond en neus dicht.

Hoofdstuk 40

'O, je hoeft echt geen chemicus, apotheker of zelfs dokter te zijn om iemand dood te krijgen met zo'n cocktail aan medicijnen', zei de wetsdokter. Hij stond met Thomas en de gevangenisdirecteur in de benauwde onderzoeksruimte die bij de ziekenzaal van de gevangenis hoorde. Hij was een magere man met onder zijn witte jas een elegant hemd dat helemaal in tegenspraak was met de rest van zijn slordige uiterlijk. Tussen hen in lag het lijk van advocaat Weckx, uitgekleed. Naakt zag de voormalige verdediger van tuig er zielig uit, al zijn waardigheid was verdwenen. 'Ja, ze zien er niet goed uit', zei de dokter, 'als ze in mijn handen vallen. Gelukkig maar dat ze ook nog dood zijn, dan vallen schande en schaamte nog wel mee. Ter zake, heren. Als u een volledige autopsie wilt, commissaris, dan kan dat ook. Duurt wel een dagje of zo.'

'Wat heeft hij gekregen?' wilde Thomas weten. Hij hield zijn handen op zijn rug.

'Pethidine in combinatie met MAO-remmers. Dat kennen ze hier goed, in de gevangenis. Soms vermoed ik dat sommige gedetineerden een beter uitgeruste farmacie hebben dan de ziekenzaal. En, voor het geval u nog mocht twijfelen, het was uiteraard geen zelfmoord.'

Thomas vermeed diep adem te halen. Er was iets met lijken, zelfs na zijn jarenlange ervaring. Zeker lijken die netjes opgebaard lagen op onderzoekstafels. 'Maar er zijn geen aanwijzingen die naar daders leiden?'

'Hoe lang bent u al bij de politie, commissaris?' zei de wetsdokter, bijna terloops alsof ze het weer bespraken. 'Een tijdje toch, neem ik aan.'

'Lang genoeg om te weten hoe dat in een gevangenis gaat, dokter', zei Thomas. 'Niemand ziet wat, niemand heeft iets gehoord, en er was ook niks aan de hand.'

'Goed. Want die striemen op zijn hals, dat is beslist geen allergische reactie op de medicijnen.'

'Nee,' zei Thomas, 'dat vermoedde ik niet.'

'Pech dus. Ook voor u, neem ik aan. Een belangrijke getuige?'

'Hij kon ons nog heel wat vertellen. Bedankt, dokter, voor de deskundige analyse.' Thomas draaide zich om. Hij ving de blik op van de directeur, een robuuste veertiger met een verzorgd uiterlijk, heel anders dan de dokter. 'Intern onderzoek?' vroeg hij.

'Daar zijn we mee bezig', zei de man. 'Maar u verwacht toch niet veel, hoop ik? We hebben geen camera's in de toiletten of in die gang waar hij gevonden werd, en er waren ook geen getuigen.'

'Ik hou mijn adem niet in', zei Thomas. Hij hoefde geen tekeningetje bij het hele verhaal. Iemand had opdracht gegeven Weckx voorgoed te doen zwijgen. Onder andere omstandigheden zou Thomas daar niet naar omkijken, maar nu had hij de man nodig om het verhaal achter de moordenaar van Eva te ontrafelen.

Het zoveelste spoor dat doodliep. Of dat, in dit geval, doodgemaakt werd. En dat zou niet het laatste slachtoffer zijn, vreesde hij. De lijst begon al aardig op te lopen. Hij keek op zijn horloge. Het was tien voor tien in de ochtend. Hij stapte de gang door die naar de binnenplaats leidde en van waaruit hij naar de poort toe kon. Hoe sneller hij hier buiten was, hoe beter. Hij voelde zich bekeken. Hij werd waarschijnlijk ook bekeken. Een dode van het statuut van Weckx, dat zette heel wat tongen in beweging. Zeker in de gevangenis, waar de man een deel van zijn clientèle zitten had. De minst succesvolle van zijn rechtszaken in ieder geval.

Er zouden nogal wat mensen zijn met voldoende motieven om de advocaat te willen vermoorden. Maar Thomas twijfelde er niet aan: de dood van Weckx had alleen met hun huidige onderzoek te maken.

De cipiers lieten hem buiten. Hij belde het nummer van Joris. Die nam meteen op. 'Hoe zit dat met die observatie?' vroeg hij, zonder inleiding. Moest hij rekening houden met de een of andere gevoeligheid van Joris? Nee toch.

'We hebben camera's opgesteld en nu zitten we hier...' zei de jonge rechercheur.

'Dat is wat anders dan Computer Crime Unit, niet?' zei Thomas, die het niet kon helpen dat er wat kwaadaardigheid in zijn stem weerklonk. 'Hele dagen in een bestelwagen zitten, lauwe koffie drinken en naar een gebouw kijken. Alsof je zo de hemel kunt verdienen.'

'Dank u wel, commissaris', zei Joris ironisch. 'Ik ben echt helemaal opgetogen met mijn nieuwe job.'

Goed, dacht Thomas. Het komt wel in orde met die jongen. Hij stapte in zijn auto en reed weg, blij dat hij dat sombere gevangenisgebouw achter zich kon laten. Even later liep hij het Ecofinkantoor binnen waar het drukker dan ooit was, niet in het minst omdat Iris er zat, omringd door haar huurlingen. Het waren er nu opeens zes geworden, en ze hadden niet erg veel plaats. Zes rechercheurs geleend bij de lokale politie en bij andere afdelingen van de gerechtelijke, die natuurlijk ook geen volk te veel hadden. Perseyn zal hiervoor aan heel wat touwtjes hebben moeten trekken om al die mensen hier te krijgen.

'Zijn dat nog altijd de dossiers van Luyten?' vroeg hij. Hij wilde op de een of andere manier medeleven tonen, maar zo klonk het niet.

Iris keek op met vertrokken mondhoeken. Ze appreciceerde zijn toontje niet. Ze wees de verschillende stapels aan. 'Dat zijn de dossiers van Luyten uit zijn kantoor hier in Antwerpen en uit zijn flat. Dat zijn de dossiers uit Curaçao, ons toegezonden door de leden van een of andere idiote rogatoire commissie. En dat, ten slotte, zijn de dossiers van Weckx. Als ik geweten had...'

'Jaja', zei Thomas.

'Als ik geweten had, Thomas, dat het zo'n verzameling ging worden, dan had ik nee gezegd.'

'Dat kan nog altijd', zei Thomas.

Iris zuchtte en dacht aan haar ontslag dat ze aan Perseyn had gegeven. Ze zag dat de hoofdcommissaris erbij was komen staan. 'Daar kijk je van op, nietwaar, Thomas?' zei die. 'We hadden jaren geleden al het archief van Weckx moeten inkijken. Maar nu pas kregen we toestemming van de orde van advocaten. Met die moord en zo waren ze opeens erg gehaast om ons ter wille te zijn. Hij was werkelijk de advocaat van al wat er aan dubieus volk rondliep in deze regio, en vaak ook ver daarbuiten. Drugshandelaars, zwendelaars, trafikanten, mensenhandelaars. Allemaal klant bij hem.'

'En ook concrete sporen in ons dossier?'

'De namen die we al kenden. Maar we zijn pas...' Perseyn keek in de richting van Iris. 'Hoever staan we al?'

'Vijftien procent?' zei ze. 'Hooguit. En dan nog lopen we het risico dat we ergens overheen kijken.'

∂•∾

Guy Merckx liep te ijsberen in de warroom, waar de temperatuur kunstmatig op twintig graden gehouden werd. De lucht was er droog maar stofvrij. Toen Douglas door het sas naar binnen kwam, stapte Merckx meteen op hem toe. 'En? Wat is er nu met Weckx?'

'Dat probleem is definitief opgelost. Maak je maar geen zorgen.'

'Ah, goed, want dat zaakje begon nu toch wat problematisch te worden.'

'Daarvoor ben ik er', zei Douglas. Hij keek naar de schermen. 'Hoe gaat het hier?'

'We vorderen gestaag. En voorzichtig.'

'Het kan ook sneller?' suggereerde Douglas, met een blik op Andy, die orders intikte.

'Nee', zei Merckx nadrukkelijk. 'Het kan niet sneller. Dan vallen we te veel op. Nu al zitten we aan de limiet van wat aanvaardbaar is. Daarom werken we ook zo ongeveer dag en nacht.'

'Zorg ervoor dat alles klaar is voor D-Day.'

'Alles zal aan deze kant klaar zijn. Nu jouw kant nog.'
'O', zei Douglas, 'daar kun je van op aan.'

☙◦❧

Die avond, toen Lena in haar flatje aankwam, bleef ze staan in de deuropening. Er was iemand in haar keuken. Een inbreker! Er zat een inbreker in haar flat. Had die man zich even van slachtoffer vergist! Voorzichtig sloot ze de voordeur, zocht iets wat als wapen kon dienen, vond niets en sloop toch maar naar de keuken. Daar stond haar vader met zijn rug naar haar toe, bezig met de afwas.

'Papa!' zei ze.

Hij schrok zo hard dat hij een pan uit zijn handen liet glijden, in het water. 'Lieve God', zei hij, zich omdraaiend.

'Ja,' zei ze, 'moet jij hier niet zomaar binnenkomen. Die sleutel, dat is voor noodgevallen.'

Hij droogde zijn handen af en knuffelde haar. 'Het is niet alsof er plots een man in je leven is opgedoken, Lena', zei hij.

'Papa! Stop daarmee!'

Ze kende zijn grijns goed genoeg om te weten wat hij bedoelde. 'Goed, goed,' zei hij, 'ik weet het. Het is geen geschikt onderwerp.'

'Laat die verdomde afwas maar staan. Ik heb daar een machine voor. Kom, ik schenk je een glas wijn in.'

'Gebruik die machine dan ook', zei Merckx, maar hij liet zich meeslepen. 'Zeg, wat hoor ik? Dat jullie Weckx hebben opgepakt?'

'Ja. Eindelijk, zullen sommige mensen zeggen.'

Merckx zeeg neer in de sofa. Lena schonk twee glazen rode wijn in. 'Dat zal jullie onderzoek dan toch flink vooruithelpen', zei hij. 'Die man weet waarschijnlijk alles over iedereen.'

'We gaan er niet veel aan hebben, vrees ik. Hij is dood', zei Lena bedaard. 'Weckx. Hij werd in de gevangenis vermoord.'

Merckx liet een diepe frons over zijn voorhoofd trekken. 'Nee? Werkelijk? Staat dat ook in de krant? Dat heb ik gemist, lijkt het mij.'

Ze zat neer tegenover hem, kruiste haar benen. 'Het zal er morgen wel in staan. Een groot verlies voor de advocatuur, uiteraard. En voor zijn vele klanten. We zijn nu zijn archieven aan het inkijken.'

Zijn vingers gleden over het glas op zoek naar onvolkomenheden in de materie. 'Mag dat zomaar? Zijn archief?'

'Met toestemming van de orde van advocaten. Ze waren snel met hun papiertje, aangemoedigd door de reputatie van hun vooraanstaand lid. Ze willen zich waarschijnlijk van hem en van zijn praktijken distantiëren.'

'Dat hadden ze al jaren geleden moeten doen', zei Merckx. Hij nam een stevige slok van de wijn. 'Maar dat hebben ze nooit willen doen omdat de orde een bende...' Hij zuchtte. 'Het is zoals overal, Leentje. Corruptie, het verrottingsproces van onze samenleving, hoe universeel ook. O, niet allemaal en niet iedereen. Maar wie de top wil bereiken in dit land...' Zijn gebaar vertelde haar dat verdere uitleg onnodig was.

'Daar heb jij altijd al een probleem mee gehad, niet?'

Hij knikte, overtuigd van zijn afkeer. 'Mijn hele professionele leven lang. Mensen zonder moraal en zonder scrupules worden het meest op handen gedragen. Ik heb bedrijven weten kapotgaan omdat eigenaars het spel eerlijk speelden. Lonen, arbeidsvoorwaarden, kwaliteit van hun diensten en van hun producten. Ze worden keer op keer uit de markt geperst door de oplichters en door diegenen die snel rijk willen worden – en die hun slaven dan nog durven medewerkers te noemen.'

'Daarom was je niet zo enthousiast over dat Manager van het Jaar-gedoe.'

'Nee. Een klucht. Een farce, zoals altijd. Uit schaamtebesef kiezen ze daar af en toe wel eens een echte gedreven en eerlijke manager, maar zelfs dan... Het gaat om een gebrek aan fatsoen, Lena. Gebrek aan fatsoen.'

'Hoef je ons niet te vertellen. Maak ik iets te eten?'

Merckx lachte. Dan herstelde hij zich, zich bewust van de implicatie van zijn reactie. 'O, dat bedoelde ik niet zo.'

'Jaja, laat maar. Ik bedoel: zullen we ergens wat gaan eten?'

'Om te vieren dat Weckx van de baan is?'

'Dat is luguber, papa', zei Lena. 'Dat wil ik niet vieren. En jij wilt dat ook niet. Nee, gewoon gaan eten, om bij elkaar te zijn. Je hebt toch tijd?'

'Altijd, als jij tijd hebt', zei Merckx.

Wat later zaten ze in café Volef's. Merckx had zonet bij de ober besteld en Lena was hem in zijn keuze gevolgd. Hij liet een fles wijn aanrukken die hij na enig zelfoverleg uit de kaart had gekozen. 'Ah, wijn', zei hij. 'Het is goed voor het hart, het is slecht voor de lever. We zullen zien welke van de twee mij het eerst de das omdoet', zei hij. Hij boog zich voorover, vertrouwelijk. 'Je moet niet kijken, maar links van mij zit een koppel dat ik ken. Tenminste, ik ken ze elk apart, maar ik wist niet dat ze een koppel waren.'

Lena, die niet van plan was te kijken, zei: 'Verdomme, papa, als ik niet mag kijken... Wie zijn het?'

'Jouw chef, Perseyn, en zijn andere medewerkster. Die magere met haar grijze haar... Hoe heet ze ook weer?'

'Iris?' Lena slaagde erin niet te kijken, maar het kostte haar moeite. 'Ben je zeker?'

'Ik denk dat ik jouw collega's ondertussen ken, Leentje. Perseyn en Iris. Zijn zij een koppel?'

'Dat wordt wel eens beweerd.'

'Beweerd?' zei Merckx met gespeelde verbazing. 'Door vuile tongen? Komaan, Lena, jullie team bestaat uit vijf mensen. Zoveel roddel kan er daar niet omgaan.'

Lena zuchtte toegeeflijk. 'Ze zijn allebei getrouwd, papa. Als ze hier samen zitten, dan is dat om wat te bespreken. Professioneel, daar ben ik zeker van.'

'Maar er wordt over hen geroddeld.'

Lena gaf er de voorkeur aan niets meer te zeggen.

'We negeren hen', suggereerde Merckx.

'Hebben zij ons in de gaten?' vroeg Lena.

'Nee. Ze hebben ons niet gezien. Ze zitten helemaal aan het andere eind van het restaurant.'

'Goed', zei Lena. 'Laten we dat ook zo houden.' Ze pakte haar glas en toostte met hem. 'Ik merk dat Catherine vandaag niet ter sprake komt', zei ze.

'Tenzij jij diegene bent die erover begint.' Hij grijnsde. 'Wat je dan ook gedaan hebt.'

Lena keek toe hoe de ober de wijn liet proeven en daarna uitschonk. Een paar momenten gingen voorbij. Dan zei ze: 'Is het ernstig tussen jullie? Ik bedoel maar, het is voor zover ik weet de eerste keer dat je...'

'Mmm', zei hij, zijn antwoord wegend. 'En dan ben ik meteen het onderwerp van...' Hij perste zijn lippen samen. 'Laat maar, Leentje. Ik begrijp dat wel. Je moeder en ik, dat was voor het leven, maar jammer genoeg niet voor het leven samen. Ik dacht dat ik daarna alleen verder kon. Het werk, en zo.'

'Ja', zei ze.

'Maar als je daarna thuiskomt en je moet zelf alle lichten ontsteken, en je slaapt nog altijd aan diezelfde kant van het tweepersoonsbed...'

'Ik wijs je niet terecht, papa.'

'En dan is Catherine er opeens. Het is geen bevlieging, het is geen...'

'Nee, maar ik ben eigenlijk blij dat je haar niet meegebracht hebt. Tussen ons, ik weet het niet...' Ze maakte een terloops gebaar dat wat hem betrof allerlei kon inhouden.

'Lena,' zei Merckx, 'je zult je eroverheen moeten zetten. Catherine zal een deel uitmaken van mijn leven. Niet ten koste van jou, dat niet, maar ze zal er zijn, en soms zul je ons beiden samen zien.'

Lena knikte langzaam. 'Ik leg haar niks in de weg, papa.'

'Ik zal ervoor zorgen dat dit wederzijds is', zei Merckx.

❧⚬❧

De ochtend erop zat Iris op de rand van haar bed. Het was geen kater – zo maakte ze zichzelf wijs – die haar mond opdroogde en haar hoofd vol katoen plukte. Ze had alleen wat te veel wijn gedronken, en daar was ze nooit goed in geweest. Ze hadden samen twee flessen wijn gedronken, en dan had Perseyn een taxi genomen en haar naar huis gebracht. Het gesprek had niets opgeleverd. Ze hield het voor bekeken, zei ze hem, en hij schonk haar nog een glas in, en over hun relatie werd er niet gesproken.

Onze relatie, dacht ze. Alsof wij zoiets als een relatie hebben, Steven en ik. Alsof er tussen de plooien van de job en van onze respectievelijke huwelijken plaats zou zijn voor een relatie.

Frederik verscheen in de deuropening van de badkamer. 'Je ziet er niet uit alsof je veel geslapen hebt', zei hij. Toen ze thuiskwam was het tegen tweeën geweest, en Frederik was niet wakker geworden. Hij was een van die gelukkige mensen die erin slaagde om vast te slapen en zich door niets te laten wekken. In dat opzicht was hij geen piekeraar. 'Ik ben laat, schat', vervolgde hij. 'Ik moet er echt vandoor.' Ze besefte dat hij al helemaal gekleed was.

Haar oogleden voelden als lood. Haar maag overigens ook. Misschien zou het ontbijt haar goeddoen, maar ze betwijfelde het.

'Neem een dag vrij', suggereerde hij. 'Als het echt niet gaat. Er is een griepje in de lucht, misschien is het dat.'

'Het lukt wel.'

Hij knoopte zijn das. 'Je piekert te veel, schat. Je hebt rust nodig. Probeer nog wat te slapen.'

Ze knikte. Hij vertrok en even later hoorde ze de voordeur dichtslaan. Ze kroop overeind, bedacht dat haar dochter ondertussen al naar school was vertrokken – God, wat ben ik een slechte moeder! – en slaagde erin de badkamer te bereiken zonder onderweg een been te breken of te gaan kotsen. Dat deed ze pas toen ze met haar hoofd over de toiletpot gebogen stond.

⚗

Het lukte Lena niet. Ze probeerde Thomas aan te spreken. Niet over het werk, het ging al genoeg over het werk. Ze wilde hem spreken, zich ervan bewust dat vele woorden tekort zouden schieten om haar gevoelens uit te leggen. Ze wilde haar hand op

zijn arm leggen. Misschien wilde ze hem ook troosten, al besefte ze dat er een te grote kloof lag tussen zijn moment van pijn
en haar intentie.

Hij is beschadigd, dacht ze. Hij is beschadigd en ik wil hem
weer heel maken, en ik kan het niet omdat ik niet weet hoe.

Ze wilde hem weer heel maken en tegelijk wilde ze niet in
zijn buurt komen omdat zijn emoties haar zo vreemd waren dat
ze haar voortdurend in de war brachten. Het was niet dezelfde
Thomas die nu aan zijn tafeltje zat, samen met Iris gebogen over
documenten, met hun laptop naast hen. Ze zag aan de houding
van Thomas dat hij verkrampt zat. Hij leek een veer, die al veel
te lang was samengedrukt.

Hebben we niet allemaal hetzelfde probleem, dacht ze. Vreten onze job en onze verantwoordelijkheden niet zo lang aan
ons allemaal dat we uiteindelijk leeg zijn vanbinnen, skeletten
alleen nog maar gedreven door obsessies. Zoals Thomas.

Hij werd gedreven door een enkele maar onvermijdelijke
obsessie: de moordenaar van Eva en van haar ongeboren kind
vinden en recht laten geschieden. Eenmaal op dat punt aan-
gekomen, wat zou er dan nog voor hem overblijven? Nu hield
zijn obsessie hem overeind. Hij zou daarna een lege schelp
zijn. Hij zou haar dan misschien nodig hebben om te overleven.

❧

Joris had nog steeds niets te melden, om de eenvoudige reden
dat er aan het huis van baron Van De Coeberghe niets van belang gebeurde. Hij maakte zich zorgen over zijn nieuwe functie, over zijn gebrek aan ervaring, en over het feit dat hij midden in een onderzoek bij dit team was gekomen, zodat hij zich
niet kon aanpassen aan hun werkwijzen en gewoonten. Maar
van zijn observatie had hij zich zo goed mogelijk gekweten.
Een paar gewone leveranciers, een paar vrienden, de bedienden. 'Waar wachten we eigenlijk op?' vroeg hij aan de telefoon
met Perseyn. 'Chef?'

'Ik weet het niet', zei die. 'Blijf gewoon opnames maken. Als er binnen drie dagen nog niks van belang is gebeurd, dan stoppen we ermee.'

Joris knikte toen Perseyn de verbinding verbrak. Computer Crime had hem geduld geleerd, het werken met machines had hem een paar dingen bijgebracht over het irrationele van mensen. Hij trapte niet in de val mensen en machines onder eenzelfde noemer te vangen.

Perseyn van zijn kant verbrak de verbinding toen Iris binnenkwam. Ze legde, onverstoorbaar, een enveloppe op zijn bureau. Een enveloppe die daar lag als een bedreiging.

'Wat moet ik daarmee?' zei hij. Maar hij wist natuurlijk wat die enveloppe betekende.

'Je weet wat dit is, Steven', zei ze. 'Het is mijn ontslag uit deze dienst. We hebben het erover gehad, en dit is mijn officiële conclusie. Onder de gegeven omstandigheden kan ik niet langer meer voor jou werken.'

Perseyn liet zijn kin zakken en ondersteunde die met zijn linkerhand. De enveloppe bleef onaangeroerd liggen. Zover zijn we dus gekomen, dacht hij, dat we onze diepste problemen oplossen door middel van een geijkte procedure. 'We hadden het er gisteravond nog over, Iris. Ik meende begrepen te hebben dat je wilde blijven. Ik wist niet dat je daar nog een nachtje over moest slapen.'

'Dat is het probleem, Steven', zei ze. 'Ik slaap erg slecht. Gisteren leek het zo erg niet meer. Maar vanmorgen was ik een wrak. Ik ga je niets verwijten, Steven, maar ik kan geen vrede meer hebben met de manier waarop bepaalde dingen gebeurd zijn. En je weet...'

'Ja, ik weet welke dingen', zei Perseyn. 'Ik heb mijn verantwoordelijkheden in die zaken genomen, en ik ben de eerste om ons verlies te betreuren, Iris. Maar ik ga verder omdat ik dat aan Eva en aan Thomas en aan Tarik verschuldigd ben.'

'Dat is chantage, Steven.'

'Ja', zei hij. 'Dat is chantage.'

Ze schudde haar hoofd. 'En ik geef niet toe aan chantage.' Ze draaide zich om en stapte het kantoor uit.

Hij bleef achter, zijn blik op de enveloppe gericht. Deze ontmoeting had hij willen vermijden. Hij had de hele opeenvolging van gebeurtenissen willen vermijden, maar het initiatief lag niet bij hem. Het initiatief was al van bij de aanvang in handen van een anonieme groep, een complot, een verzameling mensen die ongrijpbaar leken. En nu dit. Nu, dacht hij, valt mijn kleine team steeds verder uiteen, op een moment waarop we ons dit niet kunnen veroorloven.

Hij wendde zijn hoofd af en keek naar buiten, waar de dag grijzig en troosteloos was. Dat weerspiegelde mooi zijn gevoelens. Er moesten dringend stappen worden genomen, voor de hele zaak nog verder escaleerde, en in dat opzicht had hij wél het initiatief in handen.

Hoofdstuk 41

De observatie van het huis van Van De Coeberghe leverde niets op en Perseyn trok het team terug. Joris was daar niet rouwig om. Hij had vijf dagen, tien uur per dag, doorgebracht in een gesloten bestelwagen, samen met een andere rechercheur en soms alleen. Verklikkers gaven bewegingen aan in het veld van de camera's en waarschuwden hem daarvoor, dus kon hij een boek lezen. En dat deed hij ook, maar niettemin verveelde hij zich na de eerste dag al te pletter. Na vijf dagen was hij murw. Zijn werk bij Computer Crime Unit had hem hierop niet voorbereid. Maar hij beklaagde zich zijn beslissing niet. CCU was een technische eenheid waar niemand rechtstreeks met misdaad werd geconfronteerd, en waar ook niemand de indruk of het gevoel kreeg misdaden te helpen oplossen. Hier was dat wel het geval. Hier zat hij in de vuurlinie.

Iris had meteen een ander werkje voor hem. Ze was drie van haar zes externe rechercheurs kwijtgeraakt omdat er een kind was verdwenen, en het uitpluizen van de archieven van zowel Luyten als Weckx liep achterstand op. Ze gaf hem een lijst van trefwoorden die hij in gedachten moest houden bij het nakijken van de duizenden documenten.

'We kunnen dit automatiseren', zei hij, hoopvol. 'We scannen al die documenten in en laten de computer die trefwoorden eruit halen.'

'Goed idee', zei Iris, blij met eender welke oplossing voor haar problemen. 'En hoe lang duurt het om die documenten in te scannen, vooropgesteld dat we een scanner hebben.'

'Met één scanner kom je er niet', zei Joris. 'Dan duurt het weken.'

'Precies', zei Iris. 'We hebben hier één enkele gewone bureau-scanner en daarmee duurt het waarschijnlijk maanden.'

Joris schudde zijn hoofd. 'Het CCU heeft verschillende grote scanners, en er zijn er nog een paar aan de universiteit, in de bibliotheek.'

'Mmm, en die mogen we allemaal gebruiken.'

'Oké', zei Joris en hij ging ervandoor. Hij ging aan zijn tafeltje zitten en begon te bellen. Nauwelijks tien minuten later dook hij weer naast haar op. 'Is geregeld', zei hij simpelweg.

'Wat is er geregeld?'

'Scannen. Maar het moet wel 's nachts gebeuren.'

'Waar heb je het over?'

'We kunnen de scanners van CCU gebruiken tijdens de nachtshift, en mijn vriend bij de bibliotheek zorgt ervoor dat we daar ook tijdens de nacht terecht kunnen. Alleen maar een snelle laptop meenemen en een externe hard schijf. Een grote.'

'Kun jij dat...' begon ze. Dan schudde ze haar hoofd. 'Shit, Joris. Oké, goed gedaan. Ik vraag Perseyn of we twee ploegen voor nachtwerk kunnen vormen.'

∽—∼

Ruben deed de deur open en glimlachte naar de aangename, luchtige verschijning die op het pad stond. Hij riep over zijn schouder: 'Papa! Tante Lena is er!' Dan hield hij galant de deur open en liet Lena binnen. Thomas kwam de keuken uit, onderschepte haar bij het binnenkomen in de woonkamer. Ze droeg een korte jurk en sandalen en had achteloos een dun truitje over haar schouder gegooid. Hij zag haar zelden in wat anders dan jeans of sportbroek en een T-shirt. Het resultaat viel bijzonder goed mee – dat zei een totaal onafhankelijk deel van zijn hersenen hem, terwijl de rest van dat orgaan hem tuttend verweet dat ze een collega was.

Hij liet zijn mentale strijd voor wat die was, beseffende dat hij een jogging droeg en dus uit de toon viel, en zei: 'Hello!' En dan sloeg hij zich mentaal tegen het voorhoofd omdat hij geen betere begroeting kon bedenken.

Ruben redde min of meer de situatie. Hij zei, tot Lena: 'We eten frietjes met stoofvlees.'

'Heel goed', zei Lena.

'Mijn papa kan goed koken', vervolgde Ruben. 'Soms.'

Lena moest erom lachen. Ze voelde zich wat gespannen, en ze wist waarom. Dit was niet zomaar een bezoekje bij een collega thuis. Dit was geen onderonsje over het werk. Dit was allerlei dingen niet, maar wat het dan wel was, daar was ze nog niet zeker van. Terwijl ze Ruben en Thomas zag, vroeg ze zich af: ben ik wel goed bij mijn hoofd? Hij heeft net zijn vrouw verloren. Hij heeft net zijn vrouw begraven. We waren daar allemaal bij. Hij is daar nog niet overheen. Hij heeft zijn woede nu onder controle, maar ze blijft aan zijn ziel vreten.

Ze stapte de woonkamer door, naar het terras achter het huis. Het was warm genoeg om buiten te eten. Er stonden een grote, zware tuintafel en drie stoelen. Geen vier, geen set van vier waarvan er maar drie gebruikt zouden worden. Drie stoelen. Ze moest bijna huilen toen ze die drie stoelen zag staan.

Ze werd een tweede keer gered door Ruben die, met enige gepaste trots, aan kwam draven met een glas rode wijn voor haar. 'Dank je', zei ze. Thomas kwam de keuken uit, ook met een glas wijn in de hand. Hij toostte met haar. Hij glimlachte, alsof hij ontspannen was, maar het was een glimlach waar zijn ogen niet aan meededen, en ze veronderstelde dat hij dit allemaal voor haar deed. O ja, dat wist ze zeker.

'Op het team', zei hij.

Ze wilde zeggen: op diegenen die ons verlieten, maar ze begreep dat dit ongepast zou zijn. 'Op het team', herhaalde ze dan maar. Ze keek naar Ruben en zag dat die ingespannen en aandachtig naar haar keek, nu opeens een ernstige jongen. Hun blikken kruisten elkaar en hij glimlachte, maar het was dezelfde glimlach als van zijn vader.

ཚ~ཚ

Het kostte de taskforce, aangevoerd door Joris en Iris, twee nachten om via alle aangeboden scanners tegelijk de hele verzameling documenten van Weckx en Luyten te digitaliseren, en het kostte hun beiden dan nog twee dagen om die informatie in het systeem op te slaan zodat alle teksten elektronisch nagelezen konden worden op een aantal trefwoorden. Perseyn klaagde niet over de overuren, want nu kon hij de externe rechercheurs wegsturen.

'Er is een hoop afval bij', zei Iris, die met Joris en Perseyn in het kantoor van de hoofdcommissaris zat. 'Omdat de trefwoorden zowat overal opduiken, ook daar waar er geen verband is met ons onderzoek.'

'Misschien hebben we te ruim gezocht', zei Joris. 'We kunnen het opnieuw doen...'

'We hebben namen gevonden die keer op keer terugkomen', vervolgde Iris, vastbesloten de ijver van haar jonge collega in toom te houden. 'En dat zijn de namen die we al kennen: Grimaldi, Zavel nv, Allaj, Luyten, Depretere. En dan zijn er de namen die we in ons achterhoofd hebben. Vooral die van baron Van De Coeberghe.'

Perseyn knikte plechtig en met samengeknepen lippen. Iris kende dat: hij hoorde de naam noemen van iemand uit zijn kring van belangrijke vrienden. Hoewel dat laatste woord voor hem, in deze context, geen emotionele betekenis had. Het waren mensen die hij kende vanuit zijn functie, omdat zij zich in dezelfde kringen bewogen en op dezelfde recepties kwamen als hij. Het waren die mensen op wie hij moest passen, wiens kleinere en soms grotere zonden hij onder het tapijt hielp wegmoffelen. Maar het waren ook de mensen die hij zonder enige vorm van medeleven voor een rechter zou slepen als hun zonden te groot waren.

'Van De Coeberghe heeft een verleden', zei Joris. 'Zijn vader was een belangrijk industrieel in de jaren dertig, en ging tijdens de oorlog in de fout. Van de zoon wordt gezegd dat hij dezelfde ideologische instelling heeft als zijn vader. In dat kasteel van hem ontvangt hij vaak gelijkgestemde zielen. Vandaag noemen die heren en dames zich conservatief en traditioneel katholiek. Het is dus een kwestie van naamgeving. Hij trekt ook een aantal politici aan die hetzelfde gedachtegoed genegen zijn.'

Perseyn knikte. 'Tot daar zijn donkerbruine zonden. Niemand gaat daarvoor de gevangenis in. Zolang hij zich niet in het openbaar in nazi-uniform vertoont. Wat me meer interesseert is zijn financiële wandel.'

'Hij is eigenaar van drieënveertig vennootschappen, zowel Belgische als buitenlandse', zei Iris. 'Hij zetelt in de raad van bestuur van enkele tientallen andere. Meestal doet hij dat onbezoldigd. Het interessante is, dat vele van die vennootschappen hun boekhouding lieten doen bij Luyten. En dat zij voortdurend jongleerden – ik heb er geen ander woord voor – met aanzienlijke sommen geld. Altijd gedekt door facturen, dat wel.'

'Facturen van elkaar, neem ik aan', zei Perseyn.

'Precies', bevestigde Iris.

'We weten wat dat kan betekenen.'

'De baron is een sluw man, die de vele dwaalwegen van het gerecht kent. Hij zal zich niet laten vangen. Hij kan altijd zeggen dat hij niet intiem bekend is met alle details van elk van zijn bedrijven.'

'Maar onze observatie bracht niets op?' vroeg Perseyn.

'Nee', zei Joris. 'Niets ongewoons. Misschien moeten we de baron zelf schaduwen, zijn telefoon aftappen, zijn...'

Perseyn hief zijn beide handen omhoog. 'Rustig maar, Joris. Daar zijn we nog niet aan toe. We hebben geen redenen om de baron van wat dan ook te verdenken.'

'Denk ik wel, chef', zei Iris. Ze spreidde een tiental vellen papier op het bureau tussen haar en Perseyn in. 'Lijsten met transacties naar Curaçao, naar Hongkong, naar een aantal andere bestemmingen. Sommige rekeningen werden door Grimaldi gebruikt en kennen wij al als uiterst verdacht. Zelfde rekeningnummers, zelfde namen. En kijk hier: transacties met Libanon, zelfde bestemmingen als de fondsen die Allaj gebruikte.'

'Mmm', zei Perseyn. 'Ik ben niet diegene die overtuigd moet worden.' Hij dacht even na. Dan nam hij een besluit. 'Goed, ik breng de onderzoeksrechter op de hoogte. We pakken de baron op, op verdenking van witwaspraktijken, fraude en belastingontduiking. Ik denk dat we net genoeg materiaal hebben, althans voor het vooronderzoek.'

❧

De arrestatie gebeurde discreet, de baron werd niet eens geboeid. Perseyn ging zelf mee, kwestie van gewicht in de schaal te leggen. Hij verwachtte verwijten, maar de baron was merkwaardig stil toen hij de documenten te zien kreeg. Hij ging zonder commentaar mee. Pas toen hij achter in de politieauto zat, met Perseyn naast zich en Joris aan het stuur, zei hij: 'Dit is allemaal toneel, hoofdcommissaris, dat beseft u toch wel.'

Perseyn bleef voor zich uit kijken. Hij had de man zonet uitgelegd waarom hij werd meegenomen. 'Hoe bedoelt u dat, baron?'

'Er moeten af en toe zondebokken worden gevonden, anders voelen die politici te veel druk vanwege de pers en de publieke opinie en zo, dat weet u toch ook wel.'

'Er is vandaag geen pers aanwezig', zei Perseyn. 'U wordt alleen voorgeleid voor ondervraging.'

'Jaja, dat weet ik wel. Maar daarna brengt u verslag uit bij de onderzoeksrechter, en dan gaat dat verslag naar de procureur, en uiteindelijk komt mijn naam in de krant.'

'Misschien wachten we daarmee tot we ons gesprek gehad hebben?' stelde Perseyn voor. 'Dan is er nog tijd genoeg.'

'Waarvoor?' vroeg de baron cryptisch, maar zweeg dan, en ook Perseyn voelde zich niet geroepen hierop in te gaan.

In de verhoorkamer zat hij opnieuw tegenover de hoofdcommissaris, die geflankeerd werd door Joris. Thomas en Lena keken toe vanuit de observatieruimte. 'Ik ben een zakenman', zei Van De Coeberghe op evidente toon. 'En ik mag zeggen dat ik, net als mijn vader, een succesvol zakenman ben.'

'Dat blijkt duidelijk uit de omzet van uw vele bedrijven. Winst maken ze niet veel, maar omzet des te meer. Er worden nogal wat goederen over de wereld rondgezeuld, tussen die bedrijven van u.'

'U bekijkt het te simpel, hoofdcommissaris.'

'Legt u het me dan uit, baron', zei Perseyn.

Van De Coeberghe wuifde met zijn handen. 'U bent geen boekhouder en ik evenmin, hoofdcommissaris. Ik bekijk de verslagen van de revisoren telkens wanneer ik ze binnenkrijg, en de verslagen van de zittingen van de raden van bestuur van die bedrijven, en ik zie veel activiteiten...'

'Ze kopen en verkopen van en aan elkaar', zei Joris.

De baron draaide zijn hoofd in zijn richting. 'En wat scheelt daaraan, inspecteur?'

'Een dergelijk patroon kan wijzen op witwassen, of btw-ontduiking, op het ontduiken van belastingen...'

'Allemaal zaken waar u een expert in bent, inspecteur?' vroeg Van De Coeberghe.

'Ik heb een MBA', zei Joris, 'en ik heb een masters in de toegepaste economische wetenschappen. En eentje in de computerwetenschappen. Ja, meneer Van De Coeberghe, ik ben een expert in die zaken.'

Het gezicht van de baron zakte wat in elkaar. Dan keek hij weer naar Perseyn. 'U weet toch ook, hoofdcommissaris, dat mijn activiteiten allemaal legitiem zijn. Misschien heb ik uit onwetendheid mijn naam verbonden met mensen die het wat minder nauw nemen met de wet, jammer genoeg. Dat wil niet zeggen dat ik zelf ook die wet heb overtreden.'

'Luyten', zei Perseyn.

'Wat is daarmee?' vroeg de baron.

'U kende hem?'

'Hij werkte soms voor ons. Hij had een bekend boekhoudkantoor. Geen groot bedrijf, maar professioneel.'

'En vooral discreet. U investeerde ook geld bij hem.'

'Ja', zei de baron. 'Ook dat is wettelijk toegestaan, niet?'

'Waarom niet gewoon bij de bank?'

'Hij beloofde mij aanzienlijke winsten op die beleggingen.'

'En u geloofde dat?'

De baron zuchtte even. 'Hij deed dat in het verleden al, hoofd-commissaris, grote winsten uitkeren. Ik nam aan dat de man zijn zaakjes kende.'

Perseyn keek op een vel papier. 'Elf miljoen euro, meneer de baron. Dat is geen zakgeld. Belegd bij een boekhouder van het gewicht van Luyten. Een man die hier in het milieu van zaken-mensen geen goede reputatie had.'

'Ik had geen probleem met hem. Mensen krijgen soms ten onrechte een reputatie.'

'Het geld ging naar Curaçao', zei Perseyn. Van de baron was bekend dat hij geen sociaal leven had, geen affaires met beruch-te dames, geen uitspattingen. Hij was een zakenman, en daar-mee eindigde zijn verhaal. Natuurlijk had hij vijanden. Hij had een aantal bedrijven gekelderd en voor een prijsje overgenomen. In zaken kende hij geen mededogen. Er zouden er zijn die ple-zier zouden hebben als hij ook werkelijk gearresteerd werd. Vraag was veeleer: hoeveel vrienden had de baron nog, en waar bevonden ze zich?

De baron ging wat verzitten. Hij wierp even een blik op Joris, en keek dan Perseyn weer aan. 'Naar Curaçao? Werkelijk?'

'Ja, werkelijk. En we hebben een lijst gevonden in zijn archief, een lijst met de namen van nog meer mensen die, via u dan wel, bij hem investeerden. Dat gebeurde allemaal de voorbije twee jaar. Hebt u al iets teruggezien van dat geld?'

'Die investeringen lopen nog', zei Van De Coeberghe.

'En wat betekent dat?' vroeg Joris.

'Dat betekent, inspecteur, dat ze nog lopen', zei de baron ge-pikeerd. 'Luyten werkte met looptijden van vijf tot zeven jaar.'

Perseyn haalde enkele foto's boven en spreidde ze voor de baron uit. 'Kent u deze mensen?'

De baron pakte de foto van Joyce vast. 'Knappe meid. Nee, ik ken haar niet.' Dan die van Depretere. 'Ah, die beloofde me ook enorme winsten. Maar hem vertrouwde ik niet.'

'En deze?' vroeg Perseyn. Hij toonde de baron een foto van Allaj.

'*Un arabe*', zei de baron. 'Daar ga ik toch geen geld aan geven, zeker?'

'De dossiers die we gevonden hebben zeggen wat anders. U investeert ook in Libanon. En zelfs de naam van deze man duikt op.'

'U gelooft toch niet alles wat de mensen u zeggen', zei de baron. 'Hoe lang moet ik hier nog blijven, hoofdcommissaris? Ik heb nog andere afspraken, vandaag.'

'Die zult u dan moeten afzeggen, baron', zei Perseyn. 'U blijft nog even onze gast.'

᳡᳡

Van De Coeberghe was, danig tegen zijn zin, teruggebracht naar een cel, en de leden van het team zaten nu rond het bureau van Iris in de plottingroom. Op het smartboard was de hele verzameling van foto's te zien, met die van Mister DNA – de poging die was ondernomen om een robotfoto van hem te maken op basis van de beschrijving van Ruben – prominent maar nog steeds even anoniem bovenaan.

'Ik geloof niet dat onze anonieme moordenaar de leider van dit project is', zei Perseyn. 'Hij is een belangrijke speler, dat wel, maar mensen die dit project leiden hebben verstand van bedrijven, internationale financies, wetgeving, dat soort dingen. Die lopen niet rond om mensen te vermoorden.'

'Ik gok op Van De Coeberghe als het grote brein achter dit alles', zei Lena. 'Noem het desnoods een kwestie van persoonlijke antipathie.'

'Hij is zéker de eerste kandidaat, maar we hebben weinig tegen hem', zei Perseyn. 'Als de procureur mee wil kunnen we onderzoeken wat zijn bedrijven uitvreten, maar dan zijn we jaren bezig. En misschien is er geen rechtstreekse band met de activiteiten van deze groep.'

'We weten alleen maar dat deze mensen grote hoeveelheden fondsen verzamelen. Als we de geldstromen van de baron en zijn bedrijven uitpluizen, dan vinden we misschien schatkamers in Hongkong.'

'Dat kost ons veel tijd', zei Perseyn opnieuw. Hij keek op

zijn horloge. 'Ik hou de procureur op de hoogte. Als we de baron niets concreets ten laste leggen, kunnen we hem nog een paar dagen houden, maar niet langer.' Hij kwam overeind. 'Iris?'

'Chef?'

'Ik neem aan dat zijn naam niet de enige was die uit de archieven van Weckx en Luyten opdook?'

'Nee. Ik bekijk de rest ook.'

Ieder liep terug naar zijn eigen werkplek. Thomas bleef echter in de buurt van Iris rondhangen. 'Wat heb ik gehoord?' vroeg hij, toen de anderen uit de buurt waren. 'Ga je weg?'

Ze knikte. 'Ja. Er is hier te veel gebeurd waar ik niet mee kan leven. Ik geloof er niet meer in.'

'Waarin?'

'In de zaak. In wat wij hier doen. In de bazen. Ik weet het niet.'

'Perseyn neemt voortdurend risico's. Hij strijkt Laplace voortdurend tegen de haren in. Dat doet hij omdat hij in ons en in onze capaciteiten gelooft.'

Ze keek op. 'En waarom doet hij dat? Waarom neemt hij die risico's?'

'Omdat hij gelooft. Dat is het enige wat we hebben, aan het eind van de rit, Iris. Geloof. Omdat we het goede doen. De slechteriken vastzetten. Het klinkt vreselijk banaal en het is een cliché, maar zo is het. Daarvoor doen we het.'

Ze perste haar lippen op elkaar en ontweek nu zijn blik. Ze wilde hem zeggen wat ze wist. Over Eva, en over Tarik. Maar dat kon ze niet doen. Dan vernietigde ze het fundament waar Thomas zo in geloofde. Nee, dat kon ze niet doen. Misschien had Perseyn gelijk. Misschien had het allemaal niet anders kunnen lopen.

'Dat is erg mooi, Thomas', zei ze. 'Maar ik heb een keuze gemaakt. Iedereen moet zijn eigen keuzes maken. Het spijt me.'

☙❧

Toen Douglas de loft binnenwandelde, werd hij verwelkomd door een vlaag Arabische hiphop. Dat was het enige welkom dat hij kreeg. Twee van de Libanezen zaten gebogen over de plannen van het Europees Parlement. De derde werkte aan een tijdmechanisme. Ze keken even op toen hij binnenkwam, maar negeerden hem dan weer.

Hij stapte naar de keuken, opende de koelkast en haalde er een blikje bier uit. Hij opende het en dronk ervan. Het was zwaar, donker bier. Hij maakte er deze keer geen opmerking over.

'Is alles klaar?' vroeg hij.

Habib hief zijn hoofd op. 'Zo goed als', zei die. 'Wij zijn klaar.'

Douglas knikte. Hij dronk het bier op en verliet de loft. Hij liep de straat op en stapte in zijn auto. Daar bleef hij zitten. Hij pakte zijn gsm en toetste een nummer in.

❧

Thomas keek op toen hij het gezoem van een gsm hoorde. Het was niet de zijne, en ook niet die van Lena. Hij trok de lade van zijn tafeltje open. De gsm van Eva, die al die tijd daar gelegen had.

Lena kwam naast hem staan.

'Het is misschien...' zei ze, en ze keek Thomas aan.

Thomas pakte het toestel. Aan de andere kant klonk een stem die hij meteen herkende. 'Dag, commissaris', zei die stem, ervan overtuigd dat alleen Thomas de oproep zou beantwoorden.

'Smeerlap', zei Thomas onderdrukt. Lena pakte zijn arm vast, maar hij merkte het nauwelijks.

'Ik hoorde al een tijdje niets van u, en ik dacht: ik bel even', zei Douglas. 'Denk niet dat ik u wil kwellen.'

Thomas antwoordde niet.

'Ik hoop dat het goed gaat met u, en met uw zoontje. Maar ik wil niet...' De stem van Douglas viel stil.

Thomas zei: 'Hebben wij iets te bespreken?'

'Ik wil niet de schuld krijgen van wat er in het bos gebeurde, commissaris. Als jullie het spel eerlijk hadden gespeeld...'

En dan was de verbinding verbroken.

'Hallo?' riep Thomas. 'Hey!' Maar de gsm bleef dood.

Hoofdstuk 42

Baron Van De Coeberghe was niet voorbestemd om lang in de cel van Ecofin te blijven. Perseyn wist dat, en zijn vermoeden kwam ook uit. Hij had zelfs het scenario voorzien: directeur Laplace zou hem komen spreken over de baron en over de beslissing die de procureur had genomen. Het old boys network werkte zoals steeds perfect.

'Je hebt vandaag nog zo goed als niets tegen hem', zei Laplace. 'Ik zag het dossier, en het kan indrukwekkend zijn, maar het vergt een veel langer onderzoek. Vandaag zijn er in mijn opinie onvoldoende banden met de lopende zaak.'

'Er zijn banden tussen al de spelers die wij kennen, directeur', zei Perseyn. 'We zoeken nog naar andere namen. Het is een enorm archief...'

'Jaja, dat weten we allemaal wel', zei Laplace, ongeduldiger dan ooit. 'Maar ik sta onder druk en jij dus ook. Van De Coeberghe gaat vandaag nog naar huis. Vinden jullie iets wat van wezenlijk en onmiddellijk belang is, dan kunnen jullie hem meteen weer oppakken. Hij gaat nergens meer naartoe, niet op zijn leeftijd.'

'Hij niet, nee, maar het geld dat hij hielp verzamelen misschien wel. We weten nog altijd niets over de motieven van de samenzweerders. Er is iets aan de gang, directeur...'

'Goed, Perseyn. Volg je intuïtie. Dan zullen we het volgende week nog eens hebben over je promotie.'

'Graag', zei Perseyn. 'Maar eerst wil ik hier een aantal zaken afwerken.'

Nadat Laplace vertrokken was, tokkelde Perseyn met zijn

vingertoppen op het bureaublad voor hem. Zijn team was opnieuw gekrompen: Iris was thuis en hij was niet van plan om
voor een vervanger te zorgen. Als hij dat deed, dan gaf hij haar
definitief op. En dat wilde hij niet. Hij wist dat ze weer terug
zou komen. Daarom had hij haar ontslag niet doorgegeven aan
de administratie. Ze was zogezegd op missie, officieel dan. Dat
kon hij een paar weken lang volhouden. Maar terugkomen zou
ze.

❧

Op ongeveer hetzelfde moment zat Iris thuis aan het ontbijt.
Het was een laat ontbijt. Toen ze nog werkte at ze 's morgens
nauwelijks. Zelfs tijdens het weekend was ze vroeg uit bed. Nu
niet. Nu gaapte de leegte van de dag, en ze had geen zin al om
zeven uur naar die gapende leegte te staren.

Ze had voor zichzelf een sprookje bedacht. Ze zou meteen
ergens anders werk vinden, in een heel andere branche, onder
heel andere omstandigheden. Ergens een leuk klein bedrijfje,
waar mensen al snel een persoonlijke band met haar schiepen.
Iets in de export, zodat ze wat kon reizen. Iets in de verkoop,
zodat ze mensen kon ontmoeten. Ze zou morgen beginnen te
zoeken naar zo'n job, of overmorgen, maar vandaag nog niet.

Ze wist dat ze dat excuus verscheidene dagen lang zou volhouden. Tot de gapende leegte zo verschrikkelijk was geworden dat ze om het even welke job aannam.

Frederik ging naast haar zitten en legde zijn hand op haar
arm. Hij had die dag vrij. Een zeldzame vrije dag. Iris vermoedde dat hij die dag opzettelijk vrij genomen had. Om haar te steu-
nen.

Ze had geen steun nodig.

'Hello', zei hij, en het klonk hol en kunstmatig, alsof ze elkaar nauwelijks kenden en hij niet wist hoe haar aan te spreken.
'Is alles in orde?'

'Jaja', zei ze, en ze kon het niet helpen dat ze geïrriteerd klonk.
Ze had hem niet nodig, evenmin als zijn hulp.

'Ik vraag maar...'

'Ja', zei ze. 'Maar ik heb het niet nodig.'

'Een beetje steun?'

'Nee', zei ze. Ze trok haar arm weg. 'Ik heb geen steun nodig. Ik doe dit wel alleen. Ik bel een paar mensen en ik zoek een job, en dan ben ik weer onderweg.'

'Oké', zei hij en kwam overeind.

'Het spijt me', zei ze. 'Ik wilde niet klinken als...' Ze vond het goede woord niet. Een bitch? Ja, dat moest ze zelf toegeven: zo klonk ze. En het ergste was, dat ze daarvoor koos. Ze koos ervoor om een bitch te zijn als hij in de buurt was. Hij verdiende het niet, maar zijn aanwezigheid stoorde haar. Ze wilde nu alleen zijn.

'Nee, maak je geen zorgen over hoe je klinkt', zei hij. 'Het is een moeilijke periode. Maar je hebt de juiste beslissing genomen.'

Hoe kun jij dat weten, dacht ze. Hoe kun jij weten of ik de juiste beslissing genomen heb? Hoe weet jij wat de juiste beslissing is, wanneer ik dat zelf niet eens weet?

⁂

'En jij maakt je geen zorgen', zei Guy Merckx. Hij stond samen met Douglas in de warroom, waar twee medewerkers over schermen gebogen zaten. De nachtploeg was net naar huis gegaan. 'Jij maakt je helemaal geen zorgen?'

'Ik maak me zorgen over dingen waar ik wat aan kan doen', zei Douglas. 'De rest is irrelevant en mijn aandacht niet waard.'

'De baron? Dat was niet de bedoeling. Hij tilt hier zwaar aan. Ik had moeite om hem te kalmeren.'

'Meneer de baron moet beseffen', zei Douglas, 'dat onvoorziene dingen kunnen gebeuren. Dit is een complexe operatie en er zijn te veel mensen bij betrokken. Hier en daar gebeuren er ongelukken, maar we hebben altijd de schade beperkt. Waar maakt hij zich zorgen over? Ze hebben hem niet kunnen vasthouden, en binnen enkele dagen is alles achter de rug.'

'Ik zei je dat Luyten niet te vertrouwen was, en Weckx al evenmin. Die idioten hebben waarschijnlijk tonnen documenten bewaard die ze hadden moeten vernietigen. Ook altijd hetzelfde liedje. Incompetente idioten die de ladder opklimmen dankzij corruptie en...'

'Ja', onderbrak Douglas hem. Hij kende de ergernissen van Merckx. 'Dat weten we ondertussen al. Ik maak me alleen nog zorgen over de uitvoering van het plan. Als dit allemaal achter de rug is, kunnen wij verdwijnen. En dan kan baron Van De Coeberghe de scherven bijeenrapen. Hij zal ontdekken dat er van zijn imperium niet veel meer overblijft.'

'Ik hoop dat hij dit nu niet inziet.'

'Hij is ijdel', zei Douglas. 'Hij denkt dat wij allemaal springen voor zijn grillen.'

❧

'Officieel is het', zei Perseyn, 'dat de raadkamer het niet opportuun acht om baron Van De Coeberghe vast te houden, vanwege zijn maatschappelijke functie. Als hij opnieuw moet voorkomen, mogen we hem meteen oppakken. Tot dan is hij vrij.'

'Ik heb me opnieuw verdiept in het telefoonverkeer van Allaj', zei Lena. Ze ging niet zeuren over politieke beslissingen van raadkamers. 'We verliezen die man een beetje uit het oog, maar ik dacht... Nou ja...'

'Ja', zei Perseyn. 'En?'

'Er zijn een paar gesprekken die me bijzonder intrigeren.'

'Komaan, Beckers', zei Thomas. 'Voor de dag ermee.'

'Allaj belde de voorbije weken verschillende keren naar het Europees Parlement in Brussel.'

'Hij is diplomaat', zei Thomas. 'Dat is niet zo vreemd.'

'Dat zou niet zo vreemd zijn als hij inderdaad belde met ambtenaren van de commissie, met beleidsmensen, met politici. Maar hij voerde die telefoontjes niet met iemand van hen. Hij belde zelfs maar met één persoon.' Ze haalde een vel papier tevoorschijn. Het was een identificatiedocument. 'Dus ben ik beginnen te graven. Ze heet Ann Geuens, ze is architecte van opleiding en ze werkt nu voor de veiligheidsdiensten van het Europees Parlement.'

'Een architecte? Veiligheid?'

'Veiligheid zoals in nazicht van de gebouwen zelf, de dragende structuren, de klimaatregeling, de verwarming, dat soort dingen. Niet in de andere betekenis.'

'Aha', zei Perseyn. 'En wat heeft Allaj daarmee te maken?'

'Geen idee', zei Lena. 'Maar mij lijkt het niet slecht om die mevrouw Geuens te ondervragen. Zij zal waarschijnlijk meer dan hij geneigd zijn antwoorden te geven.'

'Doe jij dat, Thomas?' stelde Perseyn voor. 'En neem Lena mee.'

❧

Lena en Thomas waren zwijgzaam terwijl ze naar Brussel reden, waar Ann Geuens woonde. Lena zat met vele vragen, allemaal moeilijke, en Thomas had waarschijnlijk evenveel redenen om ze te ontwijken. Ze besloot om op veilig te spelen. 'Is het probleem van Ruben en de school opgelost?' vroeg ze.

Thomas hield zijn blik op de weg. 'De school?'

'Ja. Ik hoorde van Iris dat hij gevochten had.'

'O, dat. Ja, dat lijkt opgelost. Maar hij gedraagt zich nog steeds... agressief, laten we het zo noemen.'

'Ziet hij iemand die hem kan helpen?'

Thomas keek even in haar richting. 'Een psychiater?'

'Ja, zoiets.' Ze wilde de woorden *Ruben* en *psychiater* niet in één zin gebruiken. Niet wanneer Thomas in de buurt was.

'Drie keer per week heeft hij een gesprek met een mevrouw die hem vragen stelt over hoe hij zich voelt – zo zegt hij dat zelf. Een kinderpsychiater. Ze zal waarschijnlijk heel wat andere vragen stellen, maar dan zo dat hij het niet in de gaten heeft.'

'Hij is een pientere jongen, Thomas.'

'Weet ik, ja.' Neutraal. Zonder emoties.

'Hij komt er wel bovenop', zei ze. Wat wil ik? vroeg Lena zich af. Dat hij zich losrukt van dit drama, dat hij terugkeert naar het leven en voor zichzelf een toekomst uitmeet? Ze wist dat dit niet meteen zou gebeuren. Niet zolang hij het louteringsproces niet had volbracht. Dat betekende: de moordenaar van Eva vinden. En wat als dat nooit gebeurde? Wat als het complot nooit ontrafeld werd?

Of moest hij ook in de richting van professionele hulp worden geduwd? Zoals Perseyn had voorgesteld. Maar niet Thomas. O nee, niet Thomas. Die deed zijn eigen ding. En daardoor was hij – zoals Lena maar al te goed wist – des te kwetsbaarder.

Misschien, dacht ze, moet hij inderdaad niet met een psychiater praten. Maar met mij.

'En jij, Thomas?' zei ze uiteindelijk, nadat ze al haar moed had bijeengeraapt. Woorden die erg moeilijk uit te spreken waren.

'Ik ben oké', zei hij. Zo klonk hij niet.

'Nu wel', zei ze. 'Maar morgen, of volgende week, als deze zaak opgelost is? Wat doe je dan?'

'Er zijn altijd nieuwe zaken', zei hij.

'Je moet erover praten. Als je niet met mij wilt praten, dan met iemand anders?'

'Ken jij iemand die daarvoor geschikt is? Een psychiater, zoals Perseyn voorstelde? Waarom? Om mijn ziel bloot te leggen? Alsof ik niet weet wat er met mij scheelt.' Hij keek even naar haar, dan terug naar de weg. 'Niks zal Eva vervangen, Lena. Niks draait de klok terug. Ze staat niet op uit de dood. Daarna is alles gezegd over deze zaak. Daarna moet ik verder, alleen, met Ruben...'

'Het hoeft niet *alleen*', zei ze. Godverdomme, dacht ze. Ik bijt mijn tong af als ik nog eens een keer zo'n stupide en ongepaste opmerking maak. Als ik nog een keer dingen zeg die ik alleen maar mag denken.

Hij zei een moment lang niets. Dan, met de blik nog steeds op het verkeer. 'Ik hou dat gesprek met jou te goed', zei hij. Hij keek opnieuw even naar haar. 'Alleen met jou.'

Ze knikte alleen maar. Haar keel zat dicht. Ik ga meteen huilen, dacht ze. Om hem. Alleen maar om hem. Of misschien ook een beetje om mezelf.

Een wegwijzer kondigde Brussel aan.

Voor de deur van de flat van Ann Geuens bleven Thomas en Lena staan. Van binnen kwam muziek. Romantische maar moderne muziek, symfonische pop, iets dergelijks. Thomas kende het, maar kon er geen naam op plakken.

Hij belde aan.

Het duurde even voor de deur openging. Een aantrekkelijke vrouw van rond de dertig stond in de deuropening, een glas wijn in haar hand. 'Ja?' zei ze.

'Mevrouw Ann Geuens?' vroeg Thomas.

'Inderdaad', zei ze. 'Waar gaat dit over?'

Thomas en Lena toonden hun kaart. 'Commissaris Verhaege en mijn collega, inspecteur Beckers, federale gerechtelijke politie. We wilden u enkele vragen stellen. Een routineonderzoek, meer niet. Kunnen we even binnenkomen?'

Ze keek verbaasd.

'Het duurt maar even', zei Thomas.

Ze hield de deur open. 'Vooruit dan maar.' Ze stapten naar binnen. In de woonkamer stond een tafel voor twee gedekt en vanuit de keuken kwamen warme etensgeuren.

Ann bood hun aan te gaan zitten in het salon, maar Thomas schudde zijn hoofd. 'Hoeft niet. U hebt waarschijnlijk bezoek. We wilden een paar dingen checken, meer niet.'

'Zoals u wilt.'

'U werkt voor het Europees Parlement?'

'Ja, inderdaad.'

'Wat doet u daar?'

'Ik hielp mee de gebouwen ontwerpen en bouwen, bij een architectenbureau. Toen ze een medewerker voor de veiligheidsdienst zochten, voor het onderhoud en nakijken van de structuren en zo, leek me dat een interessante job. Zo ben ik daar terechtgekomen. Heeft dit met de veiligheid van het parlement te maken?'

Thomas negeerde de vraag en toonde haar een foto van Allaj. 'Kent u deze man?'

Ann Geuens bekeek de foto zorgvuldig. 'Ja, ik heb hem al ergens gezien. Maar ik kan me zo direct niet herinneren waar.'

'Denkt u even na.'

'Wie is die man?'

'Hij is een diplomaat. Libanees. Het consulaat in Antwerpen. Hij heet Allaj.'

'De Libanese consul? Ja, die heb ik waarschijnlijk leren kennen toen het gebouw ingehuldigd werd. En ik heb hem daarna nog een keertje ontmoet, maar ik weet niet meer waar. Ik zie zoveel mensen.'

'Hij belde u een paar keer.'

'Werkelijk? O, nu u het zegt. Hij wilde weten of er kantoren voorzien waren voor niet-aangesloten landen. Hij belde daar verschillende keren voor.'

'Waar? Kantoren waar?'

'Hier in Brussel. In het gebouw van de Commissie. Of ergens anders. Libanon is geen lid van...'

'Ja', zei Thomas. 'Het gesprek ging alleen maar daarover?'

'Het is even geleden...'

'Denkt u na. Het is belangrijk.'

'Ik weet het echt niet...'

Thomas toonde Ann foto's van Luyten, Depretere, Van De Coeberghe. 'En deze mensen? Kent u die?'

'Nee', zei ze. 'O, die wel.' Ze wees op Van De Coeberghe. 'Hij zit ergens in een commissie. Buitenlandse handel, denk ik. God, er zijn honderden commissies en duizenden mensen.'

'Maar hij was hoe dan ook in het gebouw van het parlement.'

'Ja, waarschijnlijk wel.'

Thomas keek op toen hij een geluid in de keuken hoorde. 'U bent niet alleen', zei hij. 'We storen u.' Hij gaf Ann zijn kaartje. 'Voor het geval u zich nog iets herinnert in dit verband.'

Hij en Lena stapten de woonkamer door. Op dat ogenblik kwam een man de keuken uit. Het was een lange, slanke man, met kort zwart haar en een baard van een paar dagen. Hij droeg, merkwaardig genoeg, een donkere bril. In zijn rechterhand had hij een groot keukenmes.

Thomas keek naar het gezicht van de man en knikte hem toe, een reflex. Lena liep langs hem heen en opende de voordeur. Maar de blik van Thomas bleef een moment lang aarzelen bij het gezicht van de man.

'Mijn vriend Becky', zei Ann, achter hem.

'O', zei Thomas. 'Werkt u ook voor het Europees Parlement?'

'Nee, nee', zei Ann, nog steeds achter hem. 'Hij is ingenieur. Hij werkt hier in Brussel.'

De man stapte achteruit en verdween opnieuw in de keuken.

Thomas volgde Lena naar buiten. 'Vergeet u ons niet te bellen als u zich iets herinnert', zei Thomas tegen Ann.

Terwijl ze terugliepen naar de auto, zei Lena plots: 'Jezus, wat een creep! Ze mag hem hebben.'

'Maar niet bepaald een spoor', zei Thomas.

'Dat we daarvoor naar Brussel moesten komen', zei Lena.

'We weten dat ook Van De Coeberghe iets met het Europees Parlement te maken had. Net zoals Allaj.'

'Dat voegt niet veel toe aan wat we al wisten. We kunnen de baron niet opnieuw oppakken omdat hij lid was van de een of andere commissie over... over om het even wat, ergens in het parlement.'

'Nee', zei Thomas. 'Maar die vriend van Ann...'

'Een creep.'

'Ja. Hij kwam me bekend voor.'

Lena meesmuilde en stapte in de auto.

❧

Perseyn had zich aangekondigd, en dat hij haar thuis kwam opzoeken verbaasde Iris helemaal niet. Hij werd gekweld door wroeging, vermoedde ze. Maar hij was waarschijnlijk even bezorgd omdat hij nu een lid van zijn reeds gehavende team moest missen. Hij kwam niet informeren naar haar gezondheid, maar hij wilde weten wanneer ze terugkwam.

'Ik weet dat het laat is', zei hij, bij wijze van verontschuldiging. 'Ik kwam even kijken of het goed met je gaat...'

Natuurlijk, dacht ze. En je hebt gewacht tot Frederik weg was. Je wilt hem niet tegen het lijf lopen, en daar heb je uiteenlopende redenen voor.

'Je ziet er zelf niet zo goed uit, Steven', zei ze. 'Misschien moet je er ook even tussenuit.'

'Dat zal niet meteen kunnen, vrees ik.'

Hij wilde niet binnenkomen. Ze bleven bij de voordeur staan. 'Heb je al met Thomas gepraat?' Laat ik dan maar, dacht ze, met de deur in huis vallen, meteen de vinger op de ondertussen etterende wond leggen.

'Ik heb... de kans nog niet gehad', zei hij.

Er waren van die momenten waarop liegen hem niet goed afging. Meestal wanneer zij in de buurt was.

'Steven!' waarschuwde ze hem. 'Bij mij geen bullshit.'

'Er komt telkens wat tussen, Iris. Ik kan toch niet zomaar... We hebben ook geen moment alléén gehad.'

'Je staat hier nu bij mij aan de voordeur. Je had naar hem toe kunnen gaan en met hem praten.'

'Ben jij er nog steeds van overtuigd dat je de juiste beslissing hebt genomen?'

Ja, dacht ze, laten we het over mijn beslissing hebben. Dat is véél belangrijker dan het probleem dat je met Thomas moet oplossen. 'Mis je mij?' legde ze de bal terug in zijn kamp. Ze was weggegaan, precies om dat soort vragen niet meer te hoeven beantwoorden.

'We hebben je nodig', gaf hij toe, elegant de ware betekenis van haar vraag ontwijkend. 'Je kunt elk moment terugkomen. Ik heb je ontslag niet doorgegeven.'

'Steven...' zei ze. 'Ik kom terug als jij met Thomas gesproken hebt. God, Steven, ik ken je niet meer. Je bent onze baas. Je bent een manager. Je hebt beslissingen genomen, en Thomas heeft het recht te weten waarom je die genomen hebt.'

Perseyn knikte langzaam.

'Wat doen de anderen...?' begon ze.

'Nieuwe cross-check met de informatie van Weckx en Luyten. Joris schrijft telkens aangepaste routines voor de computers.

Een pientere knaap, met die computers en zo. Zoals jij. Maar jij hebt meer ervaring.'

'Het onderzoek...'

'Nee', zei Perseyn. 'We zitten vast. We hebben nu toestemming gekregen om een aantal telefoons af te luisteren, maar het lijkt erop dat ook de andere partij zich stilhoudt. Er staat wat te gebeuren. We weten niet wat, we weten niet wanneer en waar. Het is...'

'Stilte voor de storm', zei Iris.

Douglas liet niet na zijn acolieten in de loft elke dag te gaan bezoeken. Ze kwamen nauwelijks buiten, dat had hij hun ook zo ingeprent, en dus verveelden ze zich. Hij zag de stapels dvd's liggen die hij had meegebracht – veelal porno en actiefilms – terwijl de vuilniszakken met bierblikjes en verpakkingen van junkfood zich opstapelden. Het gaf niet. Nadat dit alles voorbij was, zou niemand zich nog bekommeren om bierblikjes en junkfood.

'*Two more days*', zei hij.

Hun enthousiasme was niet erg groot. Hun materiaal was klaar, het was al verscheidene keren getest. Ze wilden actie, maar ze moesten wachten. Hij van zijn kant moest zijn eigen verzinsel in leven houden. Het verzinsel over de reden waarom zij hier waren. Vrijheidsstrijders. Strijders voor een heilige zaak. Dat was waar ze in geloofden.

Op de tafel lagen de plattegronden dichtgevouwen. 'Kennen jullie die plannen helemaal uit het hoofd?' vroeg hij. Hij hoefde de vraag niet te stellen. Ze hadden hem eerder al het antwoord gegeven.

Ze knikten nauwelijks, verdiept in een film.

'Uw vader was ook op die missie?' vroeg Joris aan Lena. Hij toonde haar een krantenknipsel. Ze boog zich voorover om beter te kunnen kijken wie er op de foto stond. 'Libanon', zei ze. 'Hij is overal geweest. Waar komt dat vandaan?'

'Wat denk je?'

'Weckx of Luyten?'

'Luyten. In zijn Curaçao-file. Er staan nog bekenden op de foto.'

Lena keek opnieuw. Joris wees naar een man die op de achtergrond stond. 'Herken je hem niet?'

'Van De Coeberghe?'

'Ja. Een paar jaartjes jonger, maar hij is het. Vraag je je vader daar eens naar? Wat hij verder nog van die man weet? En hier. Nog een bekende.'

De man die naast Van De Coeberghe stond kende Lena zelfs persoonlijk. Het was Akkermans, de Belgische ambassadeur op Curaçao. 'We wisten al dat de baron zaken deed in Libanon. Maar dat hij daarbij in het gezelschap verkeerde van Akkermans, dat is interessant. Het bewijst dat het allemaal één groot complot is.'

'We hebben hem niet gevraagd of hij de ambassadeur kende', zei Joris. 'Daar hebben we niet aan gedacht.'

'Nee. Dat hebben we over het hoofd gezien. Het is allemaal één grote familie: diplomaten, industriëlen, financiers. Ik vraag er mijn vader naar. Ik nodig hem uit, we hebben nog wat te vieren.'

❧

'Bekijk het niet als nog maar eens een medaille, Perseyn', zei directeur Laplace plechtig. 'Het is een internationale erkenning, voor de arrestatie van Allaj. Een gezocht terrorist, je weet wel, dan is iedereen erg tevreden. Goed voor de reputatie van Ecofin en van de gerechtelijke politie in haar geheel.'

Ze liepen de zaal van het stadhuis binnen, waar al veel volk aanwezig was. Bekenden kwamen naar Perseyn toe en drukten hem de hand. Laplace liet hem alleen, om Liesbeth gezelschap te houden. Een hoge officier van Interpol en de burgemeester gaven nadien een korte speech, en onder applaus besteeg Perseyn – een beetje onwennig in zijn gala-uniform – het podium. Hij kreeg de medaille opgespeld, schudde handen en haalde de drie vellen papier waarop hij zijn speech had afgedrukt uit de zak van zijn jasje.

Nadat hij zijn eerste zinnen uitgesproken had, werd zijn blik getrokken door iemand die via een zijdeur de zaal binnenkwam. Het was Iris. Even stokte hij en zocht de juiste zin op het papier. Toen hij weer opkeek, zag hij dat ze met een glimlach op haar lippen naar hem luisterde. Ze zag dat hij naar haar keek en boog even haar hoofd. Deze keer had hij geen moeite om de volgende zin te vinden.

Na zijn dankwoord werd een drink aangeboden door de korpsleiding. Liesbeth kwam naar hem toe en drukte een zoen op zijn wang. Laplace bleef diplomatisch uit zijn buurt. 'Een heleboel mensen zullen beslag op mij leggen', zei Perseyn tot zijn vrouw.

'Natuurlijk', zei ze. 'Ik verwacht niets anders.' Ze werd meteen zelf aangeklampt door twee vrouwen. Perseyn keek om zich heen. Nog meer mensen kwamen naar hem toe. Hij slaagde erin zich vrij te maken en stapte naar Iris toe.

'Blij dat je kon komen', zei hij.

'Je noemde de verdienste van je team in je toespraak', zei ze. 'Ik kon niet wegblijven.'

'Dat van het team meen ik, Iris.'

'Dat weet ik, Steven.'

'De vraag is: wil je je werkelijk losmaken van dat team?'

Ze knipperde even met haar ogen. Dan zei ze, alsof het vanzelfsprekend was: 'Zou ik anders hier zijn?'

'Ik ben erg blij', zei hij.

'Met die medaille', plaagde ze hem. 'Ja, je ziet er erg blij uit. Maar ik ben niet diegene met wie je moet praten, Steven.'

Hij knikte.

Hoofdstuk 43

Het gesprek met Thomas verliep niet zoals Perseyn het zich had voorgesteld, ook niet toen hij vertelde dat hij hem opzettelijk het valse hologram had meegegeven in ruil voor Eva. Thomas verloor zijn koelbloedigheid niet. Hij stelde zijn chef niet verantwoordelijk voor de dood van Eva. Hij betwistte diens strategische inzicht niet. Hij dreigde niet met ontslag. Hij dreigde helemaal niet. Hij bleef kalm en luisterde naar wat Perseyn vertelde. Perseyn werd ongemakkelijk, alsof hij een hardhandige aanvaring had gewild.

Misschien was het precies dat wat zij beiden nodig hadden, al was het maar om te testen hoe sterk hun relatie was.

Het leek, zo vond Perseyn, alsof je naast de kraterrand van een vulkaan wandelde. Je was ervan overtuigd dat de vulkaan niet actief was, hoewel je hier en daar pluimen met hete, stinkende gassen zag opstijgen. Je kon dus vermoeden dat die schijnbare rust een illusie was. Want enkele honderden meter onder de bodem waarop je liep, borrelde de lava, klaar om naar boven gestoten te worden door de gassen die op hun beurt daaronder gevangenzaten. De lava en de gassen die niet alleen de berg zouden vernietigen, maar alle leven in de wijde omtrek.

Zo ging dat soms met vulkanen. Perseyn had er geen ervaring mee. Alles wat hij erover wist had hij gelezen of op televisie gezien.

Hij wist een heleboel meer over mensen. En hij wist dat de kalmte die Thomas uitstraalde terwijl hij naar het verhaal van Perseyn luisterde, onnatuurlijk was. De gassen en de lava waren er, en ze zouden op zeker moment aan de oppervlakte komen.

Alleen was dat moment nog niet aangebroken.

'Ik weet niet welke excuses ik kan aanvoeren', besloot Perseyn zijn relaas. 'Er was een rationele verklaring voor wat ik deed. Het valse hologram dat ik jou meegaf om te ruilen tegen Eva. En Tarik die ik in de armen van Sofia duwde, terwijl ik hem had moeten tegenhouden. Maar die rationele verklaringen zijn alleen goed wanneer het erop aankomt mezelf te verdedigen wanneer ik voor een onderzoekscommissie sta. Thomas? Tussen ons voer ik geen excuses aan. Ik ben verantwoordelijk voor de dood van Eva en voor die van Tarik.'

Thomas had een tijd lang naar zijn handen gekeken. Nu hief hij zijn hoofd op. 'De man die haar ontvoerde en die haar in het bos doodschoot, is verantwoordelijk voor haar dood, Steven', zei hij rustig. 'Sofia is verantwoordelijk voor de dood van Tarik. Laten we het daarbij houden.'

Perseyn voelde zich niet opgelucht. Hij had een ander soort gesprek willen hebben met Thomas. Het gesprek had anders moeten verlopen. Aan de ene kant beklaagde hij zich dat niet. Nu nog niet. Aan de andere kant bleef hij in het ongewisse. De woede van Thomas liep het risico een ongeleid projectiel te worden. Maar dat risico bestond al sinds Eva was vermoord. Tot nog toe had Thomas zijn woede gekanaliseerd in het onderzoek. Wat zou er gebeuren wanneer dat onderzoek ten einde liep?

'Thomas', zei Perseyn. 'De situatie waarin we ons bevinden is verre van normaal te noemen. Je hebt veel meegemaakt, de voorbije weken. Ik weet dat je nog steeds in staat bent je werk te doen. Maar ik wil een afspraak met je maken.'

Thomas zei niets.

'Ik wil met je afspreken', vervolgde Perseyn, 'dat we dit helemaal uitpraten wanneer de zaak achter de rug is. Maar ook wanneer we deze zaak niet bevredigend kunnen afsluiten, dan wil ik toch een gesprek met jou. Daarna beslissen we wat je verdere toekomst in deze organisatie zal zijn. Laten we dat afspreken?'

'Ja', zei Thomas. 'Is er verder nog iets?'

Perseyn liet hem gaan. Thomas keek niet opgelucht na het gesprek. Het leek zelfs alsof de essentie daarvan niet tot hem was doorgedrongen. Daarover maakte Perseyn zich nog het meeste zorgen.

☙❧

Lena kwam met een handdoek om haar vochtige haar gewikkeld de badkamer uit toen er gebeld werd. Ze trok snel haar badjas aan, keek even rond in de woonkamer op zoek naar sporen van wanorde – ze had opgeruimd, maar haar definitie van opruimen was niet noodzakelijk dezelfde als die van mogelijke bezoekers – en keek door het spionnetje van haar voordeur. In de gang stond een jongeman met een grote plastic bak.

Lena opende de deur. 'Traiteur', zei de jongeman opgewekt, een nieuwsgierige blik op haar werpend. Taxerend, ook. Ze vond het enerzijds leuk – hij was erg jong, jonger dan zij – en anderzijds was ze op haar hoede. Maar hij zag er niet gevaarlijk uit. 'Kom binnen', zei ze. Ze hield de deur helemaal open zodat hij kon passeren. 'Naar de keuken.'

'Niet in de slaapkamer?' geinde hij.

'Droom maar lekker verder', zei ze, maar ze kon een glimlach niet onderdrukken. 'Zet maar op het aanrecht. Hoe betaal ik?'

'Er zit een factuur bij', zei hij. 'Schrijft u maar over. Mijn baas wil niet dat ik met geld rondloop.'

'Verstandige baas', zei ze.

'Feestje bouwen?' zei de jongeman.

'Verjaardag', zei Lena. Ze hield de voordeur opnieuw open.

'Gelukkige verjaardag.'

'Ik niet', zei Lena. 'Mijn vader.'

☙❧

'Dat ziekenhuis in Libanon', zei Iris, 'waarover onderhandeld werd tijdens een van die economische missies, wordt gebouwd door Hojeda nv, een bouwbedrijf hier in Antwerpen. Ik laat jullie raden wie er in het beheer van dat bedrijf zit?'

'De burgemeester', zei Thomas. 'Nee, de kroonprins.' Hij stond naar de ochtendspits beneden op de Ring te kijken.

'Baron Van De Coeberghe', zei Iris berispend. 'Dat mag ons niet verbazen, die man zit in zoveel bedrijven. Als we diep graven vinden we zijn naam ook nog op een bestelbon voor wapens voor die milities.'

'Ja, maar voorlopig niet', zei Perseyn. 'Blijf bij de les, Iris. Het is alleen maar merkwaardig dat een dergelijke bouwopdracht gaat naar een bedrijf dat hooguit twee jaar bestaat en dat nog geen enkel gebouw heeft neergezet.'

'Dan kan het alleen maar een vehikel zijn voor het opmaken van valse facturen en het witwassen van geld.'

'Veel geld?' vroeg Perseyn.

Iris keek naar haar documenten. 'Een paar miljoen euro tot nog toe. Ik vermoed dat de Libanese partij op basis van die facturen geld lospeuterde van financiers. Weerom voor de oorlogskas van onze anonieme tegenstrevers.'

Thomas keek haar vreemd aan bij het horen van dat laatste woord. Ja, dacht hij, dat is precies het woord dat we nodig hebben. Tegenstrevers. Het woord voelde pijnlijk correct aan. Het duidde op een persoonlijke strijd tussen henzelf en die anonieme maar machtige organisatie, en in het verlengde daarvan tussen hemzelf en die even anonieme Mister DNA.

'O, en ook Allaj wordt vernoemd in verband met deze connectie', zei Iris. 'Niet dat we daar nog van opkijken.'

'Ik laat de baron opnieuw ophalen', zei Perseyn. 'Ook al vindt de directeur dat niet leuk. Tijd om de man nog eens aan de tand te voelen.'

∂∞෧

Baron Van De Coeberghe zag er niet uit alsof hij genoot van zijn verblijf bij Ecofin. Hoewel hij altijd een magere man was geweest, leek hij nu uitgeteerd, alsof hij was getroffen door een vreselijke ziekte waarvan hij zich maar al te goed bewust was. Maar in zijn ogen glom nog steeds een strijdbare kwaadaardigheid. Hij had zich niet verzet toen de rechercheurs hem opnieuw ophaalden en hem naar de verhoorkamer van het Ecofinkantoor brachten.

'In de Begijnenstraat is het erger', zei Thomas hem. 'Dan zit u bij drugsdealers en pooiers en dieven en allerlei tuig.'

'Ik zorg ervoor dat u zich zult moeten verantwoorden voor Comité P', zei de baron. Zijn stem klonk laag en dreigend, maar miste kracht.

Goed, dacht Thomas. Laat de man lijden. Het is niet eens een fractie van wat ik en Ruben geleden hebben.

'Weckx is dood', zei Joris. 'Hij kan uw belangen niet meer verdedigen. U zult naar een andere advocaat moeten uitkijken.'

'Advocaten zijn er genoeg.'

'Ja, maar ze zijn niet allemaal zo corrupt als Weckx.'

De baron antwoordde daar niet op.

'Laten we praten over Libanon', zei Joris.

Van De Coeberghe grijnsde en zag er plots beter uit, alsof de gedachte hem energie gaf. 'Kent u de situatie in Libanon, inspecteur?'

'Een beetje', gaf Joris toe.

'Een beetje. Een volk, net zoals de Palestijnen, onderdrukt door de zionisten, die al lang van de aardbodem verdwenen hadden moeten zijn.'

'Werkelijk?' zei Thomas.

'O, bent u nu geschokt, commissaris? Werkelijk? Of hoort u liever die mythes van het lijdende Joodse volk dat haar vaderland verdiend heeft? Dat recht heeft op dat vaderland, op basis van wat in een oud boek staat? U kent niets van de geschiedenis. Er is geen racistischer en imperialistischer volk dan de Joden. Geloof me vrij. Er is geen volk dat meer geobsedeerd wordt door de zuiverheid van haar eigen bloed dan de Joden, commissaris. Alles wat men ooit de nazi's heeft verweten, dat vind je nadien terug in de praktijk van de Israëlische staat en in het gedrag van alle Joden, waar ook ter wereld. Hier in Antwerpen? Hebt u al eens goed naar uw Joodse medeburgers gekeken? Geen woord kritiek kunnen ze aanvaarden. En denk niet dat je je met hen kunt inlaten. Zelfs al wil je je bekeren of in een Joodse familie trouwen – niet dat ik me zoiets van een weldenkend mens kan voorstellen – dan maak je geen kans. Zuiverheid van het ras en van het bloed, neemt u het van mij aan.'

Thomas hield zijn hand omhoog, om de plotse woordenvloed te stuiten. Hij wilde bekentenissen van de baron, niet dit soort van onzin. 'Dus u helpt het Libanese volk zich te bevrijden van...'

'Beschermen, commissaris. De buurlanden van Israël moeten zich kunnen verdedigen, want anders wordt de hele regio opgeslokt door de Joden. Trouwens, ze zitten overal. In de grote banken, in de bedrijven, in de regering. Misschien merkt u dat niet, maar ik spot ze meteen. Een leven lang...'

'Uw vader werd, als ik me niet vergis, veroordeeld na de oorlog omdat hij verkeerd...'

'Een schandelijke daad, en dat terwijl mijn vader zich voor de toekomst van Vlaanderen had ingezet. Hij droomde, zoals zovelen, van een Grootgermaans Rijk, en dat scheelde uiteindelijk niet veel. Wie heeft die schitterende en voor Europa noodzakelijke droom vernietigd? Inderdaad, opnieuw de Joden. De Joden van Wall Street, de Joden in de Amerikaanse regering.'

'Dat kan uw contacten in Libanon verklaren, baron', zei Joris. 'Maar niet de transfers van grote fondsen en uw belangen in bedrijven zoals Grimaldi. Waarvan we vandaag weten...'

'U weet helemaal niets, inspecteur. U weet helemaal niets. En van mij komt u ook niets te weten. Denk er echter aan dat u de grote historische gebeurtenissen niet kunt tegenhouden.'

'We staan dus aan de vooravond van een grote historische gebeurtenis?' vroeg Thomas. En hij sprak de vraag zo terloops mogelijk uit, alsof hij zelf de waarde ervan in twijfel trok.

Van De Coeberghe snoof verontwaardigd. 'U weet niet waarover ik het heb, maar uw ogen zullen binnen enkele dagen opengaan. Allemaal! En nu zwijg ik.'

'Het zou voor uw toekomst beter zijn dat u meewerkt', zei Thomas. 'Een man in uw positie dient in te zien wanneer zijn reputatie en zijn levenswerk bedreigd worden. Toch niet voor een paar belachelijke misdadigers met het statuut van een Depretere en Luyten, of een intrigant en terrorist zoals Allaj.'

'Ah!' zei de baron, maar hij liet het daarbij.

'U die zoveel vrienden had in de betere kringen. Wilt u dat niet terug? Wilt u uw reputatie niet terug?'

'Onzin, commissaris', spotte de baron. 'Toen u mij arresteerde, werd in de ogen van de meeste van die zogenaamde vrienden het vermoeden bevestigd dat ik niet deugde. Dat ik een... welk woord gebruikte u zonet? Intrigant... dat ik een intrigant ben. Mijn reputatie is hoe dan ook niet meer te redden. Aan de andere kant zijn er mensen die onvoorwaardelijk in mij blijven geloven. Had u ook nog een zinnig voorstel voor mij?'

'Strafvermindering?'

'Zelfs dat! U onderschat de handigheid van de advocaten die ik in de strijd zal gooien. De publieke opinie en de pers zullen inzien dat ook onze overheid en dus ook onze magistratuur geïnfiltreerd wordt door Joden. Er zal massaal protest komen. Hoe dan ook, ik sta in een winnende positie. Wie zal mij dan durven te veroordelen, wanneer de waarheid van het zionistische wereldcomplot naar boven komt?'

Thomas keek Joris even aan. 'Ik denk dat het gesprek hier eindigt, baron. Ik zal u laten overbrengen naar de Begijnenstraat, in afwachting van uw proces.'

Nadat de baron afgevoerd was naar zijn voorlopige cel, zei Joris: 'Die man is goed gek.'

'Ja', zei Thomas. 'Er is enerzijds een aardig steekje aan los. Maar anderzijds is hij niet zo gek dat hij geen enorm web van bedrijven opzette waarlangs geld kon passeren op weg naar bestemmingen waar wij geen controle over hebben. Wat doe jij ondertussen met je loon van ambtenaar?'

'Je... je bewondert de man toch niet?'

Thomas bewoog langzaam zijn hoofd, ontkennend. 'Dat soort mensen is de kanker van de samenleving. Zo overtuigd van hun gelijk, en zo ver af van de realiteit. Als hij niet rijk en machtig was, dan zat hij al lang in een instelling.'

Joris kwam overeind. 'Volgende stap?' vroeg hij.

Hoofdstuk 44

Iris keek op van haar laptop. 'Van Sofia weten we dat zij een militaire opleiding kreeg, in Spanje. Dat ze getraind was om speciale opdrachten uit te voeren. Dat ze nadien gerekruteerd werd door de geheime dienst van haar land. Die opleiding gebeurde onder andere door Amerikaanse en Britse specialisten. CIA en MI5, mogen we aannemen. Bij die specialisten was een zekere majoor McKee, die een belangrijke rol speelde in haar opleiding. Misschien werd ze uitgestuurd voor speciale opdrachten in het Nabije Oosten, maar niemand zal dat bevestigen.'

'Waarom is dit verhaal relevant?' vroeg Perseyn.

'Omdat die majoor McKee, die velen van die mensen als hun geestelijke mentor beschouwden, niet van de aardbodem verdwenen is. Beter nog: hij bevindt zich in Brussel.'

'Leuk', zei Thomas. 'Wat doet hij in Brussel?'

'Hij werkt daar als contactpersoon van de NAVO binnen de Europese Gemeenschap. Misschien is hij de man die ons meer kan vertellen over Sofia, over haar verleden en over de mensen waarmee zij optrok.'

Thomas keek op. 'Heeft hij een band met het Europees Parlement?'

Iris trok haar lippen samen. 'Je begrijpt dat ik zijn naam niet zou noemen als er geen band was met de andere stukken op het schaakbord. Buiten het feit dat hij Sofia opleidde toen die nog in Spanje voor de elitetroepen van de geheime dienst werkte, komt hij regelmatig in het Europees Parlement waar hij het over interne veiligheid heeft, terrorisme en zo – dus over hoe de veiligheidsdienst van het parlement zichzelf tegen aanslagen en dergelijke moet beschermen.'

Thomas leunde achterover. 'Ann Geuens', zei hij.

'Ja', zei Lena. 'Die dame die we in Brussel opzochten. Wiens naam opdook in de telefoonlijst van Allaj. Er is dus een band tussen Sofia, McKee en Geuens.'

'Kan toeval zijn', zei Joris.

Perseyn leunde achterover, de handen achter zijn hoofd. 'Misschien niet. Maar ik zie het verband niet. Ik zie niet waar dit allemaal naartoe leidt. Wat is er zo belangrijk aan het Europees Parlement?'

'Aan de veiligheid van het Europees Parlement', zei Iris. 'We moesten maar eens met die majoor McKee gaan spreken.'

☙❧

Habib sloot het koffertje met een klap. Hij droeg een net pak en zag eruit als een zakenman of als een ambtenaar. Een veilige en gewetensvolle zakenman of een buitenlandse diplomaat die het Europees Parlement kwam bezoeken.

Douglas richtte zich tot een van de andere mannen. 'Jij gaat met de taxi naar het Zuidstation en je koopt voedsel voor drie dagen. Nuttige dingen die je een tijdje kunt bewaren en dan meteen kunt opeten. En flessen drank ook. Je stopt ze in die grote sporttas. De auto staat in de parkeergarage, hier is het plannetje. Je wacht tot Habib na de aanslag via de metro tot bij jou komt.'

'Hoe lang moet hij wachten?' vroeg Habib.

'Als je er na een uur nog niet bent, dan mag hij aannemen dat het misgelopen is en kan hij alleen vertrekken.'

'Goed', zei Habib.

'Hoe dan ook,' zei Douglas tot de andere man, 'je rijdt in één keer naar Crotone, in het zuiden van Italië. Je stopt alleen om te tanken en je rijdt niet langs de autosnelwegen. Is dat duidelijk?'

De man knikte.

'Ali,' zei Douglas tot de derde man, 'jij vertrekt naar Charleroi. Hier zijn tickets. Je vliegt naar Rome Ciampo. Daar neem je een lokale vlucht naar Brindisi. Op de luchthaven huur je een Vespa en rij je naar Crotone. In de haven daar wacht een contactpersoon met een motorboot. Hij zal je in etappes naar Libanon brengen. Maar je wacht drie dagen. Als er niemand opdaagt ga je alleen. Hoe dan ook, na drie dagen gaat iedereen die daar arriveert met de motorboot mee. Is dat voor iedereen duidelijk?'

De mannen knikten overtuigd. Goed, dacht Douglas. Ze zijn overtuigd dat dit nog altijd een opdracht in naam van Allah is. Dat ze hiermee het zionisme en de westerse wereld een kaakslag gingen toebrengen. Dat kwam dus goed. Ze hadden niet in de gaten dat ze voor iets heel anders gebruikt werden. Want heel deze vertoning was er alleen maar op gericht hen te doen geloven in een verzinsel. Hij had geen drie mannen nodig. Habib volstond.

Douglas nam Habib apart. 'Je ziet eruit als iemand die de wereld gaat veroveren. Ben je er klaar voor?'

'Helemaal', zei Habib. 'Allahu Akbar!'

'Ja', zei Douglas. 'Misschien wachten die honderd maagden wel degelijk op jou.' Hij negeerde de boze blikken van Habib. 'Even de horloges gelijkzetten? Binnen twintig seconden begint de teller te lopen. Klaar? Af!'

❧

In de warroom floepten de digitale cijfers van een klok op nul, en begonnen dan te tellen. 'Fantastisch', zei Andy. 'Helemaal cool.'

Merckx keek hem afkeurend aan en Andy temperde zijn enthousiasme. 'Heren en dame,' zei Merckx, 'nu kunnen we niet meer terug. Op dit moment is Douglas vertrokken. Binnen enkele uren ontketent hij de hel en dan zijn wij rijk. Tokio zal net afgesloten zijn, maar van Mumbai tot in New York zullen de beurzen dan open zijn.'

'We hebben onze laatste puts in Azië vastgelegd', zei Catherine. 'We hebben ook contact met Frankfurt. Daar is Frankfurt!' Cijfers verschenen op drie van de schermen, naast andere cijfers, allemaal waanzinnig dansend.

'Ik moet een paar uurtjes weg', zei Merckx. 'Mag ik het fort aan jullie overlaten?'

'Alles is op koers', zei Andy.

∂∞∂

'Ik zoek majoor McKee', zei Thomas aan de telefoon. Hij had de algemene inlichtingen van het Europees Parlement aan de telefoon. 'Ja, commissaris Verhaege van de federale gerechtelijke politie. Hij komt regelmatig bij u op bezoek. Ja, ik wacht.' Hij schudde zijn hoofd toen hij Joris zag kijken. Maar het antwoord kwam meteen. 'Werkelijk?' Hij pakte een notablok en schreef iets op. 'Dat is heel vriendelijk van u, dank u wel.' Hij verbrak de verbinding.

'En?' vroeg Joris.

'Majoor McKee verblijft in Raddison Hotel en is de volgende dagen in het parlement. Hij moet daar onder andere een lezing geven, over terrorisme. Ik heb zijn telefoonnummer in het hotel.' Thomas toetste een nummer in. Hij wachtte even. Toen sprak hij in het Engels. '*Major McKee? My name is Thomas Verhaege, and I'm with the federal police in Antwerp.*' Hij luisterde. In het Engels vervolgde hij: 'Ik wilde u spreken in verband met Sofia Belèn en een aantal andere mensen met wie wij problemen hebben. U herinnert zich Sofia Belèn toch nog wel?'

'Belèn?' vroeg de majoor. 'Ja, die dame herinner ik me nog heel goed. Wat wilt u over haar weten?'

'Ik wil te weten komen met wie ze omging, toen ze in Spanje werkte voor de geheime dienst. Kunt u mij daarbij helpen?'

'Mmm', zei de majoor. 'U bent in Antwerpen?'

'Ja.'

'Vindt u het erg om naar Brussel te komen? Enerzijds praat ik daarover niet over de telefoon, en u weet best waarom. En anderzijds...'

'Ja?'

'Ik vermoed dat u mij wat foto's wilt laten zien?' suggereerde de majoor.

Shit, dacht Thomas. Hij is niet dom. Hij weet precies wat ik ga vragen. 'Dat wil ik zeker, majoor', zei hij. 'Ik veronderstel dat wij elkaar in uw hotel kunnen zien?'

'U komt naar de balie en vraagt naar mij. Ze bellen me op mijn kamer. Maar daarna gaan we ergens anders naartoe. Tegen... één uur, laten we zeggen?'

'Uitstekend', zei Thomas. Hij keek op zijn horloge. Dat moest lukken. Op dit uur was het verkeer naar Brussel niet te druk. 'Goed, dan zien we elkaar om één uur.'

Hij meldde zich af bij de receptie en liep naar zijn auto op de parkeerplaats voor het gebouw. Even later was hij op de E19. De rit naar Brussel kostte hem veertig minuten. Hij parkeerde zijn auto in de ondergrondse garage van het Raddison Hotel en stond even later aan de balie. De receptioniste keek naar zijn politiekaart en belde de majoor. Die kwam even later naar beneden, een jonge vijftiger met een golvend grijs kapsel en een strak, duur pak. Hij droeg een zwarte leren map onder de arm. 'Commissaris Verhaege', zei hij meteen, met een stevige handdruk. 'Laten we hier om de hoek de lunch gebruiken. Dan kom ik ook nog eens buiten.'

Ze wandelden de korte afstand tot bij een Frans restaurant. 'U bent op zoek naar Sofia Belèn?' vroeg de majoor.

'Nee', zei Thomas. 'Sofia Belèn hebben we. Ze is overigens dood. Ze was verwikkeld in een zaak die wij onderzoeken. Ze heeft waarschijnlijk verschillende mensen gedood hier in België, en sommige daarvan waren getuigen in die zaak.'

'Met een geweer, van op een langere afstand', suggereerde de majoor.

'Inderdaad.'

McKee knikte. 'Dat komt ervan als je specialisten uit de geheime dienst ontslaat zonder een vergoeding en zonder toekomst. Dan verhuren ze zich aan de meestbiedende. En u weet net zo goed als ik, commissaris, wie vandaag de meestbiedende partijen zijn, als het aankomt op mensen met heel speciale vaardigheden.' Hij snoof de kille buitenlucht op. 'Stierf ze waardig?' vroeg hij.

'Pardon?'

'Of ze waardig stierf. Ik heb haar opgeleid, samen met vele anderen. Ze hebben het recht – wat ze verder ook gedaan hebben – om waardig te sterven. Niet als een rat in een riool, hoewel dat, vrees ik, voor velen hun lot zal zijn.'

'Ze was op de vlucht en ze was waarschijnlijk niet in staat zich te verdedigen', zei Thomas.

'Mmm', zei de majoor. Ze stapten een restaurant binnen en gingen achterin aan een tafeltje zitten. De keuze van de plaats, ver van de ramen en de ingang, verbaasde Thomas niet. Ze bestelden lunch en drank.

'Wat hebt u nog meer voor mij?' vroeg de majoor.

Thomas toonde hem de foto's van Sofia en van Rodrigo. 'Wie is die man? Kent u hem?'

'Ja. Hij was een luitenant bij de elite-eenheden van de Guardia Civil en ik leidde hem op. Lijkt weinig veranderd. Ook gerekruteerd door een derde partij?'

'Inderdaad.'

'Wat had hij u te vertellen?'

'Niets. Hij kwam om het leven terwijl hij vluchtte.'

'Wel,' zei McKee, 'u hebt echt geen geluk met uw tegenstanders.'

'Er is nog een andere, van wie we geen foto hebben. Niemand weet hoe hij eruitziet. We hebben ook geen naam. Hij is degene die Sofia heeft vermoord.' En Eva, en misschien ook Tarik, dacht Thomas erbij.

De majoor opende de leren map die op een stoel naast hem lag. Hij haalde er een donkerblauwe enveloppe uit. Daarin zat een twintigtal foto's. 'Misschien herkent u iemand op deze foto's.' Hij spreidde ze open. 'Het zijn een aantal van de mensen die ik opleidde.'

'Dat is Sofia', zei Thomas. Op de foto stond een achttal jonge mensen, zes mannen en twee vrouwen. Ze droegen militaire kledij en waren gewapend. Achter hen strekte zich een woestijn uit.

'Speciale eenheden van het Spaanse leger. Missie in Irak. En deze?'

Thomas bekeek de foto's. 'Dat is Rodrigo. En Sofia opnieuw.'

'Inderdaad, commissaris. De meeste van deze mensen zijn nog steeds in dienst van de overheid, maar een aantal anderen is ondertussen spoorloos.'

Thomas bekeek de foto aandachtig. Twaalf mannen en vrouwen, sommigen wat ouder dan de anderen. Sofia die brutaal in de lens keek, Rodrigo wat afwezig, veeleer dromerig. Een knappe blonde vrouw naast hem, daarnaast een lange en gespierde man met een kaal hoofd. Daarnaast...

'Herkent u iemand?'

Thomas wees. 'Die man', zei hij.

De majoor keek van nabij. 'Dat is Douglas Martell. Hij was geen Spanjaard, maar volgens zijn papieren was hij een Zuid-Afrikaan. Waar hij werkelijk vandaan kwam hebben we nooit geweten, en het kon niemand wat schelen. Kent u hem?'

Een korte blik in het verleden. De flat van Ann Geuens. Haar vriend, die uit de keuken tevoorschijn kwam. Een lange en slanke man. Een donkere bril.

Douglas Martell.

Thomas twijfelde geen moment. Wat deed Douglas Martell, een voormalig lid van de Spaanse elite-eenheden, iemand die zowel Sofia als Rodrigo gekend had, in de flat van Ann Geuens?

Op dat moment werd hun lunch gebracht. Thomas keek op. 'Wat weet u nog meer van Douglas Martell?'

'O, hij was wat speciale eenheden betrof uit het juiste hout gesneden. Snel en krachtig, intelligent, een leider ook. Iemand die geen menselijk gevoel bezat, anders was hij niet echt geschikt voor dat soort werk. Verheven, die indruk had je. Hij had toen deze foto gemaakt was al de graad van kapitein. Hij leidde een eenheid in Irak, onder Amerikaans bevel, ook al omdat hij goed Engels sprak. Wat daar gebeurde weet niemand, maar er doen vele verhalen de ronde, het ene al wat gruwelijker dan het andere. Maar Martell: hij is niet zomaar een psychopaat opgeleid door de overheid, commissaris. Hij is een... ik weet niet precies hoe hem te omschrijven. Hij gaat altijd doelgericht te werk. Hij doodt niet uit plezier, maar hij aarzelt niet als een mens tussen hem en zijn doel staat.'

'En nu is hij niet meer in dienst?'

'Nee, voor zover ik weet is hij niet meer in dienst. In elk geval niet meer bij het reguliere leger. Nog eentje die als zelfstandige begonnen is, neem ik aan. Trouwens, ik wil hem niet tegen het lijf lopen.'

'Waarom niet, majoor?'

'Ik was diegene die hem ontsloeg. Dat kwam heel hard aan. Hij bedreigde mij. Het was een hele bedoening. Ze moesten hem ontwapenen. U kent hem?'

'Ik vermoed van wel', zei Thomas. Hij pakte zijn gsm en belde het kantoor. Hij kreeg Iris aan de lijn. 'Ja, Thomas?'

'Iris, zoek het gsm-nummer op van Ann Geuens en bel haar. Ik wil dat een eenheid van de Brusselse Posa naar haar flat gaat. De man die bij haar was, toen ik haar bezocht, dat is Mister DNA.'

'Weet je dat zeker?'

'Ja. Doe het snel. Er is iets aan de gang, Iris. We moeten snel handelen. Neem ook contact op met haar kantoor in het Europees Parlement. Ik ga daar zo snel mogelijk zelf naartoe...' Hij kwam overeind.

'Is alles in orde, commissaris?'

'Ik vrees van niet, majoor. U hebt ons ontzettend goed geholpen. Mijn excuses voor de lunch en zo, maar ik moet meteen weg.'

'Naar het Europees Parlement? We zien elkaar dan misschien nog. Ik geef daar vanmiddag een voordracht.'

⊰⊱

Het Posateam ramde de deur van Ann Geuens' flat na verschillende keren aangebeld te hebben. De flat was leeg. Er waren geen sporen van geweldpleging. Er was geen bloed te vinden, geen wapens, geen springstoffen. Het was een gewone flat, leeg, waarvan de deur nu dringend hersteld moest worden. De leider van het team belde meteen naar Perseyn.

⊰⊱

Ann Geuens, zich niet bewust van de schade aan haar flat en van de onfortuinlijke gebeurtenissen die haar te wachten stonden, wachtte in de hal van het Europees Parlement op Douglas en zijn gast. Haar gsm lag nog in haar kantoor. Meestal had ze die bij zich, maar nu had ze hem over het hoofd gezien, waarschijnlijk in haar haast. Toen het machientje tot leven kwam, was er dus niemand om het gesprek aan te nemen.

Douglas en Habib kwamen het gebouw binnen, met zelfverzekerde tred, alsof ze hier dagelijkse bezoekers waren en hun aanwezigheid een vanzelfsprekendheid was. Douglas zag Ann meteen. Ze wuifde naar hem. Beiden liepen ze in de richting van de personeelsingang. Ann sprak even met de security medewerkers. Douglas werd meteen binnengelaten. Ann nam zijn koffertje van hem over. Habib moest langs de scanner en zijn koffertje werd opengemaakt. Er zaten wat folders en documenten en een agenda in. De veiligheidsagenten knikten en sloten het koffertje weer.

Ann en de twee mannen liepen naar de liften.

☙❧

Catherine, aan een van de werktafels met twee schermen en evenveel toetsenborden, zei: 'Iedereen is klaar, Andy.' Ze duwde het toetsenbord waarop ze zonet had gewerkt van zich af.

'We wachten', zei Andy. Hij klonk knorrig, al zag Catherine niet in waarom. Natuurlijk hield de spanning iedereen in haar greep. Ook haar. 'Waar is Douglas? En de baas?'

'Iedereen is waar hij verondersteld wordt te zijn.' Catherine keek naar de andere traders. Ze waren allemaal ongeduldig. Maar het zou nog even duren, wist zij, voor zij weer in actie moesten komen.

Nog even, dacht zij. Daarna zijn we allemaal rijk. Heel erg rijk.

Hoofdstuk 45

Lena keek even naar de gsm die om haar aandacht vroeg. Nee, dacht ze. Nee, nu niet. Niet vandaag. Ik ben er niet, ik ben niet bereikbaar. Perseyn weet dat, en Thomas weet dat ook.

Ze droeg een jurk. Ze had in totaal twee jurken in haar kleerkast hangen, waarschijnlijk allebei uit de mode, maar het zou haar een zorg zijn. Nu droeg ze een van die twee jurken, en ze voelde zich feestelijk en eigenlijk vond ze dat een leuk gevoel. Het moest vaker kunnen, maar ze wist dat haar werk en haar levensstijl altijd in de weg zouden lopen. De laatste keer was bij Thomas geweest. Ze had toen speciaal voor hem een jurk gedragen.

Nu deed ze het voor Guy. Het was zijn verjaardag. Hij werd zestig. Dat was een mijlpaal, al zei hij dat zelf niet. Zestig, veronderstelde ze, was een mijlpaal. Hij zei dat hij de jaren niet voelde. Dat hij er geen idee van had wat het betekende om zestig te zijn. Het was een betekenisloos getal, dat niets te maken had met gevoel, of met mentale leeftijd. Zijn ouders waren op zestig stokoude mensen geweest, door en door versleten, met misschien nog een levensverwachting van vijf jaar. Vandaag kon je zonder problemen op zestig nog vooruitkijken naar twintig jaar actief leven.

Hij wel, dacht Lena. Daar hoopte hij op. Lang gezond en actief te blijven. Tachtig en zelfs negentig worden en toch nog altijd in goede gezondheid, ook mentaal. Dat zou hem wel lukken.

De bel ging. Ze deed de voordeur open. Ze omarmde Guy, die twee flessen champagne vasthield. Het was een wat ongemakkelijke omhelzing, maar daar maalden ze niet om. 'Gelukkige verjaardag', zei ze.

Ze liet hem binnen. Hij zette de twee flessen meteen in de koelkast. 'Ze zijn nog koud, maar het is beter dat we ze nog even de tijd geven om verder af te koelen. Er zijn heel wat redenen om feest te vieren, laten we het goed doen.'

O, dacht ze, ja, hij wil dat soort dingen altijd goed doen. Hij wil de dingen altijd perfect hebben, haar vader. 'Ik heb allerlei lekkere dingen laten brengen', zei ze. 'Je weet, zelf koken lukt me niet, maar ik ken gelukkig een uitstekend traiteur.'

Merckx glimlachte. 'Je moeder had dit moeten meemaken...' 'Ja', zei ze. 'Maar ze is evengoed bij ons, papa.'

⤜⤝

Ann Geuens bevond zich midden in een nachtmerrie. Wat haar overkwam hoorde volgens haar alleen maar thuis in het ergste soort geweldfilms, niet in haar persoonlijke leven. Ze zat vastgebonden op haar eigen bureaustoel, met een breed stuk chemisch smakende tape over haar mond. Ze moest hulpeloos toekijken hoe de Libanese bezoeker, die geen tijd verloren liet gaan met gekeuvel, de aktetas van Douglas opende. In die tas lag iets wat volgens Ann alleen maar een bom kon zijn. En nu, te laat, besefte ze dat ze een dom wicht was geweest, die een vreemde man zomaar in haar leven had binnengelaten, in haar flat, en in haar kantoor.

Douglas zelf stond bij de deur, rustig afwachtend, alsof hij hier alleen per toeval was. Niets was minder waar. Hij was diegene die Ann had vastgepakt, vastgebonden en gekneveld. Het was snel gegaan. Hij was geen amateur.

Ze besefte heel goed wat dat te betekenen had. Ze had door haar naïviteit terroristen binnengelaten in het gebouw van het Europees Parlement. Die terroristen hadden een bom bij zich, en ze waren duidelijk van plan die te gebruiken. In de hiërarchie der dingen was haar domheid niet belangrijk. Veel belangrijker was, dat het leven van vele mensen nu op het spel stond. Maar in de hiërarchie van mogelijkheden stond haar initiatief op een erg laag peil.

'Neem je tijd', zei Douglas tot Habib, die de onderdelen van de bom monteerde. 'We hebben tijd. Denk aan de heilige zaak.'

'We laten opnieuw de wereld stilstaan', zei Habib, terwijl hij zich op de bom concentreerde. 'Allahu Akbar.'

⇢❦

'We hebben heel verschillende stukken van de puzzel in handen, papa', zei Lena. 'Maar we zien nog steeds het grotere geheel niet. Al die mensen die bij het complot betrokken zijn... Het is alsof ze allemaal alleen maar kleine onderdelen van een grote machine zijn. En zelfs zonder hen blijft die machine functioneren.'

'Intrigerend', zei Merckx. Hij proefde van een stuk kreeft. 'Uitstekend, deze kreeft. En de sauzen. Je moet me het adres van die traiteur bezorgen. Goh, Lena, je hebt niet op honderd euro gekeken of wat?'

'Voor jouw verjaardag is niks me te veel', zei ze. Ze toostte op hem met een goedige grijns.

'Ik zal een taxi moeten bellen na afloop', zei hij, met een blik op de drank.

'Je kunt hier een middagdutje doen. Ik organiseer wel wat.'

'Nee', zei hij. 'Ik kan niet. Ik moet nog wat dringende zaken regelen. Je kent mij. Getrouwd met mijn werk.'

'Ja', zei Lena. 'Dat weet ik.'

'En verdere aanwijzingen?'

'Mmm?' vroeg ze.

'In die zaak...'

'Ah. Libanon. Daar ging een deel van de fondsen naartoe, voor de bouw van een ziekenhuis. Jij kent een paar mensen die daarbij betrokken waren: baron Van De Coeberghe, en ambassadeur Akkermans?'

'Bepaalde dingen verbazen me niet', zei Merckx. 'En de daden van sommige mensen verbazen me nog minder. Op dat vlak leef ik met zekerheden.'

'De rest ging naar rekeningen in Hongkong. Maar de over-

heid daar wil niet met ons samenwerken. Curaçao is schijnbaar helemaal opgelost. Er zijn...' Ze slikte, plots ongemakkelijk.
'Er zijn te veel doden gevallen.'

Hij knikte met zijn blik neergeslagen. 'Daar heb ik over gehoord', zei hij. 'En dat betreur ik.'

Ze hief haar glas opnieuw. 'Dat kan ons vandaag niet storen',
zei ze.

❧

'We hebben helemaal niets over Douglas Martell', zei Joris van
achter zijn tafeltje. 'Ik kan me gek zoeken en blijven aandrin-
gen, maar ook internationaal kennen ze hem niet.'

'Hij was in Spanje in het leger. De Spanjaarden moeten toch
wat over hem hebben?' vroeg Iris. Perseyn zat naast haar, zwijgzaam als een sfinx.

'Als hij lid was van de een of andere speciale eenheid, of voor
de staatsveiligheid werkte, dan is zijn verleden gewist. Dat is niet
zo uitzonderlijk. De vuile was die snel wordt binnengehaald, en
zo.'

'Je weet hoe dat gaat, Iris', bevestigde Perseyn. 'En zo meteen
staat onze eigen staatsveiligheid voor onze deur.'

'Waarschijnlijk heeft de organisatie zelf voor dat wissen gezorgd. Ze hebben geld genoeg.' Iris pakte haar gsm. Ze belde
Thomas. 'Waar ben jij ergens?'

'Ik ben op weg naar het Europees Parlement', zei die. 'Alarmeer de veiligheidsdiensten daar. Zeg hun dat ik onderweg
ben. Hebben jullie Lena al kunnen bereiken?'

'Die antwoordt niet.'

'Ik bel haar zelf wel', zei Thomas. Hij toetste vervolgens het
nummer van Lena in.

❧

Lena keek naar het schermpje van haar gsm. Het was Thomas.
'Sorry, papa', zei ze terwijl ze van tafel opstond. 'Deze moet ik
even nemen.'

362

'Stoor ik?' vroeg Thomas. Hij klonk buiten adem. Op de achtergrond hoorde Lena straatgeluiden. Ze ging in de keuken staan.

'Ja', zei ze. 'Mijn vader is hier. We vieren zijn verjaardag. Heb ik je dat niet gezegd?'

'Ik weet wie Mister DNA is', zei Thomas.

Ze had de indruk dat zijn stem trilde. 'Wie?'

'Hij heet Douglas Martell, een voormalig militair, getraind door de Spanjaarden, net als Rodrigo en Sofia, en waarschijnlijk een gevaarlijk man. Hij is de man die we bij Ann Geuens zagen, weet je nog wel?'

'Geuens?' zei ze. 'De vrouw die...'

'Van het Europees Parlement, ja. Ik ga daar nu naartoe. Ik heb Perseyn gevraagd algemeen alarm te slaan. Waarschijnlijk is Douglas iets van plan wat verband houdt met het parlement. Wat, dat weet ik niet. Maar vanwege zijn achtergrond kunnen we geen risico's nemen.'

'Hou mij op de hoogte', zei Lena.

'Ja. En feliciteer je vader.'

'Eh?'

'Met zijn verjaardag.'

'O, ja. Zal ik doen.'

Thomas was gek, dat was haar mening. Ze hoopte dat hij wist wat hij deed. Dat hij voorzichtig was.

Ze stapte de woonkamer terug in. Merckx keek haar aan. 'Toch geen slecht nieuws, hoop ik?'

'Nee. Het is die zaak waar we al zo lang aan werken. Thomas belde: ze hebben de moordenaar van Eva ontmaskerd. Hij weet wie die man is. Er gaat wat gebeuren in het Europees Parlement.' Ze zette de tv aan. 'Sorry, papa, maar ik moet kijken of er iets op het nieuws is...'

'Ik blijf nog wat bij jou', zei hij. Hij kwam overeind. 'Ik bel even, om te zeggen dat ik later kom.'

Hij trok zich terug in de keuken en toetste een nummer op zijn gsm in.

Lena keek naar de tv, maar er waren alleen ontspanningsprogramma's. Als er iets in het parlement gebeurde, zou er waarschijnlijk een speciale nieuwsuitzending komen, verwachtte ze. Ze keek naar de tafel achter haar. Ze moest nog alleen maar het dessert opdienen. Dat kon wachten.

Maar ze zou nog een fles witte wijn openmaken.

Ze stapte naar de keuken toe.

Daar hoorde ze haar vader in zijn gsm praten. Ze ving verschillende woorden op. *Opgelet. Geseind. Terecht. Douglas.*

Ze bleef staan. Ze stond in de deuropening, en haar vader draaide zich om, nog met de gsm aan zijn oor. 'Ik hou contact', zei hij, en sloot het gesprek af. Zo stonden ze een ogenblik lang tegenover elkaar.

'Ik neem nog een fles wijn uit de koelkast', zei ze, en ze stapte voor hem langs.

❧

Lena had de wijn uitgeschonken. Merckx, die nu in de sofa zat, hief zijn glas. 'Op de familie!' zei hij.

Zij dronk eventjes van haar glas en wierp een blik op hem. Ze wist iets van hem, maar wat ze dacht te weten leek haar onmogelijk. Ze had iets gehoord, een naam, maar dan een naam die niets met haar vader te maken kon hebben.

'Naar wie belde je zonet?' vroeg ze. Ze kon het niet helpen: haar stem klonk gespannen. De gezapige sfeer was plots verdwenen.

Maar ook hij keek nu gespannen.

'Naar een zakenrelatie. Om te zeggen dat ik later zou zijn. Of misschien helemaal niet zou kunnen komen.'

'Hoe heet die zakenrelatie?' vroeg ze.

'Lena, wat ben je achterdochtig. Het is geen vrouw, als je dat dacht. Je hoeft je arme oude vader niet te beschermen tegen vrouwen die op zijn geld uit zijn.' Hij zei dat alsof het een banale grap was, maar zo klonk het niet.

Nee, zijn houding wees erop dat hij in het defensief gedwongen was. Ze kende die houding. Meestal zag ze die bij mensen in de verhoorkamer. Zij aan de ene kant, en de verdachte aan de andere kant.

'Wie is Douglas?' vroeg ze.

Ze moest het gewoon vragen. Hij was haar vader. Hij had haar geadopteerd en haar beschouwd als zijn echte dochter, en nadat zijn vrouw was overleden was zij het enige familielid dat hij nog overhad.

Hij zou dat niet zomaar weggooien.

Hij zou haar liefde niet zomaar weggooien. Aan wat voor complot dan ook.

'Wie is Douglas Martell?' zei ze opnieuw. 'Waar is hij nu?'

'Ik ken die man niet', zei hij. 'Lena, alsjeblieft...'

Geen woord dat hij nog uitsprak kon indruk op haar maken. Geen zin die hij zei kon zij nog geloven. 'Douglas Martell', zei ze. 'En Sofia Belèn. En de moord op Eva, de vrouw van Thomas Verhaege. En de moord op Tarik, mijn collega.'

'Al die dingen', zei hij, 'spijten me verschrikkelijk, maar ik kan je niet helpen.'

'Wat heb jij daarmee te maken, papa?'

Zelfs als hij alles ontkende, dan nog was ze ervan overtuigd dat hij haar verraden had. En hij wist dat. Hij wist dat hij in enkele momenten haar vertrouwen was kwijtgeraakt. 'Ik wilde helemaal niet', zei hij, 'dat jij hierbij betrokken raakte. Of je collega's. Het diende allemaal verborgen te blijven. Niemand zou ervan weten, tot aan het einde.'

'Welk einde? Wat staat er te gebeuren? Wat gaat Douglas doen? Zal hij nog meer mensen vermoorden?'

'Lena...'

Ze gooide haar glas door de woonkamer. 'Ik wil het weten!'

Hij kwam overeind. Zijn gezicht leek gemaakt van smeltend was. Hij wilde vastberaden zijn, maar op dat ogenblik kon hij dat niet. 'Ga hier niet weg', fluisterde hij. 'Blijf ertussenuit, voor je eigen toekomst, en voor je leven', zei hij.

Hij stapte naar de voordeur, de gang in, en sloeg de deur hard achter zich dicht.

Lena voelde haar knieën trillen, maar ze negeerde de signalen van haar lichaam, pakte haar gsm en belde het nummer van Thomas. Dat nummer was bezet. Ze vormde een ander nummer.

⁕

Thomas was aan de lijn met Perseyn. Hij stond aan de ingang van het parlement. 'Ik weet niet wat hij van plan is, Steven. Hij heeft een goed motief om die majoor McKee te vermoorden, maar daar gaat dit complot niet over. Er is veel meer aan de hand. Laat het Europees Parlement ontruimen.'

⁕

'Je vader?' zei Perseyn. 'Ik begrijp helemaal niet...'

'Zijn naam is af en toe opgedoken in het dossier', zei Lena met trillende stem.

'De namen van tientallen mensen doken op in die dossiers, allemaal bekenden van Luyten, de baron, Allaj enzovoort. We hadden geen reden om te vermoeden...'

'Hij wéét wat er aan de hand is, chef. Hij kent Douglas.'

'Ik had zonet Thomas aan de lijn', zei Perseyn. 'Hij wil het Europees Parlement ontruimen, omdat Douglas daar waarschijnlijk naartoe is. We proberen Ann Geuens te bereiken, maar we krijgen haar niet te pakken.'

'Maar waarom zou Douglas...'

'We proberen je vader op te sporen, Lena. Laat alles aan ons over.'

⁕

'En wat weet je dochter nu?' vroeg Catherine, die in het midden van de warroom stond. 'Dat je met mij gebeld hebt en dat de naam Douglas is gevallen. Wat bewijst dat?'

Merckx schudde zijn hoofd. 'Ze weet alles. Ze weet alles over Douglas en over mij. Of ze vermoedt...'

'Paniek', zei Andy. 'Alleen maar paniek. Kunnen we niks mee beginnen. Het is te laat om nog iets te doen.' Hij keek naar twee schermen in de hoek van de zaal. Die stonden afgesteld op twee verschillende tv-kanalen. 'Niemand heeft iets in de gaten', zei hij. 'Er is nog niets op het nieuws geweest.'

'En die paniek is nergens goed voor', zei Catherine. 'We gaan toch niet opgeven? Niet voor die dochter van jou!'

'We moeten de operatie stopzetten. Verwittig Douglas.'

'Er wordt geen operatie stopgezet!' schreeuwde Catherine. 'Ik ben niet van plan de rest van mijn leven de rol van opgejaagd wild te spelen! Niet voor jou of voor jouw dochter. Je had haar het zwijgen moeten opleggen.'

'Ze is mijn dochter, Catherine!'

'Je hebt haar geadopteerd, Guy! Ze is niet eens je eigen vlees en bloed! Laat haar aan mij over!'

Merckx sprong overeind. 'Daar komt niks van in huis! Je steekt geen vinger uit naar mijn dochter. We vinden zo ook wel een oplossing.'

❧

Lena nam uiteindelijk een besluit, ook al had ze daar een hele tijd over gedaan. Ze zou naar Brussel rijden. Thomas was daar. Ze had behoefte om bij Thomas te zijn.

Ze sloot haar flat af en nam de lift naar beneden. In de garage bliepte ze haar auto open. Op dat moment kwam haar gsm tot leven. Ze keek verbaasd naar het schermpje en beantwoordde de oproep. 'Met wie spreek ik?' vroeg ze, voorzichtig.

Haar spieren verkrampten van de pijn en haar bewustzijn werd meteen gewist door de stroomstoot die door haar heen ging. Achter haar stond Catherine, met een stun gun in de hand.

'Met mij', zei Catherine.

❧

'Ik wil meteen het hoofd van de veiligheid spreken', zei Thomas, zijn politiekaart tonend. 'Het is erg dringend.'

De bewaker bekeek Thomas zorgvuldig en besloot dat de man weliswaar een politieman kon zijn, maar dat hij in zijn functie van officiële veiligheidsbeambte daarover eerst zekerheid wilde hebben. Van dat soort beslissingen hing overigens ook zijn werkzekerheid af. Hij zou dus eerst een meerdere erbij halen, voor er beslissingen werden getroffen. Overigens: verantwoordelijkheden nemen behoorde niet tot zijn takenpakket.

'Misschien wilt u even hier wachten, meneer, dan haal ik er mijn chef bij. Hoe was uw naam ook weer?'

'Godverdomme!' vloog Thomas uit. 'Ik ben Thomas Verhaege van de federale gerechtelijke politie. Er is een indringer in dit gebouw. Hij bevindt zich waarschijnlijk in het kantoor van Ann Geuens.'

De man knikte. 'Jaja. Zoals ik al zei...'

❧❧

Douglas stond bij het raam van het kantoor van Ann Geuens en keek vandaar naar de andere vleugel van het gebouw. Dit gebouw zou er morgen ook nog staan, maar het zou er niet meer hetzelfde uitzien. Noch zouden de mensen die er werkten er op dezelfde manier naar kijken. Ze zouden het zien als een val, als een plek waar onheil was geschied, als een plek waar de herinnering aan zoveel van hun collega's pijnlijk zou zijn.

En later, na enkele jaren, zou de fysieke schade hersteld zijn, de mensen die er werkten vervangen door anderen voor wie deze plek alleen een vage historische waarde had. Waar de namen van de slachtoffers voor de nieuwe bewoners geen emoties meer opriepen als ze de in de hal geplaatste steen met hun namen passeerden.

Zo ging dat.

Douglas keek het kantoor in. Habib zat op de sofa. Hij hield zijn ogen gesloten. Misschien bidt hij, dacht Douglas. Misschien onderdrukt hij zijn paniek.

Hij keek naar zijn horloge. 'Het is tijd', zei hij.

Habib opende zijn ogen en kwam overeind. Douglas pakte zijn gsm en duwde een combinatie van toetsen in. Een signaal zou nu weerklinken in de warroom.

∂∾⬦

Catherine parkeerde haar auto naast de villa, tussen de bomen en de struiken, en stapte uit. Ze keek om zich heen, op zoek naar passanten en nieuwsgierigen, maar er was niemand in de buurt. Ze deed de keukendeur open, stapte weer naar de auto en haalde de vastgebonden Lena uit de koffer. Het kostte haar enige moeite om de jonge vrouw het huis in te krijgen, maar Lena was een stuk lichter dan zij, en nog steeds verdoofd, hoewel ze haar ogen open had. Laat dat pokkenwijf lijden, dacht Catherine. Zijn dochter! Ik zal ze allebei een lesje leren.

Ze sleurde Lena de woonkamer in en deponeerde haar op de vloer. Dan nam ze haar gsm en belde het nummer van hoofdcommissaris Perseyn.

∂∾⬦

Perseyn, achter in de auto op weg naar Brussel, met Iris aan het stuur en Joris naast haar, keek op toen zijn gsm trilde. Het was een onbekende beller. 'Ja?' zei hij.

'Hoofdcommissaris Perseyn?' zei een vrouwenstem aan de andere kant.

'Daar spreekt u mee.'

'Ik heb uw collega, Lena Beckers, hier bij mij.'

'Wie bent u?'

'Dat doet er niet toe. Mijn voorstel is heel eenvoudig: u stopt meteen het onderzoek waar u mee bezig bent, of u raakt nog een lid van uw team kwijt...'

Hoofdstuk 46

In de warroom keek Guy Merckx verdwaasd naar de schermen, alsof hij niet kon geloven dat na jaren voorbereiding het plan uiteindelijk in werking trad. Alsof hij nu pas besefte welke omvang dit plan zou nemen. 'Meneer?' zei Andy.

Merckx draaide zijn hoofd naar de jongeman. 'Ja?'

'Douglas is zo goed als klaar. Het ontstekingsmechanisme zal nu elk moment worden ingeschakeld.' De jongeman zag dat Merckx niet reageerde. 'We hebben contact met onze floormanagers in Frankfurt, Londen en Amsterdam.'

De andere jongelui achter de schermen keken Merckx aan.

'We wachten op uw orders, meneer', zei Andy. 'De plannen zijn toch niet veranderd?'

'Nee', zei Merckx. 'De plannen zijn niet veranderd.'

❧

'Ik heb alle redenen om aan te nemen', zei Thomas ongeduldig, 'dat er mannen in dit gebouw zijn doorgedrongen die een aanslag willen plegen.'

De veiligheidschef, in wiens kantoortje ze zaten, schudde zijn hoofd. 'U komt hier binnenlopen, gewapend dan nog, met een dergelijk verhaal. Het spijt me, meneer, maar u zult moeten wachten tot de politie hier is.'

'Ik ben de politie, idioot!' zei Thomas. En hij besefte meteen dat hij te ver gegaan was. 'Sorry. Bekijk mijn kaart. Ik ben van de gerechtelijke politie.'

'Van Antwerpen', zei de man. 'We hebben hier eerder mensen gehad met een valse politiekaart.'

'Bel dan mijn dienst op, bel mijn chef.'

'Dat doen we zodra de lokale politie hier is, meneer. Tot dan wachten we.'

In de villa liet Catherine water lopen in het bad. Ze had Lena tot in de badkamer gesleurd. Lena lag op de vloer, al wat meer bij bewustzijn. Catherine trok haar half overeind en duwde haar in de badkuip. Het water was koud en Lena probeerde te krijsen, maar haar stem wilde niet.

'Hou je bek, politiekreng', zei Catherine. 'Dit stelt nog niks voor.'

'Het complot is niet langer meer geheim', zei Lena, trillend. 'Dit is allemaal nutteloos...'

'O, toch wel', zei Catherine. 'Het complot is heel erg levend.'

'Als mijn vader dit te weten komt zal hij u...'

'Wat? Die goeie ouwe Guy Merckx? Zo eenzaam, die man. Als ik met jou afreken komt hij dat nooit te weten. En voor mij is er een dubbel voordeel: ik ben een lastige flik kwijt én een lastige stiefdochter!'

'Stiefdochter?'

'Je papa en ik, wij zijn echt heel close.'

'Kreng. Hij zal u...'

Catherine duwde het hoofd van Lena onder water. 'Ssst, je zult helemaal niks.' Dan haalde ze de proestende Lena weer boven. 'Zo, en nu heb ik een paar zaakjes te doen. Mooi in het badje blijven, hoor. Maak je toekomstige stiefmama niet boos.'

Catherine kwam overeind, droogde haar armen aan een handdoek en pakte een fototoestel dat naast haar op een kastje lag. Ze nam een foto van Lena in het bad. Dan liep ze naar de woonkamer, waar een laptop stond.

Perseyn keek woedend naar het schermpje van zijn gsm. Dat was Lena in een bad. Doornat, angstig, vastgebonden, klaar om verdronken te worden. En vervolgens de tekst: trek alle politiemensen terug uit het Europees Parlement, of ze gaat eraan.

'Ik kan proberen de herkomst van dat bericht te traceren', zei Iris van achter het stuur. 'Misschien gaat ze overhaast te werk en heeft ze zich niet beveiligd.'

'Gauw dan', zei Perseyn. 'Neem de volgende parking.'

Iris reed even verderop een parking op. Joris opende een laptop en las binnenkomende mails terwijl Iris begon te telefoneren. Joris keek op, naar Perseyn. 'In de loft die Douglas huurde zijn plannen gevonden van het Europees Parlement. Dat bevestigt wat we al vermoedden.'

'Een aanslag.'

'Ja. Het lab is nog bezig met het onderzoek in de loft, en ze hebben sporen van explosieven gevonden.'

'Shit', zei Perseyn. 'Probeer Thomas te bereiken.'

ॐ

'Een bom?' zei Thomas. Hij keek op, naar de veiligheidschef. 'Hier in het gebouw?'

'Dat is onze interpretatie, Thomas', zei Perseyn. 'We staan ergens op een parking tussen Antwerpen en Brussel en we komen zo snel mogelijk naar jou toe. Joris en Iris alarmeren de autoriteiten. Waar ben jij?'

'Ik praat met de veiligheidschef van het gebouw.'

'Geef me die man door', zei Perseyn.

'Voor u', zei Thomas en gaf de man tegenover hem de gsm. Het gesprek dat volgde was kort. 'Ik zal onmiddellijk het nodige doen, hoofdcommissaris', zei de man ten slotte. Hij gaf de gsm terug aan Thomas en drukte op een knopje van zijn vaste telefoon. 'Jeroen, zoek meteen het bezoekersregister van vandaag op voor mevrouw Ann Geuens.'

'Ja, chef', zei de stem aan de andere kant.

'Uw chef heeft hier geen bevoegdheid, in Brussel', zei de veiligheidschef tot Thomas. 'Maar ik neem aan dat ze dat onderling allemaal regelen.'

'We moeten ons haasten...' zei Thomas.

Een jongeman kwam het kantoor binnen en gaf een vel papier aan de veiligheidschef. 'Twee bezoekers: Becky Verheyden en Moussi Souma.'

De veiligheidschef draaide het vel naar Thomas. Behalve de namen stonden er twee foto's op. 'Zijn ze dat?'

'Ze gebruiken schuilnamen, neem ik aan, maar die ene, dat is Douglas Martell. Hij wordt door ons gezocht in verband met een hele reeks moorden, samenzwering en meer fraaie dingen.'

'Jeroen,' zei de veiligheidschef, 'stuur vier man naar het kantoor van mevrouw Geuens en ga kijken of alles in orde is met haar.'

Thomas kreunde. 'U moet het gebouw evacueren', zei hij. 'Die mannen zijn geen doetjes. Ze willen...'

'Wij hebben onze eigen procedures', zei de veiligheidschef.

☙❧

'Wel, hoofdcommissaris?' vroeg Catherine. Perseyn keek naar het schermpje van zijn gsm. Daarop was te zien hoe Lena verkleumd in het bad lag en het water bijna tot aan haar lippen kwam. 'Nog eventjes, en deze conversatie wordt totaal nutteloos.'

'Wie bent u?' vroeg Perseyn. 'Kunnen we geen deal sluiten? Deze zaak loopt verkeerd af voor u, en misschien wilt u...'

'U weet wat ik wil', siste Catherine. 'Nu meteen.'

Iris, die samen met Joris over de laptop gebogen stond, schudde haar hoofd. Die laptop lag op het motordeksel van de auto. Ze stonden in de zon, een eindje van truckers en toeristen vandaan. Perseyn sloot even zijn ogen.

'Als ik nog een keer moet bellen, dan drijft ze met haar gezicht naar beneden in de badkuip.'

De verbinding werd verbroken.

'Iris!' zei Perseyn.

'Nee', zei ze. 'Dat traceren duurt te lang.'

'Wat zei ze?' vroeg Joris.

'Waarover?'

'Over...'

'We kennen die dame toch? Is dat niet de vriendin van Merckx?'

Hoofdstuk 47

Toen er op de deur werd geklopt keken de drie mensen in het kantoor op, maar alledrie met verschillende verwachtingen of vrees. Ann Geuens, die vanwege de touwen haar armen niet meer voelde en die evenmin erg blij was met de loensende blikken van de Libanees, kreeg hoop. Er was iemand die haar misschien kwam helpen. Douglas en Habib zagen een probleem opduiken dat misschien niet ernstig was, maar op z'n minst vervelend.

Er werd opnieuw geklopt. 'Mevrouw Geuens', riep iemand door de deur. 'Veiligheid. Kunt u opendoen?'

Douglas rukte de tape van voor de mond van Ann weg, die kreunde. Hij drukte een vinger op haar lippen en wees naar de deur. Tegelijk begon hij haar touwen los te maken.

'Ik ben in gesprek', zei Ann aarzelend. 'Wat is er aan de hand?'

'Controle, mevrouw', zei de man. 'We zoeken naar personen die ten onrechte het gebouw zijn binnengedrongen.'

'Een ogenblikje', zei Ann, die het pistool van Douglas op haar gericht zag. Hij trok de touwen weg en gebaarde dat ze rechtop moest staan. 'Ik kom zo meteen', zei ze.

Toen ze de deur opende, met een glimlach op haar lippen, konden de veiligheidsmensen die in de gang stonden Habib zien zitten, aan haar bureau, met documenten op zijn schoot en in zijn handen. 'Waarmee kan ik u helpen?' vroeg ze. Ze hield de deur maar op een kier open.

'Kent u een man die Douglas Martell heet, mevrouw?' vroeg de veiligheidsman.

'Martell? Nee, dat zegt mij niets.'

'Wij meenden dat u vandaag twee bezoekers ontving.'

'Ik ben hier alleen met deze heer, die een diplomaat is', zei Ann. 'Ik vrees dat u ons stoort.'

'Alles is in orde?'

'Alles is in orde.'

De veiligheidsman knikte. 'Excuseer ons dan, mevrouw.'

Ann sloot de deur opnieuw. Douglas, die verdekt opgesteld stond, glimlachte. 'Uitstekend', zei hij. 'Dat heb je goed gedaan. Vandaag blijf je in leven.' Hij keek naar Habib en zei, in het Engels: 'We hebben genoeg tijd verloren. We gaan aan de slag.'

☙❧

Perseyn legde de gsm neer op de motorkap. 'Dat was het hoofd van de cel terreur van Binnenlandse Zaken', zei hij. 'Maar voor die in actie komt moet er nog overlegd worden.'

'Wat doen we nu?' vroeg Iris.Perseyn pakte zijn gsm op. 'We rijden naar het Europees Parlement.' Hij stopte meteen weer. 'Iris?'

'Ja, chef?'

'Kun je uitzoeken waar Guy Merckx woont?'

☙❧

Majoor McKee stapte uit de taxi en liep het parlementsgebouw binnen. Hij passeerde probleemloos de veiligheid, die deskundig zijn tas onderzocht. Dan stapte hij in de richting van de liften.

☙❧

'Alleen een Arabische heer', zei de agent. De veiligheidschef keek naar Thomas. 'Er is dus niets aan de hand.'

'En geen andere man? Niet deze man?' Thomas toonde de agent een foto van Douglas.

'Nee, meneer. Er was alleen die ene bezoeker.'

'Vertel me dat je haar kantoor bent binnengegaan en in alle hoeken hebt gekeken', zei Thomas.

'Nee, meneer', zei de agent.

'Dat is de procedure niet', zei zijn chef.

Thomas was ten einde raad. 'Jullie hebben opnames van wie hier komt en gaat, niet?'

'Inderdaad. Maar als er twee bezoekers voor mevrouw Geuens waren, wil het niet zeggen dat die hier nog steeds zijn. Dit is een groot gebouw, hier werken duizenden mensen. Misschien had die andere bezoeker nog elders een afspraak, of hij is weer vertrokken.'

'Dat is niet wat ik zoek. Kan ik de beelden zien?'

De veiligheidschef schudde zijn hoofd, maar hij gebaarde naar de agent. Even later zat Thomas voor een monitor. 'Dat zullen ze zijn', zei de agent. Thomas zag op het scherm Ann Geuens in de richting van twee mannen stappen. Ze wuifde. Een van hen, Douglas, wuifde terug. Hij gaf zijn koffertje aan haar. Alleen het koffertje van de Libanees werd gescreend.

'Daar!' zei Thomas. 'Als ze een bom in het gebouw willen binnensmokkelen, dan zit die in dat ene koffertje.'

۞

Douglas en Habib wandelden zonder zich te haasten door de gangen van het gebouw. Ze kwamen bij de liften. Douglas drukte op -4 en even later waren ze op weg naar de kelder. In de kelder wees hij Habib een plek aan op een plannetje dat hij zelf getekend had. Habib knikte en liep een gang in. Douglas nam de lift weer naar boven. Hij raadpleegde zijn eigen plannetje en sloeg een lange, brede gang in. Niemand legde hem wat in de weg. Niemand keek naar hem om.

Hij keek opnieuw op zijn plannetje. Aan de rechterkant van de gang was er een rij deuren, die toegang gaven tot een zaal, een auditorium. *Strasbourg*, las Douglas. Precies, daar hoorde hij te zijn.

Hij duwde tegen de eerste deur en stapte het auditorium binnen. Het was leeg, op één man na, die vooraan op het platform stond en die zijn tas uitpakte.

Douglas had de man in lange tijd niet meer gezien. Hij herkende hem meteen. De man had hem niet gezien. Douglas trok zijn pistool, dat net als de bom in zijn koffertje had gezeten, en stapte naar het platform toe.

ॐॐ

Habib volgde de gang, volgens het schema van Douglas, keek naar de nummers op de wanden, naar de leidingen die net onder de zoldering liepen.

Dan bleef hij staan. Hij keek opnieuw naar zijn schema. Dit was de plek. Douglas had tegen de muur een geel teken aangebracht. Habib grijnsde. Een uitstekende plek, bedoeld om zo veel mogelijk schade aan te richten aan het gebouw, ook al was de springlading beperkt. Van hieruit zou een brand zich makkelijk verspreiden, er zou veel rook zijn, en dus ook veel paniek. Dat volstond.

Er zouden mensen sterven. Daar had Habib geen probleem mee. Mensen stierven altijd in oorlogen. Burgers. Net zoals hier. Niemand die zich om burgers bekommerde.

Hij opende zijn koffertje.

ॐॐ

De veiligheidschef, Thomas en zes andere agenten beukten de deur van het kantoor van Ann Geuens in, wapens getrokken, en deze keer vulden ze meteen de hele ruimte.

Er was geen tegenstand. Er was helemaal niemand in het kantoor. In ieder geval niemand die in leven was. Op de vloer lag Ann Geuens, in een grote plas bloed.

De veiligheidschef knielde bij haar neer. 'Keel doorgesneden', zei hij. Hij keek op naar Thomas. 'Wie doet nu zoiets?'

Op datzelfde moment stelde Habib de bom in. De teller ervan floepte aan, als het oog van een koortsig monster, met het getal 1200. Meteen begon het oog de resterende seconden af te tellen.

In de warroom verscheen een gelijkaardige teller op een van de schermen. 'Bingo', zei Andy. Hij keek om zich heen. Als het zo verder ging, was de warroom verlaten: niet alleen Catherine was weg, ook Merckx zelf was verdwenen. Ach, dacht Andy, we doen het wel zonder hen.

Hoofdstuk 48

'Godverdomde psychopaat!' zei majoor McKee. Douglas hield zijn pistool tegen het hoofd van de man. Dat weerhield er de officier niet van hem de huid vol te schelden. 'Laffe klootzak! Iemand met jouw achtergrond, die voor misdadigers gaat werken. Je verraadt alles waar wij voor stonden...'

'Dat was precies ook mijn gedachte toen mijn bevelvoerende officier me vertelde dat ik overbodig was geworden', zei Douglas. 'Het eerste moment leek het alsof ik een klap midden in mijn gezicht kreeg...'

'Alle geheime diensten moesten in die dagen inbinden. Het communisme was in rook opgegaan, en met de oorlog in Irak...'

Douglas schudde zijn hoofd. 'Bespaar me de excuses. Die kreeg ik toen ook te horen. We waren allemaal getraind om vijanden te herkennen en te bevechten. Vanaf dat moment werd de wereld plots helder en duidelijk. Dankzij jou en je stupide vrienden ben ik opeens mijn situatie heel klaar gaan inzien.'

'En dus ging je voor jezelf werken.'

Douglas knikte. 'Wat hadden jullie verwacht? Dat mensen zoals ik een benzinestation in Barcelona zouden gaan uitbaten? Of dat ik terug naar Zuid-Afrika zou gaan, om daar blanke huurlingen te gaan opleiden? Mmm, misschien kan ik dat later nog doen. Hoewel... hierna heb ik genoeg geld om te gaan rentenieren. En misschien is dit het moment waarop ik jou moet bedanken voor alles wat je me geleerd hebt, majoor.'

'Ik heb je niet geleerd onschuldige burgers te vermoorden, Douglas.'

Douglas grijnsde ingetogen. Zijn wapen bleef op het hoofd

van de majoor gericht. 'Tatata, allemaal onzin. Het soort onzin dat je hoort uit de pruilmondjes van die bloedende hartjes van linkse rakkers, de wereldverbeteraars, de sukkels die zich suf lopen voor verloren zaken. Die iedereen willen verbeteren behalve zichzelf. Majoor: de wereld is in oorlog en dan vallen er doden.'

'En jij bent je eigen oorlog begonnen.'

'Leuk, toch?'

'Ik zie niet in wat daar leuk aan is', zei McKee.

'Nee? Het voordeel van je eigen oorlog is, dat je zelf bepaalt wat goed en wat kwaad is. En daar gaat het toch om? De strijd tussen goed en kwaad?'

'Welke oorlog?'

Douglas duwde zijn wapen wat nadrukkelijker tegen het hoofd van McKee. 'De enige oorlog die nog de moeite waard is om te strijden. Diegene waarin ik de overwinnaar ben. En in deze oorlog, majoor, ben jij de verliezer.'

∂∾⬥

Catherine kwam opnieuw de badkamer binnen. 'Het is tijd', zei ze onomwonden.

'Waarvoor?' zei Lena. Ze had het verschrikkelijk koud. Haar armen en benen werden gevoelloos. Ze zou het niet lang uithouden in het bad.

'Je vrienden luisteren niet.' Catherine zuchtte dramatisch. 'Ik persoonlijk betreur dat niet. Echt niet. Nu heb ik papalief voor mij alleen. Leuk, eh?'

∂∾⬥

Perseyn klampte de veiligheidschef van het Europees Parlement aan. 'Ik wil een update van de situatie', zei hij, zijn politiekaart tonend. Thomas kwam erbij staan. 'We willen een controle via de camera's van alle delen van het gebouw.'

De veiligheidschef schudde onmachtig zijn hoofd. Hij keek

naar zijn agenten, die de stroom vertrekkende mensen zo goed mogelijk kanaliseerden. Binnen een halfuur, schatte hij, was het gebouw leeg. Dan moest hij met zijn mensen alle lokalen controleren op achterblijvers. Hij durfde er niet aan te denken dat zo'n scenario, waarvoor hij vaak genoeg geoefend had, zich nu ook werkelijk voordeed.

'Camera's?' zei hij.

'Er lopen twee terroristen in uw gebouw rond. Ze zijn hier niet gekomen om Ann Geuens te vermoorden.'

Een agent kwam naar hen toe. 'Er staan twee mannen in de Strasbourgzaal', zei hij.

'En?' vroeg zijn chef.

'De ene houdt de andere onder bedwang met een pistool.'

'Hou uw mensen uit de buurt', zei Perseyn. Hij maakte een gebaar naar Thomas en Joris en naar twee rechercheurs van de lokale politie die kort tevoren met een interventieteam waren gearriveerd. 'Ik neem het bevel. We houden contact via onze oortjes. Hoe vinden we die zaal?'

❧

Guy Merckx kreeg Lena niet aan de lijn. Haar gsm gaf het gebruikelijke opgenomen bericht, en ze belde niet terug, hoe vaak hij ook probeerde. Hij was bij haar flat gaan aanbellen, maar ze was evenmin thuis. Op kantoor was ze schijnbaar ook niet.

Misschien was ze onderweg, misschien had ze zich opzettelijk afgezonderd.

Maar hij had er geen goed gevoel bij. Er gingen dingen verkeerd waarover hij geen controle had. Catherine leek opeens niet langer meer een medestander. Catherine was een gevaar geworden. Niet zozeer voor hem, wel voor Lena. Catherine was verdwenen, Lena was verdwenen – zijn conclusie lag voor de hand. Hij had zelfs een vermoeden waar ze naartoe waren.

❧

De Strasbourgzaal bleek leeg te zijn. Op de tafel vooraan lag een leren tas en wat documenten. Maar er was niemand meer in de buurt.

Perseyn riep de veiligheid op. 'Geef me een update van de situatie', zei hij.

'De twee mannen hebben een lift genomen naar de kelder', zei een agent. 'Ze zijn uitgestapt op niveau -4.'

'Wat is daar te vinden?' vroeg Thomas.

'Voornamelijk de verwarmingsinstallaties', zei de agent. 'Onderhoud, een garage voor onze trucks, voorraden.'

'Verwarmingsinstallaties', zei Perseyn. 'Wat betekent dat?'

'Toch jammer', zei Catherine, 'dat we elkaar niet beter hebben leren kennen. Misschien was het tussen ons toch iets geworden. We hadden samen kunnen gaan winkelen en zo. Ik had je kunnen helpen je wat beter te kleden, want jouw smaak... Maar tja, gedane zaken en zo...' Ze pakte de stun gun op en woog die in haar hand.

Lena, nog steeds in het bad, bijna onderkoeld maar alerter dan ooit, probeerde te ontsnappen en spatte water in het rond. Tevergeefs. Maar ze was niet van plan een weerloos slachtoffer te worden.

'Neenee', zei Catherine. 'Geen sprake van. Jij loopt hier niet naar buiten. Je krijgt nog een lekkere dosis elektriciteit van je stiefmoeder Catherine, en dan duw ik je met je kop onder water tot je niet meer ademt. Zo gaan we dat doen.'

Ze richtte het wapen op Lena.

'Leg dat ding voorzichtig weg', zei de stem van Guy Merckx achter haar.

Catherine keek over haar schouder. Merckx hield een pistool op haar gericht.

De kelderverdieping bleek uitgestrekt te zijn. Perseyn verdeelde de aanwezige politiemensen in groepjes en stuurde hen in verschillende richtingen. De veiligheidsagenten nam hij niet graag mee omdat die niet gewapend waren, maar ze kenden het gebouw en waren dus onmisbaar. Hij liet Thomas en Iris naar de noordkant van de verdieping gaan en nam samen met Joris de zuidkant. Enkele officieren van de lokale gerechtelijke politie voegden zich bij hen.

'Als we even wachten', opperde een van de officieren, 'hebben we meer mensen in de buurt, en ook het Speciaal Interventie Eskadron is onderweg.'

'We hebben geen tijd', zei Perseyn. 'Vooruit, zoals gepland.'

De twee teams splitsten zich. Algauw gingen ze nog verder splitsen, omdat de kelderverdieping een waar doolhof was. Iris keek steeds bezorgder. Hier kon zich een heel leger terroristen schuilhouden zonder meteen gezien te worden. Betonnen muren en tussenschotten belemmerden het zicht net zo veel als verticale buizen, machines, stellingen en stalen panelen, en veel licht was er ook al niet. Hun stappen klonken hol en dan weer gedempt, en er lagen grote plassen zwart water op de vloer.

'Neem jij die kant', zei Perseyn. Hij wees naar een reeks van geel geschilderde tanks waarachter veel schaduwen schuilgingen. Hij wuifde naar twee van de Brusselse rechercheurs. Ze drongen tussen de tanks door maar zagen niemand. De ene veiligheidsagent die hen vergezelde keek ongerust rond. 'Schieten kunnen we hier niet riskeren', zei hij.

Iris zag een schaduw bewegen achter een paar paletten met stalen vaten. 'Halt!' riep ze. 'Politie.' Ze herinnerde zich de nationaliteit van de eventuele terroristen. '*Stop, surrender. You can't go anywhere!*'

De schaduw leek op te lossen tegen een muur. Iris schuifelde die richting uit, haar pistool gericht op de muur.

❧

Douglas had McKee meegevoerd naar de kelderverdieping met de mededeling dat de man daar getuige kon zijn van het grootste internationale terreurevenement sinds 11 september.

'Je bent een idioot, Douglas', zei de majoor. 'Dat je je nu inlaat met dat soort volk. Dat was onze vijand. Dat is het nog steeds.'

'Natuurlijk is het dat, majoor', zei Douglas. 'Maar het is tegelijk erg bruikbaar. Dacht je echt dat het mij om terreur ging?' McKee zat op zijn knieën in een halfduistere gang. Zo wilde Douglas hem zien: vernederd en aan hem overgeleverd. 'Die Libanese idioten met hun heilige oorlog doen gewoon wat ik van hen verwacht, en binnen enkele uren ben ik een rijk man. Zij denken dat ze een nieuw nine eleven gaan ontketenen, maar ze weten niet dat ik heel andere plannen heb.'

'Dus toch geen heilige oorlog', zei McKee met een grijns. 'Toch alleen maar een huurling.'

'Precies wat onze grote leiders ons leerden, majoor. Waarom anders trokken wij ten strijde? Omdat wij en de generaals en de politici geloofden in de heilige oorlog tegen – bijvoorbeeld – de islam? Omdat we dachten dat we op die manier onze westerse cultuur zouden beschermen? We weten ondertussen heel wat beter. Het ging altijd om geld. Wel, nu gaat het bij mij ook om geld.'

❧

Guy Merckx hield zijn pistool op het hoofd van Catherine gericht. 'Je had alles kunnen verwezenlijken, Catherine, samen met mij. Je had nooit wat te kort gehad. Ik had je een toekomst gegeven. Dat kan nog altijd. Maar van mijn dochter moet je afblijven.'

'Ouwe gek!' zei Catherine. 'Jij maakt je nog illusies. Wij hebben geen toekomst samen, en die hebben we nooit gehad. Doe dat wapen weg of je dochter is dood.'

'Dat ik ooit hoopte met jou een nieuw leven te beginnen', zei hij bitter.

Catherine lachte. 'Daar zou hoe dan ook niks van in huis zijn gekomen.'

Merckx keek haar ongelovig aan. 'Waarom niet?'

'Dat stond niet zo in het scenario. We hadden jouw kennis en vriendenkring nodig om al dat geld te verzamelen. Nu ben je overbodig geworden. Andy zorgde ervoor dat jouw deel van de operatie op mijn rekening terechtkomt – en hij houdt daar zelf nog een extra percentje aan over, uiteraard. Zo zit de wereld in elkaar, Guy. Wolven die elkaar de poten afbijten. Wolven onder elkaar. En hier en daar een stomme, oude, eenzame wolf die denkt de wereld te kunnen verbeteren. Arme Guy. Wat doen we nu? Alles wat je nog hebt is je dochter, want na deze historie, en nadat wij allemaal verdwenen zijn, ga jij voor een lange tijd naar de gevangenis. Vaarwel, carrière en rijkdom.'

'Hoer!'

'Ja,' zei Catherine, 'maar dan wel een rijke.'

∂∽◌

Iris probeerde in de schaduwen te kijken. De veiligheidsagent en een van de rechercheurs hadden een lamp bij zich, maar die gebruikten ze niet uit angst het doelwit te worden van een onzichtbare schutter. Het leek wel of de schaduwen in hun buurt dieper werden en vastere vormen aannamen, zoals je dat soms in griezelfilms zag.

'*Surrender. Save your life*', riep Iris naar de schaduwen, alsof zij de vijanden waren. '*There is no alternative.*' Shit, dacht ze, wat een idiote uitdrukking.

Uit de schaduwen bloeiden vurige bloemen terwijl scherpe knallen echoden tussen de muren en het staal. Waar de kogels terechtkwamen wist Iris niet, waarschijnlijk niet in een menselijk doelwit en hopelijk evenmin in een brandstoftank.

Maar ze wist nu waar de schutter zat. Ze richtte haar pistool meteen en schoot terug, vier keer. Ze werd er doof van, van de harde knallen, maar ze kon toch nog het gekreun van iemand in de schaduwen horen.

'Ik denk', zei een van de rechercheurs, 'dat hij geraakt is.'

Thomas hield halt en hurkte neer. De schoten schaterden door de kelder, buitelden van de ene muur naar de andere. 'Iris?' zei hij in zijn microfoon. En dan: 'Steven?'

Het was Iris die antwoordde. 'Alles in orde met ons. We hebben één verdachte opgepakt. Een Libanees.' Hij hoorde haar even niet. Dan zei ze: 'Er is wel degelijk een bom.'

'De ontmijningsdienst is aangekomen', zei Perseyn, ook in het oortje van Thomas.

'Alleen Douglas loopt nog rond', zei Thomas in zijn microfoon. 'Die is voor mij.'

'Ga niet de cowboy uithangen, Thomas', waarschuwde Perseyn. 'Dat is nergens voor nodig.'

Thomas draaide zich om. Achter hem hurkten een van de rechercheurs en een veiligheidsagent. Die laatste had zijn eigen zender bij zich. 'Kunnen ze via een camera zien waar Douglas zich bevindt?'

❧❧

Lena keek omhoog naar haar vader, die met zijn pistool Catherine onder schot hield. Ze zag ook de stun gun die op haar gericht was en die in het water zou vallen als Catherine hem losliet. Lena hoefde niet te raden wat voor gevolgen dat zou hebben.

Ze had het koud. Ze had het in haar leven nog nooit zo koud gehad. Ze wist niet eens hoe lang ze in dat bad lag. Hoe lang ze hier al was.

Maar ze was niet van plan te sterven in een bad vol koud water in de villa van haar vader. Ze was niet van plan te sterven terwijl het hele verhaal niet ten einde was. En zeker niet voor ze haar vader kon redden.

Catherine hield haar niet in de gaten. Ze leek van mening dat Lena alleen nog maar een slachtoffer was. Te zwak ook om deel te nemen aan de uitdaging.

Maar voor Lena was geen uitdaging te groot.

Haar vader zei: 'Catherine, je komt hier alleen levend uit als je nu vertrekt en mij en mijn dochter met rust laat. Dat is mijn laatste aanbod.'

'Idioot', zei Catherine.

Dat was een vergissing. Het aanbod van Guy Merckx was méér dan redelijk. Lena en haar vader zouden ongedeerd achterblijven, maar niet meer in staat zijn om de hele operatie tegen te houden. Die zou binnen enkele uren achter de rug zijn. Catherine had hen beiden kunnen boeien en opsluiten, maar in leven laten. Die optie was aanvaardbaar geweest.

Maar Catherine verkoos haar voormalige partner te vernederen, om redenen die zij alleen kende. Afwijking in haar psychisch profiel? Aangeboren wreedheid?

Uiteindelijk maakte het niets uit.

Lena, met wat haar nog aan krachten restte – en dat was, tot haar verbazing, nog heel wat –, kwam overeind en stootte tegen de arm van Catherine, de arm die de stun gun tegenhield. Het wapen viel op de vloer naast het bad. Dan viel Lena naar voren, half uit het bad, en dat was maar goed ook, want de kogel die Merckx afvuurde ging dwars door de borst van Catherine en sloeg een gat in de badkamermuur.

Catherine keek verbaasd naar haar borst, zag daar bloed, veel bloed, en merkte dat haar benen het opgaven om de rest van haar lichaam nog te ondersteunen. Het was het laatste waarover ze zich verbaasde.

⤙⤚

Na een laatste schot bleef het stil in de kelder. Tussen de grauwe wanden en de stalen tanks en de buizen echoden alleen de verre stappen van de politiemensen. Thomas vond majoor McKee veeleer toevallig in dat labyrint van steen, staal en geluid. De man lag tegen een muur, zijn pak en hemd vol bloed. Met zijn rechterhand probeerde hij een wond in zijn hals dicht te houden.

Thomas riep meteen een hulpploeg ter plekke.

De majoor probeerde iets te zeggen. 'Martell is hier.'

'Ik weet het', zei Thomas. 'Er komt zo meteen medische hulp.'

'Lukte hem niet...' zei de majoor, '... mij te doden.'

Thomas knielde bij de man neer. Die bewoog zijn hoofd in de richting van een deur in de wand. 'Daar.'

Thomas kwam weer overeind, zag dat twee verplegers dichterbij kwamen en liep naar de deur toe. Het was een stalen veiligheidsdeur die niet dicht zat. Hij opende ze. Daarachter was een gedeeltelijk verlichte gang. Op wat vaag druppelen van water na was het er stil.

'Ik ga achter Douglas aan', zei hij in zijn microfoontje. Hij noemde het nummer van de gang. Als er iets met hem gebeurde konden ze hem terugvinden in dit doolhof, hoopte hij.

Maar hij was niet van plan zich te laten verrassen. Niet door Douglas. Niet door de man die Eva vermoord had, die Tarik vermoord had, die daarna zelfs nog veel meer doden op zijn geweten had. Al had hij zelf niet altijd de trekker overgehaald, hij was verantwoordelijk voor al deze doden, en daarom zou Thomas zich niet door hem laten verrassen.

Hij schoof langzaam door de gang, met zijn rug tegen de ene muur. Elke vijf meter of zo hing een lampje in een korf van staaldraad, meer verlichting was er niet. Hij had een zaklantaarn bij zich, maar gebruikte die niet.

De gang gaf uit op een wijdere ruimte, waar een tiental stalen kisten tegen de verste muur stond. Er hing een muffe keldergeur, onder andere van dingen die dood waren en dood dienden te blijven. Waar was Douglas?

Thomas hurkte neer. Hij hield zijn pistool voor zich uit en probeerde in de schaduwen te kijken. Als Douglas zich daar ergens verscholen hield, dan was Thomas een uitstekend doelwit wanneer hij uit de gang tevoorschijn kwam. En de rol van doelwit stond hem niet aan.

Maar Douglas zou ook niet zomaar gaan schieten, want dan gaf hij zelf zijn positie vrij.

'Commissaris?' schalde de stem van de man door de ruimte.

Thomas probeerde uit te vinden waar de stem vandaan kwam. Dat lukte hem niet. Er was te veel echo tussen de muren.

'Ik heb hiernaar uitgekeken, commissaris, naar deze persoonlijke confrontatie', zei Douglas. 'En ik mag aannemen u ook?'

Een beetje aan de linkerzijde, vermoedde Thomas. Waar er meer schaduw was.

'Eigenlijk lijken wij op elkaar, commissaris', ging Douglas verder. 'Allebei solitaire wolven die niks moeten hebben van wat ons als samenleving aangeboden wordt. Wolven, begrijpt u. Gevaarlijk, maar uiteindelijk gedoemd om te verdwijnen.'

Thomas ging wat verzitten. Wolf of niet, zijn kuiten begonnen pijn te doen in deze ongewone positie. Nog altijd wist hij niet wat zijn beste strategie zou zijn. Eén ding was zeker: deze patstelling kon niet eeuwig duren. Een van hen beiden zou als eerste een fout moeten maken.

'We zijn allebei verslaafd aan ons wolf-zijn', ging Douglas verder, schijnbaar in een spraakzame bui die niets goeds voorspelde. 'U vooral. U en uw wraak. Ik heb daar alle begrip voor.'

Thomas richtte zijn pistool en drukte af. De knal was oorverdovend. De kogel sloeg een stuk beton uit de muur op anderhalve meter hoogte, ergens in de schaduwen aan de andere kant van de open ruimte. Hij besefte dat dit geen zin had.

Douglas grinnikte. 'Ongeduldig ook nog, commissaris. Waarom zo ongeduldig? Het einde komt snel genoeg, voor ons allemaal.'

In het oortje van Thomas klonk de stem van Iris. 'Alle eenheden: de bom is onschadelijk gemaakt.'

'Wel, commissaris? Wat doen we nu?' vroeg Douglas.

'Je had makkelijk majoor McKee kunnen vermoorden', zei Thomas. 'Waarom heb je hem alleen maar verwond?'

'Omdat niet hij maar ik beslis over leven en dood, en ik had het gevoel dat hij dood wilde, de oude gek. Misschien heeft hij te veel lijken gezien. Te veel dode kinderen. Ik wilde hem de eeuwige geruststelling zo makkelijk niet gunnen. Laat hem maar leven met al die vreselijke herinneringen, vindt u dat ook niet?'

O, dacht Thomas, waarom ben jij dan naar hier gekomen? Alleen maar om te helpen die bom te plaatsen? Of heb jij geen doodswens? 'En jij?' vroeg hij. 'Heb jij al genoeg dode kinderen gezien? Heb je ze ooit geteld?'

De stem van Douglas werd dieper, dreigender. 'Doden zijn doden. Hun geslacht of leeftijd is irrelevant geworden als ze dood zijn.'

Thomas richtte zijn pistool en schoot opnieuw. Het rationele deel van zijn brein vroeg zich af waarom hij de moeite deed. Het irrationele deel won het telkens.

'Commissaris! Zo dadelijk zijn we allebei doof. En wat u niet kunt zien kunt u ook niet raken.'

'Ondertussen had de bom al moeten ontploffen, Douglas. Dat is niet gebeurd en het zal ook niet gebeuren. De bom is onschadelijk gemaakt. Het plan is mislukt.'

Douglas liet een korte pauze. Dan zei hij: 'Ach, wat jammer. Dan bedenk ik wel wat nieuws.'

'Geen sprake van', zei Thomas. 'Je komt hier niet weg. Als er een uitweg was, dan bleef je hier niet rondhangen.'

'Het leven is een labyrint, commissaris. Net zoals deze kelder. Het is een uitdaging.'

'Dit labyrint heeft geen uitweg, Douglas. Voor jou hoe dan ook niet. Waarom moest mijn vrouw sterven?'

De stem van Douglas klonk plots hard, helemaal ontdaan van medelijden. 'Daar heeft de politie zelf voor gekozen, door mij een valse kopie te geven van het hologram. Stel mij dus niet verantwoordelijk, niet voor de domheid van anderen.'

'En wat zou je hebben gedaan als je wel het echte hologram had gekregen? Zou mijn vrouw vandaag dan nog in leven zijn?'

'Waarop wacht u, commissaris? Ik zit in de val. Roep uw collega's, laat de speciale eenheid aanrukken, dat ze mij kunnen doodschieten.'

'Antwoord!'

Het duurde even voor Douglas antwoordde. 'Uw vrouw moest sterven, omdat ik dat zo had besloten', zei hij ten slotte.

'Dat is waanzin', zei Thomas. Hij richtte zijn wapen op de schaduwen. Maar deze keer schoot hij niet.

'Ja, natuurlijk is het waanzin', zei Douglas. 'En nu is het tijd om af te rekenen. U en ik, commissaris, twee eenzame wolven die geen uitweg zien uit deze situatie.'

Terwijl hij praatte, kwam Douglas overeind.

Thomas zag hem eerst niet. De man stond verder naar links dan hij verwachtte. De eerste twee schoten werden door Douglas afgevuurd en kwamen naast Thomas terecht in het beton van vloer en muur.

Thomas wendde zijn wapen en schoot meteen terug.

Douglas wankelde en botste met zijn rug tegen de muur.

Thomas kwam overeind, hield zijn wapen stabiel en schoot opnieuw. Douglas viel achterover, verdween achter een stalen kist.

Thomas had zijn schoten geteld maar nam geen risico's. Hij liet het bijna lege magazijn uit zijn pistool vallen en duwde er een nieuw in. Dan holde hij, het wapen voor zich uit, naar de plek waar Douglas was gevallen.

De man lag op zijn rug. Zijn pistool lag anderhalve meter van hem vandaan. Bloed welde op uit een wond tussen zijn onderste ribben.

'Ah, commissaris', zei Douglas. 'We ontmoeten elkaar op dit ongelukkige moment.' Hij leek niet gehinderd door pijn of bloedverlies. 'Twee wolven... En een terrein dat veel te klein is. Geen grote bossen meer, geen ongerepte natuur. De beschaving heeft ons allebei beroofd van onze natuurlijke habitat.'

'Ik behoor helemaal niet tot hetzelfde soort als jij', zei Thomas.

'Ik behoor in ieder geval niet tot het soort dat in de gevangenis wil sterven', zei Douglas. Hij klonk nu trager, alsof zijn klokwerk langzaam afliep. Met zijn ene hand probeerde hij de wond dicht te houden. Tevergeefs, merkte Thomas. 'En dan vraag ik u, van de ene wolf tot de andere, moet ik in een gevangenis sterven?'

'Dat hangt van de rechter af', zei Thomas. 'Niet van mij.'

'Natuurlijk, commissaris Verhaege, hangt dat van u af', zei Douglas moeizaam. Hij wierp een blik op het pistool, dan weer op Thomas. 'Vandaag beslist u over leven en dood.' Hij bewoog zijn arm in de richting van het wapen.

'Doe het niet, Douglas. Ik heb geen zin in dit spelletje.'

'Het is geen spelletje, commissaris', zei Douglas. Zijn lichaam bleef in beweging. 'Geen spelletje.'

Thomas richtte zijn pistool. Hij wist dat een oplossing eenvoudig kon zijn. Hij kon naar voren stappen en het wapen wegschoppen, maar dan stond hij te dicht bij Douglas. Dat kon hij niet riskeren. En Douglas herkende dat dilemma ook.

'Wolven horen vrij te zijn', zei Douglas. Hij strekte zijn lichaam uit. Zijn vingertoppen raakten het pistool.

Thomas haalde de trekker over.

☙❦

Het Posateam had geen moeite met het opruimen van de potentiële weerstand in de warroom. Andy en zijn gezellen hadden al begrepen dat het plan mislukt was, toen ze tv-beelden zagen van de evacuatie van het parlementsgebouw. Toen de teller afliep en er nog steeds niets gebeurde, beseften ze hun nederlaag. Op hetzelfde moment drongen de zwaarbewapende politiemensen het huis binnen waar de warroom was ondergebracht. Er werd geen schot gelost.

Epiloog

Guy Merckx nam genoegen met het bescheiden onderkomen dat de cel in het Stynengebouw hem bood. Hij wist dat die cel voor verschillende dagen de enige plek zou zijn waar hij kwam, op de verhoorkamer na. Hij had om wat boeken gevraagd, en toen Iris hem vroeg of hij ook muziek wilde, had hij geweigerd. Hij wilde weten of hij Lena kon spreken, maar dat kon niet. Zijn dochter was nu weer een vreemde geworden, een officier van Ecofin, dat belast was met een onderzoek waarin hij een hoofdverdachte was. Dat hij haar leven had gered zou hem misschien ten goede worden geduid, maar veel verschil zou het niet uitmaken.

Terwijl buiten de zon tussen paarse en grijze wolken door priemde, zaten Perseyn en Thomas samen met Merckx in de ondergrondse verhoorkamer. Perseyn hield Lena ver weg van de ondervragingen. Dat deed hij niet alleen omdat hij haar nog lichamelijk ongeschikt achtte voor dit werk.

'Dus dat geld was nodig om te kunnen speculeren', zei Perseyn.

Merckx haalde diep adem, alsof het verhaal dat hij ging vertellen lang en moeilijk beloofde te worden. 'Het netwerk dat we opgezet hadden – noem het een ad-hocnetwerk, wat het ook was – had als doel grote sommen te vergaren. Daarvoor waren alle criminele activiteiten goed, als het maar grof geld opbracht. Drugshandel, fraude, wapensmokkel...'

'Met Libanon', zei Thomas.

'Onder andere', zei Merckx. 'Witwassen voor derden, enfin, jullie hebben genoeg van die activiteiten ontdekt.'

'Luyten coördineerde die activiteiten?'

'Dat was een van zijn taken. Hij hielp ook met het zoeken naar nieuwe investeerders, die we onder andere via Curaçao ronselden. Hij had een presentatie gemaakt, en die was uiteraard erg geheim. Dus ontwierpen we het hologram, dat erg moeilijk te kraken was indien het in verkeerde handen viel.'

'Tot Joyce...'

'Tot Joyce, die iets slimmer was dan de stoeipoezen die we doorgaans inhuurden, in de gaten kreeg dat het hologram op zich veel geld waard was. Ze wist van de hele achtergrond niets af, vermoedden we, maar ze begreep wel dat we geld zouden geven voor dat ding. Dus stal ze het van Luyten en bracht het naar haar vriendje, Depretere.'

'Die het op zijn beurt terug wilde verkopen aan jullie.'

'Precies.'

'Wat gebeurde er dan met dat geld?'

'Daarmee kochten we goud. En plaatsten we putopties', zei Merckx.

'Putopties?' zei Perseyn. 'Jullie speculeerden op een daling van de beurs.'

'Een crash, hoofdcommissaris. Een beurs die daalt levert geld op, een beurs die crasht levert voor sommigen een fortuin op.'

Perseyn knikte. 'Jullie gingen natuurlijk niet zitten wachten tot die beurzen crashten. Niet uit zichzelf.'

'Nee, natuurlijk niet. We gingen dat zelf veroorzaken.'

'Door het Europees Parlement op te blazen?' vroeg Thomas, ongelovig.

'Inderdaad', zei Merckx. 'Dat was het plan. Een eenvoudig maar geniaal plan, waarvan ik de architect was. O, ik hoefde de inspiratie niet ver te zoeken. Na de aanslagen van 11 september zijn alle beurzen gecrasht. Met onze putopties hadden wij miljarden kunnen verdienen. Dat was het voorstel dat Luyten gebruikte om investeerders te vinden.'

'En die aanslag ging worden gepleegd door...'

'Door onze Libanese connecties. Dankzij de inspanningen van Vaessen en Allaj leerden we mensen kennen die zonder meer een aanslag op het parlement wel zagen zitten. Uit religieuze overtuiging dan wel, voor hun eigen zaak. Wij leverden de methode om daar binnen te dringen, zij leverden de terroristen.'

'Niemand zou dat ooit aan jullie gelinkt hebben.'

'Toch niet meteen. En daarna zou het nog maar weinig uitgemaakt hebben, omdat het geld dan razendsnel verdeeld zou worden over honderden banken. En wij zouden verdwijnen.'

'En Douglas Martell?'

'Die was van bij het begin bij de operatie betrokken, omdat hij nuttig was wanneer er hard opgetreden moest worden. Hij organiseerde de criminele banden met bepaalde internationale organisaties en trok financiers aan. Wij kregen een percentage op hun winsten, uiteraard. Er zat ook voor hem veel geld in.'

'Maar de moorden...' zei Perseyn.

Merckx schudde zijn hoofd. 'Ik besefte niet wie Douglas was. Wat voor iemand hij was. Hij wilde wraak nemen. Hij ontdekte dat majoor McKee occasioneel in het parlement kwam, en dus dacht hij twee vliegen in één klap te slaan.'

'Maar mijn vrouw', zei Thomas.

Merckx perste zijn lippen samen. 'Ik had geen controle over dat aspect van de zaak, commissaris.'

'Aspect', zei Thomas.

'Het spijt me', zei Merckx.

'Rot in de hel met je spijt', zei Thomas.

Merckx keek op maar zei niets meer.

෬෧

Perseyn adviseerde Lena het niet te doen, maar ze stond erop met haar vader te praten in de verhoorcel. Hij adviseerde alleen maar, hij verbood het haar niet. Zij negeerde het advies, en dus voelden ze zich geen van beiden gekwetst.

Ze was zo al genoeg gekwetst, vond hij.

En nee, niemand zou in de observatiecel aanwezig zijn, en het gesprek zou ook niet worden opgenomen.

Guy Merckx hield zijn handen onder controle toen Lena binnenkwam en voor hem ging zitten, met de tafel tussen hen in. Hij had deze scène al tientallen keren in zijn hoofd gerepeteerd, maar ze kwam er niet uit. Het enige wat hij kon zeggen was: 'Het spijt me verschrikkelijk, Lena.' En zelfs dat betekende niets omdat de woorden in zijn hoofd leeg geworden waren.

Ze antwoordde niet. Hij had geen vraag gesteld en dus vond ze niet dat ze moest antwoorden.

'Ik begrijp', ging hij verder, 'dat ik geen vergiffenis kan vragen. Maar weet wel dat jij voor mij alles betekent.'

Lena schudde haar hoofd, zonder haar blik van hem af te wenden. 'Geld betekent alles voor jou.'

'Ik begrijp dat je woest bent...'

'Op mezelf', zei ze. 'Ik ben razend, omdat ik nooit inzag dat mijn vader een soort van monster was.'

Merckx voelde de woorden die hij wilde gebruiken stollen op zijn tong. Het duurde even voor hij kon reageren. 'Waarom ben je hier?' vroeg hij uiteindelijk.

'Omdat ik wil weten waarom.'

Merckx schudde even zijn hoofd. 'Na de dood van je moeder...'

'DURF NIET,' gilde Lena, woest, stikkend, 'durf niet de dood van mama als een excuus te gebruiken.'

Nu kon hij haar pas écht aankijken. Hij wist waarom. Maar er zou nooit meer een moment komen waarop hij haar kon uitleggen waarom hij wraak had willen nemen. Wraak op de strebers en op de middelmatige knoeiers die altijd hun meerdere naar de mond praatten. Wraak op de ijdele politici en de beheerders en de managers die mensen beoordeelden op hun kruiperigheid veeleer dan op hun echte kwaliteiten. Wraak op de omstandigheden die hem dwongen een slechter mens te zijn dan hij wilde zijn, omdat hij anders professioneel het hoofd niet boven water kon houden. Wraak op diegenen die hem hadden gebruikt en weggeworpen, zonder nog naar hem om te kijken. Wraak op de keizers van de kleine keizerrijken die mensen manipuleerden als schaakstukken.

Lena kwam overeind. Ze zou niet meer naar hem luisteren, en ze zouden niet meer met elkaar praten.

Die straf was veel groter dan eender welke door een rechter opgelegd.

☙❧

'Thomas,' zei Perseyn, 'ik heb zonet mijn ontslagbrief geschreven en ik bezorg die vandaag nog aan de directeur.'

Thomas trok de stoel aan de andere kant van het bureau achteruit en ging zitten. 'Je hebt me alles al verteld, Steven. Over Eva, en over Tarik.'

Perseyn knikte. 'Dat is precies de reden waarom ik ermee stop, Thomas. Omdat ik geen uitvluchten en nog minder excuses kan verzinnen. Omdat ik geen goede politieman meer kan zijn.'

'Dat is bullshit. Je bent nog altijd een uitstekend politieman. Je hebt pas nog een onderscheiding gekregen, en je zult er voor het oplossen van deze zaak nog eentje krijgen.'

'En daarenboven ben ik een beschamend slechte vriend.'

Thomas schudde zijn hoofd. 'Je hebt een leidende functie. Mensen hangen van jou af voor hun leven, hun veiligheid...'

'En precies daar faalde ik.'

'Je deed wat elke bevelvoerende officier moest doen: je nam moeilijke beslissingen op moeilijke momenten.'

'Ik heb Eva de dood ingejaagd', zei Perseyn.

'Nee, Steven, dat deden Douglas en de andere samenzweerders.' Hij bleef Perseyn aankijken. 'Godverdomme, Steven', zei hij. Hij keek omhoog en voelde zijn ogen prikken. Het was een vreemde ervaring. Nu pas, na al die tijd, kwamen de tranen. 'Godverdomme, Steven', herhaalde hij. Dan keek hij Perseyn weer aan. 'Douglas heeft Eva vermoord, en niemand anders.'

Hij kwam overeind en strekte zijn hand uit.

Perseyn stond op en pakte die hand aan.

Toen Lena even later passeerde, stapte Thomas het kantoor uit. Hij legde zijn arm om haar schouders. 'Hoe gaat het, meid?' vroeg hij.

'Dat joch van jou is hier', zei ze.

Thomas keek op. Door de kantoorruimte, die nu zo goed als leeg was, kwam Ruben aangelopen. 'En hij wil met mij trouwen', besloot Lena, met een grijns.